Paul Pfeffer

Makel

Roman

Über dieses Buch:

In dem friedlichen Taunusstädtchen Kelkheim gibt es neun Fälle von Vergiftung. Alle Opfer haben in der Gaststätte „Zum Feldberg“ ein Jägerschnitzel gegessen. Als ein kleiner Junge stirbt, wird die Sache ernst. Oberkommissar Jenisch, als Dauergast des „Feldberg“ selbst betroffen, nimmt mit seinem Kollegen Bentler die Ermittlungen auf. Aber je tiefer die beiden in den Fall eindringen, umso rätselhafter wird er.

Über den Autor:

Paul Pfeffer, geboren 1948, lebt seit über zwanzig Jahren in Kelkheim. Er schreibt seit 1994 Gedichte und Geschichten. „Makel" ist sein erster Roman.

Einige Orte dieses Romans sind real. Die Romanfiguren und die Handlungen hingegen sind frei erfunden. Eventuelle Ähnlichkeiten mit lebenden Personen sind zufällig

Paul Pfeffer, »Makel«

Die Edition Octopus erscheint im
Verlagshaus Monsenstein und Vannerdat OHG Münster
www.edition-octopus.de

Satz: Jo Paulus
Umschlagfoto: Jo Paulus
Umschlag: MV-Verlag
Druck und Bindung: MV-Verlag

ISBN 978-3-86582-446-2

Zufall ist das unberechenbare Geschehen, das sich unserer Vernunft und unserer Absicht entzieht.

(Brüder Grimm,
Deutsches Wörterbuch)

Montag, 15. November

Wie tief muss ein toter Körper liegen, damit er nicht von streunenden Hunden oder irgendwelchen anderen Tieren gewittert und ausgebuddelt wird? Würde ein halber Meter genügen? Jessica war sich nicht sicher. Im Zweifelsfall wollte sie lieber ein bisschen tiefer graben, um kein unnötiges Risiko einzugehen. Der Boden war schwer von Feuchtigkeit und außerdem steinig, wenn man erst einmal die Humusschicht durchstoßen hatte. Zum Glück gab es jetzt nicht mehr so viele Wurzeln, sie kam zügig voran. Die ausgeworfene Erde türmte sich auf einer Seite neben der Grube zu einem Wall.

Jessica Langer hörte auf zu schaufeln und warf einen Blick hinunter in die Mainebene. Links im Vordergrund lag Fischbach noch im Morgenschlaf. Kelkheim kam gleich dahinter. In der Ferne konnte sie Frankfurt erkennen, dessen Skyline sich zwischen dem Geäst der Buchen wie ein zarter Scherenschnitt abzeichnete. Bleigrau hing der Himmel darüber.

Das Hacken und Schaufeln war anstrengender, als sie gedacht hatte. Sie war zwar blendend in Form, aber körperliche Arbeit nicht mehr gewohnt. Ihr Puls musste bei mindestens hundertdreißig sein. Sie zog den rechten Handschuh aus und betrachtete ihre Hand. Der Handballen war gerötet und es zeichneten sich schon die ersten Druckstellen ab. Es würde wahrscheinlich Blasen geben. Aber damit hatte sie gerechnet.

Ein leichter Nieselregen hatte eingesetzt. Jessica warf einen Blick auf die Uhr. Schon kurz vor acht! Sie musste sich beeilen, wenn sie um neun im Büro sein wollte. Entschlossen packte sie die Schaufel und machte weiter.

Es war, wie Jonas es vorausgesagt hatte: ‚Du wirst dich wundern, wie viel Erde du bewegen musst, um ein Grab auszuheben.' Ein Grab? Ja, ein Grab. Ein Grab für das verdammte Schwein ... oder was noch davon noch übrig war. Sie warf einen kurzen Blick auf das längliche Etwas, das knapp neben der frisch aufgeworfenen Erde lag. Es war in schwarze Müllsäcke eingepackt und sorgfältig verschnürt.

Die Spitzhacke klang jetzt metallisch. Nackter Fels! Hier war kein Weiterkommen mehr. Wie tief hatte sie gegraben? An einigen Stellen ungefähr achtzig Zentimeter, an anderen etwas über fünfzig. Das musste genügen.

Jessica kletterte aus der Grube und fing an, das schwarze Bündel an den Rand zu zerren. Es war schwerer, als sie gedacht hatte. Sie hatte schon Mühe gehabt, es aus dem Auto zu wuchten und die paar Meter hierher zu schleifen. Sie dachte daran, wie sie es gestern am späten Abend in ihren Kofferraum geladen hatten. Zum Glück hatte sie das nicht alleine machen müssen. Jessica packte fester zu. Noch ein Ruck und fertig! Endlich lag das Paket ungefähr parallel zu der Grube. Jessica versetzte ihm einen kräftigen Tritt. Schwerfällig, fast widerstrebend rollte es über den Rand. Unten gab es einen dumpfen Aufschlag. Dann war Ruhe. Für einen Moment war ihr, als steige ein süßlicher Verwesungsgeruch auf. Angewidert verzog sie das Gesicht und nahm die Schaufel zur Hand.

Es war zwar nicht ganz leicht, das Loch wieder zuzuscharren, aber im Vergleich zum Ausheben ging es sehr viel schneller. Als sie die Stelle mit frisch gefallenem Laub und einigen dürren Zweigen überdeckt hatte, deutete nichts mehr darauf hin, dass hier etwas begraben lag.

Sie hatte den Ort sorgfältig ausgesucht. Jeden zweiten Morgen joggte sie auf einem Waldweg in der Nähe entlang und war nur ganz selten jemandem begegnet. Hier standen hohe Buchen weit entfernt voneinander, so dass das Unterholz sehr dicht war. Die Grabstelle war vom Weg aus absolut uneinsehbar.

Auf Jessicas hübschem Gesicht deutete sich ein zufriedenes Lächeln an. Es war ihre Idee gewesen. Sie kannte sich hier aus. Die Südseite des Staufen war ein perfekter Ort für so eine Aktion

Sie nahm ein Handtuch und tupfte sich die Schweißperlen von der Stirn. Ein Blick auf die Uhr. Acht Uhr zwanzig. Das war perfektes Timing! Sie schaute an ihrem Jogginganzug hinunter. Es waren kaum Spuren der Arbeit zu sehen. Nur die Gummistiefel würde sie gründlich reinigen müssen. Und sie hatte tatsächlich zwei kleine Blasen an den Händen. Aber das würde in ein paar Tagen vergessen sein. Das bisschen Buddelei war kein schlechtes Geschäft. Sie dachte an ihr Honorar und schürzte zufrieden die Lippen.

So, jetzt noch Hacke und Schaufel zum Auto tragen und nichts wie weg hier! Sie schaute sich vorsichtig um, ging die zehn Meter zu ihrem schwarzen Jeep Grand Cherokee, der auf dem schmalen Waldweg stand, und verstaute die Geräte im Laderaum. Dann zog sie die Gummistiefel aus und schlüpfte in ihre Laufschuhe. Sie hatte bereits gewendet, konnte also einfach einsteigen. Sie ließ den Motor an und fuhr los, ohne einen Blick zurückzuwerfen.

An diesem Montagmorgen brauchte Oberkommissar Albert Jenisch besonders lange, um sich zu orientieren. Nachdem er den Wecker zum Schweigen gebracht hatte, lag er noch einige Minuten reglos im Bett und starrte an die Decke. Durch das Fenster fiel Licht von der Straßenbeleuchtung herein, was aber das Zimmer noch düsterer erscheinen ließ, als es ohnehin schon war. Kein Wunder, es war November! Jenisch hasste diesen Monat. Seinetwegen hätte er komplett aus dem Kalender gestrichen werden können. November bedeutete Dunkelheit, Schmuddelwetter, Nässe, kalte Füße und die Aussicht auf einen endlosen Winter. Und auf eine Winterdepression. Früher hatte es ihm nicht so viel ausgemacht, aber seit er über fünfzig war, schlug ihm die dunkle Jahreszeit zunehmend aufs Gemüt.

Stöhnend wälzte er sich aus dem Bett, machte das Licht an und ließ mit zusammengekniffenen Augen den Blick durch das Schlafzimmer schweifen. Es war nicht nur die Jahreszeit, die ihm zusetzte, es war auch die Wohnung, dieser schäbige Flachdach-Bau aus den Sechzigern, in dem er seit ein paar Jahren wohnte. Er konnte die Klospülung seines Nachbarn fast in Originallautstärke hören, das Bad hatte keine Entlüftung, hinter den Schränken schimmelte es schwarz und an der Wand im Flur zeigten sich die ersten Risse. Obwohl er nicht sehr wählerisch war, was seine Wohnung anging, hatte er sich, schon kurz nachdem er eingezogen war, vorgenommen, sich bald etwas anderes zu suchen. Aber wie das so geht: Am beständigsten sind die Provisorien.

Schluss damit, dachte Jenisch, gleich heute früh gehe ich zu einem Makler und besorge mir eine andere Wohnung. Und diesmal bleibt es nicht beim Vorsatz. Diesmal mach ich's!

Der Anfall von Energie machte ihn ganz fertig. Er schaffte es gerade noch, die Kaffeemaschine anzuwerfen. Dann ließ er sich seufzend auf den Küchenstuhl fallen und stützte den Kopf in die Hände. Zum Teufel mit der Wohnung! Zum Teufel mit dem November! Zum Teufel mit dieser ganzen beschissenen Morgenroutine!

Er warf einen Blick auf den Wandkalender. Montag, der 15.? 15. November? Da war doch was! Ja, natürlich, der Geburtstag von Lisa, seiner Ex! Jenisch musste unwillkürlich grinsen. Er würde sie nicht anrufen, gerade weil er wusste, dass sie seinen Anruf erwartete.

Noch immer wurmte ihn seine gigantische Trottelhaftigkeit in der Beziehung zu Lisa. Sie hatte ihn durch ihre fragile Schönheit bestochen. Als er sie heiratete, sah sie aus wie ein Engel. Nie hatte er verstanden, weshalb sie sich für ihn entschieden hatte. Die Beziehung war von Anfang an eine Katastrophe gewesen. Viel zu lange hatte er nicht wahrhaben wollen, dass eine schöne Frau nicht nur ihrem Ehemann, sondern auch der Allgemeinheit gehört. Leider hatte er es zu spät gemerkt. Da waren sie schon fünfzehn Jahre verheiratet gewesen. Zum Glück hatte Lisa keine Kinder gewollt.

Jenisch stützte den Kopf in die Hand. Frauen waren ein trübes Kapitel in seinem Leben. Bis zur Pubertät hatten sie ihn irritiert. Später hatte er sie lange Zeit als höhere Wesen angesehen. Das kam vielleicht daher, dass er keine Schwester hatte. Inzwischen wusste er, dass Schwestern normalerweise die Idealisierung verhindern, weil sie dem Weiblichen den nötigen Schuss Gewöhnlichkeit verleihen. Aber es half alles nichts. Seine Beziehung zu Frauen war auch nach der Trennung von Lisa eine offene Baustelle. Jenisch nahm seine Zuflucht darin, sich abgeklärt zu geben und auf das Alter zu hoffen. Er gaukelte sich vor, mit der Zeit ganz unabhängig von den Frauen werden zu können. Insgeheim schwante ihm jedoch, dass er bis an sein Lebensende an ihnen kleben würde.

Der Kaffee war durchgelaufen und duftete himmlisch. Jenisch hatte sich die doppelte Dosis gegönnt. Die brauchte er an einem Morgen wie diesem, und zwar noch vor dem Duschen! Er zelebrierte den ersten Schluck. Stark, schwarz und heiß rann die Flüssigkeit durch seine Kehle. Was für eine Wohltat!

Er langte über den Tisch, wo ein Radio mit Kassetten- und CD-Spieler stand und schaltete das Gerät ein. Und da waren sie auch schon, die Sieben-Uhr-Nachrichten! Er verzog das Gesicht kurz zu einer zufriedenen Grimasse. Jenisch war ein gewohnheitsmäßiger Radiohörer. Im Laufe der Zeit hatte er die Fähigkeit entwickelt, das Radio genau dann einzuschalten, wenn die Nachrichten kamen, und zwar ohne auf die Uhr zu schauen. Morgens gelang es ihm fast immer. Es grenzte schon fast ans Übernatürliche.

Mit halbem Ohr hörte er zu. Nichts Neues. Er fragte sich oft, wie die Leute in den Nachrichtenredaktionen diesen Wust von unwichtigem Zeug aushielten. Wahrscheinlich brachten sie das nur fertig, weil ab und zu wirklich etwas Interessantes passierte. Meistens waren es Katastrophen und Verbrechen. Bei Licht betrachtet war es dasselbe wie in seinem Beruf als Kriminalist. Die alltägliche Routine war öde, die Gewaltverbrechen waren die Rosinen. Die hielten einen in Bewegung. Als Kriminalist lebe ich von der Erwartung, dass ein Mord passiert, dachte er. Ein Geiergefühl! Eigentlich pervers!

Als Jenisch rasiert und geduscht aus dem Bad kam, fühlte er sich gestärkt. Jetzt noch die Frankfurter Rundschau und das Frühstück, das aus einer zweiten Tasse Kaffee und zwei King-Size-Marmeladenbroten bestand. Er spürte, wie seine

Novembertauglichkeit wuchs. Langsam fühlte er sich diesem beschissenen Monat gewachsen.

Beim Verlassen seiner Wohnung kam schon fast so etwas wie Unternehmungslust in ihm auf. Aber die wurde sofort gedämpft, als er einen Blick zum Himmel warf. Es war das graueste Grau, das man sich vorstellen konnte.

Er kam an seinem alten blauen Golf vorbei, der in einer der Parknischen an der Breslauer Straße stand. Wie immer war er in Versuchung, einzusteigen und die paar hundert Meter bis zu seiner Dienststelle zu fahren. Aber er widerstand. Nur bei strömendem Regen leistete er sich das. Sonst ging er zu Fuß. Das half zwar nicht so recht gegen seinen wachsenden Bauch, aber es war besser als nichts. Es entlastete sein schlechtes Gewissen ein wenig. Und es konnte niemand sagen, dass er sich überhaupt nicht bewegte.

Jonas drückte mit einer fahrigen Bewegung die Zigarette aus. Es war schon die fünfte an diesem Morgen.

Er war die ganze Zeit unruhig auf seinem Stuhl herumgerutscht. Jetzt stand er auf und lief in dem kleinen Raum auf und ab wie ein Hamster im Käfig. Sein Blick irrte über die Regale mit den Aktenordnern zu den Plakaten mit den Immobilienangeboten und wieder zurück. Jessica hatte versprochen, um neun im Büro zu sein. Jetzt war es zehn nach neun, und sie war immer noch nicht da. Jonas zündete sich die sechste Zigarette an. Er fing an, sich Sorgen zu machen. Nicht auszudenken, wenn etwas schief gegangen war. Der Chef würde …

Draußen war ein kurzes Reifenquietschen und das Geräusch einer zugeschlagenen Autotür zu hören. Kurz darauf schwebte Jessica herein. Und mit ihr der Duft eines teuren Parfüms.

„Na endlich!“, sagte Jonas.

„Was heißt hier na endlich?“, gab sie zurück.

„Ich habe auf dich gewartet.“

„Na und? Ich hatte zu tun, wie du weißt. Und außerdem musste ich mich noch umziehen und zurechtmachen.“

„Nun sei doch nicht gleich eingeschnappt.“

„Ich bin nicht eingeschnappt. Ich kann nur nicht leiden, wenn gewisse Leute gleich das Nervenflattern kriegen.“ Jessica schaute ihn herausfordernd an. Er duckte sich unter ihrem Blick. Etwas war anders geworden in ihrer Beziehung, das spürte er deutlich.

„Wie lief's denn?“, fragte er.

Jessica nahm hinter dem Schreibtisch Platz.

„Alles in Ordnung.“

„Hat dich jemand gesehen?“

„Nein, soweit ich weiß. Und wenn schon.“ Jessica zündete sich eine Zigarette an. „Tu mir den Gefallen und hör mit diesem idiotischen Herumgelaufe auf. Du machst mich ganz nervös.“

„Entschuldige“, murmelte er und setzte sich auf den zweiten freien Stuhl. „Ich dachte nur, wenn dich jemand gesehen hat, könnte es Schwierigkeiten geben.“

„Unsinn“, wehrte sie ab, „ich habe gesagt, ich mach das, und dann mach ich das auch. Ich fahre da oben am Staufen jeden zweiten Tag um diese Zeit vorbei. Zum Joggen. Die Leute kennen mich und mein Auto. Selbst wenn mich jemand gesehen hat, ist es nicht aufgefallen.“

„Du fällst auf, ob du willst oder nicht. Du und dein Auto“, sagte Jonas dumpf. Jessica schaute ihm direkt in die Augen und schlug aufreizend langsam die Beine übereinander, so dass der kurze Rock ein paar Fingerbreit höher rutschte und einen Blick auf ihre makellosen Oberschenkel freigab.

„Was dagegen, Partner?", fragte sie spitz.

Jonas verzog keine Miene. Jessica war eine Frau, die auffiel und auffallen wollte. Jetzt steckte ihre Mannequinfigur einem sehr knappen roten Kostüm, das ihre Reize gerade wegen des strengen Schnitts noch besonders hervorhob. Ihr halblanges, rotblondes Haar passte hervorragend dazu. Sie wirkte wie eine Frau, die bekam, was sie wollte, und für die Männer kein Hindernis waren. Ganz im Gegenteil.

Jonas seufzte unhörbar. Er kannte Jessica schon lange, aber sie hatte sich im letzten Jahr sehr verändert. Aus dem naiven, schüchternen Kleinstadtmädchen war eine vor Selbstbewusstsein strotzende, mit allen Wassern gewaschene Geschäftsfrau geworden. Er war Teilhaber in der Firma, aber er fühlte sich mehr und mehr ausgebootet. Sie hatte die Geschäftsführung an sich gezogen, und sie verheimlichte ihm einiges, da war er sicher. Früher waren sie ein Paar gewesen, aber ob sie immer noch eines waren, war ihm seit einiger Zeit nicht mehr so klar. Seit Dimitrij Stankov aufgetaucht war, spielte Jessica verrückt. Sie versuchte diesem Typen zu gefallen und ließ ihn, Jonas, immer mehr links liegen.

„Wo ist Dimitrij?", hörte er sie fragen.

„Der Chef? Auf Tour, das weißt du doch", sagte Jonas.

„Natürlich weiß ich, dass er auf Tour ist. Aber wo genau?"

„Keine Ahnung, irgendwo in Bulgarien, wahrscheinlich in der Nähe von Sofia. Er sagt mir nie etwas Genaues. Du musst das doch besser wissen als ich." Seine Stimme klang resigniert. Jessica stand mit fließenden Bewegungen auf, trat hinter ihn und fing an, ihm die Hals- und Schultermuskulatur zu massieren.

„Komm, mein Alter“, schnurrte sie, „sei nicht traurig. Das Leben geht weiter.“

Es ärgerte Jonas, dass sie ihn ‚mein Alter‘ nannte. Aber er unterdrückte den Wunsch nach einer Entgegnung und überließ sich Jessicas Händen. Sie hätte ohne weiteres in einem Massagesalon arbeiten können, dachte er unwillkürlich, im Massieren ist sie auch ein As. Ihre Hände kneteten sanft seine Nackenpartie knapp unter dem Haaransatz. Er fragte sich, ob sie mit Dimitrij geschlafen hatte. Er fragte sich auch, ob er es schaffen würde, sie irgendwann noch einmal ins Bett zu kriegen. So wie es im Augenblick aussah, war das äußerst unwahrscheinlich. Sie hatte in der letzten Zeit ein Faible für starke Männern entwickelt, für Männern wie Dimitrij, die nach Geld und Macht stanken. Er, Jonas Kleinschmidt, gehörte nicht dazu.

Von der Tür her kam ein Geräusch. Jessica stellte augenblicklich die Massage ein, strich ihr Kostüm glatt und setzte sich hinter dem Schreibtisch in Positur. Dann bedeutete sie Jonas mit den Augen, er solle im Nebenzimmer verschwinden.

Herein trat ein unscheinbarer, dicklicher Mann in Hut und Mantel, der sich schnaufend vor dem Schreibtisch niederließ.

„Jenisch mein Name. Bin ich hier richtig bei der Firma Langer & Partner, Immobilien?“, fragte er.

„Goldrichtig“, antwortete Jessica und knipste ihr Lächeln an. „Ich bin Jessica Langer. Was kann ich für Sie tun?“

„Ich suche eine Wohnung. Zwei Zimmer mit Küche und Bad in Kelkheim oder Umgebung, wenn es geht in Kelkheim.“ Der Blick des Dicken saugte sich an ihr fest.

„Na, da schauen wir doch mal", sagte Jessica und bedachte ihn mit einem verschärften Augenaufschlag.

Nach der Mittagspause saß Oberkommissar Jenisch mit abwesendem Blick an seinem Schreibtisch. Er machte sich seit einiger Zeit Sorgen um seine Verdauung. Nicht dass es ihn ernsthaft störte. Aber da war so eine untergründige Beunruhigung, die sich nicht ohne weiteres vertreiben ließ. Fast schon so etwas wie eine Vorahnung. Warum bloß fiel ihm immer wieder ein, dass sein Vater vor einigen Jahren an Darmkrebs gestorben war? Und die Mutter seiner Schwägerin vor drei Jahren. Und sein Klassenkamerad Bernd vor sechs Wochen ...

Er horchte in sich hinein. Aber außer einem leichten Glucksen in der Magengegend war nichts zu spüren. Das musste das riesige Jägerschnitzel mit Pommes sein, das er vor einer guten Stunde im 'Feldberg' gegessen hatte. Plus Buttergemüse und Schokoladenpudding mit Sahne als Nachtisch. Gut bürgerlich und ziemlich fett. Aber köstlich! Und alles schwamm jetzt zusammen mit einer großen Apfelschorle und einem kleinen Jägermeister in seinem Magen. Na ja, nicht besonders gesund. Aber der 'Feldberg' war sein Stammlokal, in dem er den Mittagstisch abonniert hatte, und die Speisen, die man dort bekam, waren „reell", wie sich die Speisekarte ausdrückte. Und die Portionen waren groß. Oberkommissar Jenisch liebte große Portionen. Man sah es ihm an. Er hatte etliche Pfunde zu viel auf den Rippen.

„Jaja, bei uns schmeckt's wie bei Muttern, Herr Inspektor", pflegte Herbert zu sagen und ihn aus seinen Schweinsäuglein verschwörerisch anzulinsen. Herbert Kleinschmidt war der Besitzer des Speiselokals 'Zum Feldberg' und natürlich befangen. Erstens war Jenisch einer seiner Stammkunden. Und zweitens hatte Herbert selber eine Wampe, die sich sehen lassen konnte.

Metzgerei und Gastwirtschaft waren schon seit Generationen in Familienbesitz. Den Laden hatten sie vor einiger Zeit aufgegeben, weil die Konkurrenz durch die Supermärkte zu groß geworden war. Aber geschlachtet wurde nach wie vor. Und zwar vom Chef selber.

Im 'Feldberg' hatte es nie etwas anderes gegeben als reelle, gutbürgerliche und vor allem große Portionen. Dafür sorgte Erika Kleinschmidt, Herberts Frau, eine unauffällige Erscheinung mit kurz geschnittenem blondem Schopf, die mit gleich bleibend freundlichem Gesicht in der Küche werkelte. Sie war die Köchin und die Seele des Ganzen. Manchmal kam sie aus ihrem Küchenreich heraus und fragte, ob es den Gästen schmecke. Jenisch hatte mit ihr höchstens ein Dutzend Worte gewechselt, aber immer, wenn er da war, lächelte sie ihm kurz zu und er ihr.

Herbert war Metzger und Wirt in einer Person. Außerdem war er ein Original, einer von denen, die langsam aussterben, weil die Normalität immer normaler wird. Er hatte einige Eigenheiten, an die man sich erst gewöhnen musste. Eine davon war, dass er alle Leute duzte. Außerdem hatte er die Angewohnheit, Jenischs korrekte Dienstbezeichnung hartnäckig zu ignorieren.

„Oberkommissar ... oder einfach Kommissar, Herbert! ‚Inspektor' ist bei uns abgeschafft", hatte Jenisch einige Male zu korrigieren versucht. Und Herbert hatte jedes Mal mit hessischem Zungenschlag geantwortet:

„Ich nenn dich einfach Inspektor, Herr Inspektor. Kommissar klingt mir zu russisch."

Schließlich hatte Jenisch es aufgegeben und es blieb beim ‚Inspektor'. Letzten Endes war es auch egal. Jedenfalls hatte Herbert Recht, wenn er sagte, dass es im ‚Feldberg' wie bei Muttern schmeckte. Genau das war aber das Problem. Dem Oberkommissar schmeckte es entschieden zu gut. Dazu kam noch die sitzende Tätigkeit am Schreibtisch. Das Ergebnis war alarmierend: Schon seit längerer Zeit konnte er sogar bei eingezogenem Bauch seinen Pimmel nicht mehr sehen, wenn er unter der Dusche stand.

Jenisch seufzte und nahm einen Schluck lauwarmen Kaffee aus einem Becher mit der Aufschrift ‚Privat'. Ein kleiner Trost war jedenfalls, dass er den tristen Montagmorgen einigermaßen passabel überstanden hatte. Er hatte einige längst überfällige Berichte geschrieben, und – was noch wichtiger war – er hatte sich endlich nach einer neuen Wohnung umgesehen.

Er rief sich diese Klassefrau in die Erinnerung zurück, offenbar die Inhaberin des Immobilienbüros Langer & Partner, die ihn beraten hatte: Jessica Langer. Schlank, rotblond, sinnliches Gesicht mit einem etwas zu großen Mund, Augen wie die schöne Helena, perfektes Make-up, hinreißende Figur. Für so eine Frau würde sich das Abnehmen noch einmal lohnen. Aber das konnte er sich abschminken. Dafür war er entschieden zu alt. Und außerdem auch zu hässlich.

Lisa fiel ihm wieder ein, Lisa, die heute Geburtstag hatte. Nein, er würde sie nicht anrufen! Das Kapitel Lisa war abgeschlossen, wie überhaupt das Kapitel Frauen. Zumindest vorerst. Die konnten ihm alle den Buckel hinunterrutschen. Er hatte zu viele Erfahrungssplitter im Fleisch stecken.

Nach den Lisa-Erinnerungen fand er, dass es an der Zeit war, sich zu belohnen. Frauen erinnerten ihn immer an Schokolade. Er öffnete seine linke Schreibtischschublade, langte weit hinein und fischte eine Tafel heraus.

Schokolade war sein Laster. Früher hatte er auf Milka Vollmilch gestanden. Seit einiger Zeit hatte er aber noch etwas Besseres gefunden, und zwar in einem kleinen Schokoladenladen in Frankfurt mit dem schönen Namen ‚Bitter und zart'. Dieser Laden war ein Paradies. Die Besitzerin, eine üppige Mittvierzigerin mit wogendem Busen, verkaufte dort Schokolade zu Apothekenpreisen. Sie hatte ihm tief in die Augen gesehen und ihm dann eine helle Chocolat von Michel Cluizel empfohlen. Sie war sündhaft teuer, dreifünfundsiebzig die Tafel, aber als er sie zum ersten Mal genossen hatte, wusste er: Das war die Schokolade seines Lebens.

Er teilte die Tafel sorgfältig in zwei Hälften, legte eine Hälfte davon wieder in die Schublade zurück und schloss sie sorgfältig. Das gehörte zum Ritual. Er hatte einen Vertrag mit sich geschlossen, nie mehr als eine halbe Tafel auf einmal und nie mehr als eine Tafel am Tag zu essen. Auf diese Weise hoffte er sein Laster im Zaum zu halten. Bedächtig brach er die Schokolade in kleine Stücke und schob sich eines davon in den Mund. Frühestens nach einer Minute durfte erst das nächste kommen. Wichtiger Bestandteil seines Vertrages: Nicht schlingen, sondern genießen. Wie das wieder schmeckte! Er hatte von verschiedenen wissenschaftlichen Studien namhafter Forscher gelesen, die alle zu dem Ergebnis kamen, dass Schokolade glücklich macht. Die Jungs hatten Recht!

Jenisch nahm noch einen Schluck aus seinem Becher. Der Kaffee war inzwischen kalt geworden. Mit dem wunderbar kakaoigen Schokoladenmatsch im Mund schmeckte er trotzdem.

Er seufzte noch einmal ausgiebig, stand auf und öffnete das Fenster seines Büros. Seufzen tat gut und frische Luft sowieso. Eigentlich hätte er zufrieden sein müssen. Aber obwohl er eine ganze Menge erledigt hatte, fühlte er sich an diesem Tag nicht recht in Form. Er spürte nach dem Mittagessen ein unangenehmes Rumoren in den Eingeweiden. Der Darmkrebs! Ob das die ersten Anzeichen waren? Er setzte sich wieder hinter seinen Schreibtisch und fing an, sich den Bauch zu massieren. Da war in letzter Zeit dieser merkwürdige Druck, der heute besonders stark schien. Die scheußliche Vorstellung von einer heimtückischen, graurosa Geschwulst drängte sich in seine Gedanken. Das Wort ‚wuchern' fiel ihm ein und jagte ihm einen Schauer über den Rücken. Fing es so an, dass man das Gefühl hatte, als blockiere etwas den Dickdarm, als sei da etwas, was nur Dünnschiss durchließ und Gase?

Oberkommissar Jenisch wusste es nicht. Er wollte es auch gar nicht wissen. Seit dem Tod seines Vaters vermied er es, sich über Darmkrebs näher zu informieren. Er besorgte sich keine der Broschüren, die in den Apotheken herumlagen, und hörte nicht hin, wenn von Krebs gesprochen wurde. Zum Arzt ging er schon gar nicht. Bei den Untersuchungen hätte ja etwas herauskommen können. Wenn er ein Praxisschild irgendwo sah, musste er immer an einen Spruch seines Vaters denken: Wer gesund ist, ist nur noch nicht lange genug untersucht worden. Sein Vater war einer von denen gewesen, die Ärzte meiden wie der Teufel das Weihwasser. Deshalb war sein Krebs erst entdeckt worden, als alles zu spät war.

Jenisch drängte den Gedanken so schnell weg, wie er gekommen war. Im Verdrängen war er ein Virtuose. Er war mit den Jahren ein Vermeider geworden, der das Gleichmaß und die Harmonie liebte und Aufregungen möglichst aus dem Weg ging, und er fühlte sich wohl dabei. Deshalb störte es ihn auch nicht, dass er mit zweiundfünfzig noch nicht Hauptkommissar war und es nach menschlichem Ermessen auch nicht mehr werden würde. Er bildete sich ein, dass er damit leben konnte.

Jessica nahm das letzte Stück Pizza aus dem Karton und biss ein Stück davon ab. Sie schloss die Augen und kaute genüsslich.

„Mmmh, köstlich", murmelte sie, „die Pizza von ‚Antonio' ist einfach nicht zu toppen."

„Wo du Recht hast, hast du Recht", bestätigte Jonas ebenfalls kauend. „Dünner und knuspriger kann man den Teig nicht machen."

„Du musst es wissen", sagte Jessica träge, „du bist hier der Pizza-Experte. Ernährst du dich eigentlich auch von etwas anderem?"

Jonas verzog das Gesicht. Jessica biss noch ein Stück ab und kaute. Sie musterte ihn. Nach einer kleinen Pause beugte sie sich vor und fragte:

„Ist Sergej eigentlich auch in Bulgarien?"

Mit Befriedigung registrierte sie, dass Jonas bei der Erwähnung des Namens zusammenfuhr. Sergej war ein kahlköpfiger, schnauzbärtiger Hüne, ein Finsterling, der nie ein Wort sprach. Aber er wurde auch nicht fürs Reden bezahlt. Sein Kreuz hatte beachtliche Dimensionen, und sein Maßanzug wurde nicht nur von Muskelpaketen ausgebeult. Er war der stumme Gorilla von Dimitrij und Mann fürs Grobe, vor dem Jonas eine Heidenangst hatte. Jessica liebte es, Jonas von Zeit zu Zeit daran zu erinnern.

„Ich nehme an, dass Dimitrij ihn mitgenommen hat. Warum fragst du mich? Du kannst doch so gut mit deinem Dimitrij", sagte er gereizt.

Bevor Jessica hochfahren konnte, klingelte das Telefon. Blitzschnell nahm Jonas den Hörer ab und meldete sich.

„Langer & Partner, Immobilien. Was kann ich für Sie tun?" Kurz darauf straffte sich sein Körper.

„Ja, Chef ... Geht in Ordnung ... Wir bereiten alles vor, Chef."

Jessica beugte sich vor und hob fragend die Augenbrauen. Jonas hielt einen Augenblick die Hand über den Hörer und flüsterte: „Es ist Dimitrij." Jessica verengte die Augen zu Schlitzen, ein katzenhaftes Lächeln huschte über ihr Gesicht. Sie bedeutete Jonas, er solle ihr den Hörer geben. Aber Jonas sagte nur noch „Jawohl, Chef!" und legte dann auf.

„Warum hast du mir nicht ...", begann Jessica.

„Dimitrij kommt übermorgen Abend um neun mit einer neuen Ladung", sagte Jonas tonlos. „Wir müssen alles organisieren. Lass uns keine Zeit verlieren. Mein Onkel wird sich wundern, dass er schon wieder Platz in seinem Kühlhaus schaffen muss."

„Na, Jenisch, alter Hypochonder, du siehst aber gar nicht gut aus. Was hast du denn diesmal anzubieten?"

Die muntere Stimme, die den Oberkommissar aus seinen Gedanken riss, gehörte Kommissar Bentler, achtundzwanzig Jahre alt, in Jeans und rotem Polohemd, der in sein stilles Büro hereingeplatzt war. Er war schlank, dunkelhaarig und hatte ein Jungengesicht, aber die Figur eines austrainierten Athleten. Er war einer von denen, die nach Feierabend mal eben aufs Rad steigen und auf den Feldberg hinauf radeln. Seltsamerweise mochte der Oberkommissar seinen jungen Kollegen, obwohl sie äußerlich so verschieden waren wie Feuer und Wasser. Seit einem knappen halben Jahr arbeitete er mit Bentler zusammen, und in dieser Zeit hatte er eine beträchtliche Sympathie für den jungen Kommissar entwickelt. Und das Schöne war: Die Sympathie beruhte auf Gegenseitigkeit.

„Was heißt anzubieten? Ich habe wirklich überall Beschwerden.“ Jenisch spielte den Beleidigten. „Übrigens könntest du anklopfen, bevor du mich hier überfällst.“

„Ja, du hast Recht“, besänftigte Bentler und setzte sich halb auf die Schreibtischkante, „aber ich höre dich so gerne von deinen Krankheiten erzählen. Vor zwei Wochen hattest du es mit den Bandscheiben und letzte Woche war es eine latente Nierenbeckenentzündung. Schlecht für dich. Kennst du den Spruch: Man soll ein krankes Nierenbecken nicht mit kalten Bieren necken?“

„Mach dich nur über mich lustig! Du wirst auch noch klüger, wenn du erst mal über fünfzig bist.“

„Armer alter Mann“, feixte Bentler, „in Wirklichkeit fehlt dir gar nichts. Du bist nur zu fett.“

„Halt bloß die Luft an, du Jungspund, sonst schmeiße ich dich achtkantig hier raus!“, polterte Jenisch.

„Vielleicht würde es schon reichen, wenn du das Schokoladendepot in deiner Schreibtischschublade ...“, ließ Bentler beiläufig fallen.

„Woher weißt du das?“, fuhr Jenisch auf.

„Alle hier im Haus wissen es. Es ist sozusagen ein offenes Geheimnis." Bentler grinste und ließ seine langen Beine baumeln.

„Das ist doch die Höhe!", protestierte Jenisch, aber es klang nicht sehr überzeugend.

Sie sahen sich an. Um Bentlers Mundwinkel zuckte es. Oberkommissar Jenisch fühlte sich erfrischt. Immer wenn der Junge mit seiner frechen, direkten Art in seinem Büro auftauchte, spürte er wieder, dass er doch noch lebendig war.

„Ich glaub, ich hab Darmkrebs", sagte er.

„Wenn's weiter nichts ist", versetzte Bentler, „dann können wir ja mit der Besprechung anfangen. Ich wollte mit dir noch einmal über den Einbruch von voriger Woche reden. Aber vorher habe ich eine Überraschung für dich. Schau mal!"

Er wedelte Jenisch mit einer Zeitung vor der Nase herum.

„Was ist das?", fragte der Oberkommissar.

„Der Immobilienteil der Frankfurter Allgemeinen vom Samstag. Du suchst doch schon länger eine Wohnung. Ich hab was für dich gefunden."

Jenisch musste schmunzeln.

„Du wirst es nicht glauben, aber gerade heute Morgen war ich bei einem Makler und habe mich nach einer Wohnung erkundigt."

„Ach!" Bentler machte ein enttäuschtes Gesicht. „Ich dachte, ich tu dir einen Gefallen und schau mich mal um. Weil du es doch nicht schaffst ..."

„Ich hab es aber geschafft!", sagte der Oberkommissar trotzig. „Aber lass trotzdem mal sehen, was du da hast", fügte er versöhnlich hinzu.

„Elegante Zweizimmerwohnung mit Küche und Bad", las Bentler vor, „53 Quadratmeter, in zentraler, aber ruhiger Lage, mit Balkon auf die Gartenseite hinaus, 590,- Euro im Monat inklusive Nebenkosten. Das wäre doch was für dich."

„Lass mal sehen", Jenisch war aufgestanden. „Die Anzeige ist von Langer & Partner, Immobilien. So ein Zufall!"

„Ich verstehe nicht ganz", sagte Bentler.

„Das ist genau die Wohnung, die Frau Langer mir heute Morgen angeboten hat. Ich war nämlich da."

„Bei Langer & Partner?"

„Ja."

„In der Frankfurter Straße?"

„Genau."

„Das gibt's doch nicht! Und du behauptest immer, es gäbe keine Zufälle."

„Gibt es auch nicht. Ausnahmen bestätigen nur die Regel."

„Du drehst es auch gerade so, wie es dir passt!"

Jenisch grinste in sich hinein. Bentler fuhr fort:

„590,- Euro warm ist ziemlich happig, findest du nicht?"

„Ja, aber so sind hier die Preise."

„Wo ist denn die Wohnung?"

„Feldbergstraße, Neubau."

„Nicht schlecht. Und vor allem nicht weit bis hierher."

„Eben", sagte Jenisch, „ich glaube, ich nehme sie. Sag mal, du kommst doch aus Münster. Wie wohnst du eigentlich?"

Bentler wurde sichtlich verlegen.

„Äh ... Ich wohne bei meinen Eltern."

„Ah, Hotel Mutter ... Dann kannst du dich bei den Kelkheimer Mietpreisen natürlich nicht auskennen." Es entstand eine ungemütliche Pause. Der Oberkommissar merkte, dass er zu weit gegangen war.

„Entschuldige, Bentler, es geht mich nichts an, wie und wo du wohnst. Aber vielleicht solltest du demnächst selber mal zu Langer & Partner gehen und eine Wohnung suchen. Apropos Langer & Partner ... Jessica Langer ist ein kapitales Prachtweib."

Kommissar Bentler warf seinem Kollegen einen überraschten Blick zu.

„So? Ich dachte schon, du wärst, was Frauen angeht, jenseits von gut und böse. So kann man sich irren! Aber die Ausdrucksweise muss ich rügen. Kapitales Prachtweib ist politisch nicht korrekt."

„Scheiß drauf", sagte der Oberkommissar. Bentler zuckte zusammen wie immer, wenn Jenisch Anflüge von Temperament zeigte. Aber dann grinsten sich die beiden wieder in stillem Einverständnis an.

Jonas schaute auf die Uhr. Es war kurz nach fünf.

„Lass uns früher Schluss machen, Jessi", sagte er, „ich muss heute noch einiges erledigen."

„Ich mag's nicht, wenn du mich Jessi nennst", antwortete sie gereizt.

„Früher hast du es gemocht."

„Ja, früher vielleicht. Aber jetzt mag ich's nicht mehr."

Jonas wandte den Kopf und schaute eine Weile zum Fenster hinaus. Es herrschte schon seit geraumer Zeit eine ständige Spannung zwischen ihm und Jessica. Beim geringsten Anlass stritten sie sich.

„Hast du überhaupt gehört, was ich gesagt habe?"

„Was hast du gesagt?"

„Ob wir vielleicht heute etwas früher Schluss machen könnten. Ich hab noch zu tun."

„Meinetwegen kannst du gehen, Partner. Ich bleibe bis sechs hier." Es gefiel ihm nicht, wie sie das Wort ‚Partner' aussprach. Er hörte Geringschätzung heraus, fast schon Verachtung. Er griff nach seiner Lederjacke.

„Wieso kannst du eigentlich so ruhig sein? Der Chef hat angerufen, wenn ich dich erinnern darf."

„Ich habe mich im Unterschied zu einigen anderen Leuten im Griff."

Jessicas Antwort kam prompt. Sie schaute ihm direkt in die Augen. Ihr Blick war kühl, sehr kühl. Jonas bekam fast eine Gänsehaut. War denn dieses Weib durch nichts zu erschüttern? Jonas dachte einen Augenblick nach, dann sagte er wie nebenbei:

„Sag mal, Jessica, was kriegst du eigentlich von Onkel Herbert für die Buddelei heute Morgen. Ich meine, was fällt für dich ab?"

Jessicas hübscher Kopf schnellte herum.

„Meine finanziellen Angelegenheiten gehen dich einen feuchten Kehricht an", bellte sie.

„Ich meine ja nur. Es interessiert mich. Eigentlich sollte ich es ja machen, aber du hast dich direkt darum gerissen."

„Ich hab mich nicht darum gerissen. Ich hab nur gesagt, ich mach's. Weil es schnell gehen musste und weil du Schiss hattest."

Jessica war ernsthaft aufgebracht. Jonas triumphierte heimlich. Wenigstens ärgern konnte er sie noch.

„Hast du eine Ahnung, warum mein Onkel …?"

„Nein", unterbrach ihn Jessica, „und ich will es auch gar nicht wissen."

Jonas schaute sie lauernd an. Jetzt kam die Trumpfkarte:

„Was glaubst du, was Dimitrij mit dir macht, wenn er davon erfährt?"

Jessica starrte ihn an. Ihr Gesicht war jetzt nicht mehr hübsch, sondern starr wie eine Maske. Dann sagte sie gefährlich leise:

„Der einzige, der davon weiß, bist du."

„Und mein Onkel."

„Und dein Onkel ..."

Jessica fixierte Jonas mit einem unergründlichen Blick, bei dem ihm heiß und kalt wurde.

Oberkommissar Jenisch war im Laufe seiner Dienstzeit zu einem Gewohnheitsmenschen geworden. Er kam pünktlich um acht zum Dienst, machte pünktlich von zwölf bis eins Mittagspause und hörte pünktlich um fünf auf. Von Hetze hielt er nichts und von Überstunden schon gar nichts. Er war froh, diesen trostlosen Novembermontag einigermaßen passabel herumgebracht zu haben, und er freute sich auf sein Sofa und sein Gläschen gut gekühlten Rheingauer Riesling. Außerdem hatte er noch vier Wiener Würstchen, einen größeren Rest Kartoffelsalat und ein Glas saure Gurken im Kühlschrank.

Ein Blick auf die Uhr. Endlich Feierabend! Jenisch verstaute einige Akten im Rollschrank und schaute ins Nebenzimmer, ob alles in Ordnung war. Bentler hatte sich schon vor einer Stunde verabschiedet.

Der Oberkommissar zog seinen Mantel über, setzte den Hut auf, schloss alle Türen sorgfältig ab und trat auf die Straße hinaus. Die Kripo war in einem älteren Gebäude in der Hauptstraße untergebracht. Ein bisschen altmodisch, aber solide. Die Hauptstraße war früher die alte Dorfstraße von Kelkheim gewesen, ziemlich eng und krumm. Die neue Geschäftsstraße lief hundert Meter weiter parallel und hieß standesgemäß Frankfurter Straße.

Es war überhaupt ein Wunder, dass es in Kelkheim Kriminalpolizei gab. Die Kriminalstation war eigentlich in Hofheim. Aber seit der Serie von Kindermorden vor ein paar Jahren leistete man sich einen Außenposten. Von den damaligen spektakulären Fällen abgesehen, war Kelkheim nicht gerade ein Brennpunkt der Kriminalität. Ein paar Körperverletzungen, Einbrüche, Diebstähle, kleinere Überfälle, manchmal ein Betrugsfall. Das waren schon die Highlights. Man konnte hier eine ruhige Kugel schieben. Jenisch war es sehr Recht. Zusammen mit Bentler hielt er die Stellung. Sein junger Kollege würde nicht lange bleiben, das war klar. Für Bentler war Kelkheim ein Sprungbrett. Aber für ihn, Jenisch, war es die berufliche Endstation. Er hatte nichts dagegen. Er hoffte, dass er auf diesem ruhigen Posten seine Pensionierung erleben würde. Aber sicher war das nicht. Zurzeit herrschte wieder einmal der Rotstift. Es konnte gut sein, dass die Dienststelle Kelkheim im Zuge der allgemeinen Sparmaßnahmen aufgelöst wurde.

Er näherte sich der neuen Stadtmitte, der man allerdings noch nicht so recht ansah, dass sie die Stadtmitte sein sollte. Kelkheim hatte nämlich kein richtiges Zentrum. Es gab die Stadtteile Münster, Kelkheim und Hornau, dann kam Fischbach und dazu noch die ‚Bergdörfer' Ruppertshain und Eppenhain.

Jenisch hatte Geschmack daran gefunden, hinter dem ersten Taunushügel zu wohnen. Nach mittlerweile fünf Jahren war er zu dem Schluss gekommen, dass Kelkheim ein Ort war, an dem man es aushalten konnte. Er fand, dass die Stadt eine angenehme Größe hatte. Sie war zu groß, als dass sich alle kennen konnten, aber sie war zu klein, um ganz anonym zu bleiben. Man kannte sich, aber man hielt Abstand voneinander. Für Jenisch war auch wichtig, dass Frankfurt in der Nähe war. Es gab die S-Bahn, die alte Königsteiner Eisenbahn, die über Höchst direkt zum Frankfurter Hauptbahnhof fuhr, mit dem Auto war man in zwanzig Minuten an der Hauptwache, und trotzdem hatte man das Gefühl, auf dem Land zu leben. Kelkheim war Dorf plus Kleinstadt plus Großstadtanschluss.

Der Wermutstropfen waren allerdings die Mieten und die Immobilienpreise. Jenisch fielen die 590,- Euro für seine neue Wohnung ein. Das waren gut 150,- Euro mehr, als er für die alte zahlte.

Als Jenisch wenig später im Schein der Lampe an seinem Küchentisch saß, Würstchen mit Kartoffelsalat aß und seinen Rheingauer Riesling trank, machte er den Eindruck eines durch und durch zufriedenen Menschen. Er dachte daran, dass er bald eine bessere Wohnung haben würde, und er zog auch ein paar gedankliche Schleifen um Jessica Langer herum, die schöne Maklerin. Bei dem Gedanken, dass er mit ihr am nächsten Tag verabredet war, wurde ihm warm ums Herz. Sie wollte ihm die Wohnung in der Feldbergstraße zeigen. Er war ziemlich sicher, dass er das Angebot annehmen würde. Aber er hatte vor, sie noch ein wenig hinzuhalten, vielleicht auch ein kleines bisschen zu verhandeln. Wenn er in Form war, könnte es ihm vielleicht sogar gelingen, Jessica Langer zu einem Kaffee einzuladen.

Schon schweiften seine Gedanken zu seinem Schokoladendepot im Wohnzimmerschrank. Jetzt ein Stückchen Michel Cluizel! Immer wenn er an Frauen dachte, fiel ihm auch gleich seine Schokolade ein! Es war ein echtes Leiden. Aber diesmal blieb er hart. Er wollte sich den Würstchengeschmack nicht verderben. Und außerdem war da so ein Druck in den Gedärmen, als ob er sich überfressen hätte. Bei dem Gedanken an Schokolade befiel ihn für einen Augenblick eine leichte Übelkeit. Merkwürdig, das war neu!

Ein Griff zum Radio und da waren sie auch schon, die Achtzehnuhr-Nachrichten! Nichts Besonderes, außer dass es in Bagdad wieder einen neuen Anschlag gegeben hatte und in Israel ein neues Selbstmordattentat. Die Spirale der Gewalt drehte sich immer weiter, und einer schob dem anderen die Schuld in die Schuhe. Seit der Steinzeit hatte sich daran nichts geändert. Es war hoffnungslos.

Nach den Nachrichten blieb Jenisch noch eine Weile am Tisch sitzen und ließ seine Gedanken schweifen. Das machte er gern, auch wenn meist nicht viel dabei herauskam. Diesmal freute er sich über seine Standhaftigkeit. Er hatte es tatsächlich geschafft, Lisa nicht anzurufen. Das ließ für den Fortgang seines persönlichen Emanzipationsprozesses hoffen.

Ein halbes Stündchen später ging er hinüber zum Fernseher und zündete eine Kerze an. Das tat er immer, wenn er besonders guter Laune war. Außerdem beschloss er, sich nach der Tagesschau noch eine Extraration Rheingauer zu genehmigen. Einfach so. Zur Feier des Tages.

Aber ein unangenehmer Rumpler in seinen Gedärmen mit einem anschließenden übel riechenden Aufstoßen erinnerte ihn daran, dass nichts auf der Welt vollkommen war.

„Vergiss es, Onkel Herbert! Du kommst aus der Sache nicht mehr raus.“ Jonas war aufgesprungen und tigerte nervös im Zimmer auf und ab.

„Ich will aber raus! Ihr habt mich über den Tisch gezogen. Wenn ich gewusst hätte, was da läuft, hätte ich niemals mitgemacht.“ Auch Herbert Kleinschmidt war aufgestanden. Der junge und der alte Mann standen sich im Hinterzimmer des ‘Feldberg’ gegenüber. Es herrschte eine unheilvolle Stille. Dann begann Jonas wieder:

„Hattest du denn die Wahl? Du hast es gemacht, weil du bis über die Halskrause verschuldet bist und weil du gedacht hast, dass es leicht verdientes Geld ist. Du musstest ja auch nur dein Kühlhaus und deine Unterschrift ...“

„Jonas Kleinschmidt!“ Die Stimme des Alten klang zornig. „Du hast offenbar keine Ahnung. Weißt du, was ich gestern entdeckt habe? Es ist eine Sauerei, nein, sogar gleich zwei Sauereien auf einmal.“

Der Wirt des Feldberg setzte sich wieder, Jonas tat es ihm nach. Auf seinem Gesicht malten sich Unverständnis und Überraschung.

„Sauereien? Welche Sauereien?“

„Jetzt hör mir mal gut zu, mein Junge“, sagte Herbert mit gepresster Stimme, „dein Dimitrij und sein Gesocks sind nicht bloß Betrüger, sondern auch Mörder.“

Jonas war blass geworden, während sein Onkel fortfuhr:

„Es hieß, dass er Schweinehälften bei mir zwischenlagern wollte, na ja, ein bisschen neben der Legalität ... am Veterinäramt und an der Lebensmittelkontrolle vorbei. Wer weiß, wo er das Fleisch her hat. Es kann mir auch egal sein. Er hat mir jedenfalls einen guten Preis gemacht, und ich kann das Geld gut gebrauchen. Na gut, ich war neugierig und habe mir eine von den Schweinehälften mal näher angesehen. Das war ein Fehler. Ich hätte die Finger davon lassen sollen. Aber wenn ich nicht nachgeschaut hätte, wäre ich immer noch ahnungslos. Denn jetzt kommt die erste

Sauerei: Es war minderwertiges Fleisch! Ohne Freigabestempel! Die Innereien lagen dabei. Nur die Leber hat gefehlt. Äußerlich hat man fast nichts gemerkt, aber wenn man genauer hinschaute, sah es so aus, als wäre das Zeug ein paar Mal aufgetaut und wieder eingefroren worden. Leider hatte ich das Schwein schon halb zerlegt, ehe ich es gemerkt habe. Zum Glück gerade noch rechtzeitig! Wenn jemand von der Gewerbeaufsicht so einen Schund in meiner Küche entdecken würde, könnte ich den Laden zumachen."

Herbert fuhr sich mit zwei Fingern in den Hemdkragen. Jonas kannte die Geschichte von der Schweinehälfte schon. Es war die, die er hatte vergraben sollen und die Jessica tatsächlich vergraben hatte.

„Ich habe mich sowieso schon gewundert, weshalb die Schweinehälften in so viel Plastik eingeschweißt sind", fuhr sein Onkel fort, „normalerweise werden sie nämlich nicht so verpackt. Als ich entdeckt hatte, dass das Fleisch schlecht war, bin ich dann neugierig geworden und habe mir den Rest der Bescherung genauer angeschaut. Rate mal, was ich da entdeckt habe?"

Jonas sagte nichts. Er schaute seinen Onkel nur mit großen Augen an.

„Bei mir im Kühlhaus hängt eine Leiche, die als Schweinehälfte getarnt ist. Das ist die zweite Sauerei! Und die ist viel größer als die erste."

„Nein!", entfuhr es Jonas.

„Doch, mein Lieber, so wahr ich hier sitze. Und deshalb steige ich aus. Ich will mit diesen Halunken nichts mehr zu tun haben."

„Aber Dimitrij kommt morgen mit einer neuen Lieferung. Du sollst Platz im Kühlhaus ..."

„Nichts werde ich!", donnerte Herbert dazwischen. „Der kann seinen ganzen Krempel mitnehmen und dann will ich nie wieder etwas von ihm sehen. Du hast mir das eingebrockt. Und ich wollte dir einen Gefallen tun, weil du mein Neffe bist."

Jonas saß da wie ein Häufchen Elend.

„Ich schwöre dir", brachte er schließlich heraus, „ich schwöre dir, Onkel Herbert, dass ich nichts davon gewusst habe."

„Das glaube ich dir gern", schnaubte der Alte, „dich benutzen sie ja auch nur als Handlanger." Er starrte vor sich hin. Dann wandte er sich wieder an Jonas:

„Was weiß Jessica eigentlich davon?"

„Jessica? Ich habe keine Ahnung."

„Natürlich, du Trottel! Von nichts hast du eine Ahnung."

Der Alte hatte einen roten Kopf bekommen und atmete schwer. Jonas zog den Kopf zwischen die Schultern.

„Ja und? Was mach ich jetzt? Der Chef reißt mir den Kopf ab, wenn ich ihm sage, dass du aussteigst und dass das Geschäft morgen platzt."

„Das musst du ihm nicht sagen, das sag ich ihm selber."

„Dann reißt er dir den Kopf ab. Er lässt seinen Gorilla auf dich los."

„Gorilla? Das klingt ja nach Mafia!"

„Es ist eine Mafia, Onkel Herbert! Wie es aussieht eine bulgarische. Dimitrij hat einen Leibwächter, Sergej. Der steckt dich dreimal in den Sack. Und mich dazu."

„Aber Dimitrij kommt doch immer allein. Nur er und die Leute mit dem Lieferwagen."

„Ja, schon. Aber wenn du morgen Abend Zicken machst, klopft der Typ garantiert am nächsten Morgen bei dir an und macht dich so zur Schnecke, dass du unter der Tür durchpasst.“

Die beiden Männer schauten sich stumm an.

„Verdammte Scheiße!“, sagte Herbert und massierte sich die Fingerknöchel.

Ein paar Minuten lang hörte man nur das Rauschen der Heizung und das Geräusch vorbeifahrender Autos. Dann war Jonas’ Stimme wieder zu hören:

„Onkel Herbert, was hat Jessica heute Morgen vergraben?“

„Na, was schon! Die halb zerlegte Schweinehälfte. Die musste ich doch verschwinden lassen, damit Dimitrij nichts merkt.“

„Und wie viel hast du ihr dafür rübergeschoben?“

„Das geht dich gar nichts an.“

„Ich dachte nur, weil du mich zuerst gefragt hattest.“

„Ich hätte es nicht tun sollen. Du bist eine Niete. Ich hätte gleich Jessica fragen sollen. Die hat keinen Moment gezögert, sondern gleich angefangen zu feilschen. Deine Partnerin ist ein anderes Kaliber als du. Sie hat nur einen Fehler: Für Geld scheint sie alles zu machen.“

Herberts Mund verzog sich für einen Augenblick zu einem anzüglichen Grinsen. Jonas ließ die Schultern hängen und sah betreten zu Boden. Vor einiger Zeit wäre er seinem Onkel noch an die Gurgel gegangen, wenn der so über Jessica gesprochen hätte. Aber Herbert hatte Recht. Jessica war hinter dem Geld her wie der Teufel hinter der armen Seele. Und hinter Dimitrij. Jonas versank in dumpfes Brüten. Wieder hing dieses unheilvolle Schweigen im Raum. Dann, nach einem tiefen Atemzug, stützte er den Kopf in die Hand und sah seinen Onkel finster an.

„Wenn Dimitrij davon erfährt, dass du eine Schweinehälfte ...“, sagte er langsam, aber er vollendete den Satz nicht.

„Ja, ich weiß, er reißt mir den Kopf ab. Aber das lass meine Sorge sein. Es wird nichts so heiß gegessen, wie es gekocht wird. Ich lasse mir für morgen schon etwas einfallen. Was mir wirklich Bauchschmerzen macht, ist die Leiche in meinem Kühlhaus. Ich überlege die ganze Zeit, ob ich zur Polizei gehen soll.“

„Dann kannst du dir auch gleich eine Kugel durch den Kopf schießen“, meinte Jonas. Herbert musterte ihn aus halb geschlossenen Lidern.

„Wenn ich bedenke, Jonas Kleinschmidt, dass du mein Erbe bist, wird mir ganz schlecht“, sagte er.

„Ich habe mich nicht darum gerissen.“ Jonas sah seinem Onkel trotzig ins Gesicht.

„Das ist es ja gerade“, sagte Herbert bitter, „deine Tante und ich haben keine Kinder, und du hast kein Interesse am ‘Feldberg’. Ich darf gar nicht daran denken, dass kein Kleinschmidt mehr da ist, der das Lokal übernehmen wird.“

„Dann verkaufst du den Laden eben. Irgendwann ist jede Tradition zu Ende“, sagte Jonas.

„Jetzt aber raus hier!“, brüllte Herbert. Seine Augenlider flatterten.

Jonas stand sehr langsam auf, warf seinem Onkel einen abschätzigen Blick zu und verließ das Zimmer.

Dienstag, 16. November

Kurz nach Mitternacht wachte Jenisch mit einem wüsten Anfall von Schüttelfrost auf. Ihm war speiübel und er schaffte es gerade noch aufs Klo, bevor alle Dämme brachen. Eine halbe Stunde lang kotzte und schiss er sich die Seele aus dem Leib und wollte nichts als sterben. Es hörte erst auf, als nur noch Speichel und grüne Galle hochkamen. Die Magenkrämpfe blieben. Sie kamen im Minutenabstand. Seine Haut fühlte sich glühend heiß an. Alle Knochen taten ihm weh. Nach Luft ringend kroch er zurück ins Bett und maß Fieber: 40,8! Jenisch tastete nach dem Telefon.

Der Notarzt war ein drahtiger junger Mann, der die Untersuchung mit sicheren, routinierten Handgriffen durchführte. Er diagnostizierte eine schwere Magen- und Darminfektion als Folge einer Lebensmittelvergiftung und gab Jenisch eine Spritze gegen die ärgsten Symptome.

„Merkwürdig", sagte er, „Sie sind heute Nacht schon der dritte Patient mit den gleichen Beschwerden. Können Sie sich erinnern, was Sie gestern gegessen haben?"

Jenisch überlegte kurz. Er musste sich dazu zwingen, vom Essen zu sprechen. Schon bei dem Gedanken an irgendwelche Speisen wurde ihm übel.

„Zum Frühstück hatte ich zwei Brote mit Marmelade. Mittags habe ich im 'Feldberg' zu Mittag gegessen und abends Würstchen mit Kartoffelsalat."

Der Arzt horchte auf.

„Erinnern Sie sich, was Sie im 'Feldberg' gegessen haben?"

„Das war eine Tagessuppe, dann Jägerschnitzel mit Pommes ..."

„Aha“, unterbrach ihn der Arzt, „da haben wir’s doch schon. Alle Patienten, bei denen ich bisher war, haben im ‘Feldberg’ ein Jägerschnitzel gegessen.“

Jenischs Magen krampfte sich wieder zusammen.

„Soll das heißen, dass mit dem Fleisch etwas nicht in Ordnung war?“, japste er.

„Zumindest besteht die Möglichkeit.“

Jenisch brauchte einige Zeit, um den Gedanken zu realisieren.

„Nein, das kann nicht sein. Herbert und Erika Kleinschmidt haben immer die beste Qualität in der Küche.“

„Offenbar nicht immer“, meinte der junge Notarzt, „haben Sie irgendetwas an dem Fleisch bemerkt?“

„Nein, es hat geschmeckt wie sonst auch. Ich glaube nicht, dass im ‚Feldberg‘ gepfuscht wird.“

„Jedenfalls sprechen die Fakten dagegen. Ich würde das an Ihrer Stelle klären lassen.“

„Worauf Sie sich verlassen können“, ächzte Jenisch. Sein Magen hatte sich wieder verknotet und schmerzte höllisch. Der Arzt schaute ihn mitfühlend an.

„Ja, Lebensmittelvergiftung ist eine unangenehme Sache. Haben Sie eigentlich alles erbrochen?“

„Es kam nur noch grünes Zeug“, sagte Jenisch und spürte, wie sich schon wieder sein Magen hob.

„Gut“, meinte der Arzt, „dann haben Sie eine Chance, dass alles draußen ist, und wir müssen Ihnen nicht den Magen auspumpen. Wenn jemand unvollständig erbricht, gibt es Komplikationen, und wenn man es zu spät behandelt, kann es sogar tödlich sein, vor allem bei Kindern und alten Leuten.“

„Sind denn auch Kinder betroffen?“, fragte Jenisch.

„Nein, zum Glück nicht. Ich hoffe nur, dass Sie der letzte für heute Nacht sind."

Jenisch fing wieder an zu würgen und der Arzt hielt ihm den Putzeimer vor, der für den Notfall neben dem Bett stand. Aber es kam nichts mehr, Jenisch war vollkommen leergekotzt. Der Doktor legte ihm die Hand auf den Arm.

„Die Spritze wird bald wirken, dann wird es Ihnen besser gehen. Aber Sie bleiben erst einmal drei Tage im Bett und dann gehen Sie zu Ihrem Hausarzt."

„Aber ich muss ...", protestierte Jenisch.

„Sie müssen gar nichts, außer gesund werden. Übrigens, Sie sind stark übergewichtig. An Ihrer Stelle würde ich etwas dagegen tun", meinte der Arzt.

„Hm", machte Jenisch. Diese Bemerkung hatte ihm gerade noch gefehlt.

„Ich weiß, dass das in Ihrem Zustand nicht sehr einfühlsam ist, wenn ich es Ihnen so direkt sage, aber Sie haben mindestens zwanzig Kilo zu viel." Jenisch musste schlucken. Der Arzt legte ihm ein Rezept auf den Nachttisch.

„Möglichst bald besorgen und nach Vorschrift einnehmen", sagte er. Dann wünschte er ihm gute Besserung und ging.

Jenisch verkroch sich unter die Decke und wartete auf den nächsten Anfall von Schüttelfrost. Herbert konnte was erleben, wenn die Vermutung des Arztes richtig war! Lebensmittelvergiftung! So eine elende Sauerei! Er würde ihm die Gewerbeaufsicht auf den Hals hetzen. Stöhnend versuchte er eine Lage zu finden, in der es sich einigermaßen aushalten ließ. Aber er fand keine.

Den Rest der Nacht verbrachte er teils auf der Kloschüssel, teils auf dem Bett sitzend. Liegen war zu schwierig. Das Fieber blieb hoch, trotz der Spritze tat ihm alles weh, und immer noch kamen in Abständen Schüttelfrostanfälle und Magenkrämpfe.

An Schlaf war nicht zu denken.

Um halb sieben rief Bentler an. Jenisch hing immer noch auf der Bettkante.

„Guten Morgen, Jenisch, ich hoffe, du bist schon wach. Entschuldige, dass ich dich so früh störe, aber ich musste dich einfach informieren. Ich bin da einem Skandal auf der Spur. Seit gestern Abend gibt es hier anscheinend eine Serie von Lebensmittelvergiftungen. Der notärztliche Dienst hat bei den Kollegen von der Schutzpolizei angerufen und die haben mich informiert. Mindestens neun Leute sind betroffen."

„Ich bin einer davon", warf Jenisch ein.

„Wie bitte?"

„Ich bin todkrank. Der Notarzt war heute Nacht bei mir und hat eine Vergiftung festgestellt."

„Das ist nicht wahr! Du hast ... du hast doch etwa nicht auch im 'Feldberg' ...?", stotterte Bentler.

„Doch, hab ich", unterbrach ihn Jenisch grob, „ich esse dort jeden Mittag. Und jetzt lass mich in Ruhe!"

„Aber", begann Bentler.

„Nichts aber. Mir geht es miserabel. Ich bin drei Tage krank geschrieben."

Er wollte schon auflegen, als ihm seine Verabredung mit Jessica Langer einfiel.

„Bentler, tu mir einen Gefallen und ruf nachher für mich bei Langer & Partner an. Ich hatte heute einen Termin zur Wohnungsbesichtigung. Den muss ich leider absagen."

„Ist gut, mach ich", sagte Bentler, der sich inzwischen wieder einigermaßen gefangen hatte. „Eins muss ich dir aber noch sagen. Es ist ein Junge von sieben Jahren dabei, der liegt jetzt in der Höchster Klinik. Es geht ihm sehr schlecht."

„Verdammter Mist!", krächzte Jenisch.

„Das kannst du laut sagen. Wir müssen was tun."

„Ja, tu was! Mach Herbert Kleinschmidt die Hölle heiß. Wenn es wirklich an seinen Jägerschnitzeln gelegen hat, ist er dran. Das ist ein Ermittlungsauftrag, hast du verstanden? Und ruf sofort an, wenn du Ergebnisse hast."

„Alles klar, und ... äh, gute Besserung."

„Danke, besuch mich mal. Aber erst heute Nachmittag. Heute Vormittag bin ich den ganzen Tag auf dem Klo ... Grins nicht so blöd!"

„Ich? Woher weißt du, dass ich ..."

„Ich kenne dich, Bentler!"

Jenisch legte auf und ließ sich in die Kissen fallen. Das Telefongespräch hatte ihn total erschöpft. Als er sich einigermaßen erholt hatte, fingen seine Gedanken an zu kreisen. Es war nicht zu glauben! Herberts Jägerschnitzel hatten mindestens neun Personen vergiftet, ein kleiner Junge schwebte in Lebensgefahr. Das war ein Fall für die Kripo Kelkheim! Er musste so schnell wie möglich wieder auf die Beine kommen.

Jessica Langer hatte gut geschlafen, man sah es ihr an. Sie saß bereits am Computer und arbeitete, als Jonas hereinkam. Er sah aus wie ein Schluck Wasser.

„Morgen!", brummte er.

„Guten Morgen, Jonas. Sag mal, was ist denn mit dir los."

Jonas ließ sich auf einen Stuhl fallen und stierte vor sich auf den Boden.

„Ich habe heute Nacht kein Auge zugetan."

„Und warum, wenn ich fragen darf."

„Ich habe gestern Abend mit Onkel Herbert gesprochen."

„Und? Gibt's Probleme?"

„Das kann man so sagen. Er will aussteigen."

Einen Augenblick lang entgleisten Jessicas Gesichtszüge. Aber in der nächsten Sekunde hatte sie sich wieder unter Kontrolle.

„Lächerlich! Er kann nicht aussteigen. Dazu hängt er viel zu tief drin. Außerdem braucht er das Geld."

Jonas hob den Blick und sah Jessica an.

„Wusstest du, dass unter den Schweinehälften auch Leichen sind?", fragte er. Jessica wurde blass unter ihrem Make-up.

„Leichen? Wer sagt das?"

„Herbert sagt das. Er hat eine in seinem Kühlhaus entdeckt. Als Schweinehälfte getarnt."

Jessica saß bewegungslos vor dem Bildschirm, ihr Blick ging durch Jonas hindurch.

„Habt ihr auch über gestern geredet", sagte sie wie in Zeitlupe, „ich meine, über meine Aktion gestern Morgen?"

„Haben wir", sagte Jonas. Einen Augenblick lang juckte es ihn, sie ein wenig zappeln zu lassen. Aber dazu war die Lage zu ernst.

„Herbert hat dir eine halb zerlegte Schweinehälfte zum Vergraben gegeben, wie er gesagt hat."

Jessica schien erleichtert.

„Hat er dir auch gesagt, dass das Fleisch verdorben war?", fuhr Jonas fort.

„Hat er", sagte Jessica unwillig. „Ist doch unwichtig. Er hat einfach Schiss vor Dimitrij. Deshalb musste das Zeug weg. Aber als du vorhin von Leichen gesprochen hast, habe ich einen Augenblick gedacht ..." Jessica hielt inne.

„Wie soll's jetzt weiter gehen?", fragte Jonas. Jessica überlegte einen Moment.

„Die Sache mit der Schweinehälfte ist kein Problem. Dimitrij wird nichts davon erfahren. Dein Onkel will ihm einfach eine von seinen eigenen unterschieben. Wenn er die in Folie verpackt, sieht sie genau so aus wie die anderen."

„Aber ... die Leiche ...", Jonas zerknüllte die leere Zigarettenschachtel.

„Ja, die Leiche", wiederholte Jessica, „die ist allerdings ein Problem." Einen Augenblick herrschte Stille im Raum. Man hörte nur das Geräusch der vorüberfahrenden Autos auf der Frankfurter Straße. Jessica Langer stützte den Kopf in die Hände. Für einen Moment sah sie sehr verletzlich aus. Es war Jonas, der zu reden anfing:

„Wieso zum Teufel lagert Dimitrij Schweinehälften in Onkel Herberts Kühlhaus? Und wieso schmuggelt er eine Leiche dazwischen? Wenn du es weißt, dann sag's mir, Jessica, ich bitte dich!"

Jessica sah Jonas an. Aus ihrem Blick war jede Überheblichkeit verschwunden.

„Ich habe keine Ahnung, Jonas, ich schwör's dir."

Um zehn klingelte bei Jenisch das Telefon. Es war Bentler.

„Was gibt's Neues?", fragte der Oberkommissar.

„Stehst du oder sitzt du?", fragte Bentler.

„Ich liege."

„Das ist gut. Denn das, was ich dir jetzt sage, wird dich umhauen.“

„Mach’s nicht so spannend.“

„Also, ich war eben im ‘Feldberg’ und habe Herbert und seine Frau vernommen. Sie haben ein umfassendes Geständnis abgelegt.“

„Ein Geständnis?“, fragte Jenisch dazwischen.

„Ja, ein Geständnis, und was für eins! Sei so nett und unterbrich mich ausnahmsweise für fünf Minuten mal nicht, okay?“

„Ich versuch’s.“

„Also, Herbert Kleinschmidt hat illegale Schweinehälften in seinem Kühlhaus hängen. Das macht er schon eine ganze Weile für einen gewissen Dimitrij Stankov, der sie wiederum von irgendwo her einschmuggelt. Herbert weiß angeblich nicht, woher das Fleisch stammt. Dieser Dimitrij kommt von Zeit zu Zeit mit einem Lieferwagen vorbei, holt die alten Schweinehälften ab und bringt neue. Herberts Kleinschmidts Kühlhaus ist also ein Zwischenlager für irgendwelche Schiebereien …“

„Ist ja ein Ding! Und warum macht Herbert das?“, platzte Jenisch dazwischen.

„Ich habe dich gebeten, mich nicht zu unterbrechen!“ Bentlers Stimme klang ärgerlich.

„Entschuldige, aber die Frage war doch ...“

„Ja, nur Geduld, das kommt alles noch. Wo war ich stehen geblieben? Du hast mich rausgebracht!“

„Bei den Schiebereien“, sagte Jenisch sanft.

„Ja, richtig. Herberts Kühlhaus dient als Zwischenlager für illegale Fleischgeschäfte. Er wird dafür nicht schlecht bezahlt. Er braucht das Geld, weil er hoch verschuldet ist. Hat mit Aktien spekuliert und den Absprung verpasst. Wie so viele. So weit ist die Geschichte noch ganz logisch, wenn man mal davon absieht, dass es natürlich eine Schweinerei ist mit den Schweinehälften. Und jetzt halt dich fest, jetzt kommt der Clou: Die Schweinehälften waren in Folie eingeschweißt, was sie normalerweise nicht sind. Herbert ist neugierig geworden und hat gestern eine davon aufgemacht. Als Fachmann hat er dann beim Zerlegen festgestellt, dass sie nicht in Ordnung war. Daraufhin hat er sie aus dem Haus geschafft, das behauptet er jedenfalls. Er verweigert allerdings jede Auskunft darüber, wo er sie hingebracht hat. Und jetzt kommt Herberts Frau ins Spiel. Sie hat offenbar aus der Metzgerei ein Stück Schnitzelfleisch genommen, als das Zeug noch auf dem Zerlegetisch lag und Herbert aus irgendeinem Grund im Kühlhaus war. Das Stück reichte gerade für zehn Jägerschnitzel. Eins davon hast du gegessen. Die Kleinschmidts waren am Boden zerstört, als ich ihnen von den Vergiftungen erzählt habe. Herberts Frau, die auch die Küche macht, hat einen Nervenzusammenbruch erlitten. Dabei hatte ich noch gar nicht den kleinen Jungen erwähnt."

Bentler machte eine Pause.

„Darf ich dich jetzt was fragen?", begann Jenisch vorsichtig.

„Jetzt darfst du."

„Du hast von zehn Schnitzeln gesprochen. Wir haben aber nur neun Fälle von Vergiftung. Was ist mit dem zehnten Schnitzel?"

„Das hat Frau Kleinschmidt weggeworfen. Wenn du das finden willst, musst du die Müllkippen in der Umgebung durchwühlen."

„Mist!", sagte Jenisch. „Wir müssten eine Probe von dem Fleisch haben."

„Irgendwo muss der Rest noch sein. Ich habe Herbert danach gefragt, aber er hat sich dumm gestellt … Warte mal, da kommt mir ein Gedanke: Ein Schwein hat normalerweise zwei Hälften. Da müsste also noch eine zweite irgendwo sein, die auch schlecht ist. Aber wo? Vielleicht noch im Kühlhaus?"

„Ich krieg es raus, das schwöre ich dir", knurrte Jenisch. „Herbert Kleinschmidt hat also die zerlegte Schweinehälfte verschwinden lassen wollen und seine Frau hat durch Zufall ein Stück davon in der Küche verwendet."

„So ist es."

„Und die Schweine stammen von einem gewissen Dimitrij Stankov?"

„Ja, so hat Herr Kleinschmidt ihn genannt."

„Hast du ihn gefragt, wie er an diesen Dimitrij gekommen ist? Oder Dimitrij an ihn?"

„Verdammt noch mal, nein."

„Das hättest du aber …"

„Ja, ich weiß." Bentler ärgerte sich über sein Versäumnis. „Erika Kleinschmidt hat übrigens von der ganzen Sache nichts gewusst. Das hat alles ihr Mann gemacht."

„Hm", machte Jenisch.

„Soll ich die Gewerbeaufsicht verständigen oder sollen wir Herbert Kleinschmidt gleich verhaften?", fragte Bentler. „Mindestens sollten wir uns einen Durchsuchungsbefehl besorgen."

Jenisch schwieg eine Weile.

„Mal langsam", sagte er.„Hat Kleinschmidt erwähnt, wann die nächste Lieferung kommen soll?"

„Ja, morgen Abend."

„Scheiße", entschlüpfte es dem Oberkommissar, „ich bin nicht sicher, ob ich bis dahin wieder auf dem Damm bin."

„Du meinst, wir sollten bei der Transaktion dabei sein?“, fragte Bentler überrascht.

„Ich will wissen, wer Dimitrij Stankov ist und für wen er arbeitet“, sagte Jenisch grimmig. Bentler sagte für ein paar Sekunden nichts. Dann kam wieder seine Stimme durch den Hörer.

„Ich habe den Kleinschmidts übrigens empfohlen, den ‘Feldberg’ für ein paar Tage zu schließen.“

„Gute Idee“, meinte Jenisch, „aber wo soll ich jetzt mein Mittagessen herkriegen?“

„Mach dir keine Sorgen, ich bringe dir was vorbei.“

„Aber erst ab morgen. Heute esse ich nichts. Nur Zwieback und Kräutertee. Wenn ich nur ans Essen denke, wird mir schon schlecht. Übrigens, kannst du mir einen Gefallen tun und ein paar Medikamente aus der Apotheke holen?“

„Ich bin in einer Viertelstunde bei dir.“

Jonas stürzte ins Büro von Langer & Partner. Er war bleich wie die Wand. Jessica schaute ihn entgeistert an.

„Jonas, du bist schon wieder da? Was ist los?“

Der junge Mann ließ sich auf einen Stuhl fallen und schluckte schwer.

„Jessica“, brachte er schließlich hervor, „ich war gerade bei ‚Kelkheimer Zeitung‘, um die Anzeigen aufzugeben. Wir haben noch ein Problem.“

„Nein“, sagte Jessica, „nicht noch ein Problem!“

„Doch, leider! Onkel Herbert hat offenbar einen Teil des verdorbenen Fleisches in der Küche verwendet. Es gibt in Kelkheim neun Fälle von Lebensmittelvergiftung. Alles Leute, die im ‘Feldberg’ gegessen haben.“

Aus Jessicas Körper verschwand schlagartig alle Spannung.

„Sag, dass das nicht wahr ist", sagte sie fast unhörbar.

„Doch, es ist wahr. Morgen kannst du es in jeder Zeitung nachlesen."

Jessica sprang auf und ballte die Fäuste.

„Nein, dass kann nicht sein."

„Ich kann es mir auch nicht erklären. Es passt überhaupt nicht zu Onkel Herbert."

„Dein Onkel ist ein elender Lügner! Mir hat er erzählt, dass er alles zusammengepackt hat. Ich habe ihn ausdrücklich gefragt, weil ich sichergehen wollte, dass die Sache vom Tisch ist. Und jetzt stecke ich mitten drin!"

„Jessica, was machen wir jetzt?" Jonas' Stimme klang ganz klein. Jessicas Körper straffte sich wieder.

„Wenn er mich gelinkt hat, wird er mich kennen lernen", sagte sie. Jonas lief es beim Klang ihrer Stimme eiskalt den Rücken hinunter.

Es war zwanzig nach zehn, als Bentler bei Jenisch am Bett saß. Er schien bedrückt.

„Na, wie läuft unser Fall?", fragte Jenisch. Er machte schon wieder einen ganz munteren Eindruck. Die Ereignisse schienen ihn zu beleben. Bentler schaute ihn nachdenklich an.

„Vielleicht sollten wir Verstärkung anfordern", meinte er.

„Das machen wir später. Noch gibt's keine Leiche."

„Doch", sagte Bentler leise, „der kleine Junge ist vor einer halben Stunde in der Höchster Klinik gestorben. Sie haben eben angerufen. Den Vater hat es auch schlimm erwischt.

Es ist eine Familie aus Oldenburg, die hier Freunde besucht hat.“

Jenisch presste die Lippen zusammen.

„Wieso trifft es immer die Unschuldigen?“, murmelte er kopfschüttelnd. „Die armen Eltern tun mir leid!“

„Mir tun auch die Kleinschmidts leid“, fügte Bentler hinzu, erhob sich und trat ans Fenster, „sie werden es bald erfahren. Ich nehme an, dass es einen ziemlichen Wirbel geben wird. Die Presse hat auch schon Wind davon bekommen.“

„Oh, mein Gott“, sagte Jenisch, „Herbert und Erika sind ruiniert.“

„Sieht ganz so aus“, sagte Bentler. Es entstand eine Pause. Jeder hing seinen Gedanken nach. Bentler brach das Schweigen:

„Mal was anderes: Wie geht es dir eigentlich?“

„Mir geht's schon wieder besser. Nur noch leichtes Fieber und ab und zu Magenkrämpfe. Ich scheine relativ glimpflich davon gekommen zu sein, wie du siehst.“

„Gut.“ Bentler war ehrlich erleichtert. „Aber fang nicht zu früh wieder an zu arbeiten. Du musst dich noch schonen.“

„Ich habe nachgedacht“, sagte Jenisch, setzte sich auf die Bettkante und schaute seinen Kollegen ernst an. „Wir brauchen einen Plan für morgen, Bentler.“

„Wenn Dimitrij kommt?“

„Wenn Dimitrij kommt.“

Jonas Kleinschmidt hatte das dringende Bedürfnis nach einer Waffe. Das war der Grund, weshalb er in seinem roten Toyota Corolla auf dem Weg ins Frankfurter Bahnhofsviertel war. Er musste sich eine Kanone besorgen. Und er wusste auch wo.

Die Ereignisse des vergangenen Tages hatten ihn gründlich durcheinander gebracht. Er war kein Mensch, an dem so etwas einfach abperlte. Er war verunsichert. Und er hatte Angst, schlicht und einfach Angst. Nicht nur vor Sergej. Die Sache mit Dimitrij lief aus dem Ruder, so viel war ihm klar geworden. Da konnte Jessica noch so cool tun. Es gab ein Problem nach dem anderen. Da war die verdorbene Schweinehälfte. Und diese ominösen Vergiftungen. Ein kleines Kind war gestorben! Dann die Leiche in Onkel Herberts Kühlhaus! Und da war zu allem Überfluss die neue Ladung, die der Chef für morgen angekündigt hatte.

Jonas presste die Lippen zu einem schmalen Strich zusammen. Er hatte nicht die geringste Ahnung, wie er das alles managen sollte. Aber vielleicht brauchten sie ihn ja gar nicht mehr. Er, der die ganze Sache eingefädelt hatte, fühlte sich zunehmend überflüssig, wurde immer mehr zu einer Randfigur, über die man einfach verfügte und über die man hinweg trampelte. Dimitrij tat das sowieso, aber in letzter Zeit auch Jessica. Ach, Jessica! Immer wenn er an sie dachte, spürte er einen Stich. Sie war ihm so fern wie die Milchstraße. Er hätte sie so gern gestreichelt wie früher, ihr Haar und ihren schönen Körper. Aber sie zog es vor, Dimitrij nachzulaufen. Jonas presste die Lippen aufeinander. Ja, Dimitrij war unbestritten der Boss. Und er, Jonas Kleinschmidt? Onkel Herbert hatte schon Recht, wenn er ihn als Handlanger bezeichnete. Na gut, er war vielleicht nicht der Schnellste. Auch nicht der Stärkste. Dazu kam die Angst, das war nicht zu leugnen. Vor allem, wenn er an Sergej, Dimitrijs stummen Gorilla, dachte. Aber ein Feigling war er nicht!

Jonas fuhr über den Anschluss West auf die Skyline von Frankfurt zu. Die Anhäufung von Hochhäusern mit ihren glatten, blitzenden Fassaden beeindruckte ihn jedes Mal. Frankfurt war für ihn die Stadt. Ein faszinierender Moloch, der vor Leben und Energie vibrierte. Frankfurt war großartig und kalt, laut und vulgär, dunkel und verlockend. Irgendwie amerikanisch.

Er nahm den Fuß vom Gas. Er fuhr neunzig statt der vorgeschriebenen sechzig. Das hätte gerade noch gefehlt, dass ihn die Bullen hier blitzten. Hinter den Brücken in der Nähe des Messeturms standen sie nämlich immer.

Wieder nichts! Ärgerlich ließ Jessica Langer den Hörer sinken. Dimitrij war nicht zu erreichen. Das Seltsame war, dass es auch keinen Anrufbeantworter gab, keine Mailbox, nichts. Dabei war es äußerst wichtig. Sie musste ihn über die Lage hier unterrichten. Herbert hatte Mist gebaut und wollte aussteigen. Und dann diese Vergiftungen. Sehr unangenehm! Die Sache mit dem Kind war natürlich bedauerlich. Das bedeutete auf jeden Fall Verwicklungen. Wirklich beunruhigend aber war die tiefgekühlte Leiche. Sie musste herausbekommen, was es damit auf sich hatte.

Jessica zündete sich eine Zigarette an. Das Wichtigste war jetzt, einen kühlen Kopf zu behalten und strategisch zu denken, auch weil ihr Partner Jonas sich als Nervenbündel entpuppt hatte. Der Junge war einfach nicht belastbar. Ein Versager.

Überhaupt diese Kleinschmidts! Lauter Verlierer und kleinkarierte Ignoranten! Wenn sie an Jonas' Onkel dachte, packte sie die kalte Wut. Der hatte es mit seiner Blödheit zu verantworten, wenn die Geschäfte aufflogen. Machte einfach Jägerschnitzel aus dem Fleisch, das für Hundefutter bestimmt war. Dimitrij hatte ihr versichert, dass es ein sicheres Geschäft sei. Praktisch ohne Risiko. Er hatte ihr erzählt, dass Schweinehälften aus Bulgarien hier für gutes Geld zu Hundefutter verarbeitet wurden. Der Transport kostete fast nichts, weil Dimitrij offenbar Beziehungen zu Spediteuren hatte. Das Fleisch brauchte lediglich eine legale Herkunft und die bekam es durch Herberts Metzgerei. Dann wurden sie in eine Fabrik geschafft, deren Geschäftsführer Dimitrij bestochen hatte. Ihr wurde kurz übel bei dem Gedanken, dass der Tote in Herberts Kühlhaus vielleicht auch als Hundefutter enden würde. Diese Leiche störte sie gewaltig. Was hatte das zu bedeuten? Da war etwas am Laufen, das sie nicht überblickte. Sie biss sich auf die Lippen. Ja, sie war wütend auf Dimitrij. Warum hatte er sie nicht vollständig eingeweiht? Sie war schließlich seine Geschäftspartnerin und Vertraute.

Einen Augenblick war sie tatsächlich aus der Fassung geraten, als Jonas von der Leiche gesprochen hatte. Das ärgerte sie, weil es ihr zeigte, dass sie doch nicht so cool war, wie sie gedacht hatte. Es gab noch einen Grund, weshalb sie sich über sich selbst ärgerte: Sie hätte den Buddeljob für Herbert nicht machen sollen. Gewiss, achthundert Euro waren ein schönes Sümmchen für eine Stunde Hacken und Schaufeln aber sie fand inzwischen, dass es ein Fehler war. Das blöde Schwein zu vergraben war eigentlich unter ihrem Niveau. Sie hätte auf die achthundert verzichten und es Jonas überlassen sollen. Aber der hätte es wahrscheinlich vermasselt.

Es durften keine Fehler passieren, das hatte ihr Dimitrij eingeschärft. Und sie musste unter allen Umständen dichthalten. Vor allem Sergej sollte nichts von den Geschäften mit den Schweinehälften erfahren. Das war ihr merkwürdig vorgekommen, aber sie hatte auf Nachfragen verzichtet. Sie hatte es Dimitrij versprochen, weil sie bei ihm etwas gut zu machen hatte. Er hatte ihr mit einem großzügigen Kredit aus der Patsche geholfen, als das Immobilienbüro am Kippen war. Die Gegenleistung war, dass ihre Firma als eine Art Schaltstelle für seine Geschäfte fungierte. Aber ihre Kontakte zu Dimitrij waren nicht nur geschäftlicher Art ...

Sie hatte Macht über die Männer, das hatte sie sehr schnell begriffen. Und sie setzte diese Macht immer gezielter ein. Es war erstaunlich, was eine Frau erreichen konnte, wenn sie ihre Brüste und ihren Hintern als Waffen benutzte. Die meisten Männer, um nicht zu sagen alle, mutierten in Sekunden zu schwanzgesteuerten Triebbündeln, wenn sie den Rock etwas höher rutschen ließ oder mit dem Hintern wackelte. Ganz unfehlbar zum Erfolg führten leichte Berührungen. In hartnäckigen Fällen brauchte sie dem Opfer bloß eine Hand auf den Arm oder besser noch auf die Brust zu legen. Schon leistete es keinen Widerstand mehr. Es war ein herrliches Gefühl, diese Macht zu besitzen. Allerdings war auch ein Nachteil damit verbunden. Sie selber war unberührbar geworden. Das lag aber nicht an den Männern. Die hätten sie liebend gerne betatscht. Nein, es lag an ihr. Seit sie das Spiel mit dem Sex Appeal erfolgreich praktizierte, war die Reputation der Spezies Mann bei ihr fast auf Null gesunken. Sie konnte beim besten Willen keinen mehr attraktiv finden und noch weniger an sich heranlassen. Dabei hatte sie etwas Wichtiges gelernt: Man verachtet die, über die man Macht hat.

Nur Dimitrij Stankov bestand in ihren Augen. Er war stark, männlich, und er hatte Geld. Seit sie ihn kannte, war sie auf den Geschmack gekommen. Es war für sie eine

Offenbarung gewesen, als sie klar erkannt hatte, was sie wollte: Geld und Macht. Vor allem Geld war das, was Jessica Langer fehlte. Es war Dimitrij, der das Immobilienbüro Langer & Partner zum großen Teil finanzierte. Auch ihr Jeep ging auf seine Rechnung. Dafür hatte ihm Jessica ein paar wertvolle Insider-Tipps für seine Geldanlage gegeben. Grundstücke und Immobilien mit satten Renditen. Jonas wusste nur so viel davon, dass er sich wichtig fühlen konnte. Er hatte das Zwischenlager bei seinem Onkel Herbert aufgetan, als Dimitrij es brauchte. Aber Jonas war ein Risikofaktor. Wenn es brenzlig wurde, war auf ihn kein Verlass.

Auch in geschäftlichen Dingen war er ziemlich ahnungslos. Jonas hatte zwar eine Einlage in der Firma, aber sie hatte das Sagen, sie führte die Bücher und sprach mit den Kunden. Ursprünglich hatte der Name Langer & Kleinschmidt zur Debatte gestanden. Aber sie hatte das zum Glück abbiegen können. Langer & Kleinschmidt klang altmodisch und verstaubt. Langer & Partner hatte dagegen etwas Dynamisches. Nach einigem Widerstand hatte Jonas sich gefügt. Ihr zuliebe.

Früher einmal hatte sie für ihn geschwärmt. Die Erinnerung daran war ihr jetzt richtig peinlich. Nein, Jonas Kleinschmidt war kein Mann für sie. Jessica Kleinschmidt, wie das schon klang! Nach Großeinkäufen bei Aldi und todlangweiligen Abenden vor dem Fernseher mit Dosenbier und Salzstangen.

Alexandra, ihre kleine Schwester, fiel ihr ein. Sie war zwar schon verheiratet, aber sie war ein Hühnchen. Naiv und ahnungslos. Später würde sie die Kleine mal mit ins Geschäft nehmen. Die brauchte eine starke Hand. Zu ihren Eltern, die in Fulda wohnten, hatte sie fast keinen Kontakt mehr. Sie war streng katholisch aufgewachsen. Mit Mädchenschule und allem drum und dran. Ihr Vater war ein spießiger Kleinbürger, ihre Mutter Hausfrau. Die passten nicht mehr in ihre Welt. Aber für ihre Schwester Alexandra fühlte sie sich irgendwie verantwortlich.

Jessica drückte die Wahlwiederholung. Wieder keine Verbindung zu Dimitrij! Ob sie sich Sorgen machen musste? Hoffentlich war alles gut gegangen.

Sie freute sich darauf, Dimitrij wieder zu sehen. Vielleicht gelang es ihr, ihn ein bisschen scharf zu machen. Im Bett wollte sie ihn allerdings noch nicht haben. Denn zu ihren neueren Erkenntnissen über die Männer gehörte auch, dass man sie möglichst lange auf Distanz halten musste. Umso mehr lief ihnen das Wasser im Mund zusammen und umso gefügiger wurden sie. Wenn man gleich mit ihnen schlief, war der Zauber meistens schnell weg, wenn sie nicht gerade ernsthaft verliebt waren wie Jonas zum Beispiel. Ein bisschen wehmütig dachte sie an die erste Zeit mit ihm zurück. Es war schön gewesen im hohen Gras am Gimbacher Hof oder an der Viehweide ... Sie hatte ihn gemocht, weil er sanfter war als die anderen mit ihren groben Händen und ihren dümmlichen Macho-Sprüchen.

Jessica rief sich zur Ordnung. Das war Schnee von gestern. Es gab jetzt Wichtigeres zu tun, als sentimentalen Erinnerungen nachzuhängen. Jonas war eine vernachlässigbare Größe. Dimitrijs Geschäfte waren in Gefahr und damit auch ihre eigene Existenz. Wenn Dimitrij aufflog, war sie mit dran. Mitgegangen, mitgefangen, mitgehangen. Der alte Spruch ihrer Mutter fiel ihr ein. Sie verdrängte ihn schnell wieder. Auf jeden Fall musste verhindert werden, dass die Transaktion morgen Abend ins Wasser fiel, weil sich irgendein Kleinschmidt ins Hemd machte.

Jessica fiel die zierliche, silbrig glänzende Pistole ein, die sie in der Wäschekommode unter den Slips und Büstenhaltern versteckt hatte. Dimitrij hatte sie ihr eines Abends in die Hand gedrückt mit der Bemerkung, das Leben sei gefährlich und man könne nie wissen, wann man so etwas einmal brauche. Sie hatte das Ding an sich genommen, aber nur, weil es von Dimitrij kam. Zwischenzeitlich hatte sie die Waffe schon fast vergessen. Aber jetzt fiel sie ihr wieder ein. Vielleicht war es besser, sie eine Zeitlang bei sich zu haben.

Erika Kleinschmidt erinnerte sich gut an das lebhafte kleine Kerlchen, das am Montagnachmittag mit seinen Eltern im 'Feldberg' gegessen hatte: Jägerschnitzel mit Pommes und Buttergemüse. Als Nachtisch Schokoladenpudding mit Sahne. Sie hatte sich noch ein bisschen im Spaß mit ihm gekabbelt, weil sie vorgab, nicht zu glauben, dass er das Riesenschnitzel schaffen würde. Er hatte es geschafft. Und jetzt war er tot, der arme Kleine. Und sie war Schuld daran!

Am Sonntagabend hatte das Verhängnis angefangen. Sie konnte sich an jede Einzelheit erinnern. Sie hatte auch den Wochenplan noch genau im Kopf. Montag: Jägerschnitzel. Sie rechnete für den Mittagstisch mit acht bis zehn Portionen, die anderen Gäste würden wahrscheinlich Rippchen mit Kraut oder das Hirschgulasch verlangen. Sie hatte es sich zur Gewohnheit gemacht, immer schon am Vortag das Wichtigste vorzubereiten. So entstand beim Kochen nicht so viel Hektik.

Beim Blick ins Fleischfach des riesigen Kühlschranks hatte sie festgestellt, dass kein Schnitzelfleisch mehr da war! Sie musste schnell hinüber in die Metzgerei.

Auf dem Zerlegetisch hatten einige Fleischteile gelegen. Es sah so aus, als habe Herbert, ihr Mann, den Raum gerade verlassen. Die Tür zum Kühlraum war geschlossen.

Ihr Blick wanderte über den Tisch. Und da fand sie auch, was sie suchte. Ein schönes Stück Schnitzelfleisch, aus dem sie mindestens zehn Portionen schneiden konnte. Das kam wie gerufen! Nur seltsam, dass Herbert noch so spät in der Metzgerei gearbeitet und Silvio, den Kellner, in der Wirtschaft allein gelassen hatte. Aber das musste nicht ihre Sorge sein.

In der Küche schnitt sie das Fleisch in Scheiben. Es gab zehn große Portionen. Wenn sie die Schnitzel klopfte und panierte, hatten sie genau die Größe, für die der ‚Feldberg' berühmt war.

Erika schluchzte auf. Ihre Schultern bebten. Unaufhörlich liefen ihr die Tränen die Backen hinunter und sammelten sich auf der Wachstuchdecke des Küchentisches. Sie hielt ein zerknülltes Papiertaschentuch in der Hand, ohne es zu benutzen.

Nachdem der junge Kriminalbeamte gegangen war, hatte Herbert getobt wie ein Wahnsinniger. Sie hätte ihn unbedingt fragen sollen, statt einfach das Stück Schnitzelfleisch vom Zerlegetisch zu nehmen, hatte er gebrüllt. Aber sie hatte es schon öfter so gemacht, dass sie für die Küche ein Stück frisches Fleisch aus der Metzgerei geholt hatte. Nie hatte Herbert etwas dagegen einzuwenden gehabt. Warum ausgerechnet jetzt? Und wieso war das Fleisch nicht in Ordnung gewesen? Es hatte ganz normal ausgesehen und gerochen. Sie musste an Herberts Spruch denken: Als Leberwurst und Jägerschnitzel kannst du jeden Schund verkaufen. Wo stammte das Fleisch überhaupt her? Wie kam es in ihre Metzgerei? Ob Herbert irgendwelche krummen Sachen machte? Sie verstand ihren Mann nicht mehr. Sie verstand die Welt nicht mehr.

Herbert hatte in letzter Zeit kaum mit ihr gesprochen. Das Geschäftliche war seine Sache. Sie hatte ihm blind vertraut. Aber woher kamen plötzlich die Schulden, wo doch die Gastwirtschaft so gut lief? Herbert hatte irgendetwas von Aktiengeschäften gemurmelt. Aber Genaueres war ihm nicht zu entlocken. Herbert konnte so stur sein! Er hatte ihr unter Drohungen verboten, mit irgendjemandem darüber zu reden. Sie hatte sich daran gehalten, obwohl sie manchmal beinahe geplatzt wäre, so viele unbeantwortete Fragen waren ihr im Kopf herumgegangen. Aber selbst wenn sie Herberts Verbot missachtet hätte, mit wem hätte sie denn reden sollen? Mit den Kochtöpfen? Oder mit Sandra, der Küchenhilfe, die zwar zuverlässig arbeitete, aber sonst nicht sehr hell im Kopf war? Auch Silvio, der junge Italiener, der in der Gastwirtschaft kellnerte, kam nicht in Frage. Er war ihr zwar sympathisch und sprach auch Deutsch, aber viel zu wenig, als dass sie mit ihm über kompliziertere Dinge als den Speiseplan hätte reden können.

Eigentlich war die Ehe mit Herbert in der ersten Zeit ganz in Ordnung gewesen. Sie kamen gut miteinander zurecht, vor allem bei der Arbeit. Sie war stolz darauf gewesen, den Namen Kleinschmidt zu tragen und in der Wirtschaft mit anzupacken. Aber nach ein paar Jahren begannen die Schwierigkeiten. Sie bekamen keine Kinder und wussten nicht warum. Sie hatte zum Arzt gehen wollen, um sich untersuchen zu lassen, aber Herbert hatte es ihr strikt verboten. Er hätte es nicht verwunden, wenn sich herausgestellt hätte, dass er nicht zeugungsfähig gewesen wäre. Auch eine Adoption hatte er abgelehnt. Fremdes Blut kommt mir nicht ins Haus, basta, hatte er immer wieder gesagt. Und sie hatte sich doch so sehr ein Kind gewünscht!

Wieder erschütterte ein Weinkrampf ihren Körper. Sie war eine Frau, die gewohnt war anzupacken. Ihr Leben bestand zum größten Teil aus Arbeit. Während Herbert schlachtete und den Ausschank machte, war sie es, die Tag für Tag in der Küche stand und den Laden am Laufen hielt. Sie war nicht so schnell umzuwerfen. Was jedoch jetzt auf sie einstürzte, überstieg ihr Fassungsvermögen. Alles war durcheinander. Sie wusste nicht mehr, was sie denken sollte.

Noch nie war die Kriminalpolizei im Haus gewesen. Und jetzt musste ausgerechnet der junge Bentler erscheinen, dessen Mutter sie gut kannte. Sie waren ein Jahrgang und zusammen in die Schule gegangen. Wenn die Bentlersche es erfuhr, wusste es bald ganz Kelkheim. Aber das war auch schon egal. So etwas ließ sich sowieso nicht vertuschen. Früher oder später würden es alle erfahren. Sie sah die Überschriften in der Zeitung schon vor sich: ‚Siebenjähriger Junge durch Jägerschnitzel vergiftet – Skandal in der Gastwirtschaft ‚Zum Feldberg''. Und dann würde die Bildzeitung kommen und das Fernsehen …

Der junge Bentler hatte erwähnt, dass auch der Inspektor, der immer im 'Feldberg' zu Mittag aß, krank geworden war. Am meisten fürchtete sie das Gerede und das scheinheilige Getue der Nachbarschaft. Die Welt war voller Neid und Missgunst. Die warteten doch bloß drauf, dass den Kleinschmidts mit ihrer gut gehenden Gastwirtschaft etwas passierte. Wie sollte sie diese Schande bloß aushalten?

Das Schild an der Tür fiel ihr ein: ‚Heute geschlossen'. Und das an einem Dienstag! Allein schon darüber würden sich die Hornauer das Maul zerreißen. Der 'Feldberg' geschlossen! Noch nie in ihrem Leben hatten sie den 'Feldberg' an einem Dienstag schließen müssen. Und es würde wahrscheinlich nicht bei dem einen Tag bleiben. Wahrscheinlich musste das Lokal für Wochen geschlossen bleiben, vielleicht sogar für immer. Sandra und Silvio hatten es zuerst gar nicht glauben wollen. Sie selbst konnte es nicht glauben. Der 'Feldberg' war ihr Leben.

Eine ganze Welle von Schluchzern schüttelten den Körper von Erika Kleinschmidt. Langsam, aber unerbittlich sickerte in ihr Bewusstsein ein, dass die Existenz, die sie bisher gekannt hatte, unwiderruflich zerstört war. Und noch etwas sickerte ein: dass sie ein Menschenleben auf dem Gewissen hatte, dass sie eine Mörderin war, unabsichtlich zwar, aber eine Mörderin. Und als Mörderin wollte sie nicht weiterleben.

Mit tränenblinden Augen stand sie auf und streifte ihre Kittelschürze ab. Dann zog sie ihren guten braunen Wollmantel über und nahm den Schlüssel des Subaru vom Schlüsselbrett. Leise öffnete sie die Tür zum Schankraum und warf einen Blick hinein. Es war düster darin und die Stühle, die umgedreht auf den Tischen standen, sahen gespenstisch aus. Insgeheim hatte sie gehofft, Herbert wäre da, nähme sie in die Arme und alles würde wieder wie früher werden ... aber die Gastwirtschaft war leer. Von Herbert keine Spur. Auch gut. Dann war es eben entschieden.

Für einen Augenblick kam ihr der Gedanke, noch einmal in der Küche vorbeizuschauen. Aber sie war sicher, dass ihr dann wieder die Tränen gekommen wären. Stattdessen ging sie mit festen Schritten hinter den Tresen, griff sich eine

Flasche Rémy Martin und verließ das Haus durch die Hintertür.

Draußen wurde es schon dunkel.

Herbert Kleinschmidt hatte sich seit Stunden in seinen Apfelwein-Keller zurückgezogen. Er musste auf den Schock einen trinken und er musste nachdenken. Prüfend hielt er das Glas gegen das Deckenlicht. Ein ausgezeichneter Stoff, dieser selbst gebrannte Apfelschnaps! Kelkheimer Calvados! Hätte man ohne weiteres oben in der Gastwirtschaft verkaufen können.

Herbert gab einen krächzenden Laut von sich, der ein Lacher hätte sein können, wenn die Lage nicht so ernst gewesen wäre. Er steckte bis Oberkante Unterlippe in einer beschissenen Sache drin und hatte keinen Schimmer, wie er da wieder herauskommen sollte. Sein Neffe Jonas war zwar ein Nichtsnutz, aber er hatte Recht, wenn er meinte, dass das Aussteigen nicht mehr so ganz einfach war. Das Problem hieß Dimitrij. Der war gefährlich, das war ihm inzwischen klar geworden. Herbert wusste, dass er mit der Schweinehälfte eine Riesendummheit begangen hatte, aber nach fünf Apfelschnäpsen legte sich eine wohltuender Nebel über sein Gehirn. Nichts war so schlimm, dass man es nicht irgendwie reparieren konnte.

Wenn bloß das Kind nicht gewesen wäre! Der Junge, der an Lebensmittelvergiftung gestorben war! Das war nicht zu reparieren. Herbert wurde einen Augenblick lang wieder nüchtern, aber dann siegte endgültig der Alkohol. Wenn er jetzt anfangen würde zu jammern und zu verzweifeln, würde das den Jungen auch nicht wieder lebendig machen. Er musste jetzt an sich denken und daran, wie er es hindrehen konnte, den ‚Feldberg' einigermaßen unbeschadet über die Runden zu bringen.

Erika machte ihm Sorgen. Inzwischen tat es ihm schon leid, dass er sie so angefahren hatte. Es war nicht ihre Schuld gewesen mit den Jägerschnitzeln. Er selber hatte das Ganze verbockt. Aber er hatte es gegenüber Erika nicht zugeben können. Überhaupt war in der letzten Zeit wenig gesprochen worden zwischen ihnen. Auch das lag an ihm. Er schämte sich ihr gegenüber wegen seiner misslungenen Aktiengeschäfte. Er hatte sich für besonders schlau gehalten und die gesamten Ersparnisse und noch einige Bankkredite in Telekom-Aktien und Risiko-Papieren der New Economy angelegt. Das sah auch zunächst blendend aus, bis dann der Absturz kam und er immer wieder gezögert hatte, sein Aktienpaket zu verkaufen, in der trügerischen Hoffnung, die Baisse sei nur ein Zwischentief. Jetzt war aus einem ansehnlichen Vermögen ein Schuldenberg von über zweihundertfünfzigtausend Euro geworden. Erika wusste nichts davon. Und er brachte es nicht übers Herz, ihr die Wahrheit zu sagen. Vor seiner Frau als Versager dazustehen, hätte er als Mann nicht überlebt.

Dann war sein Neffe Jonas gekommen mit dem Schweinehälften-Deal. Er hatte sich darauf eingelassen. Das Geschäft mit Dimitrij hatte sich ganz vielversprechend entwickelt, aber jetzt entpuppte es sich als Falle. Und er musste irgendwie aus dieser Falle heraus. Ein Problem war, dass die Polizei inzwischen davon wusste. Herbert hätte sich dafür in den Hintern treten können, dass er von Dimitrij und der Lieferung heute Abend gesprochen hatte. Er war einfach nicht abgebrüht genug für solche Sachen. Der junge Bentler, dieser Grünschnabel, hatte ein paar unangenehme Fragen gestellt, aber er hatte keinen sehr scharfen Eindruck gemacht. Bis jetzt schien die Polizei jedenfalls noch nichts unternommen zu haben. Herbert Kleinschmidt hatte keine hohe Meinung von der Polizei. Ein lascher Haufen! Wenn man sie brauchte, waren sie nicht da. Und wenn man sie nicht brauchte, liefen sie einem die Bude ein.

Herbert goss sich noch einen doppelten Apfelschnaps ein und kippte ihn in einem Zug. Die Geschichte mit dem verdorbenen Fleisch lag ihm schwer auf der Seele. Schwerer noch die verdammte tiefgefrorene Leiche. Ihm kam ein schrecklicher Gedanke. Wenn nun bei jeder der vorangegangenen Lieferungen eine Leiche dabei gewesen war? Nein, das konnte nicht sein. Es durfte nicht sein!

Was hatte Jonas gesagt? Morgen Abend wollte Dimitrij mit einer neuen Ladung kommen und er sollte Platz in seinem Kühlhaus schaffen?

In Herbert Kleinschmidts Kopf keimte ein Gedanke, wurde schnell größer und durchbrach im nächsten Augenblick die Schwelle zu seinem Bewusstsein. Wieso hatten eigentlich immer die anderen das Gesetz des Handelns in der Hand? Warum nicht er, Herbert Kleinschmidt? Er würde Dimitrij Stankov einen Empfang bereiten, den er nicht so schnell vergessen würde. Wenn dieser hergelaufene Lackaffe glaubte, er könne mit ihm machen, was er wollte, dann hatte er sich gründlich geirrt.

Der Wirt des 'Feldberg' erhob sich schwankend und tappte zu einem grauen Metallschrank hinüber. Vorsichtig ging er in die Knie und tastete den Boden darunter ab. Ah, da war es ja, das Schlüsselchen! Etwas verstaubt und verrostet zwar, aber immer noch gebrauchsfähig. Er überlegte, wie lange er den Schrank nicht mehr aufgeschlossen hatte. Wie lange war es her, dass er nicht mehr auf der Jagd gewesen war? Es musste zweieinhalb oder drei Jahre her sein. Die

Schranktür öffnete sich quietschend. Herbert langte hinein und holte einen in eine Decke gewickelten länglichen Gegenstand heraus. Er war gespannt auf den Zustand seines Jagdgewehrs.

Als er es ausgewickelt hatte, lag es mit schwarz glänzendem Lauf und poliertem Schaft vor ihm. Es sah aus wie neu. Daneben lagen ein nachttaugliches Zielfernrohr und mehrere Schachteln Munition.

Mittwoch, 17. November

Jenisch wälzte sich unruhig auf seiner Matratze hin und her. Es war kurz vor neun und er war seit mindestens drei Stunden wach. Er konnte nicht mehr schlafen. Die Nacht hatte er ganz gut überstanden, die Medikamente taten ihre Wirkung.

Bentler ließ seit ihrer letzten Unterredung nichts von sich hören. Sein Kollege war seit dem Tod des kleinen Jungen reichlich mitgenommen. Jenisch musste sich eingestehen, dass er selber auch ziemlich neben der Spur war. Und das nicht nur wegen seiner Vergiftung. Sein Instinkt sagte ihm, dass sich da etwas zusammenbraute. Sein Gehirn arbeitete wie verrückt und spuckte ein Szenario nach dem anderen aus. Endlich eine Herausforderung, die seinen Fähigkeiten angemessen war! So viel Adrenalin in seinen Adern hatte Jenisch selten gespürt. Das war sein Fall! Den nahm ihm niemand weg. Wo kam der plötzliche Ehrgeiz her? Egal, er musste nachdenken, kombinieren, alle Möglichkeiten in Betracht ziehen. Das nahm ihn voll in Anspruch. Sogar die Siebenuhr-Nachrichten im Radio hatte er deswegen verpasst.

Apropos Nachrichten! Er hatte die Zeitung noch gar nicht gelesen! Er ging ins Treppenhaus zum Briefkasten. Dabei spürte er, dass seine Knie noch ziemlich weich waren. Er schlug den Lokalteil auf. ‚Neun Menschen durch Jägerschnitzel vergiftet' lautete die Schlagzeile. Und darunter hieß es: ‚Siebenjähriger Junge stirbt an den Folgen; Lebensmittelskandal im renommierten Gasthaus ‚Zum Feldberg'?' Na, immerhin setzten sie noch ein Fragezeichen dahinter. Der Text war zwar reißerisch formuliert, aber er bot nichts Neues. Die Journalisten hatten in der Kürze der Zeit auch nicht mehr herausbekommen können als die Polizei. Und die spärlichen Informationen hatten sie zu einer großen Story aufgeblasen.

Das sah wirklich cool aus! Jonas vollführte vor dem großen Spiegel im Flur seiner Wohnung eine Vierteldrehung. Es sah aus wie ein Standbild aus einem Actionthriller. Die gespreizten Beine, die leicht geduckte Haltung, die durchgestreckten Arme und dann die Magnum, mit beiden Händen gehalten und der rechte Zeigefinger am Abzug. Dahinter die Augen. Seine Augen. Jonas ließ die Waffe langsam sinken und riss sie dann wieder hoch. Wammm! Und noch einmal. Wammm! Tolles Gefühl!

Er richtete sich auf und steckte die Pistole hinten in seinen Hosenbund. Wie schnell konnte er im Ernstfall sein? Er stellte sich frontal vor dem Spiegel auf. Die Arme locker an der Seite baumeln lassen. Dann blitzschnell nach hinten fassen, leicht in die Knie gehen und die Waffe mit beiden Händen nach oben reißen, kurz zielen und Wammm! Noch einmal. Jetzt ging es schon flüssiger. Jonas zog die Waffe immer wieder, bis er zufrieden war. Er würde sich teuer verkaufen. Diese Schweinebande konnte sich auf etwas gefasst machen, wenn es zum Kampf kam. Jonas Kleinschmidt war gerüstet!

Von Krankheiten reden war eine Sache, krank sein eine andere. Oberkommissar Jenisch war ein glänzender Hypochonder, aber ein schlechter Patient. Er fühlte sich zwar zeitweise noch schwach, hatte aber, nachdem er einen halben Tag lang seine Medikamente eingenommen hatte, das Gefühl, es gehe ihm stündlich besser. Er zwang sich, im

Bett zu bleiben und brav seinen Zwieback zu essen und seinen Kräutertee zu trinken. Er redete sich ein, das sei notwendig zu seiner Genesung. Die Wahrheit war, dass er innerlich rotierte und sich in seinen vier Wänden schrecklich eingesperrt fühlte. Da draußen gab es einen interessanten Fall, den er aber wegen seiner blöden Krankheit weitgehend Bentler überlassen musste. Der war zwar ein ganz fähiger Kopf, aber er, Jenisch, hatte die Erfahrung. Und die war durch nichts zu ersetzen.

Er sprang aus dem Bett. Sofort durchzuckte ihn ein höllischer Schmerz in seinen Eingeweiden. Ein neuer Magenkrampf! Verdammt nochmal, ihm blieb aber auch nichts erspart! Mit zusammengebissenen Zähnen wartete er, bis der Schmerz etwas nachließ. Dann griff er nach den Tabletten, drückte zwei davon aus der Folie heraus und schluckte sie mit etwas kaltem Kräutertee. Das war die doppelte Dosis.

Stöhnend rappelte er sich auf und schlich gekrümmt zum Telefon hinüber. Er musste noch einiges regeln, bevor die Aktion heute Abend stattfinden konnte. Es war undenkbar, dass er nicht dabei war. Und er, Jenisch, wollte bis dahin unbedingt einigermaßen fit sein, koste es, was es wolle.

Er schaute aus dem Fenster. Ein leichter Nieselregen hatte eingesetzt. Keine besonders guten Voraussetzungen, aber auch kein entscheidender Nachteil, wenn es dabei blieb. Der Oberkommissar überlegte. Um einen Anruf bei Pretorius kam er nicht herum, soviel stand fest. Pretorius war Kriminaloberrat und sein unmittelbarer Vorgesetzter in Hofheim. Er musste ihn ins Bild setzen. Aber er hatte fest vor, die Sache herunterzuspielen, um am Abend freie Hand zu haben. Notfalls würde er sogar ein wenig schwindeln. Wenn Pretorius von Dimitrij und seinen Machenschaften erfuhr, war er im Stande und gründete sofort eine Sonderkommission ‚Organisierte Kriminalität'. Jenisch war aber der Ansicht, dass das noch Zeit hatte. Zunächst einmal war das Ganze eine Kelkheimer Angelegenheit, und er war als Leiter der Kelkheimer Kripo dafür zuständig.

Jenisch wunderte sich über sich selbst. Natürlich war ihm klar, dass es in diesem Fall höchst problematisch war, auf eigene Faust zu handeln. Aber es war, als hätte jemand in seinem Gehirn eine Sicherung ausgeschaltet. Eine Art Jagdfieber hatte ihn erfasst, wie er es seit seinen Zeiten als junger Kriminalbeamter nicht mehr gespürt hatte. Dazu kam, dass er in diesem Fall war er nicht nur Polizist, sondern auch Betroffener war. Auch er gehörte zu den Opfern dieses Halunken Dimitrij mit seinen vergammelten Schweinehälften. Er hatte ein persönliches Interesse daran, dem Burschen mitsamt seinen Hintermännern das Handwerk zu legen. Er war wild entschlossen, die Sache durchzuziehen, auch wenn da eine rote Warnlampe in seinem Hinterkopf aufleuchtete.

Jenisch wählte die Nummer von Pretorius. Es meldete sich der Anrufbeantworter. Sieh an, der Herr Oberrat geruhte erst um halb zehn anzufangen! Insgeheim fiel ihm ein Stein vom Herzen. Das war vielleicht ein Fingerzeig des Schicksals, dass sein Vorgesetzter nicht da war. In dürren Worten sprach er das Nötigste auf Band und hoffte inständig, dass Pretorius vor dem Abend nicht zurückrufen würde. Er hoffte auch, dass Bentler so lange dichthalten würde. Sein junger Kollege war von der Weisheit seines Planes bei weitem nicht so überzeugt wie Jenisch selber. Bentler brachte es fertig und informierte Pretorius auf eigene Faust. Er beschloss, ihn anzurufen und die Einzelheiten des Plans noch einmal mit ihm durchzugehen. Jenisch stand auf und schlurfte hinüber in die Küche, um sich einen Toast zu machen.

Nach zehn Minuten klingelte das Telefon. Es war die Sekretärin von Pretorius, offenbar eine neue, denn er kannte sie nicht. Sie klang ziemlich zickig. Der Herr Oberrat sei auf einem Kongress. Ob sie seinen Anruf an seinen Vertreter, Herrn Kriminalrat Liebeneiner, weiterleiten solle. Jenischs Herz machte einen Sprung. Das war seine Chance! Nein, beschied er der Dame, das sei nicht nötig. Es handele sich um keine sehr dringende Angelegenheit. Wann denn Pretorius wieder im Büro sei, fragte er. Freitag Morgen, aha, das sei sehr gut. Er werde sich dann noch einmal persönlich melden. Damit legte er auf.

Jenischs Laune hob sich merklich. Niemand konnte sagen, er habe seinen Vorgesetzten nicht informieren wollen. Bis Freitag hatte er also freie Hand. Sehr gut!

Jessica Langer stand in ihrem Schlafzimmer vor dem Schrank mit den großen Spiegeltüren und drehte sich langsam einmal um sich selbst. Heute musste sie nicht ins Büro. Sie hatte ein Schild an die Tür gehängt: ‚Heute geschlossen'. Ein Tag frei für Dimitrij musste schon sein. Auf Jonas brauchte sie keine Rücksicht zu nehmen. Der war seit gestern Nachmittag verschwunden. Um ihn machte sie sich keine Sorgen. Er war zwar ein Unsicherheitsfaktor, aber er würde garantiert heute Abend nicht auf der Bildfläche erscheinen. Er hielt sich da raus, dieser Angsthase!

Jessica befeuchtete die Lippen mit einer kreisenden Bewegung ihrer Zunge und warf einen Blick in den Spiegel. Sie war vollkommen nackt bis auf einen winzigen schwarzen String-Tanga, ein Nichts, das gerade ihre Spalte bedeckte. Seit Dimitrij einmal beiläufig fallen gelassen hatte, er möge rasierte Frauen, entfernte sie sich jede Woche einmal die Schamhaare. Man konnte ja nie wissen, wann es so weit war.

Sie trat näher an den Spiegel heran und betrachtete sich eingehend. Was sie sah, gefiel ihr. Ein schönes Gesicht, auch ohne Make-up. Sie ließ den Blick über ihre leicht gebräunte, makellose Pfirsichhaut wandern. Den mittelgroßen, festen Brüsten mit den zartbraunen Brustwarzen hatte die Schwerkraft noch nichts anhaben können. Sie brauchte keinen BH, obwohl sie gewöhnlich einen trug, um ihren Busen noch ein wenig voller erscheinen zu lassen. Aber keinen Push-up, so etwas hatte sie nicht nötig.

Jessica lächelte sich selber kokett zu und vollführte eine weitere Drehung. Sie fand die Linien ihres Köpers faszinierend. Vor allem die Flanken und die harmonischen Rundungen ihres Hinterns waren perfekt. Venus selbst hätte nicht vollkommener sein können. Sie schloss die Augen und ließ ihr Becken kreisen. Wenn sie ein Mann wäre, würde sie sich in sich selbst verlieben. Ob Dimitrij dieser Versuchung widerstehen würde? Vielleicht sollte sie es einmal mit einem Strip versuchen.

Mit beiden Händen strich sie von den Schultern über die Brüste und über ihren flachen Bauch. Ihr Becken kreiste immer noch. Ein wohliger Schauer überrieselte sie. Ihre Brustwarzen wurden steif und die kleinen Härchen auf ihren Unterarmen stellten sich auf. Ah, das war gut! Es konnte durchaus sein, dass sie gar keinen Mann brauchte, sondern eine Frau. Die meisten Männer hatten keine Ahnung davon, was dem Körper einer Frau wirklich gut tat. Sie fand die Vorstellung erregend, von einer Frau liebkost zu werden. Unwillkürlich musste sie an Jonas denken. Er hatte sie mit seinen schmalen Händen gestreichelt wie ein Mädchen. Wenn er beim Sex nur nicht so schüchtern und ungeschickt gewesen wäre! Wie ein tapsiger junger Hund hatte er sich angestellt! Irgendwie rührend, aber eigentlich unmöglich! Jessica schüttelte ihre rotblonde Mähne. Egal, Jonas war passé. Dimitrij war angesagt. Für einen Augenblick glaubte sie sein herbes Aftershave zu riechen, den Geruch nach Herrenanzug und teuren Zigarillos.

Mit wiegenden Hüften ging sie zu der niedrigen Wäschekommode hinüber und zog die unterste Schublade auf. Nach kurzem Suchen zog sie die kleine, silbern glänzende Pistole heraus, die Dimitrij ihr geschenkt hatte. Sie wusste, dass sie geladen war. Sechs Schuss waren im Magazin. Dimitrij hatte ihr gezeigt, wie man sie sicherte und entsicherte. Sie legte den kleinen Hebel herum. Wenn sie jetzt abdrückte ...

Sie stellte sich wieder vor die Spiegeltür und strich mit dem Lauf der Waffe ganz sanft über ihre Lippen. Augenblicklich durchrieselte sie ein wohliger Schauer. Sie war erstaunt, wie schnell der Kontrast zwischen der warmen, weichen Haut und dem kühlen, harten Metall sie scharf machte. Dass die Pistole entsichert war, erhöhte den Reiz noch. Aufstöhnend ließ sie den silbernen Lauf um ihre Brüste und dann um ihren Nabel kreisen. Die wohligen Schauer verstärkten sich. Sie verlegte die Kreise weiter nach unten. Was für ein sensationelles Gefühl! Fast noch besser als eine Männerhand. Als sie bei dem kleinen Stück Stoff zwischen ihren Beinen angekommen war, hielt sie inne. Sie führte die Pistole unter den Stoff. Die Waffe steckte jetzt im Vorderteil ihres Tanga wie in einem Etui. Entsichert! Sie atmete mit offenem Mund. Ihre Brust hob und senkte sich. Wenn sie jetzt weitermachte, würde sie explodieren wie ein Vulkan. Aber sie wollte nicht. Noch nicht.

Ganz langsam nahm sie die Pistole aus ihrer delikaten Halterung und fasste den Griff mit beiden Händen. Dann riss sie die Waffe mit einer jähen Bewegung hoch und zielte auf ihr Spiegelbild. Genau zwischen die Augen. Einen Augenblick setzte ihr Herzschlag aus. Sie konnte die Macht förmlich spüren, die von diesem kleinen metallenen Ding ausging. War es das, was viele Männer an Waffen so anzog? Die Macht zu töten? Zu zerstören? Jessica fasste den Griff fester. Wenn sie jetzt den Abzug durchzog ... wenn sie jetzt abdrückte ... würde ihr Spiegelbild in tausend Splitter zerplatzen. Für den Bruchteil einer Sekunde erwog sie, es tatsächlich zu tun. Aber dann ließ sie die Pistole sinken, sicherte sie wieder und legte sie auf den Nachttisch neben dem Bett.

Sie dachte an Dimitrij und eine wohlige Woge durchströmte sie. Er war es, den sie wollte. Aber da waren auch einige Dinge, die sie beunruhigten, die sie mit ihm klären musste. Sie warf den Kopf in den Nacken und schob ihr Kinn nach vorn. Offensive war immer das Beste. Sie würde da sein, wenn er kam. Sie würde ihn bezwingen. Mit Sex kann eine Frau alles erreichen. Heute Abend sollte es geschehen.

„Es ist riskant, was du vorhast, Jenisch."

Jenisch saß mit verschränkten Armen hinter seinem Schreibtisch. Bentler trat ans Fenster und schaute hinaus in den November-Nieselregen. Viel trister konnte das Wetter nicht werden. Er versuchte sich auf die Stimme seines Kollegen zu konzentrieren.

„Ja, ich weiß, aber wie sollen wir sonst an Dimitrij herankommen? Wir müssen ja nicht die Helden spielen. Ich bin nach der Magengeschichte sowieso noch nicht hundertprozentig in Form. Immer noch leichtes Fieber und Krämpfe." Jenisch dachte an den relativ kurzen Fußweg von seiner Wohnung zur Dienststelle. Er hatte einige Male stehen bleiben müssen, weil sich alles um ihn drehte.

„Das gefällt mir gar nicht", sagte Bentler, „eigentlich bist du noch krank geschrieben. Du solltest im Bett bleiben."

Jenisch schüttelte den Kopf.

„Ach was! Mir geht es schon wieder ganz gut. Wir brauchen ja nichts zu riskieren. Wir sind einfach nur in der Nähe und schauen uns die Sache an."

„Wo sind wir postiert?"

„Ich nehme an, dass sie mit einem Lieferwagen anrücken. Sie werden wahrscheinlich rückwärts durch die Einfahrt in den Innenhof an die Laderampe heranfahren. Die Einfahrt ist ziemlich eng, und im Hof kann ein größerer Wagen schlecht wenden. Ich schlage vor, dass wir uns zuerst gegenüber der Einfahrt irgendwo verstecken. Da gibt es so einen kleinen Platz. Den Innenhof betreten wir erst, wenn der Lieferwagen drin ist."

Bentler trat vom Fenster zurück und sah sich einen Augenblick in Jenischs Büro um. Die Einrichtung passte zum tristen Wetter draußen.

„Gut. Und wer sagt dir, dass sie nur mit einem Wagen kommen?"

„Hm", machte Jenisch. „Du hast Recht, sie könnten mit mehreren Wagen kommen. Ein Lieferwagen mit Begleitschutz sozusagen. Wir müssen halt ein bisschen improvisieren."

„Improvisieren ...“, wiederholte Bentler. Er machte kein sehr glückliches Gesicht dabei.

„Ja, das hast du doch hoffentlich auf der Polizeischule gelernt. Improvisieren heißt, du musst dein Verhalten den Gegebenheiten anpassen.“

„Jenisch, hör auf! Du musst mir keinen Nachhilfeunterricht erteilen!“ Bentler wurde ärgerlich.

„Entschuldige!“ Jenischs Stimme klang jetzt ebenfalls etwas gereizt. Es entstand eine Pause.

„Es ist nur so“, sagte Bentler in das Schweigen hinein, „dass ich bei der ganzen Sache kein gutes Gefühl habe. Ich fürchte, es ist eine Nummer zu groß für uns. Es gibt in dieser Rechnung zu viele Unbekannte.“

„Und die wären?“

„Was ist zum Beispiel mit Herbert Kleinschmidt? Er hat uns die Information gegeben, dass der Deal heute Abend läuft. Glaubst du, der dreht Däumchen?“

„Ist das alles?“

„Nein, mir fallen mehr Fragen als Antworten ein. Was ist zum Beispiel, wenn wir es mit Profis zu tun haben, mit einer Bande? Was ist, wenn sie uns entdecken und Schwierigkeiten machen, vielleicht sogar herumballern? Willst du die Verantwortung dafür übernehmen?“

Jenisch saß unverändert mit verschränkten Armen an seinem Schreibtisch und schwieg. Was sein junger Kollege da gesagt hatte, stimmte zweifellos. Es hätte von ihm selber sein können. Aber er hatte sich nun einmal entschieden, die Sache durchzuziehen. Für langes Nachdenken und Diskutieren war keine Zeit mehr.

„Du musst nicht mitmachen“, sagte er langsam, „wenn du nicht willst, mach ich es auch alleine.“

„Du spinnst ja“, sagte Bentler.

Jenisch rollte mit seinem Bürostuhl etwas zurück, zog die linke Schublade seines Schreibtisches auf und holte einen kleinen Schlüssel heraus. Damit öffnete er die Mittelschublade. Kurze Zeit später lag seine Dienstwaffe im Schulterholster auf der Schreibtischplatte. Bentler hatte ihm mit erstauntem Gesichtsausdruck zugesehen.

„So kenne ich dich gar nicht“, sagte er. „Meinst du, du brauchst das Ding?“

„Man kann nie wissen“, sagte Jenisch. Seine Stimme wackelte kein bisschen.

Bentler hatte die ganze Zeit am Fenster gestanden. Jetzt setzte er sich auf den Stuhl vor dem Schreibtisch und schaute Jenisch direkt ins Gesicht.

„Was ich dich schon immer mal fragen wollte: Warum bist du eigentlich Kriminalpolizist geworden?“

Jenisch nahm die Waffe aus dem Holster und drehte sie in seinen Händen hin und her. Man sah deutlich, dass er an einer Antwort arbeitete.

„Es ist das, was ich wahrscheinlich am besten kann“, sagte er schließlich. „Aber ich habe noch nichts anderes ausprobiert. Entschieden haben es meine Eltern, oder vielmehr mein Vater. Ich glaube, es war immer sein eigener Traum gewesen, Polizist zu werden. Aber er hatte es nicht geschafft. Er hat es über einen Posten als kleiner kaufmännischer Angestellter nicht hinausgebracht. Er hatte keine Kraft mehr. Der Krieg und die lange Gefangenschaft hatten ihn kaputt gemacht. Meine Mutter war Hausfrau und hat bei anderen Leuten geputzt. Weißt du, Bentler, ich war zu Hause nicht auf Rosen gebettet. Meine Eltern hatten in den fünfziger Jahren Schwierigkeiten, wieder auf die Beine zu kommen. Die Polizei bot da die Chance, dass ich eine solide Ausbildung bekam.“

„Was hättest du gerne gemacht, wenn du selbst hättest entscheiden können?“

„Ich wäre gerne Lehrer geworden“, sagte Jenisch, „Lehrer für Deutsch und Italienisch. Ich liebe die italienische Sprache.“

„Lehrer für Italienisch?“ Bentler machte ein überraschtes Gesicht.

„Ja, schau nicht so erstaunt. Ich spreche ganz gut Italienisch.“

„Was kannst du noch alles, wovon ich nichts weiß?“, sagte er grinsend. Jenisch blieb ernst.

„Wir wissen wenig voneinander“, sagte er.

„Ja, das stimmt wohl“, entgegnete Bentler.

„Aber es ließe sich ändern“, fuhr Jenisch fort.

„Soll das ein Angebot sein?“, fragte Bentler.

„Du hast es erfasst.“ Jetzt war es Jenisch, der lächelte. „Ich heiße übrigens Albert.“

„Ist mir bekannt“, sagte Bentler, „und ich heiße Michael.“ Sie gaben sich die Hand. Die Verlegenheit, die immer dann entsteht, wenn Männer untereinander Gefühle zeigen, hing dick wie Sirup im Raum.

„Darauf sollten wir eigentlich einen trinken“, brach Jenisch den Bann.

„Ja, sollten wir. Aber erst heute Abend, wenn alles vorbei ist.“

„Heißt das, dass du definitiv dabei bist?“

„Du hast es erfasst, Albert. Ich bringe es nicht übers Herz, dich ins Verderben laufen zu lassen.“

Jenisch ließ ein breites Grinsen sehen.

„Nett von dir! Bring eine Taschenlampe mit. Es wird dunkel sein. Und vergiss deine Knarre nicht“, sagte er.

„Wenn du meinst“, sagte Bentler, „ich hoffe nur, dass wir die Dinger nicht brauchen. Ach, übrigens, ehe ich es vergesse. Ich habe bei Langer & Partner angerufen, um deinen Termin für heute abzusagen. Aber es war nur der Anrufbeantworter dran. Sie haben heute geschlossen.“

„Geschlossen? Seltsam, davon hat sie mir gar nichts gesagt“, brummte Jenisch.

Jonas Kleinschmidt führte einen zähen Kampf. Einen Kampf mit sich selbst. Er saß in seinem Ein-Zimmer-Appartement auf dem blauen Ledersofa.

Vor ihm auf dem Couchtisch lag die 9-Millimeter Magnum, ein großes, schwarzes Ding, das er jetzt in die Hand nahm. Er ließ das volle Magazin heraus gleiten und schob es wieder hinein. Raus und rein, raus und rein, wie beim Vögeln, dachte er. Aber der Vergleich war wirklich nicht passend. Mit einem leichten Schlag der flachen Hand versenkte er das Magazin im Griff und legte die Waffe wieder auf die Tischplatte. Da lag sie nun und starrte ihn an. Und er starrte sie an. Merkwürdigerweise hatte sie ihm nicht die Sicherheit gegeben, die er gespürt hatte, als er sie zum ersten Mal in der Hand hielt. Im Gegenteil, seit er sie in der Wohnung hatte, war seine Unruhe gewachsen.

Er überlegte ernsthaft, ob er zur Polizei gehen sollte, um die ganze Sache heute Abend auffliegen zu lassen. Dimitrij war dann geliefert. Aber Jessica hing auch mit drin. Und er, Jonas, war ein Verräter. Nein, das war ausgeschlossen, er hätte Jessica nie mehr in die Augen schauen können. Dazu kam, dass er dann die gesamte bulgarische Mafia auf dem Hals hatte. Nein, das ging nicht. Aber da waren auch Zweifel an Jessica. Woher hatte sie eigentlich das Geld für den teuren Schlitten, den sie fuhr? Und die Kleider? Die schicke Wohnung in der Fasanenstraße? Wenn er sich dagegen betrachtete, lebte er geradezu ärmlich. Der Immobilienladen konnte unmöglich so viel abwerfen. Er nahm sich vor, ihr in Zukunft mehr auf die Finger zu schauen.

Nervös knippelte er an seinen Nägeln herum. Er hatte die Angewohnheit, die Nagelhaut in ganz kleinen Stückchen mit zwei Fingernägeln abzuknipsen. Wenn er aufgeregt war, taten seine Finger das ganz von selber. Er konnte es nicht verhindern.

Zur Polizei gehen? Anzeige erstatten? Nein, er durfte seine Identität auf keinen Fall preisgeben. Aber vielleicht ging ein anonymer Anruf? Er dachte nach. An der Post in der Breslauer Straße war einer der wenigen öffentlichen Fernsprecher, die es in den Zeiten des Handys noch gab. Von dort aus konnte er gefahrlos telefonieren, ohne identifiziert zu werden. Ja, Dimitrij musste weg! Mitsamt seinen Schweinehälften und der tiefgekühlten Leiche. Das allein reichte, um den aalglatten Typen für einige Jahre im Knast verschwinden zu lassen. Und Jessica? Die hatte ihn behandelt wie Dreck. Die hatte es auch verdient, die arrogante Zicke!

Der Kampf war entschieden.

Mit einem Ruck erhob er sich und verstaute die Pistole in der obersten Schublade des Wohnzimmerschrankes. Dann ging er hinüber zur Garderobe, zog seine schwarze Lederjacke an und verließ die Wohnung.

Der Anruf erreichte den Oberkommissar um kurz nach halb fünf. Bentler war schon gegangen. Er hatte sich vor der Aktion noch etwas hinlegen wollen. Und Jenisch beabsichtigte, nach Hause zu gehen und das gleiche zu tun. Gerade hatte er sein Büro verlassen wollen, als das Telefon klingelte.

Es meldete sich eine gedämpfte männliche Stimme.

„Hallo?“

Jenisch war sofort klar, dass hier jemand durch ein Taschentuch sprach. Innerhalb einer Sekunde hatte er den Aufnahmeknopf des digitalen Recorders gedrückt.

„Hallo, ist dort die Kriminalpolizei?“

„Ja, Oberkommissar Jenisch am Apparat.“

„Gut. Ich sage Ihnen jetzt ein paar wichtige Dinge. Unterbrechen Sie mich nicht und stellen Sie auch keine Fragen. Ich werde sie nämlich nicht beantworten. Klar?“

„Klar“, sagte Jenisch.

„Also hören Sie zu! Heute Abend gegen neun läuft eine illegale Aktion im Innenhof des Gasthauses ‚Zum Feldberg‘. Es geht um Schiebereien mit Schweinefleisch, aber auch um mehr … Mord. Es sind wahrscheinlich mehrere Männer beteiligt, die mit zwei Autos kommen. Mehr kann ich nicht sagen.“

Es klickte in der Leitung. Der Anrufer hatte aufgelegt.

Jenisch schaltete das Aufnahmegerät aus und hörte sich das Ganze noch einmal an. Nein, keine Chance, die Stimme zu erkennen. Aber der Anruf war natürlich hochinteressant. Da war wohl einem der Beteiligten mulmig geworden und er verpfiff die anderen. Wer konnte das sein? Jenisch kniff die Augen zusammen. Es musste jemand sein, der nicht so genau Bescheid wusste. Zumindest wusste er nicht, dass die Polizei durch Herbert Kleinschmidt schon informiert war.

Jenisch überlegte. Der Anrufer hatte einige nützliche Informationen über Zeit und Personen gegeben und vor allem hatte er erwähnt, dass es auch um Mord ging. Das war neu und veränderte die Lage. Ob Bentler noch mitspielen würde, wenn er das erfuhr? Der steckte sowieso bis oben hin voller Bedenken. Aber Mord war Mord. Nein, er konnte es ihm unmöglich verschweigen.

Jenisch griff zum Telefonhörer.

Herbert nahm einen großen Schluck aus der Flasche. Ah, immer wieder eine Offenbarung, dieser Selbstgebrannte! Er stand in der Tür, die zum Innenhof des 'Feldberg' führte. Schon seit einiger Zeit wanderte er umher und suchte nach einem Platz, von dem aus er den Hof am besten überblicken konnte. Es wurde langsam dunkel, er musste sich beeilen.

Da war das Fenster des Abstellraumes direkt über der Laderampe. Nein, das kam nicht in Frage. Wenn der Lieferwagen direkt davon stand, verdeckte er die Sicht. Herbert brauchte einen Platz, von dem aus er sowohl die Fahrertür des Lieferwagens als auch die Einfahrt im Blick hatte. Sie würden garantiert wieder mit zwei Autos kommen. Mit dem alten grauen Ford Transit und mit Dimitrijs schwerem Luxusschlitten. Dann wären es mindestens zwei Mann, wahrscheinlich drei, wenn die Firma einen Beifahrer mitgeschickt hatte: Dimitrij und zwei Mann im Lieferwagen. Herbert machte einen Schritt nach vorn und sah an der Hauswand hinauf. Da kam eigentlich nur eines der Schlafzimmerfenster im ersten Stock an der linken Hofseite in Frage. Ja, das war es. Dort würde er sich postieren.

Mit schweren Schritten ging er ins Haus, schnappte sich das Jagdgewehr und ein Kissen und stapfte die Treppe hinauf zum ehelichen Schlafzimmer. Seine Frau fiel ihm ein. Er hatte sie seit gestern Nachmittag nicht mehr gesehen. Auch der Subaru war weg. Irgendwie hatte er kein gutes Gefühl dabei. Andererseits gab es wahrscheinlich keinen Grund, sich Sorgen zu machen. Sie war ziemlich durcheinander und hielt sich wahrscheinlich bei ihrer Mutter auf, um sich auszuweinen. Das tat sie in letzter Zeit öfter. Aber Erika hätte ihm wenigstens Bescheid sagen sollen, wenn sie schon verschwand. Er dagegen ... ja, er kämpfte! Er war bereit, den 'Feldberg' gegen diese Mafia zu verteidigen. Wieder nahm er einen gehörigen Schluck.

Am Fenster baute er sich einen richtigen Anstand, wie es die Jäger tun. Er öffnete das Fenster einen Spalt breit, legte das Kissen hinein und das Gewehr darauf. Die Auflage war wichtig, wenn man einen Präzisionsschuss abgeben wollte. Dann setzte er sich auf die Bettkante, presste den Schaft der Waffe an die Wange und warf einen Blick durch das Zielfernrohr. Herbert gab einen zufriedenen Grunzlaut von sich. Ja, dieses Fenster bot eine ideale Schussposition. Er konnte mit seinem Gewehr fast den gesamten Hof bestreichen, wenn es nötig war.

Es war das erste Mal, dass er die Transaktion beobachten würde. Sonst hatte er sich immer fern gehalten. Solange alles glatt lief, wollte er nicht wissen, was sich da im einzelnen abspielte. Die Tür zur Metzgerei und zum Kühlraum hatte er immer offen gelassen und Dimitrij hatte sich bedienen können. Die Schweinehälften hingen im Kühlraum und die Papiere lagen auf dem Tisch. Auch heute war die Tür offen. Aber diesmal würde es anders laufen.

Wahrscheinlich würden sie kurz vor neun kommen, wie auch schon die letzten Male. Da hatte er noch etwas Zeit. Er erhob sich, stellte das Gewehr gegen die Wand und ging leicht schwankend die Treppe hinunter. Ein Jäger braucht eine gute Grundlage im Magen, wenn er abends auf die Pirsch geht. Es musste noch ein halber Ring Fleischwurst im Kühlschrank sein. Und Brot und Butter dazu würden sich auch finden lassen. Schnaps zum Wärmen hatte er genügend oben.

Jenisch horchte in sich hinein. Da war zwar noch ein unangenehmes Magendrücken, aber er fühlte sich den Ereignissen, die da kommen sollten, gewachsen. Er hatte ein Stündchen auf dem Bett gelegen und ein Nickerchen gemacht. Dann hatte er ein Stück trockenes Brot gegessen, dazu Tomaten und saure Gurken. Und er hatte zwei Gläser Apfelwein getrunken. Pur. Apfelwein war ein urhessisches Phänomen. Jenisch stammte aus Eltville im Rheingau und hatte sich erst einmal daran gewöhnen müssen. Mit der Zeit hatte er begriffen, dass Apfelwein nicht nur ein Getränk, sondern eine Art Medizin war. Er half gegen alle möglichen körperlichen und seelischen Beschwerden. Ab dem fünften Glas schmeckte er richtig gut. Und jetzt war er genau das Richtige, um das Lampenfieber etwas zu dämpfen. Ja, Oberkommissar Jenisch hatte Lampenfieber. Fast wie ein Anfänger. Er führte es darauf zurück, dass eine solche Sache lange nicht mehr vorgekommen war. In gewisser Weise war er entwöhnt. Es war zu lange nichts mehr wirklich Aufregendes passiert in Kelkheim.

Er stand auf und ging hinüber ins Schlafzimmer. Er wollte noch kurz unter die Dusche gehen, bevor es losging. Er zog sich aus und beäugte sich im großen Flurspiegel. Kein besonders erhebender Anblick, wie er fand. Er war ziemlich außer Form geraten. Die Haare zogen sich immer weiter zurück, Altersflecken auf der Stirn und an den Schläfen, Tränensäcke unter den Augen und Hamsterbacken. Die Brusthaare wurden langsam weiß. Überhaupt diese Behaarung! Er fand, dass er wie ein missratener Affe aussah. Besonders die Haare auf dem Rücken störten ihn. Die Haut an seinen Armen war schlaff geworden. Sein Bauch war zwar vielleicht etwas weniger dick als sonst, aber das war eindeutig auf die unfreiwilligen Fasttage zurückzuführen, die er hatte einlegen müssen. Ansonsten fiel ihm für seine leichenblasse Haut nur das Wort ‚teigig' ein, das ihm gar nicht gefiel. Die dünnen Beine waren indiskutabel. Dabei hatte er sich früher immer etwas auf seine strammen Waden eingebildet. Jenisch vollführte eine Vierteldrehung und betrachtete sich im Profil. Die nackte Katastrophe! Diese Unmengen an wabbeligem Fleisch! Und das Hähnchen, das unter seiner Wampe baumelte, sah grotesk aus. Er versuchte, sich mit den Augen einer Frau zu sehen. Das Ergebnis war niederschmetternd. So ein Bild konnte man nur verdrängen.

Er floh ins Bad und stellte sich unter die Dusche. In seiner neuen Wohnung würde es außer der Dusche auch eine Badewanne geben. Dann konnte er wenigstens ab und zu ein Vollbad nehmen. Er war ein Liebhaber von warmen Bädern und hatte es immer bedauert, dass seine Wohnung nur eine Dusche hatte.

Zehn Minuten später ging es ihm schon etwas besser. Frisch geduscht trat er ins Wohnzimmer und begann sich anzukleiden. Als er das Schulterholster mit seiner Dienstwaffe umschnallte, hatte er ein seltsames Gefühl von Schicksalhaftigkeit, so als habe jemand ein Uhrwerk aufgezogen, das nun unerbittlich ablief.

Der Oberkommissar verließ um halb neun in Hut und Mantel seine Wohnung und machte sich auf den Weg zum ‚Feldberg'.

Kommissar Bentler hatte zu Hause keine Ruhe gefunden. Eigentlich hatte er ein Nickerchen machen wollen. Es war ihm nicht gelungen. Zu viele Dinge kreisten in seinem Kopf herum.

Statt auf dem Sofa zu liegen und eine Mütze Schlaf zu nehmen, saß er am Küchentisch, aß eine Frikadelle mit Brot und Senf und dachte nach. Immer wieder ging ihm das seltsame Verhalten von Jenisch durch den Kopf. Was trieb den Oberkommissar dazu, eine solche Aktion auf eigene Faust durchzuführen? War das bereits Altersstarrsinn oder hatte Jenisch ein persönliches Motiv, von dem er nichts wusste? Er, Bentler, hätte auf jeden Fall Verstärkung angefordert, aber Jenisch hatte es strikt abgelehnt.

Nach wie vor hatte er ein schlechtes Gefühl bei der ganzen Sache. Daran hatte auch die Überredungskunst seines Vorgesetzten nichts ändern können. Jenischs Anruf von vorhin hatte ihn nicht gerade optimistischer stimmen können. Wenn wirklich Mord im Spiel war, machte das die Sache wesentlich komplizierter.

Er hatte eine Zeitlang mit dem Gedanken gespielt, Pretorius in Hofheim anzurufen und ihn ohne Jenischs Wissen um Unterstützung zu bitten. Andererseits hatte er bei ihrem Gespräch in Jenischs Büro zum ersten Mal das Gefühl gehabt, dass er und der Oberkommissar sich über die freundschaftlichen Kabbeleien hinaus menschlich näher gekommen waren. Nein, er konnte jetzt nicht über Jenischs Kopf hinweg irgendetwas unternehmen, jetzt war Loyalität angesagt. Er durfte seinen Chef nicht im Stich lassen, auch wenn der vielleicht gerade im Begriff war, einen Fehler zu begehen. Vielleicht machte er sich auch nur verrückt und in Wirklichkeit war alles halb so wild.

Bentler stand auf, legte das Schulterholster mit der Dienstwaffe um und zog einen graugrünen Parka darüber. Als er am Flurspiegel vorbei ging, riss er wie Exhibitionist den Parka vorn auseinander. Man konnte das Holster und die Waffe sehen. Er sah aus wie James Bond, aber er fühlte sich nicht so.

Dann nahm er aus dem Garderobenschrank eine große Stabtaschenlampe, steckte sie in die Seitentasche der Jacke und zog die Tür des elterlichen Hauses hinter sich ins Schloss.

Jonas saß in voller Montur auf seinem blauen Ledersofa. Nach seinem Anruf bei der Kripo waren ihm Zweifel gekommen, ob er das Richtige getan hatte. Er hatte Gewissensbisse, vor allem gegenüber Jessica. Wenn Dimitrij hochgenommen wurde, war auch Jessica dran. Das hatte er eigentlich vermeiden wollen. Andererseits hatte sie wirklich einen Denkzettel verdient nach allem, was sie sich in letzter Zeit ihm gegenüber geleistet hatte. Nein, es war schon in Ordnung so.

Mit dem Anruf war alles ganz glatt gegangen. Er konnte davon ausgehen, dass die Kripo nachher auftauchen und Dimitrij den Deal vermasseln würde.

Die Frage war nur, ob er es sich leisten konnte, dabei zu sein. Bisher war das alles ohne ihn gelaufen. Er hatte sich immer heraus gehalten, wenn die Sendungen kamen. Zu viele Leute kannten ihn in Hornau, er durfte kein Risiko eingehen. Aber diesmal war es keine normale Situation. Es war zu viel passiert in den letzten Tagen.

Einer plötzlichen Eingebung folgend ging er zum Wohnzimmerschrank hinüber, zog die oberste Schublade auf und holte die Magnum heraus. Seine Hand schloss sich um den Griff. So ein Ding fühlte sich schon verdammt gut an! Er steckte die Pistole in seinen hinteren Hosenbund, so dass sie von der Lederjacke verdeckt war.

Dann fuhr er sich vor dem Spiegel im Flur noch einmal mit beiden Händen durch die Haare und ging hinaus. Erst als er schon auf der Straße stand, fiel ihm auf, dass er es vermieden hatte, seinem Spiegelbild in die Augen zu sehen.

Als Jessica ihre Wohnung in der Fasanenstraße verließ, war es zwanzig vor neun. Das Haus war fast eine Villa. Hier oben auf der Adolfshöhe und in den angrenzenden Straßen wohnten Leute mit Geld.

Sie hatte bei der Familie Kessler eine hübsche Einliegerwohnung gemietet. Ziemlich groß und zu einem Sonderpreis. Heinz Kessler hatte dafür einen goldenen Tipp von ihr erhalten, in welchen Immobilien er das Geld lukrativ anlegen konnte, das er offenbar wie Heu besaß. Eine Hand wäscht die andere. Überhaupt hatte er einen Narren an ihr gefressen. Er hatte bei einer Gartenfete einen Abend lang fast nur mit ihr getanzt. Sie hatte ihm ein paar Küsschen gegeben. Völlig harmlos. Seitdem konnte sie alles von ihm haben.

Günstig war auch, dass die Kesslers häufig gar nicht da waren. Die meiste Zeit des Jahres verbrachten sie in ihrem Ferienhaus in der Toscana, auf irgendeiner Kreuzfahrt oder auf einer der spanischen Ferieninseln. Jessica hatte ihre Wohnung, das Haus und den hübsch angelegten Garten praktisch für sich allein. Sie konnte schon einmal üben, wie sie später leben wollte.

Beschwingt schritt sie die breite Auffahrt hinunter zu ihrem Jeep. Das teure Auto passte ausgesprochen gut hierher. Es passte auch zu ihr. Sie trug ein ganz schlichtes, hautenges schwarzes Kleid aus Naturseide und den passenden Silberschmuck dazu. Auf einen BH hatte sie diesmal verzichtet. Dazu rote Schuhe mit nicht zu hohen Absätzen. Die meisten Männer hatten es nicht gern, wenn die Frauen sie überragten. Auch Dimitrij nicht. Darüber trug sie die lange rote Nappaleder-Jacke, ein Geschenk von Dimitrij zu ihrem siebenundzwanzigsten Geburtstag. Am liebsten hätte sie auch darauf verzichtet, aber es war immerhin November, und außerdem stellte sie fest, dass es leicht nieselte. Ihre aus silberfarbenen Lederstreifen geflochtene Handtasche war etwas schwerer als sonst. Den Grund wusste nur sie.

Als sie den Plattenweg hinunter schritt, glich sie einem Kunstwerk. Und über diesem Kunstwerk schwebte ein dezenter Duft: Das Zeug hieß „hot temptation" und duftete so, wie es hieß.

Jessica stieg in ihren Jeep, schaltete das Licht ein und fuhr los. Sicher würde es in der Hornauer Straße in der Nähe des 'Feldberg' einen Parkplatz geben. wo sie in Ruhe warten konnte, bis die Sache gelaufen war und Dimitrij Zeit für sie hatte.

Und sie für ihn.

Schräg gegenüber dem Gasthaus 'Zum Feldberg' erweiterte sich die Hornauer Straße zu einem kleinen Platz. Dort stand ein Brunnen und dahinter zwei Bänke. Die eine lag im Licht der Straßenbeleuchtung, die andere im Schatten einer Mauer, die den Platz seitlich begrenzte. Ein Passant hätte schon sehr genau hinschauen müssen, um auf dieser Bank zwei Gestalten zu erkennen.

„Kein schlechtes Plätzchen, was?“, flüsterte Jenisch.

„Nur ein bisschen feucht“, gab Bentler zurück.

„Sei froh, dass es nur nieselt und nicht regnet.“

„Auch wieder wahr.“

Die beiden Männer kauerten eine Weile schweigend nebeneinander.

„Wenn sie kommen, brauchen wir nur ein paar Schritte nach vorn zu gehen und haben die Einfahrt im Blick“, sagte Jenisch, „Ich habe mir übrigens den Innenhof vorhin kurz angeschaut, bevor du gekommen bist. Ein idealer Ort für dunkle Geschäfte. Man kann ihn von keinem der Nachbargebäude einsehen. Kein Wunder, dass Dimitrij ihn ausgesucht hat.“

„Bist du sicher, dass Dimitrij ihn ausgesucht hat?“

„Nein, war nur so eine Idee.“

Wieder schwiegen beide. Immer noch fiel ein leichter Nieselregen, der das Pflaster im Lichtschein glänzen ließ.

„Bleiben wir hier, wenn …?“, fing Bentler an. Jenisch ließ ihn nicht ausreden.

„Kommt darauf an, wie die Sache läuft. Vorerst bleiben wir hier in Deckung.“

„Achtung, da kommt jemand!“, flüsterte Bentler und zog Jenisch zurück ins Dunkel. Schritte näherten sich. Im Schein der Straßenlaterne erschien ein dunkelhaariger Mann mit Jeans und schwarzer Lederjacke. Er hielt vor dem Eingang des ‘Feldberg’ an, schaute sich kurz um, schloss die Tür auf und verschwand im Haus. Man hörte, wie von innen wieder abgeschlossen wurde.

„Wer war das jetzt?“, zischte Bentler.

„Wenn ich es wüsste, würde ich es dir sagen", zischte Jenisch zurück.

In diesem Augenblick fuhr ein großer schwarzer Geländewagen an ihnen vorbei. Er hielt auf einem der Parkplätze auf der rechten Straßenseite etwa zwanzig Meter vom Eingang des Gasthauses entfernt. Die Bremslichter erloschen, die Scheinwerfer und Rücklichter wurden ausgeschaltet. Aber niemand stieg aus.

„Verstehst du das?", fragte Jenisch.

„Nein", sagte Bentler.

Als Jessica ihren Jeep auf dem Parkplatz unterhalb des ‚Feldberg' zum Stehen brachte, spürte sie doch eine Spur von Anspannung. Es war ein wichtiger Tag für sie. Heute Abend mussten Entscheidungen fallen.

Sie schaute in den großen Rückspiegel. Der Parkplatz lag sehr günstig. Sie hatte den Eingang des Gasthauses und die Hofeinfahrt gut im Blick. Zum Glück stand da eine Straßenlaterne.

Ihre Gedanken kreisten um Dimitrij Stankov. Liebte sie ihn? Sie hätte nicht antworten können, wenn jemand sie so direkt gefragt hätte. Nein, Liebe war es wohl nicht. Eher Respekt und, ja, auch ein wenig Furcht. Dimitrij war ein richtiger Mann. Stark und sicher, reich und mächtig. Und ein bisschen geheimnisvoll. Er war das, was sie brauchte, um den kleinbürgerlichen Mief ihres Elternhauses hinter sich zu lassen und nach oben zu kommen. Ob er sie liebte? Das war nicht so wichtig, fand sie, wenn er sie nur attraktiv fand. Sozusagen zum Vernaschen. Männer wollen immer die Jäger und Verführer sein. Jedenfalls musste man ihnen als Frau das Gefühl geben. In Wirklichkeit waren sie die

Verführten. Aber das merkten sie erst später. Wenn überhaupt.

Sie tastete nach der Handtasche auf dem Nebensitz, öffnete sie und nahm die kleine Pistole heraus. Das Metall fühlte sich kalt und ein bisschen feucht an. Sie tastete nach dem kleinen Sicherungshebel. Es war ein gutes Gefühl, eine Waffe bei sich zu haben. Sie hätte sich direkt daran gewöhnen können.

Etwa zur gleichen Zeit hatte sich Herbert im Schlafzimmer am Fenster postiert. Er saß auf dem Bett, vor sich das Jagdgewehr, neben sich die offene Schnapsflasche.

Als er ein Motorengeräusch hörte, beugte er sich vor und spähte links zur Einfahrt hinüber. Das konnten sie sein. Aber das Auto fuhr vorbei. Es war auch egal, wann sie kamen. Er hatte Zeit, viel Zeit. Und er konnte warten. Ein guter Jäger muss warten können. Prost! Er setzte die Flasche an und nahm noch einen Schluck.

Irgendwie hatte er das Gefühl, dass er einen Plan brauchte. Er versuchte, den Nebel in seinem Hirn zu vertreiben. Wenn der Lieferwagen rückwärts an die Rampe gefahren war, würde sicher Dimitrij mit seinem Luxusschlitten auch in den Hof kommen. Draußen konnte er den großen Wagen nicht stehen lassen, das würde zu sehr auffallen. Herbert hoffte, dass Dimitrij schnell aussteigen würde. Ihm wollte er als erstem eine verpassen. Nicht tödlich, aber so, dass er zeit seines Lebens an Herbert Kleinschmidt denken würde. Die anderen waren eher uninteressant.

Er biss die Zähne zusammen, dass es fast weh tat. Heute war der Tag der Abrechnung. Das Maß war voll! Eine Woge von Wut stieg in ihm hoch. Wut auf Dimitrij, das

Schwein, das an allem Schuld war, an dem ganzen Schlamassel, in dem er steckte. Fleisch verdorben, Leute vergiftet, der 'Feldberg' geschlossen, Erika weg! Nichts mehr war in Ordnung, nichts war so, wie es sein sollte!

Herbert Kleinschmidt fühlte, wie ihm eine Träne über die Wange rollte. Er wischte sie mit dem Ärmel seiner Jacke ab. Nein, keine Selbstmitleid! Er musste jetzt Härte zeigen. Er musste da durch!

Im Haus seines Onkels kannte sich Jonas aus. Der Raum, wo Onkel Herbert seine Schweine zerlegte und Würste machte, hatte zwei Türen. Eine führte hinaus zur Laderampe, die zweite, eine schwere Metalltür, die mit zwei Hebeln gesichert war, direkt ins Kühlhaus. Beide waren nur angelehnt, wie sein Onkel gesagt hatte.

Jonas dachte an die Leiche, die im Kühlraum hängen musste. Er war neugierig. Ein Blick auf die Armbanduhr: Es war gerade noch so viel Zeit, um schnell nachzuschauen. Rasch und fast geräuschlos öffnete er die Metalltür und drehte das Licht an. Es würde von draußen nicht zu sehen sein, denn der Raum war ohne Fenster. Jonas schaute sich um. Da waren sie ja, die Schweinehälften! Eine von denen mit der Folie musste es sein. Er ging näher heran. Zunächst konnte er keinen Unterschied erkennen. aber dann fiel ihm auf, dass das Paket, das ganz rechts hing, etwas anders aussah als die anderen. Es war dünner und hatte eine andere Form. Er schlug mit der flachen Hand leicht gegen die Folie, um den Reifbelag zu entfernen. Das hatte keinen Zweck, die Folie war zu dicht und außerdem doppelt. Da entdeckte er an der Hinterseite einen Schnitt. Onkel Herbert hatte ja schon nachgeschaut! Mit zwei Fingern zog er die

Folie auseinander. Und da sah er es: Die Haut darunter war nicht die eines Schweins, das war Menschenhaut, die Haut eines Beines, genauer: einer Wade. Jonas zuckte zurück und verließ den Raum fluchtartig. Sein Onkel hatte also nicht gesponnen. Es gab die Leiche wirklich. Er hätte es nie für möglich gehalten, wie sehr eine Schweinehälfte einem toten Menschen ähnelte, wenn man ihn an den Armen aufhängte und in Folie verpackte.

Wieder zurück in der Metzgerei, fing Jonas an zu überlegen. Er nahm an, dass Dimitrij persönlich hier herein kommen würde, wenn die Fahrer mit den Ladearbeiten fertig waren. Es war immer auch Papierkram zu erledigen. Sein Onkel war zwar nie anwesend, wenn die Geschäfte abgewickelt wurden, aber er ließ immer zwei Blankoformulare mit dem Stempel des 'Feldberg' und Unterschrift auf dem Tisch liegen. Damit wurden die illegalen Schweinehälften quasi gewaschen. Die Lieferung erfolgte so von der Schlachterei Kleinschmidt an den Empfänger. Lukas wusste nicht, wo die Lieferungen hingingen. Es hatte ihn nie interessiert. Aber jetzt hätte er es schon gerne gewusst. Alleine schon, um gegen Dimitrij etwas in der Hand zu haben. Seit dieser Typ aufgetaucht war, geriet alles durcheinander. Vor allem Jessica hatte nur noch Augen für diesen großkotzigen Angeber, diesen schmierigen Mafioso!

Vor nicht allzu langer Zeit hätte sich Jonas solche Gedanken über Dimitrij nicht gestattet. Am Anfang war er für ihn eine Art Gott gewesen.

Jonas tastete nach der Magnum in seinem Hosenbund. Er wünschte, er hätte einen Plan gehabt. Aber er hatte keinen. Was sollte er tun, wenn Dimitrij hier hereinkam? Sich verstecken? Oder ihn einfach über den Haufen schießen und abhauen? Er entschloss sich, zunächst einmal den Raum zu verlassen und sich irgendwo im Flur zu postieren.

Jessica Langer war die erste, die die beiden Fahrzeuge bemerkte. Es war ein Lieferwagen, gefolgt von einer Limousine. Sie kamen von unten, aus der Richtung der alten Hornauer Kirche. Sie versuchte in dem schwarzen Lexus Dimitrij zu erkennen. Aber es waren nur Schemen auszumachen. Als sie vorbei waren, schaltete sie kurz die Innenbeleuchtung ein und kontrollierte Augen-Make-up und Lippenstift. Alles bestens. Zufrieden lehnte sie sich in den Lederpolstern zurück.

Es konnte losgehen. Sie war bereit.

Zuerst war nur das Motorengeräusch zu hören. Dann fuhren sie am Versteck von Jenisch und Bentler vorbei. Ein grauer Ford Transit ohne Aufschrift und eine große schwarze Limousine. Sie kamen von unten durch die Hornauer Straße, obwohl Jenisch fest damit gerechnet hatte, dass sie von oben über die B 8 und die alte Königsteiner Straße kommen würden. Aber jetzt war keine Zeit, darüber nachzudenken. Der Lieferwagen fuhr an der Einfahrt vorbei, setzte dann zurück und verschwand im Hof. Die Limousine vollführte das gleiche Manöver. Das Ganze dauerte höchstens eine Minute.

„Hast du die Nummernschilder gesehen?“, fragte Jenisch leise.

„Nur das vom Lieferwagen“, wisperte Bentler zurück, „F-D 628.“

„Gut! Merk’s dir.“

„Was machen wir jetzt?“, fragte Bentler.

„Komm!“, flüsterte Jenisch, „Wir gehen vor zur Einfahrt.“

Gebückt überquerten sie die Straße und schlichen an der Wand entlang bis zu dem Pfeiler, der die Hofeinfahrt begrenzte. Bentler ging voraus und riskierte einen kurzen Blick um die Ecke.

„Und?“, flüsterte Jenisch.

„Sie stehen hintereinander und haben nur noch die Standlichter an. Ausgestiegen ist noch niemand.“

„Dann warten wir noch“, meinte Jenisch.

Jonas stand in dem dunklen Flur und horchte. Die Dunkelheit fing an, ihm auf die Nerven zu gehen. Er kannte sich zwar im Haus seines Onkels gut aus, aber es war etwas anderes, nachts hier zu sein und eine geladene Kanone dabei zu haben.

Sollte er die Aktion stören und Dimitrij gegenüber treten? Der war nicht allein. Und die Typen waren bewaffnet. Wahrscheinlich war es der reine Selbstmord, den Helden spielen zu wollen. Er blies den Atem durch die Nasenlöcher aus. Wahrscheinlich war es am klügsten, hier zu bleiben und sich nicht von der Stelle zu rühren.

Da, das hörte sich an wie ein Motor! Jonas hielt den Atem an. Draußen im Hof fuhr ein Auto an die Laderampe heran. Er zog die Magnum aus dem Hosenbund und duckte sich in den engen Raum unter der Treppe.

Herbert Kleinschmidt hatte bereits so viel Alkohol im Blut, dass er das Geschehen auf seinem Hof wie einen Film wahrnahm. Er sah die zwei Autos rückwärts hineinfahren. Die Lichter wurden gelöscht. Dann geschah eine halbe Minute lang nichts. Es herrschte gespenstische Stille. Nichts bewegte sich. Niemand stieg aus. Waren gerissen, die Brüder! Warteten erst einmal ab, ob die Luft rein war.

Herbert nahm das Gewehr hoch und visierte durch das Zielfernrohr die schwarze Limousine an. Hervorragend, wie das Zielfernrohr die Szenerie aufhellte. Man konnte fast so gut sehen wie am Tag. Nur manchmal verschwamm das Bild. Aber das lag nicht am Gerät. Herbert fuhr sich über die Augen. Verdammt noch mal, Herbert, konzentrier dich! Dimitrij rührte sich nicht. Anscheinend ließ er sich Zeit. Aber er, Herbert Kleinschmidt, hatte auch Zeit. Ein guter Jäger muss warten können.

Zuerst ging die Fahrertür auf und eine bullige Gestalt wurde sichtbar. Das konnte unmöglich Dimitrij sein! Herbert folgte ihm mit dem Gewehrlauf. Der Typ sah ganz nach diesem Sergej aus, Dimitrijs Gorilla, von dem Jonas gesprochen hatte. Aber wieso war der diesmal dabei? Herbert war irritiert.

Der Mann schaute sich kurz um, machte ein paar schnelle Schritte in Richtung Lieferwagen und gab ein Zeichen. Fast gleichzeitig flogen die beiden Türen auf und zwei Gestalten in Arbeitskleidung sprangen heraus. Sie gingen um den Wagen herum und öffneten die großen Hecktüren. Herbert fluchte leise. Alles uninteressant. Wo blieb Dimitrij? War er vielleicht gar nicht mitgekommen? Herbert ließ den Lauf der Waffe zu einem der beiden Männer wandern, der gerade im Begriff war, auf die Laderampe zu springen.

In diesem Augenblick registrierte Herbert eine Bewegung an der schwarzen Limousine. Sofort nahm er den Wagen wieder ins Visier. Die Beifahrertür wurde geöffnet und eine

Gestalt mit einem breitkrempigen Hut stieg aufreizend langsam aus. So bewegt sich einer, wenn er der Boss ist. Dimitrij! Herbert hielt den Atem an und zielte sorgfältig. Er hatte den Oberkörper im Fadenkreuz, aber der Winkel war ungünstig. Der Mann mit dem Hut bückte sich noch einmal in den Wagen hinein. Nein, nicht wieder einsteigen, komm raus, mein Freund, komm, komm … Der Mann richtete sich wieder auf, ließ ein Feuerzeug aufflammen und steckte sich eine Zigarette an. Sehr schön, jetzt noch eine leichte Drehung nach links! Der Mann drehte sich nach links. Entfernung fünfundzwanzig Meter. Eine klare Sache. Herbert nahm den Druckpunkt und zog schulmäßig den Abzug durch.

Sauberer Treffer, dachte er.

Mit einem erstickten Aufschrei richtete sich Jonas auf. Er war beim Geräusch des Schusses unwillkürlich hochgefahren, so dass er sich den Kopf an der Treppe angeschlagen hatte. Einen Augenblick war er benommen.

Aber dann fing sein Gehirn sehr schnell wieder an zu arbeiten. So schnell und so präzise wie bei einem Menschen, der sehr viel Angst hat und an der Grenze zum Durchdrehen ist. Wer hatte da geschossen? Das war kein Pistolenschuss gewesen! So klang ein Gewehr! Und der Knall war nicht von draußen kommen, sondern von oben. Von oben? Das konnte nur Onkel Herbert gewesen sein. Mit seinem Jagdgewehr!

Jonas trat aus seinem Versteck heraus und richtete sich auf. Es war dunkel, aber er kannte das Haus. Mit drei, vier Schritten war er am Fuß der Treppe, die in den ersten Stock führte.

Jenisch und Bentler hörten den Schuss von der Straße her. Für einen Moment standen sie wie erstarrt. Dann aber, als seien ihre Bewegungen von einem unsichtbaren Marionettenspieler koordiniert, zogen beide wortlos ihre Waffen und rückten wie auf ein Kommando vor.

Bentler kam als erster an der Ecke zum Hoftor an.

Es war unglaublich, wie schnell sich Sergejs massiger Körper bewegte. Bruchteile von Sekunden, nachdem der Schuss gefallen war, ließ er sich zur Seite fallen, zog eine Waffe und feuerte zwei Schüsse in die Richtung ab, wo das Mündungsfeuer zu sehen gewesen war.

Glas splitterte.

Schon in der nächsten Sekunde schnellte er mit einer raubtierhaften Bewegung hoch, sprang zum Wagen und riss die Fahrertür auf. Der Motor heulte auf und mit kreischenden Reifen schoss der schwere Wagen auf die Ausfahrt zu.

Bentler, der in diesem Augenblick gebückt um die Ecke schlich, sah den Wagen auf sich zukommen und zuckte gedankenschnell zurück. Es war ein reiner Reflex. Ein paar Zehntelsekunden später wäre er überrollt worden. Der Wagen schleuderte auf die enge Straße hinaus. Fast hätte er die Wand des gegenüberliegenden Hauses gestreift. Aber der Fahrer bekam das Fahrzeug gerade noch unter Kontrolle.

Jenisch hob die Waffe und gab einen Schuss in Richtung auf die schnell verschwindenden Rücklichter ab.

„Scheiße!“, stieß er zwischen den Zähnen hervor.

„Los, vorwärts“, schrie Bentler fast gleichzeitig und rannte los. Einen Moment lang hatte er sich umgedreht und Jenisch konnte im Licht der Straßenlaterne seine Pupillen sehen. Sie waren groß und starr wie die eines Hypnotisierten.

„Nein, Michael, bleib hier!!“ Jenischs Stimme kippte ins Falsett. Aber Bentler war schon in geduckter Haltung in den Hof gelaufen. Jenisch packte seine Dienstwaffe mit beiden Händen und folgte ihm in ungefähr fünf Metern Abstand.

Herbert Kleinschmidt rührte sich nicht von der Stelle, als die erste Kugel aus der Pistole des Gorillas in die Fensterscheibe krachte. Die zweite fetzte ein Stück der Fenstereinfassung weg. Er blieb so ruhig, wie nur ein Betrunkener bleiben kann, wenn um ihn die Welt einstürzt.

Er hatte den Mann mit dem Hut umkippen sehen, er sah, wie der bullige Typ sich fallen ließ und zweimal schoss, und er sah das schwarze Auto aus dem Hof verschwinden.

Und dann kamen noch welche! Durch das Hoftor. Zuerst ein großer, dann ein kleinerer mit Hut. Beide waren mit Pistolen bewaffnet. Da musste ein Nest sein! Die Halunken gaben sich auf seinem Hof ein Stelldichein. Na wartet, ich werde es euch zeigen!

Herbert nahm den Großen aufs Korn, zielte auf die linke Schulter und drückte ab. So, das war das. Und jetzt der andere …

Die Kugel traf Bentler von schräg oben. Sie zerschmetterte sein linkes Schlüsselbein, verfehlte nur knapp die Aorta, schlug das untere Drittel des Schulterblatts weg und trat auf dem Rücken in einem Krater wieder aus. Der Kommissar wurde wie eine Stoffpuppe nach hinten gerissen und blieb auf dem Rücken liegen. Zum Schreien hatte er keine Zeit mehr.

Jenisch hatte, als der Schuss fiel, gerade den Lieferwagen im Auge. So bekam er zunächst nicht mit, dass Bentler getroffen war. Er sah aus den Augenwinkeln nur das Mündungsfeuer des Gewehrs schräg rechts oben und feuerte sofort in diese Richtung. Erst dann sah er, wie Bentler nach hinten fiel. Aber in seinem Gehirn kam noch nicht an, was seine Augen registrierten.

Instinktiv ging er direkt an der Hauswand in Deckung. Da oben war jemand, der die ganze Szenerie überblicken konnte. Es musste für ihn ein Leichtes sein, einen Mann, der sich auf dem Hof bewegte, abzuknallen.

Einige Sekunden später sah er Bentler regungslos daliegen. Es traf ihn wie ein Keulenschlag. Der Atem blieb ihm fast stehen. Sein Herz hämmerte wie wild gegen die Rippen. Und in einigem Abstand lag noch eine gekrümmte Gestalt auf dem regenfeuchten Beton.

Eine fatalistische Anwandlung stieg in ihm hoch. Er machte zwei langsame Schritte auf Bentler zu und schloss die Augen. Jetzt! Jetzt musste der Schuss von oben kommen. Komm, schieß! Schieß doch!

Aber es geschah nichts.

Als Jonas ins Schlafzimmer eindrang, sah er seinen Onkel auf dem Bett sitzen mit dem Gewehr im Anschlag. Er hatte gerade ganz ruhig geschossen, als sei er auf dem Anstand und habe einen Bock vor sich. Jetzt nahm er den Lauf nach unten und zielte wieder. Es musste jemand sein, der schräg unterhalb des Fensters stand, vielleicht einer der Männer aus dem Lieferwagen. Jonas hechtete quer über das Bett und rammte seinem Onkel die schwere Magnum in die Rippen. Herbert Kleinschmidt stieß einen dumpfen Laut aus, ließ das Gewehr fallen und kippte zur Seite.

Jonas richtete sich auf. Es roch nach muffigen Bettlaken, Schnaps und Urin.

Jenisch öffnete die Augen wieder, als er einen Diesel anspringen hörte. Der Lieferwagen! Der graue Ford setzte sich von der Laderampe aus mit offenen Hecktüren in Bewegung. Es gab einen dumpfen Schlag, als das eine Vorderrad die weiter entfernt liegende Gestalt überrollte. Jenisch warf sich zur Seite, hob die Waffe und schoss, was das Magazin hergab. Die Reifen, er musste die Reifen treffen! Der schwere Aufbau schwankte, der Wagen kam ins Schleudern und krachte frontal gegen die Betonbegrenzung der Einfahrt. Das hässliche Geräusch von splitterndem Glas und sich verformendem Metall war zu hören. Dazu ein dumpfes Poltern. Die Ladung!

Jenisch spürte einen scharfen Schmerz am Knie. Die Pistole war ihm aus der Hand gefallen. Er lag auf der Seite und konnte zusehen, wie aus dem Laderaum des Transporters die Schweinehälften rumpelten.

Dann war Stille. Dröhnende Stille.

Plötzlich hörte er eine Frauenstimme:

„Dimitrij?"

Er rappelte sich hoch. Sein Knie schmerzte höllisch. Vor ihm stand in Schwarz mit roter Lederjacke und roten Schuhen Jessica Langer. Vor der Brust hielt sie eine silberne Handtasche. Ihr rotblondes Haar umgab ihren Kopf wie eine Aura. Sie erschien ihm in diesem Augenblick überirdisch wie ein Engel.

Ein Todesengel.

Jessica hörte den ersten Schuss, als sie dabei war, die Konturen ihres Lippenstiftes noch einmal nachzuziehen. Dann ging alles ziemlich schnell. Schüsse krachten, sie sah im Rückspiegel, wie der schwarze Lexus von Dimitrij schnell aus der Einfahrt fuhr und wie ein Mann mit Hut ihm einen Schuss nachsandte.

Dann sah sie erst einmal nichts mehr. Sie stieg vorsichtig aus ihrem Jeep und duckte sich hinter dem Auto, aber so, dass sie durch die Scheiben die Einfahrt alles beobachten konnte. Dann knallte es wieder. Viele Schüsse. Das war der Moment, wo ihre Denktätigkeit wieder einsetzte. Da war etwas fürchterlich schief gelaufen. So viel war ihr klar. Hoffentlich war Dimitrij nichts geschehen!

Kurz darauf gab es einen lauten Schlag. Sie beobachtete, wie der Lieferwagen gegen den Pfeiler krachte und mit qualmendem Kühler stehen blieb. In der Hornauer Straße gingen die Fenster auf. Leute schauten heraus, um zu sehen, was passiert war.

Als keine Schüsse mehr zu hören waren, kam Jessica hinter ihrem Jeep hervor und lief zum Hofeingang. Die Frontpartie des Lieferwagens war eingedrückt. Im Fahrerhaus war keine Bewegung auszumachen. Als sie in den Hof schaute, sah sie die kreuz und quer durcheinander liegenden, in Folie verpackten Schweinehälften und drei reglose Gestalten. Sie ging auf die zu, die ihr am nächsten war. Ein zaghaftes, fragendes „Dimitrij?“ war alles, was sie herausbrachte. Der Mann vor ihr stemmte sich langsam hoch. Als er vor ihr stand, erkannte sie in ihm den Kleinen, Dicken, den sie am Vortag wegen einer Wohnung beraten hatte.

Sogar der Name fiel ihr wieder ein: Jenisch.

Was hat Jessica Langer hier zu suchen, schoss es dem Oberkommissar durch den Kopf. Doch in der nächsten Sekunde fiel ihm Michael Bentler ein. Mit drei Schritten war Jenisch bei seinem Kollegen, der immer noch regungslos auf dem Rücken lag. Er kniete sich neben ihn und legte zwei Finger an die Halsschlagader. Nichts! Jenisch legte ihm die flache Hand auf den Bauch. Er spürte, wie die Bauchdecke sich ganz leicht hob und senkte. Wer atmet, hat auch Puls. Bentler lebte noch! Aber auf der linken Seite des Körpers breitete sich eine dunkle Lache aus, die schnell größer wurde.

„Rufen Sie 112 an, Polizei und Rettungswagen, schnell!" schrie Jenisch zu Jessica hinüber. Er sah noch einmal in Bentlers Gesicht. Es war zu dunkel, um Einzelheiten zu erkennen. Das Gesicht erschien wie eine flache, bleiche Scheibe.

Es dauerte einige Sekunden, bis Bewegung in Jessica Langer kam. Sie nestelte ihr Handy aus der Handtasche.

Neben Bentler lag seine Dienstwaffe. Jenisch bückte sich, hob sie auf und steckte sie in seine Manteltasche. Und da war noch ein länglicher Gegenstand. Die Stablampe. Sie war aus der Tasche des Parkas gefallen. Jenisch nahm sie an sich. Ihm fiel ein, dass der Schütze noch im Haus sein musste. Er machte Jessica, die telefonierte, ein Zeichen, an der Hauswand in Deckung zu gehen. Sie verstand nicht.

„Gehen Sie in Deckung, hier schießt jemand aus dem Fenster!", rief er ihr zu. Sie trat hastig in den Schatten der

Mauer. Jenisch erhob sich mit einem Schmerzenslaut. Das dumme Knie! Er konnte Michael jetzt sowieso nicht helfen. Aber er musste herauskriegen, wer da geschossen hatte und ob die Gefahr noch da war. Er stieg mühsam über eine der herumliegenden Schweinehälften und humpelte zur Hintertür. Gerade als er zur Klinke greifen wollte, wurde sie von innen geöffnet. Herbert Kleinschmidt taumelte heraus, gestützt von einem jungen Mann mit schwarzer Lederjacke. Es war der, der vorhin im Haus verschwunden war.

„Wer hat geschossen?“, fragte Jenisch.

„Er“, sagte der junge Mann und zeigte auf Herbert. „Oben vom Schlafzimmer aus. Er wollte gerade noch einmal schießen, aber ich habe ihn …“

„Wer sind Sie?“, unterbrach ihn der Oberkommissar.

„Jonas Kleinschmidt, sein Neffe.“

„Und was zum Teufel …“, setzte Jenisch an.

Er wurde von dumpfen Hilferufen und Klopfgeräuschen unterbrochen! Es kam von dem Lieferwagen her. Richtig, da musste noch jemand drin sein.

„Schauen Sie in dem Transporter nach! Schnell!“, forderte er Jonas mit einer Kopfbewegung auf.

„Übernehmen Sie den mal?“, fragte der und übergab Jenisch Herbert Kleinschmidts schlaffen Körper. „Wer sind Sie eigentlich?“

„Jenisch, Kriminalpolizei“.

Jonas duckte sich. Einen Wimpernschlag lang sah es so aus, als wolle der junge Mann türmen. Aber dann setzte er sich in Richtung Transporter in Bewegung. Jenisch ließ Herbert zu Boden gleiten. Der lallte einige unverständliche Silben und blieb dann halb auf der Seite liegen.

„Jonas …“, flüsterte Jessica, als er an ihr vorbei ging. Er würdigte sie keines Blickes.

Von fern war schon das Martinshorn des Rettungswagens zu hören, das rasch näher kam.

Der Arzt und die Sanitäter arbeiteten schnell und effizient. In wenigen Minuten hatten sie Bentler eine Infusion gelegt und ihn in den Rettungswagen geschoben.

Jenisch stand wie betäubt herum. Er konnte nur denken: Bentler hat es erwischt ... Michael hat es erwischt ... Ein Schwindelgefühl packte ihn. Er musste sich an der Hauswand festhalten.

Einer der Sanitäter trat auf ihn zu.

„So, Ihren Kollegen nehmen wir mit, der aus dem Lieferwagen ist nur leicht verletzt, die anderen beiden brauchen einen Leichenwagen", sagte er trocken, bevor der Rettungswagen mit Blaulicht und Martinshorn davonbrauste.

Der Satz katapultierte Jenisch wieder in die Wirklichkeit zurück. Michael Bentler und der Beifahrer des Transporters waren verletzt, der Fahrer und ein weiterer Mann waren offenbar tot.

Inzwischen waren auch zwei Kollegen von der Schutzpolizei eingetroffen, die er kannte: Krauss und Rieber. Sie standen um eine liegende Gestalt herum. Auch Jonas Kleinschmidt war dabei. Als er näher kam, sah er, dass Jessica Langer neben der Gestalt kniete. Der Mann lag auf dem Rücken, genau wie Bentler gelegen hatte. Auf seinem eleganten Kamelhaarmantel war in Höhe des Herzens ein großer dunkler Fleck zu erkennen. Etwa einen Meter entfernt lag ein breitkrempiger Hut.

„Kennt jemand diesen Mann", fragte Rieber.

„Ich kenne ihn", sagte Jessica leise.

Jonas Kleinschmidt wunderte sich über sich selbst. Seit er seinen Onkel außer Gefecht gesetzt hatte, spürte er keinerlei Nervosität mehr. Es war, als hätte sich seine ganze Anspannung in dieser Aktion entladen. Er funktionierte gut, wenn es darauf ankam. Sogar die Anwesenheit von Jessica hatte ihn nicht überraschen können. Es wunderte ihn nicht, dass sie da war. Natürlich lief sie Dimitrij nach, diese blöde Kuh! Sie war Luft für ihn.

Insgeheim hatte er gehofft, der Tote, der da auf dem Boden lag, sei Dimitrij Stankov. Aber er war es nicht! Auch nicht Sergej. Er hatte ihm ins Gesicht gesehen. Diesen Mann kannte er nicht. Aber Jessica behauptete, sie kenne ihn. Wieso? Wer war dieser Mann? Und wo war Dimitrij? Was ging hier vor? Jonas war unsicher, wie er reagieren sollte. Er entschied sich, erst einmal abzuwarten.

Aber eine Sache musste noch erledigt werden. Er trat an Jenisch heran und berührte ihn an der Schulter. Der Oberkommissar fuhr herum. Es hätte nicht viel gefehlt und er hätte mit Bentlers Taschenlampe zugeschlagen, die er immer noch in der Hand hielt.

„Mann, haben Sie mich erschreckt!"

„Entschuldigung. Sie haben vorhin gesagt, dass Sie von der Kriminalpolizei sind. Ich möchte Ihnen etwas zeigen, was Sie interessieren wird."

Jonas ging auf die Treppe zur Laderampe zu. Jenisch zögerte einen Moment. War das vielleicht eine Falle? Aber der junge Mann hatte sehr sicher gewirkt, wie jemand, der genau weiß, was er sagt. Jenisch folgte ihm. Er hinkte stark. Sein Knie ließ sich nur noch schwer bewegen.

Jonas führte den Oberkommissar in den Kühlraum und machte das Licht an. Grelles Neonlicht stach Jenisch in die

Augen. Er konnte Schweinehälften erkennen, die in einer Reihe von der Decke hingen. Er zählte insgesamt sieben. Fünf davon waren mit einer Kunststofffolie umhüllt. Jenisch spürte, wie ihm die Kälte in die Wangen biss und die Hosenbeine hochstieg. Es war eisig in dem Raum.

„Schauen Sie sich einmal die Schweinehälften an. Vor allem die ganz rechts, eine von den verpackten!", sagte Jonas.

Jenisch trat näher. Von weitem hatten die länglichen Pakete alle ähnlich ausgesehen. Er untersuchte die Folie. Als er sie straff zog und die weiße Reifschicht abgestreift hatte, sah er den Schnitt. Er konnte ein Bein erkennen, ein menschliches Bein.

„Sie sollten sich die neue Lieferung vielleicht auch einmal genauer anschauen, Herr Kommissar", sagte Jonas Kleinschmidt.

Sie traten wieder in den Hof hinaus. Jenisch erschien es draußen angenehm warm im Vergleich zu den Temperaturen im Kühlhaus. Er beugte sich zu einer der Schweinehälften hinunter, die teilweise übereinander hinter dem Lieferwagen lagen. Dessen offener Laderaum wirkte wie ein großes Maul, das etwas ausgekotzt hatte. Insgesamt sieben große Pakete. Jenischs Gehirn begann zu arbeiten. Der Ford Transit war kein Kühlwagen. Doch die Schweinehälften waren nur oberflächlich angetaut. Was bedeutete das? Es konnte nur heißen, dass sie nur kurz transportiert worden waren. In der Nähe musste es also noch ein Kühlhaus geben.

Es war Krauss, der die Leiche entdeckte.

„Herr Oberkommissar, hier, schauen Sie!", rief er.

Jenisch trat hinter ihn. Unter der Folie eines der Pakete zeichneten sich die Umrisse eines Schädels ab. Das war kein Schweineschädel.

„Machen Sie es auf!“, befahl Jenisch.

Krauss lief zum Polizeiwagen und holte ein Taschenmesser aus dem Handschuhfach. Als er die doppelte Folie vorsichtig aufschlitzte, kam ein bleiches Gesicht zum Vorschein. Jenisch leuchtete es mit Bentlers Taschenlampe an. Wäre es nicht tiefgefroren gewesen, hätte man es für lebendig halten können. Der Tote hatte dunkles, volles Haar und einen eleganten Oberlippenbart. Seine Augen waren weit geöffnet. Auch sein Mund stand einen Spalt offen, so dass der Gesichtsausdruck dem eines erstaunten Kindes glich.

„Kennt jemand diesen Mann?“, fragte Jenisch.

Hinter Jenisch ertönte ein spitzer Schrei. Es war Jessica Langer.

„Der Chef“, sagte Jonas.

„Chef?“, fragte Jenisch zurück.

„Ja“, sagte Jonas ruhig, „Dimitrij Stankov war der Chef.“

„Das ist also Dimitrij. Und wer ist der andere?“, fragte Jenisch und deutete zu dem Mann im hellen Mantel hinüber.

„Das ist Richard Schwarz“, sagte Jessica mit erstickter Stimme, „Richard Schwarz von Hartmann Immobilien.“

Jenisch richtete sich aus seiner gebückten Haltung auf. Auf einmal spürte er, wie sich eine lähmende Schwäche über ihn legte. In seinem Kopf begann sich alles zu drehen und in seinem Magen breitete sich ein flaues Gefühl aus. Jenisch schloss für einen Moment die Augen. Die Erkenntnis, dass die ganze Aktion fürchterlich schief gelaufen war, traf ihn mit voller Wucht. Michael Bentler offenbar schwer verletzt, eine unbekannte Leiche in Herbert Kleinschmidts

Kühlraum, drei tote Männer auf dem Hof: der Fahrer des Transporters, einer davon dieser gewisse Dimitrij, ein anderer mit Namen Schwarz, der etwas mit Immobilien zu tun hatte. Dazu Jessica Langer, die beide kannte, und ein junger Mann, der sich als Neffe des mörderischen 'Feldberg'-Wirts ausgab und ihm, Jenisch, offenbar das Leben gerettet hatte. So viel konnte ein einzelner Mensch unmöglich in so kurzer Zeit verkraften. Der Schwindel kam wieder. Er spürte, dass er ganz nahe am Durchdrehen war. Er musste weg hier! Und zwar schnell.

„Hat jemand meine Pistole gesehen?", fragte er. Ihm fiel auf, dass er die ganze Zeit mit Hut herumgelaufen war. Lächerlich!

„Hier, Herr Oberkommissar", sagte Rieber. „Ich habe sie an mich genommen. Sie lag dort drüben auf dem Boden."

Jenisch stopfte die Waffe in seine Manteltasche zu der von Bentler und ging wortlos davon. Das Grüppchen aus neugierigen Nachbarn, das sich inzwischen an der Hofeinfahrt gebildet hatte, teilte sich zu einem Spalier.

Jonas Kleinschmidt saß in seinem roten Toyota und fuhr mit Tempo hundertvierzig die B8 hinunter in Richtung Höchst.

Kurz nachdem Jenisch seinen Abgang gemacht hatte, war er unbemerkt vom Hof seines Onkels verschwunden. Ihm war zwar klar, dass er nicht so tun konnte, als ob er nicht dabei gewesen wäre, dazu gab es zu viele Zeugen, die ihn gesehen hatten. Aber er hatte keine Lust auf das ganze Nachspiel. Sollten sie ihn doch suchen! Er hatte jedenfalls noch etwas Wichtiges zu erledigen.

Einen Augenblick hatte er daran gedacht, die Magnum im Frankfurter Bahnhofsviertel wieder zu verkaufen. Sie hätte sicher einiges eingebracht. Aber dann hatte er diesen Gedanken wieder verworfen. Es war besser, keine Spuren zu hinterlassen. Außer ihm selber hatte niemand die Waffe gesehen, auch sein Onkel nicht. Der war viel zu blau gewesen, um zu merken, was ihn da in die Rippen getroffen hatte. Jonas hatte keine Lust, wegen unerlaubten Waffenbesitzes zusätzliche Probleme zu bekommen. Denn dass es nach den Ereignissen des Abends Schwierigkeiten geben würde, war sonnenklar.

Auf Jonas' Gesicht erschien ein zufriedenes Lächeln. Wenn er es recht bedachte, hatte er sich nicht schlecht aus der Affäre gezogen. Er hatte mit den Toten und Verletzten auf dem Hof nichts zu tun, im Gegenteil, er hatte dem dicken Bullen sogar das Leben gerettet, indem er seinen Onkel gerade zur rechten Zeit unschädlich gemacht hatte. Jessica, die Schlange, hatte er behandelt, wie er es schon längst hätte tun sollen. Und die Krönung: Dimitrij war weg vom Fenster! Dieser aalglatte Mistkerl hatte das bekommen, was er verdiente. Es war ihm eine Genugtuung gewesen, seine tiefgefrorene Visage zu sehen. Blieb eine Frage offen: Wer war der andere Bursche, den es erwischt hatte und dessen Name Jessica genannt hatte? Jonas kannte zwar die Firma Hartmann Immobilien, wer kannte sie nicht? Sie war eine der größten Makler-Firmen im Rhein-Main-Gebiet. Aber ein Richard Schwarz war ihm noch nicht über den Weg gelaufen.

Jonas fuhr am Main-Taunus-Zentrum vorbei, unterquerte die A 66 und fuhr die lange, schnurgerade Königsteiner Straße nach Höchst hinein. Er kam zügig voran. Um diese Zeit herrschte kaum noch Verkehr. Den Toyota parkte er auf dem Marktplatz. Hinunter an den Main kam man am besten zu Fuß. Als er die Stelle erreichte, wo die Mainfähre ablegt, hielt er einen Augenblick inne. Hier unten am Fluss wehte ein kalter Wind, der ihm die winzigen Töpfchen des Nieselregens ins Gesicht trieb. Sollte er es hier tun? Nein, hier war zu viel los, er musste noch etwas weiter stromaufwärts gehen, wo die Nidda in den Main fließt. Da war es ruhiger.

Genau zwischen zwei Lichtern der Uferbeleuchtung hielt er an. Hier war es ziemlich still, nur das leise Gurgeln des Flusses war zu hören. Er schaute sich kurz nach allen Seiten um, griff mit einer schnellen Bewegung nach hinten in seinen Hosenbund, holte die Magnum heraus und warf sie mit einer einzigen Ausholbewegung weit in den Fluss hinaus. Das Wasser spritzte kurz auf, dann war wieder Stille.

Jonas Kleinschmidt hatte nie eine Pistole besessen.

Donnerstag, 18. November

Er war eine Kaulquappe, die in einem mit Flüssigkeit gefüllten Ballon schwamm. Es herrschte ein seltsam gedämpftes, rötliches Licht in diesem Ballon. Er wollte unbedingt hinaus aus seinem Gefängnis, der Sauerstoff wurde knapp. Die ersten Anzeichen von Atemnot zeigten sich schon. Aber immer wenn er mit Anlauf die Hülle durchstoßen wollte, prallte er ab. Sie war wie eine elastische Membran, die auswich, wenn er dagegen stieß, und ihn zurück katapultierte. Mindestens hundert Mal hatte er es schon versucht. Es war zum Verzweifeln! Aber er durfte nicht aufgeben! Wieder schwamm er nach oben … War da nicht …? Ja, da war ein kleines Loch, eine kleine Helligkeit in dem düsteren Rot. Wieder versuchte er es, steuerte genau auf die helle Stelle zu. War sie nicht schon ein kleines bisschen heller geworden? Noch einmal rannte er dagegen an, nur um wieder zurück geworfen zu werden. Aber irgendein Instinkt sagte ihm, dass er nicht nachlassen durfte.

„Was soll ich mit Ihnen machen, Jenisch?"

Kriminaloberrat Pretorius hatte eigens wegen dieses Dienstgespräches die Teilnahme an seinem Kongress unterbrochen und war nach Hofheim zurückgekommen. Seine Stimme schnitt durch die Luft wie ein Messer.

Oberkommissar Jenisch saß auf einem Stuhl vor dem Schreibtisch seines Vorgesetzten und schwieg. Er befand sich in einem Zustand, den man als posttraumatische Gelassenheit hätte bezeichnen können. Nach den Ereignissen des Vorabends konnte ihn nichts mehr erschüttern. Er hatte sich entschlossen, reinen Tisch zu machen und hatte seinem Vorgesetzten alles erzählt, was er über den Fall wusste.

Auch sich selber hatte er nicht geschont. Er fühlte sich leer, aber auch erleichtert. Wie nach einer Beichte. Und er war Pretorius gegenüber weit weniger aufgeregt, als er selbst erwartet hatte. Immerhin war das eine hochoffizielle Dienstbesprechung und es ging um seine berufliche Existenz.

Zu Anfang hatten sie über Michael Bentler gesprochen. Pretorius hatte kurz vor ihrer Unterredung im Krankenhaus angerufen und war auf dem neuesten Stand. Bentler lag auf der Intensivstation und war noch nicht wieder bei Bewusstsein. Er hatte Unmengen von Blutkonserven bekommen und wurde künstlich beatmet, aber er hatte die Notoperation überstanden und lebte. Das war zunächst das Wichtigste. Ob er durchkommen würde, war wegen des enormen Blutverlustes noch unklar. Aber die Ärzte gaben ihm auf Grund seiner stabilen Konstitution gute Chancen. Jenisch fiel ein Stein vom Herzen.

Pretorius stand von dem Sessel hinter seinem Schreibtisch auf. Er war Ende vierzig und besaß eine beeindruckende Statur. Unter seinem gut sitzenden graublauen Anzug zeichnete sich ein durchtrainierter Körper ab. Sein schmaler Schädel mit den kurzen, grau melierten Haaren, dem scharf geschnittenen Profil und den grauen Raubvogelaugen glich dem eines römischen Patriziers. Nicht umsonst war sein Spitzname ‚Caesar'". Pretorius hätte, so wie er war, in jeder Krimi-Serie als Edel-Kommissar auftreten können. Ein richtiger Bilderbuchpolizist, dachte Jenisch ein wenig neidisch.

„Ich mache Sie darauf aufmerksam, Herr Oberkommissar", fuhr Pretorius mit erhobener Stimme fort, „dass Sie Ihre Dienstpflichten in mir unverständlicher Weise vernachlässigt haben."

„Ich weiß", sagte Jenisch ruhig.

„Das einzige, was man zu Ihrer Entlastung anführen könnte, ist, dass Sie selber sozusagen ein Opfer geworden sind. Sie waren krank und möglicherweise nicht voll entscheidungsfähig. Aber ich könnte es auch anders herum interpretieren. Sie waren eigentlich nicht dienstfähig, und Sie wussten das!"

Jenisch schwieg.

„Sie haben durch Ihr eigenmächtiges Handeln Ihren Kollegen Bentler und sich selbst in Lebensgefahr gebracht und wahrscheinlich auch ein Verbrechen begünstigt. Sie haben Jonas Kleinschmidt, einen der Beteiligten, entkommen lassen und Sie selbst haben den Tatort einfach verlassen, ohne uns anzurufen. Die Kollegen von der Schutzpolizei haben uns verständigt. Was Sie sich geleistet haben, ist für einen Polizisten nicht akzeptabel … was sage ich, es ist ein Desaster!!"

„Ja, ich weiß", sagte Jenisch.

„Und warum um alles in der Welt haben Sie es dann getan? Sie, Jenisch, mit Ihren über zwanzig Jahren Diensterfahrung!?"

Pretorius stand jetzt neben seinem Schreibtisch und schrie seinen Untergebenen beinahe an.

„Zuerst sah es so aus wie eine kleine Schieberei", sagte Jenisch lahm, „Ich dachte, ich … wir könnten es alleine schaffen, Bentler und ich."

„Blödsinn!" Pretorius war unerbittlich. „Nach Ihrer eigenen Darstellung gab es genügend Hinweise darauf, dass es sich um eine organisierte Bande handelte, die da agierte. Und spätestens nach dem Tod des Kindes hätten Sie uns umfassend informieren müssen."

„Ja", sagte Jenisch.

„Außerdem hätten Sie Herbert Kleinschmidt viel früher aus dem Verkehr ziehen sollen. Und zwar nicht nur wegen der Sache mit dem verdorbenen Fleisch, sondern aus allgemeinen Sicherheitsgründen. Sie hätten wissen können, dass der Mann durchdrehen würde nach allem, was passiert war.“

„Ja“, sagte Jenisch. Hätte, hätte, hätte, dachte er, du hast gut reden, im Nachhinein bin ich auch klüger.

„Haben Sie wenigstens die Personalien der Frau und des Mannes aufgenommen, die noch am Tatort waren?“ Pretorius ließ nichts aus.

„Nicht direkt“, sagte Jenisch kleinlaut, „aber ich habe Frau Langer erkannt und der junge Mann hat seinen Namen genannt: Jonas Kleinschmidt. Er ist der Neffe des ‘Feldberg’-Wirts.“

„Und wenn er es nicht ist?“, fragte Pretorius zurück. „Der Mann ist nämlich zur Zeit unauffindbar.“

Jenisch starrte seinen Vorgesetzten überrascht an.

„Heißt das, dass er sich aus dem Staub gemacht hat?“

„Genau das“, bestätigte Pretorius knapp.

„Als ich gegangen bin, war er noch da.“ Jenisch merkte, dass er diesen Satz nicht hätte sagen sollen, denn es bildete sich eine steile Falte auf der Stirn des Kriminaloberrates. Dass er seine Kollegen von der Schutzpolizei mit dem Fall alleine gelassen hatte, war der größte Klops. Er hatte im entscheidenden Moment versagt. Pretorius’ Stimme wurde schärfer:

„Warum haben Sie keine Verstärkung angefordert, als Sie von der Transaktion gestern Abend erfuhren? Wenn wir mit sechs oder acht Leuten da gewesen wären, hätte die Sache anders ausgesehen.“

Jetzt wurde es ernst. Die Sätze kamen wie Paukenschläge. Jenisch musste an Bentler denken, der genau diesen Vorschlag gemacht hatte. Und jetzt lag der Arme auf der Intensivstation und kämpfte um sein Leben. Bentler, Michael Bentler!

In diesem Augenblick war ihm, als würde ein Schalter in seinem Gehirn umgelegt. Er war wieder auf dem Hof des 'Feldberg', vor ihm Bentler mit der Waffe in der Hand. Und dann fiel der Schuss. Er schoss zurück. Und dann sah Jenisch Bentler quälend langsam nach hinten fallen. Er stand daneben wie ein Zuschauer. Bentler lag auf dem Boden und die Blutlache breitete sich unaufhaltsam aus. Als er hinlaufen wollte, waren seine Beine gelähmt.

„Herr Jenisch! Was ist mit Ihnen? Geht es Ihnen nicht gut?"

Jenisch schreckte auf. Einen Augenblick lang musste er sich klar machen, wo er war. Wie ein hyperrealistischer Film war die Szene vor seinem inneren Auge vorbeigeflimmert. Es hatte ihn einfach überfallen. Der Schuss! Das schreckliche Hinsinken von Michael Bentler! Sein Herz klopfte bis zum Hals. Er hielt sich an den Lehnen seines Stuhles fest, um das Zittern seiner Hände zu verbergen.

„Äh, ja … nein, alles in Ordnung."

Nichts war in Ordnung! Jenisch wurde schlagartig klar, dass er selbst aus der Sache auch nicht ohne Blessur davongekommen war. Er wusste genau, was ihm gerade passiert war. Es trat häufig nach traumatischen Erlebnissen auf. Man musste die schlimmen Szenen immer wieder erleben und konnte es nicht verhindern. Er hatte das Phänomen bei Opfern von Gewaltverbrechen gesehen.

„Sie waren eben einen Augenblick ganz abwesend", sagte Pretorius, „wollen Sie ein Glas Wasser. Oder eine Tasse Kaffee?"

„Kaffee wäre nicht schlecht", sagte Jenisch, nicht weil er einen Kaffee brauchte, sondern weil er das Gefühl hatte, er müsse erst einmal Zeit gewinnen.

Pretorius drückte eine Taste auf seinem Schreibtisch.

„Frau Stenzel, zwei Kaffee bitte."

„Sofort, Herr Oberrat", kam eine weibliche Stimme zurück. Jenisch erkannte sie augenblicklich wieder. Sie klang genau so geziert wie am Telefon.

Pretorius hatte Jenisch die ganze Zeit über nicht aus den Augen gelassen. Dieser musste zugeben, dass sein Vorgesetzter ihm Respekt abnötigte. Wie er die Sache bisher verhandelt hatte, war untadelig gewesen. Es wunderte ihn nur, dass er mit Pretorius allein war. Ein solches Gespräch hätte eigentlich mit einem Zeugen stattfinden müssen. Wo ist Liebeneiner? Warum hat er seinen Vize nicht dabei, fragte sich Jenisch.

Die Tür ging auf und eine zierliche, schwarzhaarige Frau trat mit einem Tablett herein. Das musste seine Sekretärin sein. Sie war für das Büro ein wenig overdressed. Taubenblaues, figurbetontes Kostüm, das ihren gefälligen Rundungen schmeichelte, blaue, hochhackige Schuhe, dezenter Silberschmuck. Sie musterte Jenisch neugierig, wie sie ihn schon gemustert hatte, als er gekommen war. Sie gehörte offenbar zu dem Typ Frauen, die ihre Augen überall haben müssen.

„Der Kaffee, Herr Oberrat." Ihre Stimme klang honigsüß.

„Danke, Gisela ...äh, Frau Stenzel."

Hoppla, dachte Jenisch. War da was zwischen dem Kriminaloberrat und seiner Sekretärin? Aber ihm blieb keine

Zeit, den Gedanken weiter zu verfolgen. Pretorius' Stimme drang zu ihm durch:

„Kommen wir wieder zur Sache, Herr Jenisch. Sie haben es versäumt, uns zu informieren und Verstärkung anzufordern. Wenn Sie das getan hätten, wäre es nicht zu dem ...", Pretorius zögerte einen Moment, „... unglücklichen Ereignis gekommen."

Unglückliches Ereignis! Jenisch dachte wieder an den angeschossenen Bentler. Auch an sich selbst in der Situation gestern Abend. An seine Erschöpfung und an seine Hilflosigkeit. Niemand hatte ahnen können, dass die Sache sich so entwickeln würde. Es war eine Verkettung unglücklicher Zufälle gewesen. Und dieser Pretorius saß hinter seinem Schreibtisch und spielte den großen Besserwisser. Obwohl er wusste, dass sein Vorgesetzter in den meisten Punkten Recht hatte, fühlte Jenisch Widerspruchsgeist in sich aufsteigen.

„Vielleicht, vielleicht auch nicht.", sagte er.

„Was soll das heißen?"

„Möglicherweise hätte es noch mehr Opfer gegeben. Bei fast allen Beteiligten wurden Waffen gefunden. Es hätte zu einer wilden Massenschießerei kommen können. Außerdem habe ich versucht, Sie zu erreichen. Ihre Sekretärin kann es bestätigen."

Schon als er es aussprach, wusste Jenisch, dass er einen weiteren Fehler gemacht hatte.

„Mein lieber Herr Jenisch", sagte Pretorius halblaut und seine Stimme troff vor Sarkasmus, „diesen Anruf vergessen wir lieber ganz schnell. Sie haben meiner Sekretärin gegenüber den Fall auf eine unverantwortliche Weise verharmlost und waren heilfroh, dass ich nicht da war. Geben Sie es zu!"

Jenisch widersprach nicht. Seine Gegenwehr war schwach, das wusste er nur allzu gut. Der Kriminaloberrat war ein analytischer Kopf, er würde ihm seine Versäumnisse gnadenlos bis in die kleinsten Einzelheiten nachweisen. Doch er hatte sich entschlossen, zu kämpfen. Angriff war hier die beste Verteidigung.

„Ich gebe zu, dass ich Fehler gemacht habe", sagte er mit fester Stimme. „Dass Bentler verletzt ist, tut mir leid, und mir ist auch klar, dass ich Sie früher hätte informieren müssen. Aber ich muss darauf bestehen, dass ich fair behandelt werde. Ich konnte die Entwicklung nicht voraussehen. Wenn Herbert Kleinschmidt nicht mit der Schießerei angefangen hätte, hätten wir im Hintergrund bleiben können, wie wir es vorgehabt haben. Als dann der erste Schuss fiel, war Bentler nicht mehr zu halten. Er war wie hypnotisiert."

Pretorius ging auf das Thema Bentler nicht ein.

„Sie können sicher sein, Herr Oberkommissar, dass Sie hier fair behandelt werden", sagte er kühl, „und was Ihre Beurteilung der Lage betrifft, gibt es ein Problem. Gerade weil Sie die Situation nicht ausreichend überblicken konnten, hätten Sie uns einschalten müssen."

Jenisch rutschte tiefer in seinen Stuhl. Er musste Pretorius Recht geben. Diese Logik war nicht zu widerlegen. Er hatte Fehler gemacht wie ein blutiger Anfänger. Und sein junger Kollege hatte darunter leiden müssen, ganz gleich, welchen Anteil an Schuld Bentler selber dabei hatte.

„Ich nehme an, Sie werden mich vom Dienst suspendieren?" Jenischs Stimme klang gepresst.

„Ja, das werde ich wohl müssen", sagte Pretorius und fixierte ihn mit seinen grauen Augen.

„Das habe ich mir schon gedacht. Darf ich trotzdem eine Bitte äußern?"

Pretorius hob die Augenbrauen.

„Sprechen Sie!“

„Geben Sie mir eine Chance in der neuen SoKo! Ich kenne Kelkheim und die ganze Situation und könnte in dem Fall eine wertvolle Hilfe sein. Danach können Sie mich rausschmeißen, wenn Sie wollen.“

Der Gesichtsausdruck von Pretorius wechselte fast unmerklich. War er vorher hart und unnachgiebig gewesen, so schien jetzt eine Spur von Nachdenklichkeit in seinen Augen aufzuglimmen. Er schwieg eine Weile und nahm langsam wieder hinter dem Schreibtisch Platz. In dem kühl wirkenden, perfekt aufgeräumten Büroraum war die Anspannung mit Händen zu greifen. Pretorius’ Finger spielten mit einem Kugelschreiber, seine Kiefer arbeiteten. Er schaute über Jenisch hinweg ins Leere. Über eine Minute verging. Jenisch saß unverändert zusammengesunken auf seinem Stuhl und wartete.

„Na schön“, sagte Pretorius schließlich halblaut wie zu sich selber, „Sie sind für die Dauer der Ermittlungen dabei. Aber wenn Sie sich noch so einen Schnitzer leisten, sind Sie sofort draußen. Außerdem wird es natürlich eine Untersuchung geben.“

„Danke“, sagte Jenisch.

Pretorius schaute ihn mit einer Mischung aus Skepsis und Verwunderung an. Er schüttelte den Kopf.

„Ich weiß nicht, warum ich das tue.“

„Sie werden es nicht bereuen“, sagte Jenisch. Er war erleichtert. Pretorius hatte eine unbürokratische Entscheidung getroffen, die für ihn selbst nicht ganz ohne Risiko war. Der Mann stieg in Jenischs Achtung gewaltig.

„Übrigens, ich werde die Ermittlungen selbst koordinieren“, sagte Pretorius. Es klang wie eine Drohung.

Als Jenisch das Büro verlassen wollte und schon die Klinke in der Hand hatte, hörte er in seinem Rücken noch einmal die Stimme von Pretorius. Sie klang anders als vorhin, sanfter, fast freundlich:

„Ach, Herr Jenisch, da wäre noch etwas."

Jenisch drehte sich halb um.

„Ja, bitte?"

Pretorius erhob sich von seinem Schreibtischsessel und stützte die Hände auf die Schreibtischplatte.

„Ich möchte Sie aber bitten, Dritten gegenüber noch Diskretion zu wahren", fuhr er fort.

„Selbstverständlich", sagte Jenisch.

„Wir schließen die Kriminalstation Kelkheim Anfang nächsten Jahres. Aus Kostengründen. Die Information ist vorgestern aus Wiesbaden gekommen. Ich dachte, es sei fair, es Ihnen gleich zu sagen, damit Sie sich schon einmal darauf einrichten können."

Als Jenisch später auf der B 519 in seinem alten Golf von Hofheim nach Kelkheim fuhr, hatte er einen Geschmack im Mund, als hätte er Styropor gegessen.

Wieder und wieder schwamm die Kaulquappe gegen die Hülle des Ballons, noch einmal und noch einmal... und dann hatte sie es endlich geschafft. Die Membran war durchstoßen!

Michael Bentler hob zuerst sein rechtes Augenlid einen winzigen Spalt breit und schloss es gleich wieder. Es war schwer wie Blei. Und sein Mund? Was war mit seinem Mund und seiner Nase? Irgendetwas steckte darin und pumpte ihn auf! Und es hinderte ihn am Schlucken. Er versuchte, die Arme zu hochzureißen und sich davon zu befreien. Aber seine Arme gehorchten ihm nicht. Die Muskeln sprangen einfach nicht an.

Wieder versuchte er die Augen zu öffnen. Jetzt ging es schon etwas besser. Aber er sah nichts. Nur irgendwo weit hinten einen kleinen Schimmer von Helligkeit. Sein Kopf fühlte sich an, als sei er mit Sägemehl gefüllt. Der Oberkörper war ein einziger dumpfer Schmerz. Die Arme und Beine waren gar nicht zu spüren. Aber er gab nicht auf. Die Kaulquappe gab nicht auf. Immer wieder schwamm sie gegen die Gummiwand an.

Bentler versuchte, seine flatternden Augenlider unter Kontrolle zu bringen und sie immer ein bisschen weiter zu heben. Es war so schwer, so verflucht schwer!

Plötzlich hörte er eine Stimme. Die Worte konnte er nicht verstehen. Er war ganz damit beschäftigt, zu verhindern, dass er wieder in der dunkelroten Düsternis versank. Oben bleiben, befahl er sich, immer oben bleiben! Aber irgendetwas zog ihn mit unwiderstehlicher Kraft zurück. Er war mit einem Mal unendlich träge. Alles war ihm gleichgültig. Warum sollte er denn immerzu kämpfen? Es war so viel einfacher, sich ins Nirwana zurückfallen zu lassen.

Nach einer Ewigkeit drang die Stimme wieder zu ihm durch. Eine weibliche Stimme. Diesmal verstand er, was sie sagte:

„Herr Doktor, kommen Sie! Er wacht auf."

Wer wacht auf, dachte Bentler, schläft hier jemand? Es war so mühsam, die Augendeckel hoch zu bekommen, schrecklich mühsam! Aber seine Lider gehorchten ihm jetzt schon besser, denn als er sie anhob, konnte er außer der diffusen Helligkeit auch einen dunklen Umriss erkennen. Der Schatten kam näher auf ihn zu und hatte ein Gesicht. Und aus diesem Gesicht kamen die Worte:

„Na, Herr Bentler, da sind wir ja wieder!"

Die Zelle war sehr spartanisch ausgestattet. Ein hoch sitzendes, vergittertes Fenster, ein metallener Spind, eine eiserne Liege mit Matratze und Decke, ein Tisch mit Hocker, eine Toilette. Das war schon alles.

Herbert Kleinschmidt saß am Tisch und brütete. Sein Brustkorb schmerzte bei jedem Atemzug und sein Schädel brummte. Er hatte das Gefühl, als habe jemand eine Dachlatte auf seinem Kopf zerschlagen. Der verdammte Schnaps! Aber die Kopfschmerzen hatten noch einen anderen Grund. Seine Gedanken irrten zwischen den Schädelwänden hin und her wie Mäuse auf der Flucht vor der Katze. Etwas wollte nicht in seinen Kopf hinein. Aber er konnte es drehen und wenden, wie er wollte, es war eine Tatsache: Der Raum, in dem er sich befand, war eine Zelle. Und er, Herbert Kleinschmidt, saß im Gefängnis. Untersuchungshaft bis zur vollständigen Aufklärung des Falles.

Er hatte einen Mann getötet und einen zweiten schwer verletzt. Jedenfalls hatte Rieber das gesagt, der Kelkheimer Polizist, den Herbert kannte. Es war eine Katastrophe! Er konnte sich nur noch dunkel an den Abend erinnern. Da waren die Autos auf dem Hof gewesen und er mit seinem Gewehr am Schlafzimmerfenster. Er hatte geschossen. Auf Dimitrij. Aber er hatte den Falschen erwischt. Der Mann, den er getroffen hatte, war nicht Dimitrij gewesen. Er hatte den Mann nicht erschießen wollen. Er war kein Mörder! Nur in die Schulter hatte er ihn treffen wollen. Nur in die Schulter. Der verfluchte Schnaps! Und der andere, der Verletzte, war Bentler, der junge Kripo-Beamte. Herbert sank in sich zusammen. Er hatte mit seinem besoffenen Kopf alles falsch gemacht, was man nur falsch machen konnte.

Seine Gedanken wanderten zu Erika, seiner Frau. Sie war verschwunden. Meldete sich nicht. Niemand wusste, wo sie war. Herbert schluckte. Es tat weh, an Erika zu denken. Nie vorher war ihm so klar gewesen, dass er sie brauchte wie das tägliche Brot. Wenn sie um ihn war wie ein guter Geist, fiel sie nicht auf. Sie war eben immer da. Er hatte sie schlecht behandelt. Jetzt war sie weg, und Herbert hatte das Gefühl, als habe man ihn amputiert.

Es klopfte an der Zellentür. Ein Schlüssel drehte sich im Schloss, und ein uniformierter Beamter erschien.

„Herr Kleinschmidt, bitte zum Verhör!“, schnarrte er.

Herbert stand schwerfällig auf.

Jessica Langer lag in ihrem Schlafzimmer auf dem Bett, hatte die Hände unter dem Kopf verschränkt und starrte Löcher in die Decke.

Die Ereignisse vom Vorabend wirbelten in ihrem Kopf herum. Dimitrij war tot! Sie hatte immer noch das Bild seines erstarrten Gesichts vor Augen. Mit offenen Augen und offenem Mund. Schrecklich, dieser Anblick! Warum hatte er sterben müssen? Wer hatte ihn umgebracht? Er war doch so stark. Niemand hatte ihm etwas anhaben können. Er war der Chef! Jetzt war er tot und mit ihm waren die Pläne gestorben, die sie gehabt hatte.

Jessica überlegte. Da waren einige Dinge, die sie absolut nicht verstand. Mindestens so irritierend wie der tote Dimitrij war der tote Richard Schwarz. Wie kam Richard Schwarz in Dimitrijs Auto? Was hatte er mit der Sache zu tun? Sie wusste, dass er einer der Prokuristen bei Hartmann

Immobilien war, der Vertreter des großen Hartmann selber. Sie hatte ihn einige Male geschäftlich getroffen und er hatte heftig mit ihr geflirtet, jedenfalls hatte er es versucht. Sie hatte ihn abblitzen lassen, weil sie ihn für einen gewohnheitsmäßigen Schürzenjäger hielt. Aber immerhin hatte er ihrer Schwester Alexandra einen Job im piekfeinen Maklerbüro Hartmann in Königstein verschafft. Und jetzt war Richard Schwarz genau so tot wie Dimitrij. Erschossen von Herbert Kleinschmidt. Es war absurd.

Jonas fiel ihr ein, der gestern Abend an ihr vorbei gegangen war, ohne sie eines Blickes zu würdigen. Er war verschwunden und wurde von der Polizei gesucht. Warum war er untergetaucht? Was hatte er vor?

Jessica Langer dämmerte, dass sie in einem Spiel mitspielte, dessen Regeln sie nicht durchschaute. Vorgestern noch hatte sie geglaubt, sie habe die Sache voll im Griff. Sie brauchte sich nur Dimitrij zu angeln und alles war in trockenen Tüchern. Jetzt musste sie erkennen, dass sie sich gründlich verrechnet hatte. Genau so wenig, wie Dimitrij der Chef gewesen war, war sie die strahlende Siegerin. Bei Licht betrachtet, war sie nur ein kleines Rädchen im Getriebe. Die ‚Witwe' eines kleinen Gauners. Und nicht einmal die echte. Jessica lachte kurz und bitter auf.

Solange es gut gegangen war, war sie an den Geschäften Dimitrijs nicht sonderlich interessiert gewesen. Jetzt musste sie darüber nachdenken. Und was sich da herausschälte, gefiel ihr gar nicht. Und es passte nichts zusammen. Was hatten Schweinehälften aus Bulgarien mit Immobiliengeschäften zu tun? Warum mussten in diesem Spiel Menschen sterben? Was wurde da gespielt? Wer waren die Drahtzieher?

Jessica spürte, wie die Angst in ihr hoch kroch. Sie setzte sich auf die Bettkante und fingerte eine Zigarette aus der Schachtel. Beim Anzünden zitterten ihre Hände. Sie inhalierte einen tiefen Zug.

Eins war klar: Sie saß ziemlich dick in der Tinte. Ohne Dimitrij war sie finanziell am Ende. Was passierte mit ihrem Auto, mit der Firma Langer & Partner? Die Polizisten hatten ihr gesagt, sie solle sich als Zeugin bereithalten. Sie würden kommen und Fragen stellen. Es war nur eine Frage der Zeit, wann sie alles herausfinden würden: ihre Beziehung zu Dimitrij, die kleinen, unsauberen Deals, die Insider-Tipps, die sie sich hatte bezahlen lassen. Wenn das alles herauskam, dann war sie als Maklerin unten durch, soviel war klar.

Sie schaute sich in ihrem Schlafzimmer um. Es war alles wie immer, und trotzdem hatte sie in diesem großen Haus auf einmal ein unsicheres Gefühl. Sie war allein. Die Kesslers waren wieder mal auf einer Kreuzfahrt. Für einen Augenblick war ihr, als schwanke der Boden unter ihr. Sie sprang auf und hielt den Atem an. Ihr Herz machte einen Sprung und dann fing es an zu rasen. Gleichzeitig meldete sich ihr Verstand: Jetzt nur nicht durchdrehen! Ganz ruhig, ganz ruhig! Sie schloss die Augen und versuchte ihren Atem unter Kontrolle zu bekommen. Nach einigen Minuten war sie so weit, dass sie wieder einen einigermaßen klaren Gedanken fassen konnte.

Sie musste so schnell wie möglich verschwinden. Das schien ihr erst einmal das Beste zu sein. Wohin? Egal.

Hastig drückte sie ihre Zigarette in dem kleinen Silberaschenbecher aus, der auf dem Nachttisch stand. Dann holte sie ihre Koffer aus der Abstellecke und begann in fliegender Hast zu packen.

Gerade als sie dabei war, ihre Kosmetiksachen in ihrem Beauty-Case zu verstauen, klingelte es anhaltend an ihrer Wohnungstür. Mein Gott, sie war noch in Unterwäsche! Jessica überlegte fieberhaft. Sie konnte nicht so tun, als sei sie nicht zu Hause. Ihr Jeep stand groß und breit vor der Tür. War das schon die Polizei? Oder vielleicht Jonas? Lieber Gott, mach, dass es Jonas ist! Sie warf sich schnell einen Morgenmantel über. Dann öffnete sie vorsichtig die Tür.

Jessica kam nicht dazu, irgendetwas zu tun. Kaum war die Tür einen Spaltbreit offen, wurde sie von außen gewaltsam aufgestoßen. Jessica wurde die Klinke aus der Hand gerissen. Sekunden später befand sie sich schon im Polizeigriff und hatte eine riesige Pranke auf dem Mund. Aber es war nicht die Polizei. Es war Sergej!

„Kein Mucks, Mädchen, sonst brech ich dir sämtliche Knochen."

In dem Augenblick, als die Tür aufflog, war Jessica vor Schreck fast ohnmächtig geworden. Als sie jedoch Sergejs Stimme hörte, wurde sie hellwach. Sieh an, der Hüne konnte sprechen! Und von der ersten Silbe an war sein Idiom ein waschechtes Frankfurterisch! Sie kannte den Tonfall ganz genau. Sie war in Frankfurt groß geworden. Seltsamerweise reduzierte sich Jessicas Angst mit dieser Beobachtung erheblich. Sie hielt ganz still unter dem Griff und versuchte sich zu entspannen, so weit das möglich war. Es hatte überhaupt keinen Zweck. sich zu wehren. Sergej war ihr körperlich zehnmal überlegen.

„Dich wollte ich schon immer mal anfassen, meine Süße."

Seine Stimme war ganz nah an ihrem Ohr. Jessica spürte, wie er seinen massigen Körper von hinten an sie drängte. Ihr Rücken überzog sich mit einer Gänsehaut. Sie war diesem Typen hilflos ausgeliefert. Das Ungeheuer konnte mit ihr machen, was er wollte. Er drängte sie in die Wohnung hinein und schloss die Tür. Dann ließ er sie frei, hatte aber augenblicklich eine Pistole in der Hand. Ihr fiel auf, dass er dünne, graue Stoffhandschuhe trug. Das sind seine Arbeitshandschuhe, schoss es ihr durch den Kopf.

„Keine Dummheiten!", sagte er nur. Mit dem Lauf seiner Waffe winkte er ihr, voranzugehen. Sie gingen durch das Wohnzimmer ins Schlafzimmer. Jessica schielte nach ihrer Handtasche, die zwischen den halb gepackten Koffern auf dem Bett lag. Die Pistole!

„Was sehe ich denn da?", sagte der Gorilla. „Wir wollten doch nicht etwa abhauen?"

Jessica schwieg. Sie hatte sich vorgenommen, so wenig wie möglich zu reden. Sergej schaute sich um. Er schien etwas Bestimmtes zu suchen. Sein Blick glitt über die Koffer und blieb an ihrer Handtasche hängen. Nein, dachte Jessica, nein! Aber er hatte sie sich schon geangelt. Als er mit spitzen Fingern die Pistole herauspickte, erschien ein breites Grinsen auf seinem Gesicht.

„Wo haben die Damen ihre Pistolen? Richtig! In der Handtasche. Nette kleine Kanone! Von Dimitrij, was? Ich hab sie ihm damals besorgt. Für dich! Aber jetzt brauchst du sie nicht mehr." Er ließ die Pistole in seinem Jackett verschwinden.

Jessica biss sich auf die Unterlippe. Sergejs Grinsen wurde noch eine Spur breiter und unverschämter. Er schaute sich um.

„Nicht schlecht, wie du hier wohnst. Mitten unter den Goldfasanen." Er lachte kurz auf. Dann wurde sein Gesichtsausdruck von einer Sekunde auf die andere hart. Mit der flachen Hand schlug er auf einen der Koffer.

„Es trifft sich gut, dass du schon beim Packen warst. Hör zu: In zehn Minuten bist du fertig, und dann fahren wir! Also mach dich ran, meine Süße!"

Ich bin nicht deine Süße, du Mistkerl, dachte Jessica. Sie hatte sich vorgenommen, den Mund zu halten, aber nun entschloss sie sich doch, ihr Schweigen zu brechen. Sie musste wissen, was mit Dimitrij geschehen war.

„Wer hat Dimitrij umgebracht?" Die Frage stand im Raum wie ein Klotz.

Sergej antwortete nicht. Sein Gesichtsausdruck blieb steinern. Das einzige, was sich an ihm bewegte, war seine Waffe. Er ließ den Lauf auf und ab wippen. Es sah aus wie ein Nicken. Jessica überlief es kalt.

„Mörder!", zischte sie.

„Sei bloß vorsichtig! Sonst geht's dir genauso." Sergejs Stimme klang kalt und unbeteiligt. Jessica presste die Zähne zusammen und schwieg. Sie hatte diesen schnauzbärtigen Glatzkopf offenbar unterschätzt. Der Kerl war ein eiskalter Killer. Ein Profi.

„Was haben Sie mit mir vor?" Ihre Stimme hörte sich erstaunlich ruhig an.

„Nenn mich einfach Robbie", sagte der Riese lauernd und fixierte sie aus seinen eng zusammen liegenden Sehschlitzen. Sein Mund war ein schmaler Strich. Er ließ einen eindeutigen Blick von ihrem Schoß zum Bett und zurück wandern. Jessica hielt den Atem an. Für eine Sekunde sah es aus, als wolle er sich auf sie stürzen. Aber dann verschwand der gierige Blick wieder. Er hatte sich zur Ordnung gerufen. Offenbar hatte er einen Auftrag.

„Was haben Sie mit mir vor?", wiederholte Jessica.

„Sei nicht so neugierig. Wart's ab!"

Jessica verstummte. Hatte sie richtig gehört? Der Gorilla nannte sich Robbie. War Sergej nicht sein richtiger Name?

„Beweg deinen schönen Hintern, Süße! Ich habe nicht ewig Zeit.“ Seine Stimme klang jetzt ungeduldig und drohend.

Die Kosmetiksachen! Jessica versuchte sich aufs Packen zu konzentrieren. Gleichzeitig schoss ihr eine absurde Mixtur von Gedanken durch den Kopf: Sergej ... Robbie ist ein Frankfurter. Wie sehe ich aus? Das ist eine Entführung! Mir kann doch nichts passieren, mir doch nicht. Bitte, bitte, lieber Gott, hilf mir! Wohin bringt er mich? Was ziehe ich an? Passt der silberne Halsreif zu der dunklen Leinenbluse? Er ist ein Killer! Ich muss etwas tun. Ich muss eine Spur hinterlassen!

Ja, sie musste eine Spur hinterlassen. Aber wie? Ihr Gehirn arbeitete fieberhaft. Und dann, im Flur, hatte sie die Idee.

Als Jessica Langer in ihrem schwarzen Jeep Grand Cherokee vom Anwesen der Kesslers auf die Fasanenstraße hinaus rollte, sah alles aus wie immer. Nur sie wusste, dass auf den hinteren Sitzen eine muskulöse Gestalt kauerte, die ihr den Lauf einer Waffe in die Seite bohrte.

Der November zeigte sich an diesem Donnerstagnachmittag von seiner erträglichen Seite. Es war einigermaßen klar und trocken. Kein Nieselregen. Von Zeit zu Zeit sah man sogar die Sonnenscheibe aus dem Grau hervorschimmern.

Jenisch saß am Kelkheimer Klosterberg zwischen kahlen Apfelbäumen auf einer Bank. Es war die Bank, auf die er sich immer zurückzog, wenn er mit sich selbst etwas abzumachen hatte. Seine Lieblingsbank. Sie stand nördlich des

Klosters ziemlich versteckt oben am Hang. Hier kam um diese Jahreszeit kaum jemand vorbei. Man hatte von dort aus einen schönen Blick auf das Kloster zur Linken und auf Kelkheim unten im Tal.

Vor einer halben Stunde hatte er das Krankenhaus angerufen, um zu fragen, ob er Bentler besuchen könne. Sie hatten es kategorisch abgelehnt. Besuche seien frühestens Anfang nächster Woche möglich. Sein Zustand sei noch kritisch, aber er sei aus dem Koma aufgewacht. Jenisch war bei dieser Nachricht ein großer Stein vom Herzen gefallen. Bentler musste es schaffen, sonst ... Er wusste nicht, was er getan hätte, wenn der Junge nicht überlebt hätte. Er durfte es sich nicht einmal vorstellen.

Das Leben war manchmal schon seltsam. Monatelang passierte nichts, und dann kam alles auf einmal. Jenisch war noch nicht dazu gekommen, die Gedanken in seinem Kopf zu sortieren. Es gab so viele Fragen und so wenig Antworten. Um den Fall würde sich ab jetzt eine Sonderkommission kümmern. Pretorius hatte sofort vier Leute abgestellt, die schon dabei waren, sein und Bentlers Büro umzumodeln. Es waren Hauptkommissar Heinz Bohleder, den er noch von früheren Einsätzen her kannte und schätzte, als Leiter, dann die jungen Kommissare Kahl und Scherer und Kriminalanwärterin Sonja Müller, die ihm durch ihre großen himmelblauen Augen aufgefallen war. Er, Jenisch, war der fünfte Mann. Bohleder hatte ihn vorerst einmal weggeschickt, damit er aus den Füßen war, wenn die Räume eingerichtet und die neuen Computer installiert wurden.

„Wir können dich jetzt nicht brauchen, Albert“, hatte er mit seinem gemütlichen Bass gesagt. „Mach mal eine kreative Pause. Morgen Nachmittag kannst du wiederkommen.“

Jenisch war ihm dankbar. Er brauchte nach den Anstrengungen der letzten Tage wirklich eine Auszeit.

Er schloss die Augen und versuchte, sich zu entspannen. Aber es gelang ihm nicht. Immer wieder kreisten seine Gedanken um den toten Jungen, um Bentler, um Jessica Langer, um die beiden toten Männer auf Herbert Kleinschmidts Hof und die Leiche im Kühlhaus. Was er sich zusammenreimen konnte, ergab keinen Sinn. Es gab viel mehr Fragen als Antworten. Warum war Jessica Langer im 'Feldberg' aufgetaucht? Welche Rolle spielte dieser Neffe, Jonas Kleinschmidt? Warum ... Nein, es hatte keinen Sinn, sich jetzt den Kopf darüber zu zerbrechen. Die neue SoKo würde sich der Sache annehmen.

Jenisch ließ den Blick von der Silhouette des Klosters über das Dächergewirr im Tal schweifen.

Das Gespräch mit Pretorius hatte ihn beschämt. Der Kriminaloberrat hatte den Finger genau auf die Wunde gelegt. Wie konnte es dazu kommen, dass er sich verhalten hatte wie ein Anfänger? Welcher Teufel hatte ihn geritten, die Sache alleine durchziehen zu wollen? Die Antwort darauf war er bisher schuldig geblieben. Er wusste es selber nicht so genau. War es doch verborgener Ehrgeiz? Oder bloß Jagdfieber? Etwas war in ihm, das in solchen Situationen die Sicherungen durchbrennen ließ. Es war ihm schon einmal passiert, bei den Kindermorden vor ein paar Jahren und es hatte ihn die Beförderung zum Hauptkommissar gekostet. Konnte es Angst sein? Angst vor etwas Unbekanntem in ihm selber, das ihn blindlings in solche Situationen rennen ließ? Er musste an den Augenblick in Kleinschmidts Hof denken, als er zu dem verletzten Bentler gegangen war und gewünscht hatte, ein Schuss möge ihn treffen. Die Psychologen nannten so etwas kontraphobisches Verhalten. Ach, es hatte keinen Zweck, über diese Sachen zu grübeln. Er drehte sich bloß im Kreis.

Jenisch stand auf und schaute auf die Uhr. Halb sechs. Donnerstags um sechs traf sich an den Gagernsteinen am Liederbach immer die Hornauer Boule-Connection, ein bunt zusammengewürfelter Haufen von Leuten, die alle eine Leidenschaft für das Boule-Spiel sowie für die Kunst des gepflegten Müßiggangs hatten. Man traf sich einmal in der Woche für ein Spielchen und trank einen Rotwein dazu. Sehr entspannt und locker. Es war für Jenisch oft die einzige Gelegenheit, sich ein bisschen zu bewegen und abzuschalten. Sollte er noch hingehen? Eine Partie Boule wäre vielleicht nicht schlecht in seinem angefressenen Zustand. Nein, es hatte keinen Zweck. Die Krankheit steckte ihm noch in den Knochen. Und der verfluchte Mittwochabend! Er fühlte sich matt und konnte sich nicht vorstellen, jetzt die Konzentration für eine Partie Boule und ein Schwätzchen mit den Leuten aufzubringen. Außerdem war schon Mitte November, da war es nicht sicher, dass genügend Spieler zusammenkamen. Ab Ende der Sommerzeit traf man sich höchstens bei gutem Wetter am Sonntagnachmittag.

Nein, er würde nicht zum Boule gehen. Schlafen, das war es, was er wollte.

Freitag, 19. November

Im ehemaligen Büro von Oberkommissar Jenisch herrschte das Chaos. Aktenberge lagen auf dem Boden, Regale ragten kreuz und quer in den Raum. Schreibtische standen auf dem Flur. Man lief Gefahr, ständig über irgendwelche Kabel zu stolpern. Neben Jenischs und Bentlers Büro hatte man für die neue SoKo noch einen kleinen Nebenraum ausgeräumt, in dem die Technik untergebracht werden sollte. Der Leiter der SoKo, Hauptkommissar Bohleder, hatte die Parole ausgegeben, dass am Montag alles fertig zu sein hatte. Davon waren die drei Männer und eine Frau, die in dem Chaos herumwuselten, aber noch weit entfernt.

Bohleder saß auf einem Bürostuhl zwischen Papierbergen und räumte seinen Schreibtisch ein. Er war ein gedrungener, breitschultriger Mann mit einer eisgrauen Stoppelfrisur. Sein Gesicht war das eines alten Bauern, gebräunt und von Furchen durchzogen. Wenn es richtig ist, dass die Augen der Spiegel der Seele sind, dann ist das Gesicht der Speicher der Erfahrung. Bohleders Gesicht ließ auf jede Menge Erfahrung schließen.

„Es hat Vorteile, vor Ort zu sein, aber es ist jedes Mal eine Sauarbeit“, brummte er.

„Das kannst du laut sagen.“

Kommissar Kahl, ein mittelgroßer Mann von Ende dreißig mit Schnurrbart und dunkelblondem Haarkranz war gerade dabei, ein leeres Regal an die Wand zu rücken, als neben ihm das Telefon klingelte. Er nahm ab.

„Kahl, SoKo Kelkheim.“

Seine Augenbrauen hoben sich. Er machte seinen Kollegen Zeichen, dass sie still sein sollten. Dann hörte er eine ganze Weile nur zu und machte sich Notizen. Die anderen hatten aufgehört zu räumen und schauten zu Kahl hinüber.

„Leute, es geht schon los“, sagte er. „Heute früh haben die Kollegen von der Schutzpolizei einen grünen Subaru sichergestellt. Jogger haben ihn auf einem Waldweg zwischen dem Gimbacher Hof und der Gundelhardtstraße entdeckt. Der Wagen war nicht abgeschlossen. Kennzeichen … Moment mal … MTK-K 538. Bei der Überprüfung hat sich herausgestellt, dass der Wagen Erika Kleinschmidt aus Kelkheim gehört.“

„Erika Kleinschmidt?“, sagte Bohleder. „Das ist doch die Frau von Herbert Kleinschmidt, dem ‘Feldberg’-Wirt.“

„Genau die.“

„Und wo ist die Frau jetzt.“

„Verschwunden“, sagte Kahl, „die Kollegen haben sie überall gesucht. Keine Spur.“

„Wo haben sie gesucht?“

„Zu Hause bei ihr und im Wald um die Gundelhardt-Gaststätte herum. Bei ihrer Mutter war sie auch nicht.“

„Wir müssen sie finden.“ Hauptkommissar Bohleder war aufgestanden. „Wenn ihr Auto dort im Wald gestanden hat, kann sie nicht sehr weit sein.“ Er schaute zu Kahl hinüber.

„In Ordnung, Chef, ich kümmere mich drum.“

„Nimm dir zwei Kollegen von der Schutzpolizei mit. Kann sein, dass ihr länger suchen müsst.“

Kommissar Kahl schnappte sich seine braune Lederjacke, setzte seine karierte Schiebermütze auf und stieg über Aktenberge und Kabelstränge zur Tür.

„So habe ich mir immer Kommissar Zufall vorgestellt“, frotzelte Scherer, der gerade dabei war, mit Kriminalanwärterin Müller einen Schreibtisch ins Zimmer zu wuchten. Kahl drückte sich an ihm vorbei.

„Witzischkeit, verlass misch nischt", sagte er und warf seinem Kollegen einen ebenso mitleidigen wie hochmütigen Blick zu.

„Stimmt doch", sagte Scherer grinsend.

„Hört auf, euch ständig zu kabbeln", schaltete sich Kriminalassistentin Sonja Müller ein, „das nervt!"

Jonas Kleinschmidt fuhr mit seinem Toyota über die B 8 nach Kelkheim hinauf. Das Autoradio war voll aufgedreht, die Bässe wummerten. Er trommelte den Rhythmus auf dem Lenkrad mit.

Einen Tag lang hatte er gebraucht, um sich darüber klar zu werden, was er tun sollte. Jetzt wusste er es. Er hatte fest vor, zur Polizei zu gehen und auszupacken. Keine bulgarischen Schweinehälften mehr! Schluss mit den undurchsichtigen Geschäften! Keine Kontakte mehr mit Typen wie Sergej oder Dimitrij! Er hatte das ganze idiotische Versteckspiel satt. Schluss, aus, Ende! Aber ihm war vollkommen klar, dass es nicht so einfach sein würde, den Kopf aus der Schlinge zu ziehen. Er war in akuter Gefahr! Wenn diese dreckige Schweinefleisch-Mafia herausbekommen würde, dass er mit den Bullen zusammenarbeitete, war er ein toter Mann. Bei dem Gedanken an Dimitrij schauderte ihn. Nein, er wollte nicht als tiefgefrorene Leiche enden.

Jonas blies die Backen auf. Er hatte hin und her überlegt. Letzten Endes hatte er keine andere Wahl, als sich der Polizei zu stellen. Es war nicht nur vernünftig, es war auch eine Art Lebensversicherung.

Aber es gab ein Problem: Jessica. Wenn er zur Polizei ging, musste er sie zwangsläufig belasten. Es war durchaus möglich, dass sie tiefer drin steckte, als er wusste. Egal, er musste es riskieren, auch wenn sie in Gefahr war. Jessica hatte auch keine Rücksicht auf ihn genommen. Jonas biss sich auf die Lippen. Nein, er brachte es nicht über sich, sie einfach allein zu lassen. Vielleicht konnte er unauffällig in der Fasanenstraße vorbeischauen, um herauszubekommen, was sie machte. Immerhin hatte er noch ihren Wohnungsschlüssel.

Was war mit Onkel Herbert? Immer wieder musste er an ihn denken. Er war total betrunken gewesen, hatte einen Menschen erschossen und einen anderen schwer verletzt. Wie verzweifelt musste er gewesen sein, um so etwas zu tun! Wie es ihm wohl jetzt ging?

Von Tante Erika hatte er überhaupt nichts mehr gehört. Er hatte sie immer gemocht. Im Unterschied zu Herbert war sie stets freundlich zu ihm gewesen. Sie hatte ihm sogar ab und zu etwas Geld zugesteckt, wenn sie wusste, dass er klamm war. Für seine Tante musste eine Welt zusammengebrochen sein. Sie tat ihm wirklich leid. Er nahm sich vor, sie demnächst einmal zu besuchen.

Jonas trat das Gaspedal durch. Auf der kurzen Strecke von der Abfahrt Liederbach bis zur Abfahrt Königstein gab es keine Geschwindigkeitsbeschränkung. Mal sehen, was die Karre noch hergab.

„Los, hier rein!“

Jessica bekam einen derben Stoß in den Rücken und stolperte vorwärts. Sie war mit Paketklebeband an den Händen gefesselt. Ihre Augen waren verbunden. In ihrem Mund steckte ein Taschentuch. Darüber noch ein Stück Klebeband. Sie bekam kaum Luft durch die Nase. Das war schon so, seit sie auf dem Parkplatz am Kelkheimer Friedhof gehalten hatten. Nur waren da auch ihre Beine umwickelt gewesen. Sergej … nein, Robbie hatte sie gefesselt, wie ein Paket vor die Rücksitze gelegt, mit einer Decke zugedeckt und war dann selber weitergefahren.

Anfangs hatte sie vorgehabt, sich die Route zu merken, aber sie hatte es schnell aufgeben müssen. Robbie war mindestens eine halbe Stunde lang kreuz und quer im Main-Taunus-Kreis herumgefahren. Ihr wurde klar, dass sie es nicht mit Anfängern zu tun hatte. Sie rechneten mit ihrer, Jessicas, Intelligenz. Und setzten ihre dagegen. Sie stieß mit der Hüfte an etwas Hartes und kam für einen Moment ins Straucheln. Ein Geländer.

„Pass doch auf!" Robbies raue Stimme.

Es war eine ganze Zeitlang eine Art Flur entlang gegangen, jetzt ging es eine Treppe hinunter. Robbie hatte sie von hinten um die Taille gepackt und schleifte sie mehr, als dass er sie führte. Die Treppen schienen kein Ende zu nehmen. Sie waren mindestens zwei Stockwerke nach unten gegangen. Jessicas Gehirn arbeitete wie eine Maschine. Treppen nach unten! Das konnte nur bedeuten, dass sie sich irgendwo in einem Keller befanden.

„So, wir sind da!"

Robbie setzte sie grob ab und klopfte. Offenbar eine Tür. Nichts geschah. Nach einiger Zeit kramte er leise fluchend einen Schlüssel heraus und schloss auf. Dann betätigte er einen Lichtschalter.

„Los, vorwärts!"

Jessica stolperte über eine Schwelle. In dem Raum roch es muffig, als sei seit langer Zeit nicht gelüftet worden. Robbie verschloss die Tür wieder hinter sich und nahm ihr die Augenbinde ab.

„Kleines Kontrastprogramm, was? Du wirst noch große Sehnsucht nach deiner schnuckeligen Wohnung in der Goldfasanenstraße kriegen", sagte er hämisch.

Dann befreite er sie von dem Knebel. Es tat höllisch weh, als er das Paketklebeband mit einem Ruck von ihrem Mund riss. Jessica traten die Tränen in die Augen. Sie musste erst einmal schlucken und würgen. Dass sie keinen Knebel mehr tragen musste, war natürlich angenehm. Es hieß aber auch, dass sie an einem Ort war, wo Schreien nichts nützte.

„Wo sind wir?" fragte Jessica mit kratziger Stimme. Sie hätte sich die Frage sparen können, denn ihr Entführer reagierte gar nicht darauf. Er schaute auf die Uhr und schimpfte vor sich hin.

Der Raum war nicht sehr groß und ziemlich hoch. Oben an der Decke hing eine nackte Glühbirne. Sonst nur kahle Wände, von denen die weiße Farbe abblätterte und ein Zementfußboden, auf dem eine alte Matratze lag. Darauf ein paar Decken. In der Ecke stand ein Eimer mit Deckel.

Es klopfte an die Tür. Jessica zuckte zusammen. Robbie ging und öffnete. Herein kam ein schmächtiger junger Mann in Jeans und schwarzem T-Shirt, der sich verlegen am Kinn kratzte.

„Es wird aber auch Zeit, du Penner", sagte Robbie böse, „du hättest eigentlich vor mir da sein sollen."

„Ja, aber ..."

„Nichts aber!", schnitt ihm Robbie das Wort ab. „Wenn das noch einmal vorkommt, mach ich dich zur Sau. Verstanden?"

Jessica überlief es heiß und kalt, als sie daran dachte, was das bei Robbie heißen konnte, zur Sau gemacht zu werden.

„Das hier ist Ferdi", sagte der Gorilla zu Jessica gewandt, „er ist für einige Zeit deine Kammerjungfer." Er lachte schallend über seinen eigenen Witz. „Wenn du was brauchst, klopfst du an die Tür oder an die Wand. Ferdi hat sein Zimmer gleich nebenan. Das hier", er deutete auf den Eimer, „ist das Klo. Auch dafür ist Ferdi zuständig." Erneut ließ er sein dreckiges Lachen hören.

Ferdi grinste verlegen und kratzte sich wieder am Kinn. Er war höchstens zwanzig, hatte ein pickliges Gesicht und kurz geschorene, blonde Stoppeln auf dem Kopf.

„Mein lieber Ferdi", sagte der Gorilla mit gefährlich sanfter Stimme zu dem Schmächtigen, „ich lasse dich jetzt mit unserer Süßen allein. Wenn du irgendeinen Mist baust, dann ..."

Er sah den Jungen drohend an. Ferdis geweitete Pupillen wanderten von Robbie zu Jessica. In seinen Augen stand die nackte Angst.

Jenisch fuhr in seinem Bett hoch. Er hatte geträumt, schlecht geträumt. Er war in eine Schießerei mit einer Gangsterbande verwickelt gewesen. Sie hatten ihn überwältigt und gefesselt. Er lag hilflos auf dem Boden und dann hatte einer der Kerle seine Pistole genommen und ihn in die Beine geschossen. Zuerst ins linke und dann ins rechte. Er war wie gelähmt und konnte nichts dagegen machen. Scheußlich! Beim zweiten Schuss war er aufgewacht.

Ein Blick zum Fenster. Draußen war es hell. Jenisch setzte sich auf die Bettkante und nahm den Wecker zur Hand. Viertel vor elf! Er hatte vierzehn Stunden geschlafen!

Langsam wälzte er sich aus dem Bett und schlurfte in die Küche hinüber. Jetzt brauchte er erst einmal einen starken Kaffee.

Das Telefon klingelte. Jenisch beachtete es nicht. Er setzte sich an den Tisch und wartete, bis der Kaffee durchgelaufen war. Dann schaltete er das Radio ein. Die Elf-Uhr-Nachrichten. Sie beschäftigten sich gleich nach den bundespolitischen Ereignissen mit der Kelkheimer Schießerei vom Mittwochabend. Auch die Zeitungen waren voll davon gewesen. Sogar die Bildzeitung hatte einen schrillen Aufmacher gebracht. Das würde sich schnell wieder legen. wenn die nächste Sensation ins Haus stand.

Schon wieder das Telefon! Jenisch nahm ab.

„Hallo, spreche ich mit Herrn Jenisch.“, meldete sich eine männliche Stimme

„Ja?“, brummte Jenisch.

„Hier ist Jonas Kleinschmidt, ich habe Ihre Privatnummer herausgesucht, weil ich Sie dringend sprechen muss.“

Jenisch war mit einem Mal hellwach. Jonas Kleinschmidt, der Neffe von Herbert! Der junge Mann, der ihm wahrscheinlich das Leben gerettet hatte!

„Ich habe Sie vor ein paar Tagen schon einmal angerufen, Herr Jenisch. Der anonyme Anruf in Ihrem Büro. Erinnern Sie sich?“

„Das waren Sie?“

„Ja, das war ich. Ich möchte mich mit Ihnen treffen. Ich habe Informationen zu dem Fall ... Sie wissen schon.“

„Hm“, machte Jenisch, „und warum gehen Sie nicht damit zur Polizei? Die suchen schon nach Ihnen.“

Der Anrufer zögerte einen Moment.

„Sie sind doch auch bei der Polizei.“

„Ja, schon, aber zurzeit außer Diensten.“

Wieder schwieg Jonas ein paar Sekunden lang.

„Umso besser“, sagte er dann. „Was ich Ihnen zu sagen habe, braucht die Polizei noch nicht offiziell zu erfahren.“

„Was heißt das?“

„Es geht um Jessica Langer.“

Jenisch stand auf.

„Und Sie glauben, ich könnte Ihnen irgendwie helfen?“

„Ich weiß nicht, es wird sich zeigen. Ich fand es jedenfalls stark, wie Sie einfach gegangen sind bei dem Showdown am Mittwochabend.“

Jenisch überlegte kurz. Er fand die Bezeichnung ‚Showdown’ nicht sehr passend.

„Gut, ich treffe mich mit Ihnen. Wann und wo?

„Heute Nachmittag um vierzehn Uhr am Parkplatz an der Viehweide. Aber nur unter einer Bedingung.“

„Welche?“

„Dass Sie alleine kommen.“

„In Ordnung, ich komme alleine.“

Jenisch legte auf. Er hatte gehofft, sich noch ein paar Tage aus dem Fall heraushalten zu können, aber das ging offenbar nicht. Er hing wieder mittendrin.

Kommissar Kahl stand mit zwei jungen Kollegen von der Schutzpolizei an dem Platz, wo Erika Kleinschmidts Subaru gefunden worden war. Es war ein schmaler Seitenweg in der Nähe des Gundelhardtweges. Die Männer von der Schutzpolizei hatten am Morgen den Wald bis zum Waldgasthof Gundelhardt abgesucht. Ohne Ergebnis. Das Wetter hatte sich wieder verschlechtert. Dunkelgraue Wolken zogen über den Himmel. Es konnte nicht lange dauern, bis es zu regnen anfing.

Kahl überlegte. Er wandte seine bewährte Methode an: Was hätte ich getan, wenn ich Erika Kleinschmidt gewesen wäre? Also, sie war mit dem Auto von Hornau hierher gefahren. Warum? Weil sie Schluss machen wollte? Nach allem, was Kahl von dem Fall wusste, war Erika Kleinschmidt in einer sehr schwierigen Lage. Das Gasthaus ‚Zum Feldberg' war nach dem Jägerschnitzel-Skandal am Ende. Es konnte durchaus sein, dass sie sich mit Suizidabsichten trug. Sie musste über den Gimbacher Weg gekommen sein. Dann hatte sie offenbar das Auto nicht auf dem Parkplatz abstellen, sondern verstecken wollen, war nach links abgebogen und an den Wohnmobil-Stellplätzen vorbei in den Wald gefahren. Da gab es eine Schranke, aber sie hatte die Schranke umfahren. Mit dem Allradantrieb kein Problem. Die Reifenspuren waren eindeutig. Dann war sie weiter gefahren bis zu der Stelle, wo der Weg eine Linkskurve machte. Dort gab es einen schmalen Weg rechts hinauf. Auf diesem hatte sie das Auto stehen lassen, von unten unsichtbar zwischen den Bäumen. Eigentlich wäre es dann logisch gewesen, weiter in Richtung Gundelhardt zu gehen. Aber wenn sie das vorgehabt hätte, dann wäre sie sicher über die Gundelhardtstraße gekommen.

Kahl legte die Stirn in Falten. Es war also durchaus möglich, dass sie das Auto hier versteckt hatte und in die andere Richtung gegangen war. Gesetzt den Fall, sie hatte sich umbringen wollen. Wo war hier ein Ort, an dem das möglich war? Eine Waffe hatte sie wahrscheinlich nicht dabei. Es war zudem äußerst unwahrscheinlich, dass sich eine Frau wie Erika Kleinschmidt selbst erschoss. Blieben also Strick und Wasser. Aufhängen konnte man sich an jedem dickeren Ast. Wenn sie das getan hätte, wäre sie mit einiger Sicherheit von den Kollegen schon gefunden worden. Ertränken konnte man sich nur in einem Gewässer. Wo war hier Wasser? Etwas weiter war zwar ein kleiner Tümpel, aber den hatten die Kollegen auch schon erfolglos durchsucht. In Richtung Gimbacher Hof zu gehen, erschien auf den ersten Blick unlogisch. Dort war ein belebter Parkplatz, der Gimbacher Hof war ein bekanntes Ausflugslokal. Aber wenn man weiter in Richtung Fischbach ging …

„Kommen Sie, wir gehen da lang."

Die beiden jungen Polizisten schauten skeptisch. Der größere von ihnen maulte:

„Ist doch Quatsch, zum Gimbi zu gehen."

Aber Kahl schritt schnell voran und sie folgten ihm.

Etwa fünfzig Meter hinter dem Gimbacher Hof befand sich links des Weges ein Teich. Kahl blieb stehen. Das Wasser! Kahl trat ans Ufer und spähte rundum. Auf den ersten Blick war nichts zu sehen.

„Wir suchen den Teich ab."

Das war schwieriger als erwartet. Es war nass und matschig. Die hinteren Ufer waren verschilft und man konnte vom Rand aus fast gar nichts erkennen. Plötzlich hob einer er Polizisten, der in der Nähe des Weges geblieben war, einen Gegenstand hoch. Eine leere Flasche!

„Zeigen Sie her!"

„Hier, Herr Kommissar."

„Hm, Rèmy Martin. Edel!"

Kahl hielt seine Nase daran. Sie roch nach Kognak und unten am Boden war noch ein Rest zu sehen. Die Flasche konnte noch nicht lange weggeworfen worden sein. Er hatte das Gefühl, dass sie nahe dran waren. Am vorderen Ufer des Teiches war ein kleiner Steg. Sie hatten natürlich von dort aus schon den ganzen Teich abgesucht, aber unter dem Steg …

Kahl kniete sich in den Matsch neben die Bohlen und spähte unter den Steg. Es war schwierig, an dem steilen

Ufer nicht abzurutschen. Unter dem Steg war es dunkel. Nichts zu sehen an diesem düsteren Tag!

„Hat jemand von Ihnen eine Taschenlampe dabei?"

„Nein, die Taschenlampe ist im Auto."

Kahl fixierte den Größeren.

„Na los, holen Sie sie!"

Der junge Polizist warf Kahl einen missgelaunten Blick zu und setzte sich in Bewegung. Kahl versuchte, an dem relativ steilen Ufer einen guten Stand zu finden. Er stellte fest, dass er wieder einmal nicht die richtigen Schuhe für einen solchen Einsatz anhatte. Seine braunen Slipper waren jedenfalls ruiniert.

Als Kommissar Kahl mit der Taschenlampe unter den Steg leuchtete, sah er sie sofort. Sie lag unter der Wasseroberfläche mit dem Gesicht nach unten zur Uferseite hin, so dass sie vom Steg aus nicht zu entdecken war. Gekleidet war sie in einen braunen Wollmantel, der sich offenbar vollgesaugt und den Körper fast ganz unter Wasser gezogen hatte.

Kahl holte sein Handy heraus und wählte die Nummer der SoKo.

„Hallo, hier Kahl, wir haben sie gefunden."

Die ersten dicken Tropfen fielen vom Himmel.

Jenisch saß in seinem alten blauen Golf und schaute sich auf dem Parkplatz um. Er war etwas zu früh. Jonas Kleinschmidt schien noch nicht da zu sein. Die „Viehweide" war ein etwas erhöht gelegenes Ausflugslokal zwischen Kelkheim und Hofheim mit Wiesen und einem großen Parkplatz unterhalb. Man hatte bei gutem Wetter einen schönen Blick in die Mainebene hinunter. Jetzt allerdings regnete es in

Strömen und man sah gerade den Waldrand in hundert Metern Entfernung. Jenisch fröstelte. Er schaltete die Zündung ein und drehte den Ventilator noch eine Stufe höher. Zum Glück brauchte er nicht auszusteigen. Sein Golf war das einzige Auto auf dem Parkplatz. Er würde bemerken, wenn ein weiteres dazu kam.

Er dachte an Bentler. Immer wieder musste er an ihn denken. Ein Anruf im Krankenhaus hatte ergeben, dass es ihm besser ging. Ein Besuch war aber frühestens am Dienstagnachmittag möglich. Er hatte sich vorgenommen, mit ihm offen über die ganze Sache zu reden. Hoffentlich ging es ihm wieder so gut, dass er ein längeres Gespräch durchhalten konnte.

In diesem Augenblick bog ein roter Toyota langsam auf den Parkplatz ein und parkte neben Jenischs Golf. Die Tür ging auf, es war Jonas Kleinschmidt. Er kam auf die Beifahrertür zu und stieg ein. Er brachte nasse, kalte Luft von draußen mit.

„Gut, dass Sie gekommen sind, Herr Jenisch."

„Ich bin gespannt, was Sie mir zu sagen haben", antwortete der Oberkommissar.

„Sind Sie allein?"

„Ja."

Jonas schaute sich überflüssigerweise im Wagen um.

„In Ordnung. Also, hören Sie zu. Bevor ich Sie angerufen habe, war ich in der Fasanenstraße an Jessicas Wohnung. Ich wollte nachsehen, was sie macht. Ihr Auto war nicht da. Erst einmal habe ich eine Viertelstunde gewartet. Nichts. Dann habe ich geklingelt. Niemand da."

„Eigentlich sollte sie da sein", sagte Jenisch, „sie muss sich für Aussagen zur Verfügung halten. Sie ist eine Zeugin."

„Hab ich mir auch gedacht, aber sie ist weg! Ich war auch in ihrer Wohnung und habe nachgeschaut …"

„In ihrer Wohnung?", fragte Jenisch erstaunt.

„Ja", sagte Jonas, „ich habe noch einen Schlüssel. Von früher." Er schien etwas verlegen. „Es sah so aus, als habe sie gepackt und sei abgehauen. Die Koffer waren weg und die Schränke halb leer."

„Mist!", stieß Jenisch zwischen den Zähnen hervor.

„Was sollen wir machen?" Jonas' Stimme klang beunruhigt.

Jenisch überlegte.

„Wenn Jessica Langer getürmt ist, kommt sie nicht weit", sagte er, „Wir leiten eine Fahndung ein. Aber zuerst …"

„Was?", fragte Jonas.

„Zuerst schauen wir uns ihre Wohnung mal genauer an."

Oberkommissar Jenisch war wieder an einem Punkt, wo er neben sich stand und sich dabei zuschaute, wie er einen Fehler machte. Was war nur mit ihm los? Als guter Polizist hätte er sofort zum Handy greifen und Bohleder anrufen müssen. Aber nein, erst folgte er einer Intuition und inspizierte die Wohnung der Zeugin Jessica Langer. Er war nur noch Polizist auf Abruf und traf sich quasi konspirativ mit dem flüchtigen Zeugen Jonas Kleinschmidt. Wenn Pretorius davon Wind bekam, war dies das Ende seiner Laufbahn. Er würde rausfliegen, das war so sicher wie das Amen in der Kirche. Diese Gedanken gingen ihm im Kopf herum, während er hinter Jonas' Toyota her die alte Königsteiner Straße nach Hornau hinauffuhr. Seltsamerweise kratzte es ihn nicht sonderlich. Eine gewisse Wurschtigkeit hatte ihn ergriffen. Er fühlte sich, als stehe er nicht nur neben sich, sondern auch ein Stück über den Dingen.

Sie parkten die beiden Autos vorsichtshalber ein paar hundert Meter unterhalb von Jessicas Wohnung und gingen zu Fuß hin. Es regnete jetzt noch stärker. Jenisch war froh, dass er einen Hut aufhatte. Jonas' dunkles Haar klebte schon klatschnass am Schädel. Die Fasanenstraße lag wie ausgestorben da. Die Villen schienen vor sich hin zu dösen. Niemand war bei diesem Wetter unterwegs.

Die Wohnung machte einen sehr gepflegten und aufgeräumten Eindruck. Jonas' Vermutung schien zu stimmen. Jessica hatte ihre Koffer gepackt und war wahrscheinlich abgehauen. Alles deutete darauf hin.

„Wie ist die Nummer von ihrem Wagen?"

„MTK-JL 666."

Jenisch griff zu seinem Handy und rief Bohleder an. In wenigen Minuten würde die Fahndung anlaufen. Der Hauptkommissar hatte natürlich gefragt, wie er zu der Information über Jessicas Flucht gekommen war. Er würde es ihm später erklären.

„Sie haben doch bei Jessica Langer gearbeitet, Herr Kleinschmidt."

„Ja", sagte Jonas, „wir machen das Immobilienbüro zusammen."

„Hatte Ihre Partnerin irgendetwas zu verbergen?", fragte Jenisch.

Jonas blickte zu Boden. Dann schaute er den Oberkommissar an.

„Ich weiß es nicht genau, aber ich vermute es."

„Was wissen Sie von der ganzen Sache mit Dimitrij Stankov?"

„Leider nicht viel. Aber ich habe mich entschlossen, mit Ihnen zusammenzuarbeiten … das heißt mit der Polizei."

„Eine weise Entscheidung, Herr Kleinschmidt! Sie sind in Gefahr. Eigentlich müssten wir Sie beschatten. Die Mafia wird Sie nicht so einfach laufen lassen."

„Ist mir klar", sagte Jonas leise.

Sie waren schon halb aus der Tür draußen, als Jonas plötzlich inne hielt.

„Einen Augenblick noch!"

Er betrachtete intensiv drei Gegenstände, die auf dem niedrigen Garderobeschrank im Flur standen. Es waren drei Affen: Nichts hören, nichts sagen, nichts sehen. Jonas kannte die drei. Er selber hatte sie Jessica geschenkt.

„Was ist denn?" Jenisch kam zurück.

„Fällt Ihnen an diesen drei Affen etwas auf?"

„Na ja, einer steht falsch herum."

„Er steht in Richtung der Tür."

„Na und?"

„Jessica hätte es nie geduldet, dass dieser Affe so steht. Sie musste auch immer alle Bilder gerade hängen. Sie ist in solchen Dingen eine Perfektionistin."

„Das merkt man der Wohnung an", sagte Jenisch.

„Vielleicht ist sie nicht freiwillig gegangen und es ist ein Zeichen von ihr?", meinte Jonas.

„Unwahrscheinlich. Wenn sie entführt worden wäre, hätte es sicherlich Kampfspuren gegeben. Auf jeden Fall hätte sie nicht so gründlich gepackt."

„Stimmt auch wieder", murmelte Jonas, „aber trotzdem ..." Er starrte auf die drei Affen. „Es ist der mittlere, der Nichts-Sagen-Affe."

Jenisch stand neben Jonas und schaute sich ebenfalls die drei Figuren an. Sie gefielen ihm.

„Schön! Eine Luxusausführung. Passen gut hierher", sagte er.

Jonas schien gar nicht zugehört zu haben.

„Der Nichts-Sagen-Affe …“, murmelte er vor sich hin, „der Nichts-Sagen-Affe …“

Auf dem Plattenweg die Einfahrt hinunter packte Jonas den Oberkommissar unvermittelt am Arm.

„Sergej ... es war Sergej!“

„Wer ist das?“

„Sergej ist … war Dimitrijs Leibwächter. Wir haben ihn immer den ‚stummen Gorilla' genannt, weil er nie ein Wort gesprochen hat. Verstehen Sie? Der Nichts-Sagen-Affe ist ein Hinweis auf den stummen Gorilla! Jessica hat ihn so hingestellt!“

Jenisch blieb stehen. Er wiegte den Kopf.

„Hm“, sagte er, „das klingt zu phantastisch, um wahr zu sein.“

Jonas war ganz aufgeregt.

„Ich bin sicher, dass sie eine Spur legen wollte. Ich weiß es einfach.“

„So, Sie wissen es“, wiederholte Jenisch skeptisch. Der Junge gefiel ihm immer besser. Er war richtig in Feuer geraten.

„Ja, Herr Jenisch, ich bin sicher. Hatten Sie noch nie eine Intuition?“

„Doch“, sagte Jenisch trocken, „aber die haben mich meistens ziemlich reingerissen.“

Herbert Kleinschmidt saß an dem kleinen Tisch in seiner Zelle und zählte die Kratzer auf der Tischplatte.

Je länger er über die Ereignisse der letzten Tage nachdachte, umso unverständlicher wurde ihm sein eigenes Verhalten. Er war der Auslöser der ganzen Misere. Nichts hören, nichts sehen, nichts sagen, das war das Beste. Er hatte sich nicht daran gehalten. Hätte er die verdammte Schweinehälfte in Ruhe gelassen, wäre es nicht zu dem ganzen Schlamassel gekommen. Erika hätte das schlechte Schnitzelfleisch nicht verwendet und die Leute wären gesund geblieben. Es schien ihm jetzt absolut irrsinnig, dass er betrunken mit dem Jagdgewehr in der Gegend herumgeballert hatte. Das konnte nicht er selber gewesen sein, Herbert Kleinschmidt, der Wirt des 'Feldberg', es musste irgendein böser Geist in ihn gefahren sein. Irgendein Dämon. Bei dem Gedanken erschauerte er. Gab es das, dass der Teufel in einen Menschen fuhr und ihn Dinge tun ließ, die er normalerweise nie getan hätte?

Es klopfte an die Tür. An der Art des Klopfens hörte Herbert, dass es nicht der Aufsichtsbeamte sein konnte.

„Herein!"

Herbert drehte den Stuhl zur Tür. Der Anstaltspfarrer! Wieso kam der? Er war doch kein Todeskandidat!

„Herr Kleinschmidt?"

„Ja", sagte Herbert. Der Geistliche stand vor ihm und blickte ihn ernst an.

„Ich habe leider keine guten Nachrichten für Sie. Ihre Frau ..."

„Was ist mit meiner Frau?"

„Man hat sie gefunden. In einem Teich in der Nähe des Gimbacher Hofes. Tot. Sie hat sich das Leben genommen."

Als der Pfarrer das kleine Wort ‚tot' aussprach, fühlte Herbert, wie etwas in seinem Kopf zerriss.

„Herr Kleinschmidt!", rief der Geistliche. „Herr Kleinschmidt, hören Sie mich?"

Aber Herbert hörte ihn nicht mehr. Er war weg, weit weg.

Montag, 22. November

„Na, geht's besser?"

Hauptkommissar Bohleder sah Jenisch freundlich über den Rand seiner Lesebrille an. Er war allein im Büro.

„Danke, einigermaßen."

Das entsprach der Wahrheit. Jenisch hatte das Wochenende gut getan. Er fühlte sich zwar immer noch angegriffen, aber doch ein wenig erholt. Sein Büro war total verändert. Zwei Schreibtische statt einem, neue Regale, alles ziemlich voll gestopft. Es war zwar noch nicht ganz fertig, aber es sah schon benutzbar aus.

„Wie läuft's denn so? Hast du gute Leute?", fragte Jenisch.

„Ich bin zufrieden. Kahl ist intelligent und hat einen guten Blick, aber auch ein Schandmaul, Scherer ist ruhig und arbeitet sehr gewissenhaft. Frau Müller kann ich nicht beurteilen. Sie ist erst seit kurzem dabei."

„Du hast ja noch mich", sagte Jenisch

„Ja, dich habe ich auch noch." Bohleder schien davon nicht sonderlich angetan. Jenisch wiegte den Kopf.

„Na komm, Heinz, wir haben schon öfter zusammengearbeitet. Wir werden es auch diesmal hinkriegen. Gibt's eigentlich was Neues?"

„Schlechte Nachrichten, Albert", sagte Bohleder, „die Frau von Herbert Kleinschmidt hat sich das Leben genommen."

„Nein!" Jenisch schluckte.

„Doch! Und es kommt noch schlimmer. Herbert Kleinschmidt ist verrückt geworden, als er im Untersuchungsgefängnis davon gehört hat."

Jenisch schüttelte den Kopf. Er konnte im ersten Augenblick nichts sagen.

„Er ist in eine Art Starre verfallen", fuhr der Hauptkommissar fort, „man nennt das glaube ich Stupor. Sie haben ihn sofort nach Kiedrich in die Psychiatrie gebracht."

„Das ist ja furchtbar!", brachte Jenisch heraus.

„Ja, das kann man wohl sagen."

„In welchem Krankenhaus ist er denn? In Kiedrich gibt es mehrere."

„Im St. Valentinus."

Wieder schüttelte Jenisch stumm den Kopf. Das Schicksal hatte grausam zugeschlagen. Die Kleinschmidts waren in eine böse Sache hineingeschlittert und hatten schwer dafür büßen müssen. Vor allem Erika Kleinschmidts Selbstmord ging ihm nahe.

Bohleders Bass drang wieder an sein Ohr.

„Ach, übrigens haben wir die Schweinehälften in Herbert Kleinschmidts Kühlhaus untersuchen lassen."

„Ach ja", sagte Jenisch. „Und was kam raus?"

„Sie waren alle in Ordnung. Ein bisschen überlagert, aber alle einwandfrei."

„Mach keine Witze! Heißt das etwa, dass Herbert die einzige verdorbene erwischt hat?"

„Muss er wohl", sagte Bohleder. „Aber als Metzger hätte er eigentlich verdorbenes Fleisch sofort erkennen müssen. Ich verstehe das nicht." Jenisch fasste sich an den Kopf. „So viele Zufälle auf einmal gibt es gar nicht!"

„Hast du schon einmal drei Sechsen hintereinander gewürfelt?", fragte Bohleder.

„Hab ich", sagte Jenisch. Sogar vier hintereinander."

„Siehst du. Statistisch gesehen ist das genau so unwahrscheinlich."

„Mag sein, dass du statistisch Recht hast“, meinte Jenisch, „trotzdem ist es unfassbar. Dass es die Kleinschmidts so getroffen hat ... und den kleinen Jungen.“

„Und Bentler!“ merkte Bohleder an.

Jenisch spürte, wie ihm der Schweiß ausbrach. Nein, er wollte die Szene nicht noch einmal vor seinem inneren Auge sehen ...

Bohleder holte ihn in die Realität zurück.

„Wir haben eigentlich vermutet, dass wir noch eine verdorbene Schweinehälfte finden würden. Haben wir aber nicht.“

„Das ist mir im Kühlhaus auch schon eingefallen“, sagte Jenisch. „Es fehlt die andere Hälfte.“

„Es gibt noch etwas Merkwürdiges“, sagte Bohleder. „Die Autopsie des Toten, der als Schweinehälfte in Kleinschmidts Kühlraum hing, hat ergeben, dass er vergiftet worden ist.“

„Ach!“ Jenisch war überrascht.

„Ja, die Spezialisten sagen, dass es ein ganz ungewöhnliches Gift war, eine neue Mischung sozusagen. Geschmacklos, geruchlos und schwer nachzuweisen. Sie kamen nur drauf, weil sie gerade nagelneue Analyseapparate bekommen haben.“

„Und Dimitrij Stankov?“

„Bei dem hat man gar nichts gefunden. Weder irgendeine Gewalteinwirkung noch eine Schussverletzung. Und vergiftet war er auch nicht. Auch keine Anzeichen für einen Infarkt oder ähnliches. Er hat einfach aufgehört zu leben.“

„Merkwürdig“, sagte Jenisch.

„Ja, sie haben keine Todesursache feststellen können.“

„Ist der kleine Junge eigentlich obduziert worden?“, fragte Jenisch.

„Nein, die Eltern haben eine Autopsie verweigert."

„Kann ich verstehen." Jenisch biss sich auf die Lippen. „Wir müssen den Fall lösen, Heinz." Seine Stimme klang grimmig.

„Ja, aber es sieht schlecht aus."

„Wieso das?"

„Alle Spuren führen bisher ins Leere. Es ist wie verhext. Wir haben zum Beispiel noch nicht herausfinden können, wer der Tote ist, der im Kühlhaus hing. Wir haben keine Ahnung, was Dimitrij Stankov für eine Rolle gespielt hat und weshalb er sterben musste. Wir haben nicht herausbekommen können, welche Verbindungen es nach Bulgarien gibt, warum die mit Schweinehälften gehandelt haben und ob es eine organisierte Bande war. Wir wissen nicht, warum dieser Richard Schwarz von Hartmann Immobilien am Tatort war. Jessica Langer, die uns das vielleicht hätte sagen können, ist offensichtlich geflohen."

Bohleder stand auf und holte aus einem der Schränke eine Flasche und zwei Cognacgläser heraus.

„Willst du auch einen?"

Jenisch nickte. Bohleder goss ein. Sie tranken schweigend. Der Hauptkommissar lehnte sich zurück und fuhr fort:

„Auch der Transporter bringt uns nicht weiter. Er war bei einer billigen Klitsche in Frankfurt auf einen Fantasienamen gemietet. Der Fahrer ist tot. Wir haben den Beifahrer vernommen. Er kann glaubhaft versichern, dass er und der Fahrer nichts von dem ganzen Deal wussten, sondern nur einen gut bezahlten Job machten. Das Kennzeichen des zweiten Autos haben wir nicht. Und außerdem bleibt Jonas Kleinschmidt verschwunden, der uns vielleicht weiterhelfen könnte. Flaute auf der ganzen Linie, wie du siehst. Lauter

Rätsel und unbeantwortete Fragen. Und ich habe noch nicht einmal alles aufgezählt.“

Jenisch räusperte sich.

„Ich habe das Gefühl, dass Jonas Kleinschmidt bald auftauchen wird.“

„Aha, und woher kommt dieses Gefühl, wenn ich fragen darf?“ Bohleder warf Jenisch einen misstrauischen Blick zu. Der versuchte ein möglichst unbefangenes Gesicht zu machen.

„Intuition“, sagte Jenisch und sah seinen Kollegen treuherzig an.

„Hm“, brummte Bohleder, „es wäre zu schön, wenn du Recht hättest.“ Er machte eine Kunstpause, bevor er fortfuhr. „Ach, übrigens, könntest du mir verraten, wieso du wusstest, dass Jessica Langer abgehauen ist?“

„Ich weiß es nicht, es ist eine begründete Vermutung.“

Jenisch wusste, dass er sich auf dünnem Eis befand.

„Sagst du mir etwas über die Gründe?“

Bohleder war ein Fuchs, aber auch ein Mann mit großem Herzen. Jenisch spielte auf Risiko.

„Du wirst die Gründe erfahren, aber noch nicht jetzt. Übrigens ist sie mit großer Wahrscheinlichkeit nicht einfach abgehauen, sondern entführt worden.“

„Wie bitte?“

„Ja, es gibt da einige Hinweise.“

„Hinweise? Welche?“

„Kann ich im Augenblick noch nicht sagen.“

„Albert, ich warne dich, wenn du Informationen zurückhältst, kriegst du Schwierigkeiten.“ Bohleders Bass klang drohend. „Du bist auf Bewährung hier. Pretorius hat mich angewiesen, ihm die kleinste Unregelmäßigkeit sofort zu melden.“

„Vertrau mir, Heinz.“

Bohleder atmete tief durch und ließ die Luft durch die Zähne entweichen. Jenisch sah, wie es in ihm arbeitete.

„Na gut, diesmal gebe ich dir noch Kredit … Sag mal, hat dein seltsames Verhalten irgendetwas mit Jonas Kleinschmidt zu tun?“

„Du wirst es sehr bald erfahren.“

„Das hoffe ich in deinem Interesse“, brummte Bohleder und äugte ihn scharf über die Lesebrille an. Jenisch fiel ein Stein vom Herzen. Bohleder würde Pretorius gegenüber dichthalten. Es war besser, wenn Jonas Kleinschmidt selber die Hinweise auf Jessicas mutmaßliche Entführung mitbrachte. Damit konnte er sich als Zeuge und Helfer gut einführen.

Die beiden Männer saßen sich gegenüber und schwiegen.

„Was machen wir als nächstes“, fragte Jenisch.

Bohleder musste erst aus seinen Gedanken wieder auftauchen.

„Wir schauen uns Jessica Langers Wohnung auf Spuren hin an. Das können Kahl und Scherer mit der Spurensicherung machen. Ich will Hartmann Immobilien in Königstein einmal genauer unter die Lupe nehmen. Morgen Vormittag gehe ich hin. Kommst du mit?“

„Ich wüsste nicht, was ich lieber täte“, sagte Jenisch.

Es klopfte an die Tür.

„Herein!“, sagte Bohleder.

Die Tür ging auf und ein junger Mann mit Jeans und schwarzer Lederjacke trat herein. Er nickte Jenisch kurz zu.

„Das ist Jonas Kleinschmidt“, sagte Jenisch zu dem verblüfften Hauptkommissar. „Er hat dir ein paar interessante Sachen zu erzählen.“

„Hier, Ferdi!“

Jessica reichte dem schmächtigen Jungen den Eimer. Sie lächelte ihn kokett an und suchte seine Augen, aber er schaute an ihr vorbei an die Wand.

„Nennen Sie mich nicht Ferdi!“, sagte er.

„Warum denn nicht? Sie heißen doch so. Oder etwa nicht?“

„Ich soll nicht mit Ihnen sprechen.“

„Ach so.“ Jessica strich ihm mit dem Zeigefinger über den Arm. Dem jungen Mann schoss das Blut in die Wangen. Er zuckte zurück.

„Lassen Sie das!“

„Aber warum denn, wenn es doch gut tut.“ Jessicas Stimme hatte sich in ein Schnurren verwandelt.

Ferdi drehte sich abrupt um und stürzte zur Tür.

„Halt, Sie haben etwas vergessen. Mein Plumpsklo.“

Jessica nahm den Eimer auf und stellte ihn dem jungen Mann mit einem liebenswürdigen Lächeln vor die Füße. Der starrte verwirrt an ihr vorbei. Dann schnappte er sich den Henkel und verließ fluchtartig das Zimmer.

Jessica hörte, wie sich der Schlüssel im Schloss drehte. Sie war wieder eingesperrt. Aber wenigstens war sie nicht mehr an den Händen gefesselt. Nur Fußfesseln musste sie noch tragen. Es waren jedoch keine Klebebänder, sondern mit einer Kette verbundene spezielle Fußfesseln, die ihre Knöchel umschlossen, so dass sie zwar kleine Schritte machen, aber nicht laufen konnte. Keine Chance, sich davon zu befreien.

Jessica legte sich aufs Bett und verschränkte die Arme hinter dem Kopf. Sie war keine Frau, die zum Jammern und Resignieren neigte. Vom ersten Augenblick an hatte sie die

Lage analysiert und war zu dem Schluss gekommen, dass die einzige Schwachstelle in ihrem Gefängnis Ferdi hieß. Menschen sind immer die Schwachstellen, besonders Männer. Und Ferdi war ein Mann, ein junger Mann. Es musste mit dem Teufel zugehen, wenn sie den nicht knacken konnte.

Dienstag, 23. November

Bohleder hatte für den Besuch bei Hartmann Immobilien nicht den Einsatzwagen, sondern seinen Privatwagen genommen, einen Volvo Kombi. Er und Jenisch passierten gerade den Königsteiner Kreisel und fuhren weiter in Richtung Kurbad.

„Wir haben nicht den Hauch einer Spur in Jessica Langers Wohnung gefunden", sagte Bohleder. „Keine fremden Fingerabdrücke, nicht einmal deine!"

Jenisch ignorierte die Anspielung.

„Das wundert mich nicht. Wir haben es nicht mit grünen Jungs zu tun. Das einzige, was wir haben, ist dieser umgedrehte Affe, von dem Jonas Kleinschmidt behauptet, es sei ein Hinweis von Jessica Langer."

„Halte ich für unwahrscheinlich."

„Ich auch", sagte Jenisch, „der Junge ist in sie verliebt. Er ist befangen."

Bohleder schwieg eine Weile.

„Was vermutest du? Ist es eine Bande?"

„Sieht so aus. Einiges deutet darauf hin, dass es eine bulgarische Mafia ist. Das wäre neu. Wir haben eine italienische, eine türkische und eine russische Mafia, aber noch keine bulgarische."

Die Villa im Königsteiner Ölmühlweg war nicht von schlechten Eltern. Groß, weiß und vornehm lag sie da und strahlte Erfolg und Seriosität aus. An der Einfahrt ein großes, blankes Messingschild: ‚Hartmann Immobilien' und darunter ‚Dr. Artur Hartmann & Partner'.

Bohleder und Jenisch warfen sich einen Blick zu.

„Die Makler residieren hier in Palästen", sagte Jenisch.

„Genau wie ihre Klientel", gab Bohleder trocken zurück.

„Stimmt nicht“, sagte Jenisch. „Ich war vor kurzem auch beim Makler wegen einer neuen Wohnung.“

„Du bist die Ausnahme, die die Regel bestätigt“, grinste Bohleder.

Die Vorhalle war in Grautönen gehalten, kombiniert mit einem unaufdringlichen Blau und edlem Holz. Dazwischen wie zufällig hingestreut ein paar Kübel mit Tessiner Palmen. Eine sehr junge Frau mit langem blondem Haar saß links im Hintergrund am Empfang und sah ihnen entgegen.

„Guten Morgen.“, sagte Jenisch in ihre Richtung.

„Guten Morgen, was kann ich für Sie tun?“

„Wir möchten gerne Herrn Hartmann sprechen.“, sagte Bohleder mit seinem tiefsten Bass.

Die Blonde schaute etwas pikiert. Dem Oberkommissar fiel auf, dass sie bis auf die Haarfarbe und die randlose Brille eine gewisse Ähnlichkeit mit Jessica Langer hatte. Sie schien etwas jünger zu sein, vielleicht Anfang zwanzig. Sie sah müde aus. Außerdem hatte sie verweinte Augen. Jenisch bemerkte es trotz ihres Make-ups.

„Herr Dr. Hartmann ist um diese Zeit noch nicht im Hause.“

Jenisch schaute auf die Uhr. Viertel vor zehn.

„Wann kommt er denn?“

„Er pflegt gegen zehn da zu sein.“

„Dann warten wir so lange.“

„In welcher Angelegenheit möchten Sie Herrn Dr. Hartmann denn sprechen?“

„Ach, es geht nur um ein paar Informationen“, sagte Jenisch.

„Dann kann ich Ihnen vielleicht ...“

„Nein, danke“, sagte Bohleder freundlich, „wir brauchen die Auskünfte direkt von Herrn Hartmann.“

Die Empfangsdame schien irritiert.

„Darf ich Ihre Namen schon einmal haben, damit ich Sie anmelden kann?"

„Gern", sagte Bohleder. „Das ist Oberkommissar Jenisch und mein Name ist Bohleder. Hauptkommissar Bohleder."

„Sie sind von der Polizei ..." Die Nervosität der jungen Frau nahm merklich zu. „Nehmen Sie doch dort drüben Platz. Herr Dr. Hartmann wird jeden Augenblick hier sein.

Bohleder und Jenisch ließen auf den Sitzkissen einer eleganten taubenblauen Ledergarnitur nieder. Die Blondine griff zum Telefon, wählte eine Nummer und sprach leise in den Hörer.

Kurz nach zehn betrat ein mittelgroßer, rundlicher Herr die Vorhalle. Jenisch schätzte ihn auf Anfang fünfzig. Er trug einen hellbraunen Mantel und einen eleganten Hut. Bohleder und Jenisch erhoben sich. Der Mann kam sofort auf sie zu und reichte ihnen die Hand. Selten habe ich ein neutraleres Gesicht gesehen, dachte Jenisch.

„Guten Morgen, meine Herren! Frau Beltz hat mich schon verständigt. Kommen Sie doch gleich mit in mein Büro. Da entlang bitte." Er ging auf einen gläsernen Aufzug zu, der sich rechts in der Vorhalle befand.

„Nun, meine Herren, was führt Sie zu mir?"

Dr. Artur Hartmann hatte hinter einem riesigen Schreibtisch Platz genommen. Sein Büro war sparsam, aber edel eingerichtet. Messing und dunkles Holz.

„Wir möchten Ihnen einige Fragen stellen", sagte Bohleder.

„Bitte."

Jenisch ließ Hartmann nicht aus den Augen. Der Makler wirkte völlig geschäftsmäßig. Nicht das kleinste Anzeichen irgendeines Affektes war zu bemerken. Entweder hatte er nichts zu verbergen oder er hatte sich perfekt unter Kontrolle.

„Haben Sie einen Mitarbeiter namens Richard Schwarz?"

„Wir hatten, Herr Bohleder, wir hatten ... Leider ist Herr Schwarz nicht mehr am Leben. Ich habe von dem bedauerlichen Vorfall gehört. Es stand ja auch in allen Zeitungen. Jammerschade, er war einer unserer besten Leute. Er übernahm die Geschäftsleitung, wenn ich außer Haus war."

„Haben Sie eine Erklärung dafür, dass Herr Schwarz sich am Mittwochabend voriger Woche auf dem Hof des Gasthauses ‚Zum Taunus' in Kelkheim befunden hat?"

„Nein, absolut nicht. Es ist mir ein Rätsel. Wir bedauern das außerordentlich, auch im Namen der Firma. Was Herr Schwarz in seiner Freizeit tat, unterlag nicht unserem Einfluss. Wir kümmern uns nicht um das Privatleben unserer Mitarbeiter. Aber dass einer unserer führenden Köpfe in einen solchen Fall verwickelt zu sein scheint, schadet natürlich unserem Image." Hartmann schüttelte den Kopf und senkte die Augen auf die Schreibtischplatte. Er schien ehrlich bekümmert.

„Sein Tod war nach allem, was wir wissen, eine Verwechslung", sagte Bohleder.

Hartmann schaute kurz auf.

„Eine Verwechslung?"

„Ja, Herbert Kleinschmidt, der Besitzer des 'Feldberg', hat nicht Richard Schwarz, sondern einen anderen treffen wollen."

Hartmann reagierte nicht, sondern saß mit vor der Brust verschränkten Armen auf seinem Schreibtischstuhl. Sein Gesicht zeigte keine Regung. Der Tod seines Stellvertreters schien ihm nicht sehr nahe zu gehen.

„Sagt Ihnen der Name Dimitrij Stankov etwas?"

„Nein, tut mir leid."

„Dimitrij Stankov war mit großer Wahrscheinlichkeit das eigentliche Ziel von Herbert Kleinschmidt, aber er war zu dem Zeitpunkt schon tot. Er hing als Schweinehälfte verpackt in einem Kleintransporter."

Hartmanns Allerweltsgesicht blieb unbewegt.

„Ja, ich habe davon gelesen. Eine geradezu unglaubliche Geschichte."

Der Makler ließ die Hände auf die Schreibtischplatte sinken. Er schob den Ärmel seines Jacketts zurück und schaute diskret auf die Uhr. Du willst uns loswerden, dachte Jenisch, aber so leicht machen wir es dir nicht, mein Freund.

„Haben Sie schon einen Nachfolger für Herrn Schwarz?", fragte Jenisch und erntete einen erstaunten Seitenblick von Bohleder.

Hartmanns Augenlider zuckten für einen winzigen Moment.

„Ja. Aber was geht Sie das an?"

„Reines Interesse, Herr Hartmann."

„Der Nachfolger von Herrn Schwarz …" Der Makler zögerte einen Augenblick „… wird aller Voraussicht nach Herr Gentschev sein, Stojan Gentschev, ein langjähriger und sehr tüchtiger Mitarbeiter aus unserer Frankfurter Filiale."

Es entstand eine kleine peinliche Pause. Hartmann erwartete offenbar, dass sich die beiden Polizisten verabschiedeten. Aber Jenisch dachte nicht daran.

„Sagt Ihnen der Name Jessica Langer etwas?" Der Oberkommissar schoss seine Frage geradezu ab. Hartmann sah ihn mit seinen wasserblauen Augen an.

„Ja, natürlich. Langer & Partner ist ein kleines Maklerbüro in Kelkheim. Unsere Konkurrenz sozusagen." Auf seinem Gesicht erschien ein kurzes Schmunzeln.

„Jessica Langer ist wahrscheinlich entführt worden", sagte Jenisch.

„Ach, das ist ja ... Das tut mir leid."

Hartmann schien ehrlich überrascht. Der Mann wusste entweder tatsächlich nichts oder er war ein exzellenter Schauspieler.

Jenisch wechselte einen Blick mit Bohleder. Der nickte kurz. Zeit zum Rückzug. Sie verabschiedeten sich. Hartmann war ausgesprochen höflich und begleitete sie noch bis zu Tür.

„Wenn ich noch etwas für Sie tun kann, meine Herren ... Sie können mich jederzeit erreichen."

„Danke. Wir kommen darauf zurück", sagte Bohleder frostig.

Sie gingen zum Aufzug.

„Das war wohl ein Flop", sagte Bohleder.

„Ich weiß nicht", meinte Jenisch, „der Mann ist aalglatt. Vielleicht hat er uns eine Komödie vorgespielt. Wir sollten ihn und seine Firma einige Zeit im Auge behalten. Ich habe da so ein Gefühl ..."

„Du und deine Gefühle!", brummte Bohleder.

Sie waren schon auf dem Weg hinaus, als Jenisch sich noch einmal kurz an die Empfangsdame wandte.

„Entschuldigen Sie, sagen Sie mir bitte Ihren Namen?"

Die junge Frau wischte sich hastig über die Augen. Jenisch war sicher, dass sie geweint hatte.

„Ich bin Alexandra Beltz", sagte sie.

Jenisch überlegte kurz.

„Sind Sie verheiratet?"

„Ja. Warum fragen Sie?"

„Wie hießen Sie früher?"

„Langer. Alexandra Langer."

Bohleder war dem Gespräch mit wachsendem Interesse gefolgt.

„Kennen Sie Jessica Langer?", fragte Jenisch.

Die Augen der jungen Frau füllten sich mit Tränen.

„Ja, Jessica ist meine ältere Schwester", schluchzte sie, „und sie ist schon seit Tagen verschwunden."

„Wir sind unter anderem auch deswegen hier", schaltete sich Bohleder ein.

„Hier bei Dr. Hartmann?"

„Ja, Ihre Schwester kannte Richard Schwarz, der in dieser Firma gearbeitet hat." Als der Hauptkommissar den Namen erwähnte, schluchzte Alexandra Beltz laut auf. Ihre Schultern zuckten.

Jenisch legte Bohleder die Hand auf den Arm zum Zeichen, dass er eine Weile warten sollte. Der Hauptkommissar verstand.

„Sie müssen jetzt nichts sagen."

Es dauerte eine Weile, bis sich die junge Frau beruhigt hatte. Mit großen, angstvollen Augen schaute sie die beiden Polizisten an.

„Wissen Sie etwas von meiner Schwester?"

„Nein, leider nicht. Wir haben eine Fahndung nach ihr eingeleitet." Bohleder verschwieg wohlweislich den Entführungsverdacht. Jenisch tat die junge Frau leid.

„Die Fahndung läuft auf vollen Touren", sagte er, um sie ein wenig zu beruhigen. „Wir finden sie sicher bald."

Alexandra Beltz tupfte sich die Augen mit einem Taschentuch ab. Bohleder fasste in die Jackentasche und reichte ihr eine Karte.

„Hier ist meine Telefonnummer. Rufen Sie an, wenn Sie uns etwas mitzuteilen haben.“

Sie gingen. Draußen vor der Villa stand ein grauer Opel Vectra.

„Ist das Hartmanns Wagen?“ Jenisch warf einen neugierigen Blick durch das Seitenfenster.

„Sieht ganz so aus“, sagte Bohleder. „Bescheidener Auftritt für einen Mann seines Kalibers. Ich hätte mindestens einen Benz der S-Klasse vermutet.“

„Oder einen Jaguar“, sagte Jenisch. „Den kannst du gleich nebenan in Kronberg kaufen.“ Bohleder blieb stehen.

„Schreib dir mal das Kennzeichen auf: HG-F 832!“

„Schon passiert“, sagte Jenisch.

Im Volvo wandte sich Bohleder an seinen Kollegen.

„Wie kamst du eigentlich darauf, diese Frau Beltz noch einmal anzusprechen?“

„Ich habe gesehen, dass sie verweinte Augen hatte. Dass sie Jessica Langers Schwester ist, habe ich nicht gewusst. Außerdem scheint da was zwischen ihr und Richard Schwarz gewesen zu sein. Im Unterschied zu Hartmann scheint sie um ihn zu trauern. Über sie kommen wir vielleicht weiter.“

Bohleder nickte.

„Könnte tatsächlich sein. Wenn sie sich nicht meldet, gehen wir noch einmal zu ihr. Glück gehabt, Albert!“

Jenisch setzte ein breites Grinsen auf.

„Was heißt hier Glück? Das war der reine kriminalistische Spürsinn.“

„Auch ein blindes Huhn fällt mal ins Getreidesilo“, sagte Bohleder.

Jenischs Grinsen wurde noch eine Spur breiter.

„Ist dir übrigens aufgefallen, dass der Nachfolger von Schwarz einen bulgarischen Namen hat?", fragte der Hauptkommissar.

„Kann Zufall sein", meinte Jenisch.

Bohleder kratzte sich am Hinterkopf.

„Oder auch nicht."

„Du glaubst gar nicht, wie froh ich bin, dass ich dich lebendig wiedersehe", sagte Jenisch. Er saß auf einem Hocker neben Bentlers Bett und hoffte, dass man ihm seine Rührung nicht allzu deutlich ansah. Er hatte seinem Kollegen den Hergang der Ereignisse vom Mittwochabend erzählt.

„Mach dir mal nicht zu viele Sorgen, Albert. Unkraut vergeht nicht." Michael Bentler verzog den Mund zu einem schwachen Grinsen.

„Quatsch, das war verdammt knapp und du weißt es genau. Wenn Herbert Kleinschmidt dich fünf Zentimeter tiefer getroffen hätte ..." Jenisch führte den Satz nicht zu Ende. „Ich habe ein schlechtes Gewissen. Ich habe mir große Vorwürfe gemacht, dass ich dich da mit hineingezogen habe", fuhr er fort.

Bentler schwieg eine Weile. Dann kam seine Stimme ziemlich leise:

„Du bist nicht Schuld, Albert. Als der erste Schuss fiel, war ich wie in Trance. Ich bin einfach nach vorn gestürmt. Ich glaube nicht, dass du mich hättest zurückhalten können. Außerdem konnte keiner damit rechnen, dass Herbert Kleinschmidt mit seinem Gewehr besoffen am Fenster steht." Er verzog das Gesicht vor Schmerz und fasste sich mit der rechten Hand an die linke Brustseite. Das Sprechen fiel ihm noch schwer.

„Wissen konnten wir es nicht“, sagte Jenisch, „aber wir hätten uns denken können, dass Herbert nicht einfach zuschaut, wenn die Transaktion auf seinem Hof läuft. Er wusste, dass unter den Schweinehälften eine Leiche war.“

„Ich hatte zeitweise daran gedacht, Pretorius einzuweihen.“

„Hättest du es nur getan! Dann wäre die Sache womöglich besser gelaufen.“

„Ich wollte dir nicht in den Rücken fallen. Dir schien es wichtig zu sein, es allein zu machen. Ich habe nur nicht so recht begriffen warum.“

„Wie du siehst, machen auch so alte Füchse wie ich noch kapitale Fehler“, sagte Jenisch. Bentler nickte und schloss die Augen. Das Gespräch strengte ihn sichtlich an.

„Ich habe übrigens schon mit Pretorius über die Sache gesprochen.“

„Und?“

„Er hat mich ganz schön zur Schnecke gemacht. Aber rausgeworfen hat er mich nicht. Noch nicht.“

„Wie hast du das hingekriegt?“

„Pretorius hat sich so entschieden. Ich bin sogar Mitglied der neuen SoKo. Auf Bewährung sozusagen.“

Bentler nickte anerkennend. Jenisch sah, dass er eine Pause brauchte. Sie schwiegen eine Weile zusammen.

„Es gibt leider auch eine traurige Nachricht“, brach Jenisch das Schweigen, „ich habe es vorhin noch nicht erwähnt. Erika Kleinschmidt, Herberts Frau, ist tot. Sie hat Selbstmord begangen. Kahl hat sie in einem Teich beim Gimbacher Hof gefunden. Sie hat eine Flasche Rémy Martin geleert und ist dann ins Wasser gegangen. Heute Nachmittag ist die Beerdigung“

Lange Zeit herrschte Stille im Zimmer. Es roch intensiv nach Krankenhaus.

„Gehst du hin?“, fragte Bentler.

„Ja.“

„Es ist unfassbar, wie ungerecht das Leben manchmal ist“, sagte Bentler leise wie zu sich selbst. „Erika Kleinschmidt hat von allen Beteiligten die geringste Schuld.“

„Aber sie hat sich selbst die Schuld gegeben. Wahrscheinlich hat sie sich schwere Vorwürfe gemacht, dass sie es war, die den kleinen Jungen mit dem Jägerschnitzel vergiftet hat.“

„Und Herbert Kleinschmidt?“

„Ist in einen Stupor verfallen, als er in der Untersuchungshaft erfahren hat, dass seine Frau tot ist. Sie haben ihn nach Kiedrich gebracht.“

„Man braucht nicht Sophokles zu lesen, um auf Tragödien zu stoßen“, sagte Bentler tonlos. Wieder schwiegen die beiden Männer.

„Du hast immer gesagt, dass es keine Zufälle gibt“, fing Bentler an, „ich finde, du solltest deine Meinung revidieren.“

„Hab ich auch schon daran gedacht“, sagte Jenisch. „Man könnte glauben, dass der Zufall hier Regie geführt hat. Oder anders ausgedrückt: Er hat uns alle total überfahren.“

„Mich wundert's nicht. Ich glaube an den Zufall.“

„Einstein hat mal gesagt: Gott würfelt nicht.“

Bentler wendete mühsam seinen Kopf und schaute Jenisch voll ins Gesicht.

„Nein, schlimmer: Er spielt Roulette.“

Die Tür ging auf und eine Schwester in weißer Tracht erschien.

„Bitte, Herr Jenisch. Die Besuchszeit ist zu Ende.“

Jenisch erhob sich.

„Mach's gut, Michael."

„Albert, du musst mir noch erzählen, was die SoKo ..."

„Nicht jetzt, Herr Bentler. Sie brauchen noch viel Ruhe!", sagte die Schwester nachdrücklich.

Jenisch winkte seinem Kollegen, als er den Raum verließ. Der zwinkerte ihm zu und winkte mit der gesunden Hand zurück.

‚So nimm denn meine Hände
Und führe mich ...'

Die Sängerinnen und Sänger des Kirchenchores von St. Martin sangen mit besonders viel Inbrunst, so kam es Jenisch jedenfalls vor. Die Friedhofskapelle war zum Bersten voll. Halb Hornau war bei der Beerdigung Erika Kleinschmidts auf den Beinen. Aber die Atmosphäre war seltsam befangen. Jenisch fand kein anderes Wort dafür als ‚vernebelt'. Irgendwie lag ein grauer Schleier über der Trauergemeinde.

Jenisch hasste Beerdigungen. Normalerweise konnte man ihn damit jagen. Beerdigungen erinnerten ihn zu sehr an seine eigene Vergänglichkeit. Aber bei Erika Kleinschmidt machte er eine Ausnahme. Er erinnerte sich an ihr zurückhaltendes Lächeln, wenn sie ihn von der Küchentür des ‚Feldberg' aus begrüßt hatte. Erika Kleinschmidt war eine ehrliche, anständige Frau gewesen. Keine zum Angeben, aber zum Zusammenleben.

Er spürte, wie seine Augen feucht wurden, er musste schlucken. Der Choral ging in die zweite Strophe und der Chor interpretierte Text und Melodie so, dass eigentlich keine Worte mehr nötig waren. Man spürte, dass die Hornauer Abschied nahmen von ihrer Erika. Sie hätten es wahrscheinlich nicht mit Worten ausdrücken können, aber singen konnten sie es.

Alle wussten, dass Erika Kleinschmidt sich selber umgebracht hatte. Unter anderem auch aus Angst vor eurer Reaktion, dachte Jenisch und ließ seinen Blick über die Gesichter derer wandern, die hier versammelt waren. Ob sie spürten, dass sie Abbitte leisten mussten? Jenisch kam es so vor. Vielleicht war es der Nebel der unbewussten Schuld, der über der Trauerversammlung lag und gegen den der Chor ansang.

Plötzlich drängten sich Bilder in seinen Kopf. Er sah seinen Leib bleich im Sarg liegen. Durch die Sargwände bohrten sich dicke weiße Maden und fraßen von seinem Fleisch. Es tat nicht weh, es kitzelte nur ein bisschen. Er konnte zusehen, wie sein Körper sich in eine bräunlich-graue Schmiere auflöste. Er räusperte sich, aber vom Räuspern gingen die Bilder nicht weg.

Sein Magen sendete die ersten Signale! Jenisch wusste, dass er jetzt nicht länger warten durfte. Er drückte sich an die Wand und ging langsam rückwärts. Er musste hier raus! Schließlich erreichte er den Ausgang, drehte sich um und verließ mit großen Schritten und wehendem Mantel den Friedhof.

Mittwoch, 24. November

St. Valentinus in Kiedrich war ein parkähnlich angelegtes, weitläufiges Anwesen mit verstreut liegenden, gepflegt wirkenden Gebäuden unterschiedlichen Alters. Es lag nicht außerhalb des Ortes, wie sonst viele psychiatrische Krankenhäuser, sondern dicht am Rand des Ortskerns. Jonas erreichte es über eine schmale Dorfstraße. Als er mit seinem Toyota durch die Einfahrt auf das Gelände fuhr, spürte er ein merkwürdiges Gefühl von Beklemmung in der Brust. Ihm war, als stecke er in einem zu engen Jackett. Er stellte sein Auto ab und ging zur Pforte. Eine Ordensschwester saß hinter dem kleinen Fenster der Pförtnerloge.

„Ich möchte zu Herrn Kleinschmidt … Herbert Kleinschmidt."

Die Schwester setzte ein routiniertes Lächeln auf.

„Sind Sie Angehöriger?"

„Ja, ich bin sein Neffe."

„Gut. Sie müssen wissen, dass Herr Kleinschmidt nicht ansprechbar ist. Das heißt, er reagiert nicht, wenn Sie mit ihm reden."

„Ja …" Jonas räusperte sich verlegen. Die Schwester fuhr fort:

„Das muss nicht heißen, dass er Sie nicht erkennt. Er befindet sich nur in einer Art von innerer Starre."

Jonas wusste nicht, was er sagen sollte. Der Ring um seine Brust wurde enger. Die Schwester lächelte mitfühlend und gab ihm einen Besucherschein.

„Den müssen Sie bei der Station vorzeigen. Ihr Onkel liegt da drüben in Haus B4. Schwester Roswitha ist die Stationsschwester."

Als Jonas das Zimmer seines Onkels betrat, befiel ihn ein heilloser Schrecken. Herbert Kleinschmidt war ein Gespenst. Er saß mit eingefallenen Schultern auf einem Stuhl, das Gesicht maskenhaft starr und die Augen auf einen imaginären Punkt in weiter Ferne gerichtet.

„Onkel Herbert!"

Keine Reaktion.

„Onkel Herbert! Ich bin's, Jonas!"

Nicht die Spur einer Bewegung war in Herbert Kleinschmidts Körper wahrzunehmen. Jonas setzte sich auf den zweiten Stuhl und ergriff die Hand seines Onkels. Vollkommen schlaff lag sie in der seinen. Jonas beobachtete das Gesicht des Mannes von der Seite. Es kam ihm ganz verändert und fremd vor. So sah es also aus, wenn ein Mensch vor einem unerträglichen äußeren Zustand nach innen floh. Es war entsetzlich. Nach zehn Minuten hielt es Jonas nicht mehr aus. Er sprang auf und riss die Tür auf.

Auf dem Flur kam ihm die Stationsschwester entgegen. Er musste sehr verwirrt ausgesehen haben, denn sie sprach ihn an.

„Sie sind nicht der einzige, dem es so geht, wenn er zum ersten Mal einen Menschen mit Stupor sieht."

Jonas brauchte eine Zeit, um sich wieder zu fangen.

„Wie … wie lange wird das dauern?"

„Das können wir jetzt noch nicht sagen. Er bekommt Medikamente, die erst nach ein paar Tagen wirken. Kann sein, dass es in einer Woche besser wird. Kann aber auch sein, dass dieser Zustand Monate dauert."

„Monate?", fragte Jonas entgeistert.

„Ja, das haben wir hier alles schon gehabt."

Die Schwester lächelte und berührte ihn leicht am Arm.

„Kommen Sie in drei Wochen wieder. Dann wissen wir mehr. Außerdem haben wir Ihre Telefonnummer. Ich bin

Schwester Roswitha. Ich rufe Sie an, wenn irgendetwas Wichtiges passiert.“

Noch ganz benommen stieg Jonas in sein Auto und verließ fluchtartig das Gelände von St. Valentinus.

Auf der A 66 konnte er sich nur schwer aufs Fahren konzentrieren. Onkel Herberts steinernes Gesicht ging ihm nicht aus dem Kopf.

Ab der Schiersteiner Brücke fesselte etwas anderes seine Aufmerksamkeit. Er hatte schon mehrere Male in den Rückspiegel geschaut und immer wieder einen schwarzen Ford Mondeo gesehen. Der Wagen blieb hinter ihm, obwohl er nicht einmal neunzig fuhr. Jonas überlief es heiß. Es war unvorsichtig gewesen, einfach so in den Rheingau zu fahren. Nicht einmal Jenisch hatte er Bescheid gesagt. Er musste damit rechnen, dass die Mafia ihn beschattete. Waren sie ihm schon die ganze Zeit gefolgt? Die Autobahn war wie immer dicht befahren.

Er beschleunigte, überholte andere. Der Ford blieb ihm auf den Fersen. Er bremste wieder ab, der andere ebenfalls. Er ließ höchstens ein Auto dazwischen. Jonas schaute angestrengt in den Rückspiegel. Der Fahrer war nicht zu erkennen. Er trug eine Sonnenbrille und eine Baseballkappe. Jonas überlegte fieberhaft. Er musste den Kerl irgendwie abhängen!

Je schneller er fuhr, desto dichter fuhr der Ford auf. Das brachte Jonas auf eine Idee. Er beschleunigte auf hundertzwanzig. So fuhr er bis zur Ausfahrt Hofheim. Der schwarze Ford folgte ihm in knapp fünfzehn Metern Abstand.

Am Anfang der Verzögerungsspur setzte Jonas den Blinker nach links, als ob er überholen wolle. Dann, als die Ausfahrt schon fast vorbei war, bremste er scharf ab, riss das Steuer nach rechts und schleuderte in die Kurve. Die

Reifen schrieen auf, die Hinterräder fegten über die Begrenzung und schleuderten das Gras hoch. Der Toyota schwankte und schlingerte wie ein betrunkener Seemann. Aber er fing sich wieder. Von der Autobahn ertönte ein Hupkonzert. Die hinter ihm Fahrenden fanden das Manöver wohl nicht so gut. Am Ende der Kurve drehte sich Jonas um. Nichts zu sehen. Der Ford war vorbeigerast.

Gut gemacht! Jonas ballte die Siegerfaust und grinste sich im Rückspiegel triumphierend zu.

Jessica lag auf ihrer Matratze und war sauer. Ferdi erwies sich als schwierig. Sie war mit ihm keinen Schritt weiter gekommen. Nach ihrem Vorstoß beschränkte er die Kontakte mit ihr auf das Allernötigste. Vor allem vermied er es, sie anzusehen oder gar zu berühren. Seine Angst vor Robbie schien größer zu sein als ihre Anziehungskraft als Frau. Sehr ärgerlich! Es durchkreuzte vorerst ihre Pläne, über Ferdi irgendetwas zu erreichen.

Aber es war noch etwas ganz anderes, was Jessica zu schaffen machte. Sie spürte, dass das ständige Alleinsein sie allmählich von innen aushöhlte. Immer öfter lag sie apathisch da und ließ die Stunden verstreichen. Immer öfter ertappte sie sich dabei, dass sie Ferdis tägliche kurze Anwesenheiten herbeisehnte, aber nicht, um ihn einzuwickeln, sondern um überhaupt ein menschliches Wesen zu sehen. Allein dass sich etwas bewegte, erleichterte sie. Sie begann zu begreifen, dass der Entzug aller Reize eine besonders perfide Form der Folter war.

Dazu kam die Verwahrlosung. Alle zwei Tage brachte Ferdi eine Schüssel mit Wasser, mit dem sie sich waschen konnte. Kein Bad und keine Dusche. Nicht einmal ein

Spiegel. Auch die Kleider hatte sie noch nicht gewechselt. Ihre Koffer hatte sie nicht mehr gesehen, seit sie sie in ihrer Wohnung gepackt hatte. Ihre Bitten nach frischer Unterwäsche waren ignoriert worden. Das hatte Methode. Die versuchten, sie mit allen Mitteln zu zermürben. Aber noch war sie entschlossen, sich nicht unterkriegen zu lassen.

Der Schlüssel drehte sich im Schloss. Ferdi huschte herein und stellte das Tablett mit dem Essen auf den Boden.

„Ferdi!" Jessicas Stimme klang bittend. Der junge Mann blieb halb abgewandt stehen.

„Ferdi, können Sie mir etwas zu lesen bringen?"

„Nein", tönte es von der Tür herüber. Aber es war nicht Ferdi, der geantwortet hatte. Robbie füllte den ganzen Türrahmen aus.

„Verschwinde!", herrschte er Ferdi an. Der verschwand wie ein geölter Blitz.

Robbie sah sich eine Weile im Raum um, bevor er langsam auf die Matratze zukam.

„Steh auf", sagte er mit einer nickenden Kopfbewegung.

Jessica spürte, wie ihr Mund trocken wurde. Sie erhob sich langsam von der Matratze, ohne den Gorilla aus den Augen zu lassen.

„Wollte mal nachschauen, wie es unserer Süßen so geht." Der Hohn troff aus seiner Stimme. Er musterte sie eine Weile. „Wir sehen heute aber gar nicht gut aus! Der Lack blättert langsam ab, wie?"

Jessica fiel wieder der Frankfurter Tonfall auf. Aber sie kam nicht dazu, sich noch weitere Gedanken darüber zu machen. Robbie packte sie brutal an den Haaren und riss ihren Kopf nach hinten. Jessica schrie vor Schreck und Schmerz auf.

„So, jetzt wollen wir uns mal ein bisschen ernsthafter unterhalten", zischte er. „Was weißt du über Dimitrij? Was hatte er mit dem Geld vor. Wollte er mit dir abhauen?"

„Ich ... Was für ein Geld?... Ich weiß nichts über Dimitrij." Jessica brachte vor Schmerz kaum ein Wort heraus. Aber der Gorilla zog ihren Kopf noch stärker nach hinten. Jessica traten die Tränen in die Augen.

„Erzähl mir keine Märchen, du verlogenes Miststück!", donnerte Robbie.

„Nein, ich weiß wirklich nichts", wimmerte Jessica.

„Das kannst du deiner Großmutter erzählen. Wir haben in seinen Kontoauszügen ein paar ganz hübsche Sümmchen entdeckt, die auf dein Konto liefen. So was hat Dimitrij nicht aus lauter Barmherzigkeit getan. Gib zu, dass du mit ihm unter einer Decke gesteckt hast!"

„Ich ... ich ...", stotterte Jessica.

„Was glaubst du, wo das Geld herkam?", fuhr Robbie sie an.

„Ich weiß es nicht. Lassen Sie mich los ... bitte!"

„Dieser Hund hatte es uns geklaut. Geklaut und unterschlagen. Diese verdammten Schweinehälften waren für ihn eine Goldgrube. Statt sie in die Abdeckerei zu bringen und beseitigen zu lassen, hat er sie abgezweigt und auf eigene Rechnung verscherbelt. Sogar mich hat er reingelegt." Der Schmerz auf Jessicas Kopfhaut wurde unerträglich. Sie wimmerte. Aber Robbie hatte kein Erbarmen. „Die Schweinehälften. Was hat er damit gemacht?"

„Hundefutter ...", brachte sie heraus.

„Was?"

„Ah ... Sie tun mir weh!" Der Riese ließ ihre Haare los und baute sich dicht vor ihr auf.

„Spuck's aus!"

„Die Schweinehälften wurden bei Herbert Kleinschmidt im Kühlhaus zwischengelagert und dann nach Kriftel zu TINA gebracht.“

„TINA? Was ist das?“

„Eine große Fabrik für Tiernahrung. Aus den Schweinehälften wurde Hundefutter gemacht.“

Robbie schwieg eine Weile. Dann lachte er laut los.

„Hundefutter! Schau an, unser Dimitrij! Der Bursche war doch cleverer, als ich dachte.“

Jessica schaute ihren Peiniger angstvoll an.

„Und … und die Leiche im Kühlhaus …?“, stammelte sie.

Robbie lachte kurz auf. „Die Schweinehälftengeschichte war nur eine elegante Methode, um die Quertreiber und Verräter zu entsorgen“, sagte er grinsend. „War übrigens meine Idee. Die Leiche war Tommy, Ferdis Vorgänger. Hatte sich nicht bewährt. Den guten Dimitrij hat's ja dann auch erwischt. Hat sich überschätzt, der Junge.“

Robbies Grinsen verschwand wieder.

„Wo hat er das Geld versteckt?“

„Ich weiß nichts von Geld.“

„Du lügst!“

„Nein, ich weiß es wirklich nicht. Glauben Sie mir doch!“ Jessicas Stimme klang flehend.

„Es müsste über eine Viertelmillion Euro sein. Wo ist die Kohle?“

Jessica schwieg. Robbie trat dicht an sie heran. Er roch nach Schweiß und Zigaretten.

„Dein Dimitrij war ein ganz gerissener Hund.“

Er grinste verschlagen und fixierte sie ein paar Sekunden lang. Sie konnte seine Bosheit mit Händen greifen. Er schob lüstern die Zunge zwischen die Lippen. Sie spürte, wie ihre Knie anfingen zu zittern.

„Hat er dich gevögelt?"

„Du Schwein!"

Jessica schrie es heraus. Im gleichen Augenblick fuhr Robbies Rechte ansatzlos hoch und krachte in ihr Gesicht. Ein wilder Schmerz durchzuckte ihren Unterkiefer. Der Schlag riss sie von den Beinen, sie stürzte seitlich auf die Matratze. Sofort war der Gorilla über ihr und zerrte sie wieder auf die Beine. Ihre Knie fühlten sich an, als seien sie mit Gelee gefüllt.

„Du kannst von Glück sagen, dass ich hier nicht der Boss bin", raunte er dicht an ihrem Ohr. „Wenn ich mit dir machen könnte, was ich wollte, dann ..."

Jessicas linke Gesichtshälfte war taub. Sie spürte Blutgeschmack im Mund. Ihre Zunge ertasteten zwei ausgeschlagene Backenzähne. Ihr wurde schwindelig. Sie wollte schreien, aber sie konnte nicht. Robbie hatte sie wieder bei den Haaren gepackt.

„Vorerst brauchen wir dich noch, Schätzchen. Wir sind sicher, dass du weißt, wo Dimitrij sein Geld gebunkert hat. Und außerdem wollen wir an deinen Partner ran. Dieses kleine Arschloch hat uns wahrscheinlich verpfiffen und jetzt versteckt er sich bei der Polizei."

„Jonas?" Sie brachte den Namen ihres ehemaligen Partners heraus, ohne die Lippen zu bewegen.

„Ja, genau, Jonas Kleinschmidt. Ich schätze, er wird den Winter nicht überleben." Der Koloss lachte hämisch. Jessica knickte in den Knien ein, wurde aber augenblicklich wieder an den Haaren hochgerissen.

„Und du, meine Süße, merk dir eins. Wir kriegen dich klein. Ich komme wieder."

Er stieß sie von sich weg. Sie taumelte und stürzte. Ganz weit entfernt hörte sie noch, wie die Tür zugeschlagen wurde und sich der Schlüssel im Schloss drehte.

Dann war alles schwarz um sie.

Oberkommissar Jenisch war gerade dabei, die Reste seines Abendessens wegzuräumen, als es zweimal an seiner Wohnungstür klingelte. Wer konnte das sein so spät am Abend? Er erwartete keinen Besuch und Bentler konnte es nicht sein. Wer klingelte zweimal? Im Flur öffnete er die Garderobenschublade und griff sich die Dienstwaffe. Auf leisen Sohlen schlich er zur Tür und spähte durch den Spion. Jonas Kleinschmidt! Schnell verstaute er die Pistole wieder in der Schublade.

Als sie sich in Jenischs schwarzer Ledergarnitur gegenübersaßen, merkte der Oberkommissar erst, wie nervös der junge Kleinschmidt war. Seine Augen und seine Finger waren keinen Augenblick in Ruhe.

„Was ist los?", fragte Jenisch.

„Ich war in Kiedrich."

„Bei Ihrem Onkel?"

„Ja."

„Wie geht es ihm?"

„Haben Sie schon einmal einen Menschen mit Stupor gesehen?"

„Ja, habe ich."

„Dann können Sie sich vielleicht vorstellen, wie es ihm geht."

Jonas wirkte angeschlagen. Der Oberkommissar stand auf, um etwas zu trinken zu holen.

„Trinken Sie Wein?"

„Bier wäre mir lieber. Ohne Glas bitte."

Jenisch stellte zwei Flaschen Licher auf den Tisch. Jonas nahm einen langen Zug.

„Es tut mir leid, was mit Ihrer Tante passiert ist", sagte Jenisch.

Jonas ließ den Kopf hängen. Er schien den Tränen nahe zu sein.

„Tante Erika hatte mit dem ganzen Mist überhaupt nichts zu tun. Es ist so ungerecht, dass sie sterben musste."

„Tja", sagte der Oberkommissar, „das Leben ist nicht gerecht. Und manche Schneeflocken entwickeln sich zur Lawine. Und die fragt nicht, wer im Tal wohnt."

Jonas sah ihn stumm an. Sein Blick war wund. Jenisch erhob sich und holte aus der Küche ein Packung Salzstangen. Der Junge war wirklich angeschlagen. Man musste ihn schonen und ihm ein bisschen Zeit lassen.

„Da ist noch etwas, was ich Ihnen sagen muss." Jonas rutschte im Sessel nach vorne und sah Jenisch eindringlich an. „Als ich von Kiedrich zurückgefahren bin, ist mir auf der Autobahn jemand gefolgt. In einem schwarzen Ford Mondeo. Ich habe ihn zum Glück an der Ausfahrt Hofheim abhängen können."

„Sie hätten uns über Ihre Fahrt nach Kiedrich verständigen müssen. Sie wissen doch, dass die Bande hinter Ihnen her ist."

„Ja, ich weiß, aber ..."

„Haben Sie sich das Kennzeichen gemerkt?"

„Nein, hab ich in der Aufregung vergessen."

„Schlecht. Schwarze Mondeos gibt's wie Sand am Meer."

Jonas nahm die Bierflasche und trank den Rest in einem Zug aus.

„Ich bin ein Trottel. Ich hätte ..."

„Sie sind in Gefahr“, unterbrach ihn der Oberkommissar, „denken Sie an Jessica Langer.“

„Ja, ihretwegen mache ich mir die größten Sorgen.“

„Wir haben bisher leider nicht die geringste Spur. Auch ihr Wagen ist trotz Großfahndung nicht zu finden.“

„Ich darf mir gar nicht vorstellen, was dieses Ungeheuer mit ihr gemacht hat.“

„Sie meinen den Leibwächter von Dimitrij Stankov?“

„Sergej. Genau den. Er ist ein Killer und außerdem ein widerlicher Scheißkerl. Ich bin sicher, dass er Dimitrij auf dem Gewissen hat. Und auch die andere Leiche im Kühlhaus.“

Jonas war in sich zusammengesunken. Jenisch hatte Mitleid mit ihm, wie er so schmal und verletzlich da saß. Der Junge hatte in den letzten Tagen viel einstecken müssen.

„Ich bin an allem Schuld“, sagte er gepresst, „wenn ich den Deal mit den Schweinehälften nicht eingefädelt hätte, wäre das Ganze nicht passiert. Jessica wäre noch da, Tante Erika wäre noch am Leben und Onkel Herbert …“ Er brach ab. Ein Schluchzen schüttelte seinen Körper. Und dann kamen die Tränen. Es war, als sei endlich ein Damm gebrochen. Jenisch saß ihm gegenüber und wartete geduldig.

„Sie haben die Lawine nicht absichtlich ausgelöst“, sagte er schließlich leise.

„Ja, aber ich habe die Geschäfte von Dimitrij unterstützt. Ich war der Handlanger von diesem ...“ Jonas sprang auf und tigerte im Zimmer auf und ab.

„Wie kamen Sie denn überhaupt an Dimitrij Stankov heran?“

„Ich habe ihn über Jessica kennen gelernt. Sie muss irgendwelche Immobiliengeschäfte mit ihm gemacht haben. Und außerdem …“ Jonas hielt inne.

„Was außerdem?“, fragte Jenisch.

„Außerdem ist sie dem Lackaffen hinterhergelaufen.“ sagte Jonas bitter.

„Sie sind eifersüchtig.“ Jenischs Bemerkung klang mehr wie eine Feststellung denn wie eine Frage. Jonas antwortete nicht, sondern ließ sich wieder in den Sessel fallen. Der Junge war fix und fertig, das war deutlich zu sehen.

„Wir finden Jessica Langer früher oder später“, sagte Jenisch.

„Früher oder später“, sagte Jonas dumpf. „Und wenn die Mafia sie umgebracht hat?“

Jenisch zuckte die Achseln.

Jonas rollte sich auf dem Sessel zusammen wie ein Embryo. Jenisch stand auf und berührte ihn an der Schulter.

„Du kannst heute Nacht hier bleiben“, sagte er.

Jonas gab einen unverständlichen Laut von sich. Der Oberkommissar ging hinüber ins Schlafzimmer und holte eine Decke. Als er sie über dem zusammengekrümmten Körper ausbreitete, war der Junge schon eingeschlafen.

Er könnte mein Sohn sein, dachte Jenisch. Plötzlich musste er schlucken. Eine heiße Welle stieg in ihm hoch. Werd nicht sentimental, Alter, sagte er zu sich selber. Aber er konnte nicht verhindern, dass ihm die Augen feucht wurden. Er nahm die Lederjacke, die über der Sessellehne hing und trug sie hinüber zur Garderobe.

Donnerstag, 25. November

Jessica wachte auf. Die Schmerzen waren unerträglich. Mit geschlossenen Augen tastete sie vorsichtig ihr Gesicht ab. Die linke Seite und die Zunge waren dick geschwollen. Es pochte ununterbrochen in ihrem Unterkiefer. Sie konnte den Mund nicht mehr aufmachen. Sprechen war unmöglich, es kam nur ein unverständliches Lallen heraus. Zum Glück hatte sie die beiden ausgeschlagenen Zähne ausspucken können.

Sie öffnete die Augen. Nichts zu sehen. Es war stockfinster in der Unterwelt. Sie stand schwankend auf und tastete sich an der Wand entlang zur Tür. Dort musste irgendwo der Schalter sein. Als die Glühbirne aufflammte, spürte sie etwas Erleichterung. Aber diese Schmerzen! Sie musste einen Augenblick stehen bleiben und den Kopf ganz still halten. Ihr Atem kam flach und unregelmäßig. Die kleinste Mundbewegung löste ein messerscharfes Stechen aus.

Sie brauchte Hilfe, einen Arzt! Mit beiden Fäusten trommelte sie gegen die Tür. Endlich hörte sie, wie sich der Schlüssel im Schloss drehte. Ferdi öffnete.

Jessica deutete mit dem Finger auf ihr Gesicht. Der Junge starrte sie zuerst misstrauisch an. Aber sehr schnell änderte sich sein Gesichtsausdruck. Es war eine Mischung aus Mitleid und Panik.

„Warten Sie“, sagte er hastig, „Ich sage oben Bescheid.“

Jessica ließ sich wieder auf die Matratze sinken. Kurze Zeit später kam Ferdi mit Robbie und einem anderen Mann zurück, der einen weißen Kittel und eine schwarze Maske über dem Gesicht trug. In der Hand hatte er eine Tasche.

„Stehen Sie bitte auf!“, sagte der Unbekannte. Seine Stimme klang voll und nicht unangenehm.

Jessica erhob sich mühsam. Der Mann fasste sie unter der Achsel und half ihr hoch.

„Drehen Sie Ihren Kopf ins Licht. Ja ... so ist es gut."

Der Maskierte schien Arzt zu sein. Jessica schloss es aus seinem Tonfall und aus seinen professionellen Bewegungen. Aber wie hatten sie so schnell einen Arzt aufgetrieben? Jessica hob den Kopf etwas an und beobachtete ihn aus halb geschlossenen Augen. Er roch nach einem teuren Rasierwasser. Wie eine Verdurstende sog sie den Duft ein. Das gab es also noch, eine Welt da oben! Der Mann stand jetzt direkt vor ihr, schaute sich ihren Unterkiefer genau an und tastete ihn sehr behutsam ab. Dann versuchte er, ihren Mund zu öffnen. Jessica zuckte zusammen. Ein gurgelnder Laut kam aus ihrer Kehle. Es tat furchtbar weh!

„Was hast du mit ihr gemacht, du Idiot?", wandte sich der Mann mit der Maske an Robbie. Der stand ganz verlegen dabei. Er wirkte jetzt nicht mehr wie ein gefährlicher Killer, sondern wie ein schuldbewusster Schuljunge.

„Ich hab nur ... ich wollte ihr nur ein bisschen Angst machen", stotterte der Hüne.

„Und brichst ihr dabei den Kiefer!" Der Unbekannte war laut geworden. Seine Stimme klang sehr bestimmt. Befehlsgewohnt. Robbie zog den Kopf ein.

„Keine unnötige Gewalt! Strikte Order vom Boss. Hast du das vergessen, du Schwachkopf? Wir brauchen sie noch."

Robbie schaute zur Seite und schwieg.

„Ich gebe Ihnen jetzt eine Spritze gegen die Schmerzen", sagte der Maskierte zu Jessica. „Ansonsten müssen Sie Geduld haben und dürfen den Kiefer möglichst wenig bewegen. Ich kann Sie hier nicht optimal versorgen, aber rausholen kann ich Sie auch nicht. Haben Sie Zähne verloren?"

Jessica nickte und zeigte zwei Finger. Der Maskierte schoss einen wütenden Blick zu Robbie hinüber.

„Ferdinand!“ Er wandte sich an den jungen Mann, der die ganze Zeit dabei gestanden hatte. „Ab jetzt braucht sie flüssige Nahrung, Suppen und Brei, viel Flüssigkeit. Hast du verstanden?“

„Ja, Herr Doktor“, sagte Ferdi.

Jessica hatte trotz ihrer Schmerzen registriert, dass der Mann offenbar ein Arzt war. Ferdi hatte ihn ‚Doktor' genannt. Aber er musste irgendwie auch zu der Mafia gehören. Wie er mit Robbie umgegangen war, deutete darauf hin, dass er einer von denen war, die das Sagen hatten. Dass er sich um sie kümmerte, tat ihr gut.

Dann drängte sich ein anderer Gedanke nach vorne. Robbie hatte ihr den Kiefer gebrochen und zwei Zähne ausgeschlagen! Dieser Schläger und Mörder hatte sie verletzt! Er hatte ihr Gesicht entstellt! Eine Welle von Wut schoss in ihr hoch. Ihre Muskeln krampften sich zusammen. Zu der körperlichen Pein kam ein vernichtendes Gefühl von Ohnmacht und Ausgeliefertsein. Sie spürte, wie ihre Knie nachgaben.

Plötzlich durchzuckte sie ein Stich wie von einem Messer. Es knackte in ihrem Unterkiefer. Ein unartikulierter Laut drang aus ihrer Kehle. Sie drohte zu fallen, wurde aber von kräftigen Händen gepackt und sanft auf die Matratze gebettet.

„So“, hörte sie den Maskierten sagen, „jetzt dürfte der Knochen richtig liegen. Hoffen wir, dass er einigermaßen gerade zusammenwächst.“

Jessica spürte, wie ihre Wut zerbröselte und sich ein sanfter Nebel in ihrem Gehirn ausbreitete. Die Spritze begann zu wirken.

„Ich schaue morgen noch einmal nach Ihnen", sagte der Doktor. Aber Jessica Langer hörte ihn schon nicht mehr.

„Warum haben Sie nicht Hauptkommissar Bohleder angerufen?", fragte Jenisch. „Er leitet die SoKo. Ich bin nur ..."

„Zu Ihnen habe ich irgendwie Vertrauen", unterbrach ihn die junge Frau, die ihm gegenüber saß.

„Wie kann ich Ihnen denn helfen?"

Ihre Augenlider zitterten.

„Sie sind misstrauisch geworden. Sie beobachten mich", sagte sie fast unhörbar.

Jenisch lehnte sich zurück. Alexandra Beltz hatte ihr langes blondes Haar unter einer Mütze verborgen und trug eine dunkle Brille. Sie saßen an einem der kleinen Tische der Pizzeria ‚Da Antonio' in Kelkheim Münster. Sie hatte ihn angerufen und um eine Unterredung in der Mittagspause gebeten. Der junge Mann, der in dem Lokal bediente, trat an den Tisch. Jenisch bestellte ein Wasser, einen Apfelwein und eine Pizza mit Zwiebeln und Tunfisch.

„Sie fühlen sich also beobachtet", sagte er, „wer beobachtet Sie denn?"

„Er", sagte Alexandra, „Dr. Hartmann. Und der Neue, Gentschev. Seit Sie neulich mit mir gesprochen haben, werde ich überwacht. Ich kann nicht genau sagen, wie sie es machen. Aber ich fühle es ganz deutlich."

„Haben Sie Angst?"

„Ja."

„Gibt es irgendeinen konkreten Anlass?"

„Nein, nicht direkt. Aber irgendetwas ist nicht in Ordnung in der Firma. Die Sache mit Richard ..."

„Sie haben ihn geliebt?" Jenisch beschloss, keine Umwege zu machen. Alexandra Beltz presste die Lippen zusammen.

„Er hat mich ... Wir haben ein paar Mal miteinander geschlafen", sagte sie zögernd.

„Sie haben sicher die Zeitungen gelesen", sagte der Oberkommissar. „Dass Herbert Kleinschmidt ihn erschossen hat, war reiner Zufall."

Alexandras Augen füllten sich mit Tränen.

„Ja. Es ist alles so sinnlos."

„Kannten Sie Dimitrij Stankov?"

„Nicht persönlich. Jessica hat manchmal von ihm erzählt. Sie war glaube ich in ihn verliebt."

Jenisch war nicht überrascht. Er hatte nach Jonas' Bemerkungen schon so etwas vermutet. Der Kellner kam mit der Pizza.

„Greifen Sie zu", sagte er.

„Nein, danke, ich habe keinen Appetit", sagte die junge Frau und nippte an ihrem Wasser. Jenisch war es Recht. Er hatte einen Bärenhunger. Seit der 'Feldberg' geschlossen hatte, war es um sein Mittagessen schlecht bestellt. Er schob sich ein großes Stück Pizza in den Mund.

„Wissen Sie etwas von meiner Schwester?", fragte die junge Frau.

„Wenn wir etwas wüssten, hätte ich es Ihnen schon gesagt", sagte Jenisch kauend.

Alexandra sackte zusammen. Der Oberkommissar sah sie mitfühlend an. Die junge Frau stand offensichtlich unter großem Druck. Sie schien mit sich zu kämpfen.

Plötzlich griff sie mit einer entschlossenen Bewegung nach ihrer Handtasche. Jenisch machte eine instinktive

Abwehrgeste. Im gleichen Augenblick wurde ihm bewusst, wie lächerlich er sich verhielt.

„Ich werde auch schon ganz nervös", brummte er.

Alexandra Beltz hielt ihm unauffällig einen Schlüssel hin.

„Hier, Herr Jenisch, den gebe ich Ihnen", flüsterte sie, „aber es darf niemand wissen. Es ist der Generalschlüssel von Hartmann Immobilien. Es darf kein Mensch erfahren, dass Sie ihn von mir haben."

Jenisch war elektrisiert. Der Schlüssel von Hartmann! Das war ein Geschenk des Himmels. Vielleicht konnte er damit diesem undurchsichtigen Obermakler ein wenig in die Karten schauen.

„Woher haben Sie den?", fragte er.

„Richard hatte ihn mir gegeben. Ich habe mich mit ihm heimlich in der Villa getroffen." Sie nagte an ihrer Unterlippe und starrte auf die Tischplatte.

Jenisch befestigte den Schlüssel an seinem Schlüsselbund. „Da fällt er am wenigsten auf", sagte er. „Wie komme ich bei Hartmann rein. Die Villa ist doch bestimmt gesichert."

„Ja, Sie müssen vorsichtig sein", fuhr die junge Frau leise fort, „es gibt Kameras und eine Alarmanlage."

Jenisch nickte zerstreut. Er sah sich schon im Büro von Hartmann. Das war die Chance!

„Ich muss jetzt wieder zurück." Alexandra blickte sich unruhig um. „Meine Mittagspause ist zu Ende, und Herr Gentschev schätzt es gar nicht, wenn jemand von den Mitarbeitern zu spät kommt."

„Sie haben mir sehr geholfen, Frau Beltz", sagte Jenisch. „Passen Sie auf sich auf."

„Ich werd's versuchen", sagte Alexandra, aber es klang nicht sehr zuversichtlich. Beide standen auf. Jenisch half ihr in den Mantel.

„Ach, Frau Beltz, welches Auto fährt Hartmann eigentlich?“, fragte er.

„Normalerweise kommt er mit einem grauen Opel Vectra ins Büro.“

„Seltsam, finden Sie nicht?“

„Ja, schon. Er fährt ihn nur beruflich. Es ist der Wagen, den Richard immer benutzte. Er wollte nicht auffallen. Jetzt hat Hartmann ihn übernommen. Er könnte sich mit Sicherheit etwas Teureres leisten.“

„Aber er tut es nicht“, sagte Jenisch.

Jonas wachte erst am frühen Nachmittag auf. Es dauerte einige Zeit, bis er realisierte, dass er auf einem Sessel in der Wohnung von Oberkommissar Jenisch eingeschlafen war. Sein Kopf fühlte sich an wie ein Holzklotz und der Rücken tat ihm weh, aber es ging ihm besser. Es hatte gut getan, so lange zu schlafen. Er erinnerte sich an den Abend. Jenisch hatte ihm geholfen, den Druck ein wenig loszuwerden. Jonas war ihm dankbar dafür. Für seine Tränen schämte er sich nicht. Der Oberkommissar war in Ordnung. Er hatte Vertrauen zu ihm.

Jonas stand auf und streckte sich. Im Bad hielt er den Kopf unter den Wasserhahn. War er bei Jenisch sicher? Was sollte er jetzt tun? Er konnte nicht hier bleiben. Als Dauerlösung kam das nicht in Frage.

Er ging hinüber in die Küche. Ziemlich trist, wie der Oberkommissar wohnte. Alles ein bisschen schäbig und leicht angeschmuddelt. Typisch älterer Junggeselle. Er nahm die Zeitung zur Hand, die auf dem Küchentisch lag. Das Thema ‚Schießerei in Kelkheim‘ war schon in die kleineren Meldungen gerutscht. Es gab offenbar nichts Neues.

Wo war Jessica? Wenn es stimmte, dass Sergej sie entführt hatte, konnte sie sogar schon im Ausland sein. Vielleicht in Bulgarien. Weder von ihr noch von ihrem Wagen war bisher eine Spur aufgetaucht. Seine Wut auf ihre arrogante Art war rapide zusammengeschmolzen. Er musste sich eingestehen, dass sie ihm leid tat. Mehr noch: Sie fehlte ihm.

Jenisch hatte eine Thermoskanne mit Kaffee und einen Becher auf dem Tisch stehen lassen. Außerdem lagen da noch zwei Marmeladenbrote auf einem Teller. Daneben ein Zettel: ‚Guten Appetit!' Der Oberkommissar war ein Schatz! Jonas setzte sich an den Tisch und goss ein. Heißer Kaffee war jetzt genau das Richtige. Als er ein Stück von dem Brot abbiss, merkte er erst, wie hungrig er war.

Er stützte den Kopf in die Hände und dachte nach. Wohin sollte er gehen? Seine Wohnung war tabu. Die beschatteten sie mit Sicherheit. Jessicas Wohnung war auch zu riskant. Sein Wagen stand in der Frankfurter Straße vor der Buchhandlung Pabst. Er war so vorsichtig gewesen, ihn nicht in der Breslauer vor dem Haus zu parken, wo Jenisch wohnte. Trotzdem konnten sie den Toyota schon ausfindig gemacht haben. Wenn sie ihn dort erwarteten ... Nein, er durfte das Auto jetzt nicht benutzen. Zu Fuß war er sicherer.

Er trank den Kaffee aus und schrieb auf den Zettel: ‚Danke!' Mehr nicht. Im Flur sah er seine Lederjacke an der Garderobe hängen. Rührend, wie sich Jenisch um ihn kümmerte! Spielerisch machte er die Garderobenschublade auf und zuckte zurück. Dort lag eine Pistole, wahrscheinlich Jenischs Dienstwaffe. Jonas nahm sie mit spitzen Fingern heraus und betrachtete sie aus der Nähe. Eine SIG Sauer 9

Millimeter. Schöne Kanone! Sie war geladen und gesichert. Er schnupperte am Lauf. Jenisch hatte sie bei der Schießerei benutzt. Man konnte es noch deutlich riechen.

Sollte er sie einstecken? Vielleicht hatte er sie nötig gegen seine Verfolger. Aber nein, er hatte beschlossen, auf Waffen zu verzichten und dabei sollte es bleiben. Jonas legte die Pistole sorgfältig in die Schublade zurück. Dann verließ er Jenischs Wohnung. Er hatte schon eine Idee, wo er vorläufig bleiben konnte.

„Du bist total bescheuert!"

Hauptkommissar Bohleder war aufgesprungen und stand wie ein Stier vornüber gebeugt an seinem Schreibtisch.

„Wieso?", fragte Jenisch zurück, „wir haben den Schlüssel. Wir wären doch blöd, wenn wir den nicht benutzen würden. Ich könnte schwören, dass dieser saubere Dr. Hartmann Dreck am Stecken hat. Wenn's nicht in unserem Fall ist, dann in einem anderen."

„Albert, das ist wieder eine von deinen Extratouren. Du kannst nicht auf einen vagen Verdacht hin bei Hartmann herumschnüffeln. Da mache ich nicht mit."

„Aber es ist eine einmalige Chance. Wenn wir mit einem Untersuchungsbefehl ankommen, hat der Typ doch schon alles belastende Material verschwinden lassen."

„Glaubst du denn, wir kämen da so leicht rein? Das Haus ist wahrscheinlich gesichert wie ein Hochsicherheitstrakt."

„Wir könnten die Alarmanlage überlisten, den Strom abstellen, die Kameras ..." Jenisch geriet richtig in Fahrt.

„Albert, jetzt hör mir mal gut zu: Als dein Vorgesetzter verbiete ich es dir, die Räume von Hartmann Immobilien ohne Durchsuchungsbefehl zu betreten. Basta!"

Jenisch saß vor dem Schreibtisch von Bohleder und wippte mit seinem Stuhl auf und ab. Eigentlich hätte er sich denken können, dass Bohleder nicht mitspielen würde. Trotzdem war er enttäuscht.

„Wenn du nicht mitmachst, dann mach ich es eben alleine", rutschte es ihm heraus. Im gleichen Augenblick war ihm klar, dass er einen Fehler gemacht hatte. Immer dieselbe Scheiße! Er hätte viel darum gegeben, wenn er die Worte hätte zurücknehmen können.

Bohleder lief rot an.

„Jetzt reicht's aber! Gib mir den Schlüssel, aber sofort!", brüllte er.

Jenisch rührte sich nicht. Bohleder griff zum Telefon.

„Ich rufe Pretorius an, wenn der Schlüssel nicht augenblicklich auf meinem Schreibtisch liegt!"

Jenisch holte in Zeitlupe seinen Schlüsselbund aus der Jackentasche, machte den Schlüssel ab und warf ihn auf die Schreibtischplatte. Dann stand er auf und verließ grußlos Bohleders Büro, das früher einmal seines gewesen war.

Freitag, 26. November

Jessicas Unterkiefer war dick angeschwollen und tat bei der kleinsten Berührung weh. Der Doktor hatte sie noch einmal besucht und ihr eine Schachtel mit starken Antibiotika dagelassen. Das sei das letzte Mal, dass er komme, hatte er gesagt. Sie müsse unbedingt die Medikamente nehmen, weil sie auf keinen Fall eine Sepsis bekommen dürfe. Er hatte auch diesmal eine Maske getragen. Jessica musste immer wieder ihn denken. Es war eine Wohltat gewesen, wie freundlich er sie behandelt hatte. Seine angenehme Stimme. Und sein Geruch nach Aftershave und Sauberkeit. Aber er gehörte dazu, zu Robbie und dieser Mafia, die sie entführt hatte und sie zum Sprechen bringen wollte über etwas, wovon sie nicht das Geringste wusste.

Jessica lag auf der Matratze und dachte an ihren schwitzenden, stinkenden, schmerzenden Körper. Sie hatte sich in der ganzen Zeit, in der sie in diesem Keller war, nicht richtig gewaschen und trug immer noch dieselbe Kleidung wie bei ihrer Entführung. Die Unterwäsche war steif von getrocknetem Schweiß. Die elegante schwarze Hose war fleckig geworden, und ihre cremefarbene Bluse war nur noch ein Lappen. Diese Schweine wollten sie demütigen, das war klar. Und sie zweifelte immer mehr daran, dass sie genug Kraft aufbringen konnte, um Widerstand zu leisten. Wenigstens war es nicht mehr dunkel. Seit der Doktor bei ihr gewesen war, erlaubten sie ihr, das Licht anzulassen.

Inzwischen war sie direkt dankbar dafür, dass Robbie ihr den Unterkiefer gebrochen hatte. So hatte sie einen Grund zu kämpfen. Sie wusste, dass sie hier verloren war, wenn sie aufhören würde zu kämpfen.

Sie erhob sich. Raff dich auf, Mädchen! Zeit für einen Spaziergang! Jessica gab sich die Befehle selbst. Sie hatte sich angewöhnt, in bestimmten Zeitabständen immer wieder um ihre Matratze herumzulaufen, Runde um Runde. Wenn sie in Bewegung war, ging es ihr besser. Am schlimmsten war das Nichtstun, die Langeweile, das totale Fehlen von irgendwelcher Ansprache. Sie hatte das Zeitgefühl verloren. Wenn sie schlief, wusste sie nicht, ob es Tag war oder Nacht. Ferdi gab keine Auskunft auf ihre Fragen, welcher Wochentag oder wie viel Uhr es sei. Sie hatte zwar eine Uhr am Handgelenk, misstraute ihr aber. Vorhin hatte sie nachgeschaut. Es war ein Uhr. In der Nacht oder am Tag? Die Uhr konnte falsch gehen. Sie merkte, dass eine Uhr nur dann etwas nützt, wenn der restliche Zeitrahmen auch vorhanden ist. Das einzige, woran sie sich einigermaßen orientieren konnte, waren die Mahlzeiten.

Der Schlüssel drehte sich im Schloss. Das musste Ferdi sein, der das Essen brachte. War es das Mittagessen? Oder das Abendessen? Die Tür öffnete sich langsam. Herein kam Ferdi mit einem Tablett, auf dem eine Schüssel mit einem Strohhalm stand. Gleich dahinter erschien die massige Gestalt von Robbie. Jessica wich an die Wand hinter der Matratze zurück. Das Herz schlug ihr bis zum Hals.

„Komm her", sagte der Gorilla heiser. Er blieb breitbeinig an der Tür stehen.

Jessica schüttelte den Kopf.

„Komm her, dir passiert nichts."

Jessica rührte sich nicht.

Der Gorilla gab Ferdi mit einer Kopfbewegung zu verstehen, dass er ihr das Essen bringen solle. Er kam herüber und hielt ihr das Tablett hin. Zögernd nahm sie die Schüssel herunter und fing an, die lauwarme Suppe mit dem Strohhalm aufzusaugen. Ihr Blick irrlichterte ängstlich zwischen Ferdi und Robbie hin und her.

Robbie stand die ganze Zeit mit unbewegtem Gesicht an der Tür und beobachtete jede ihrer Bewegungen.

Als sie fertig war und die Schüssel wieder auf das Tablett gestellt hatte, machte der Hüne einen Schritt auf sie zu. Jessica presste sich an die Wand. Sie zitterte am ganzen Körper. Er hob die Hand.

„Ich hab gesagt, es passiert dir nichts", sagte er. Es klang drohend, aber er blieb auf Distanz.

„Kannst du sprechen?", fragte er.

Jessica schüttelte den Kopf. Er starrte sie an. Sie sah, wie seine Kiefer mahlten. Nach einer endlos scheinenden Minute warf er ihr einen argwöhnischen Blick zu und gab Ferdi einen Wink. Sie verließen gemeinsam den Raum.

Jessica glaubte einen Augenblick lang, dass Ferdi sie beim Hinausgehen mitleidig angesehen hatte. Aber sie konnte sich auch getäuscht haben.

Sie legte sich wieder auf die Matratze. Es war wohltuend, etwas Warmes im Magen zu haben. Die Suppe war nicht schlecht gewesen, eine Gemüsesuppe aus der Tüte. Sie versuchte sich das gute Gefühl wieder ins Gedächtnis zu rufen, wie sie die Zunge umschmeichelt hatte und durch die Kehle geflossen war. Sie hatte schnell gelernt, die kleinsten Freuden zu genießen. Wenn sie das nicht fertiggebracht hätte, wäre sie schon längst durchgedreht.

Das war es, was sie am meisten fürchtete: die innere Kapitulation, den Nervenzusammenbruch, den Wahnsinn. Sie durfte nicht die Kontrolle über sich verlieren. Sie musste Disziplin zeigen und ihre Kräfte schonen. Es war klar, dass diese Schweinebande es darauf anlegte, sie in die Verzweiflung zu treiben, aber den Gefallen wollte sie ihnen nicht tun.

Jedenfalls nicht so schnell.

Donnerstag, 9. Dezember

Kommissar Scherer ließ den Zeigestock sinken und blickte in die Runde. Die Gesichter von Pretorius, Bohleder, Jenisch, Kahl und Sonja Müller waren ihm zugewendet. Ihre Mienen waren alles andere als ermutigend. Rudi Scherer war ein Liebhaber von mind-maps. Er pflegte alle Fälle auf großen Papierbahnen akribisch aufzuzeichnen und mit Kreisen, Ellipsen, Rechtecken und verschiedenfarbigen Pfeilen zu versehen. Tagelang hatte er sich auf diese Lagebesprechung vorbereitet. Aber das Ergebnis war enttäuschend. Die Stimmung war mies, obermies sogar. Nur Kriminaloberrat Pretorius schien von seinem Schaubild beeindruckt zu sein.

„Gute Arbeit, Rudi", sagte Bohleder matt, „du hast dir viel Mühe gemacht. Leider zeigt uns deine wunderbare Zeichnung, dass wir in zwei Wochen Ermittlungsarbeit nicht einen einzigen Schritt weiter gekommen sind."

Kommissar Kahl räusperte sich, Sonja Müller starrte auf ihre Fingernägel.

„Bist du so freundlich", wandte sich der Hauptkommissar an Scherer, „und fasst uns noch einmal alles zusammen, was wir nicht wissen."

Kahl ließ ein vernehmliches Stöhnen hören.

„Bitte, ich kann's auch lassen, wenn bestimmte Leute hier nichts von meiner Arbeit wissen wollen." Scherer war beleidigt. Bohleder warf Kahl einen vorwurfsvollen Blick zu. Dann wandte er sich an Scherer:

„Lass dich nicht provozieren, Scherer, und mach bitte weiter."

Kommissar Scherer atmete einmal tief durch und fing an:

„Also, wir wissen nicht a) wo die Schweinehälften in Herbert Kleinschmidts Kühlhaus herkamen, b) wo sie hintransportiert werden sollten, c) wo das Schwein ist, das Kleinschmidt zerlegt hat, d) wer der Tote im Kühlhaus ist, e) wo Jessica Langer ist, f) wo ihr Wagen ist, g) warum Dimitrij Stankov sterben musste, h) wieso Richard Schwarz an diesem Abend am Tatort war, i) wieso Jessica Langer da war, j) ob eine Mafia dahinter steht, k) ob die Mafia eine bulgarische ist, l) ob Dr. Artur Hartmann irgendetwas mit dem Fall zu tun hat, m) …“

„Hör auf! Das ist doch Scheiße … hochgradig deprimierend, was du da sagst!“, ließ sich Kommissar Kahl vernehmen. „Im Klartext heißt das doch, wir wissen gar nichts.“ Er wandte sich an Bohleder. „Das, was der Kollege Scherer da gemacht hat, ist doch völlig …“

„Aber er hat Recht. Und du kannst deswegen nicht den Überbringer der schlechten Nachricht bestrafen“, unterbrach ihn Jenisch. Scherer warf ihm einen dankbaren Blick zu. Kahl verschränkte die Arme vor der Brust. Kriminalanwärterin Müller hörte nicht auf, ihre Fingernägel anzustarren.

„Was uns fehlt, ist der Schlüssel von dem Ganzen“, murmelte Pretorius.

„Ganz genau, der Schlüssel“, sagte Jenisch und sah Bohleder direkt in die Augen. Der Hauptkommissar verzog keine Miene.

Pretorius schaute auf die Uhr.

„Ja, es sieht nicht gut aus, sagte er. „Wir tappen im Dunkeln.“

„Und wir sehen kein Licht am Ende des Tunnels“, sagte Kahl düster.

Bohleder presste die Lippen aufeinander. Pretorius warf einen zweiten Blick auf die Uhr. Was für ein klassisches Profil er hat, dachte Jenisch.

„Meine Herren, meine Dame, die Lagebesprechung ist beendet“, sagte der Kriminaloberrat etwas zu forsch. Und zu Bohleder gewendet fuhr er fort: „Ich erwarte Sie morgen um neun zu einem Gespräch, Herr Hauptkommissar.“ Dann verabschiedete er sich und ging.

„Das klang aber gar nicht gut“, sagte Jenisch mit hochgezogenen Augenbrauen.

„Werden wir aufgelöst?“, fragte Sonja Müller und riss ihre himmelblauen Augen weit auf.

„Mal langsam“, sagte Bohleder im tiefsten Bass, „so schnell schießen die Preußen nicht. Und du, Kahl, tätest manchmal besser daran, deinen Mund zu halten.“ Kahl schaute betreten. Es kam selten vor, dass Bohleder einen Kollegen so direkt rügte.

„So, und jetzt ist erst einmal Feierabend.“ Jenisch stand auf, die anderen taten es ihm nach. Scherer, Kahl und Sonja Müller waren wie der Blitz verschwunden. Als Jenisch gerade den Raum verlassen wollte, sprach Bohleder ihn an:

„Ach, Albert, kannst du noch einen Augenblick bleiben?“

„Klar“, sagte Jenisch und setzte sich auf den Stuhl vor Bohleders Schreibtisch.

„Hör zu“, sagte der Hauptkommissar, „Ich habe nachgedacht. Du weißt ja, dass wir zurzeit ziemlich feststecken. Wir müssen etwas unternehmen, sonst ist unsere Arbeit hier bald zu Ende. Ich weiß nicht, wie es dir geht, aber ich hasse es, einen Fall nicht zu klären. Mir scheint, hier kommen wir ohne unkonventionelle Methoden nicht weiter. Deshalb würde ich gern auf deinen Vorschlag zurückkommen, Albert.“ Dem Oberkommissar klingelten die Ohren. Er war plötzlich hellwach. Aber er ließ sich nichts anmerken.

„Auf welchen Vorschlag?“

„Tu nicht so, als ob du das nicht genau wüsstest. Der Schlüssel von Hartmann ist hier in meiner Tasche. Ich habe einige Vorbereitungen getroffen und wollte dich fragen, ob du mitmachst.“

„Wobei?“

„Wir gehen zusammen in Hartmanns Büro.“

Eine Weile war es so still im Zimmer, dass man die Heizung rauschen hörte. Jenisch sah Bohleder in die Augen.

„Ich bin dabei, Heinz.“

„Gut. Ich habe keine andere Antwort erwartet. Und jetzt hör genau zu. Das größte Hindernis sind die Sicherheitseinrichtungen. Normalerweise kommt da keiner unbemerkt vorbei. Aber wir werden die Kameras und die Alarmanlage austricksen.“

„Ja, wie denn?“

„Wir schalten sie einfach ab.“

„Das ist unmöglich.“

„Nicht, wenn derjenige, der sie installiert hat, mein Schwiegersohn ist. Er führt morgen eine routinemäßige Wartung der Anlagen durch. Zwischen zwei und drei Uhr in der Nacht schaltet er sie ab und dann … dann sind wir an der Reihe.“

Bohleder saß wie ein verwitterter Gnom da und grinste in sich hinein. Jenisch brauchte einen Augenblick, um zu realisieren, was er gehört hatte.

„Ich hab dich unterschätzt, Heinz. Du bist ein richtiger Profi“, sagte er. „Hat er irgendetwas dafür verlangt?“

„Wer?“

„Dein Schwiegersohn.“

„Immerhin habe ich ihm meine Tochter überlassen“, sagte Bohleder würdevoll.

„Ich fasse es nicht", murmelte Jenisch, „wir tricksen Hartmanns Alarmanlage aus."

„Von Zeit zu Zeit braucht man auch mal ein bisschen Glück", meinte der Hauptkommissar.

„Das kannst du singen", sagte Jenisch. „Aber ich weise dich als dein Untergebener pflichtgemäß darauf hin, dass unser Vorhaben illegal ..."

„Ach, halt doch den Mund!", sagte Bohleder.

Die beiden Alten saßen sich am Schreibtisch gegenüber und grinsten um die Wette.

Es dämmerte schon und ein leichter Dunst legte sich über die Sindlinger Wiesen. Jonas fror. Er hatte den Nachmittag in der Nähe des Liederbachs verbracht. Da war unterhalb des Klosterbergs ein versteckter Spielplatz, den um diese Jahreszeit niemand benutzte.

Jetzt wurde es Zeit, seine neue Bleibe aufzusuchen. Er setzte sich in Bewegung, bestieg sein Auto, das er in der Feldbergstraße geparkt hatte und fuhr Richtung Frankfurter Straße. Dort ließ er den Toyota vor der Buchhandlung Pabst auf dem Parkstreifen stehen und ging am Liederbach entlang zum 'Feldberg'. Um diese Jahreszeit traf er auf dem Fußweg keinen Menschen. Er gelangte über das Gelände des Kindergartens St. Martin direkt an die Rückseite des Gasthauses und betrat unbemerkt den Hof. Da stand der Subaru von Tante Erika, mit dem sie ... Er durfte nicht an Tante Erika denken! Die Schießerei fiel ihm wieder ein. Es war erst wenige Wochen her, aber es schien ihm wie eine Ewigkeit.

Er wusste, dass der Schlüssel für den 'Feldberg' auch für den Hintereingang passte. Er trat ins Haus und schloss die Tür hinter sich ab. Nach dem Tod von Tante Erika und dem Zusammenbruch von Onkel Herbert war er gewissermaßen hier zu Hause. Die Gaststube lag verlassen im Halbdunkel. Der Stangenwald der umgedrehten Stühle sah gespenstisch aus. Jonas trat an die Theke. Er durfte kein Licht machen, das man von außen sehen konnte. Ein Whisky wäre jetzt nicht schlecht. Er ließ den Blick über die Galerie der Flaschen schweifen. Ja, Ballantine's kam schon in Frage. Er holte die Flasche vom Bord, schraubte sie auf und nahm einen großen Schluck. Ein ordentlicher Whisky tat gut nach dem ganzen Chaos der letzten Wochen.

Er hängte die Lederjacke an die Garderobe und ging hinauf ins Schlafzimmer. Die Szene stand wieder vor seinen Augen. Er mit der Magnum in der Tür, Onkel Herbert mit dem Jagdgewehr auf dem Bett sitzend und nach draußen feuernd. Es erschien ihm in der Erinnerung unwirklich.

Jonas zog Hemd und Hose aus und ließ sich in Unterwäsche auf das Bett fallen. Es roch noch muffiger als beim letzten Mal. Hier riecht es nach Gewohnheit, dachte er und nahm noch einen kräftigen Schluck aus der Pulle. Kein Wunder, es waren uralte Ehebetten, die wahrscheinlich schon von den Großeltern benutzt worden waren. Ehebetten! Jonas lachte in sich hinein. Das Wort hatte für ihn immer etwas von pflichtschuldiger Begattung und Kindermachen. Er setzte sich auf. Prost! Er nahm noch einen Schluck. Was, schon halb leer? Die Flaschen wurden auch immer kleiner.

Jonas stellte die Flasche auf dem Nachttisch ab und ließ sich auf die Matratze zurückfallen. Der Alkohol tat langsam seine Pflicht. Er konnte sich entspannen. Hier im 'Feldberg' fühlte er sich sicher. Was morgen auf ihn zukam, brauchte ihn im Augenblick nicht zu kümmern.

Freitag, 10. Dezember

„Ich habe keine Ahnung, wovon Sie sprechen!", stieß Jessica hervor und bereute es im gleichen Moment, denn ihr Unterkiefer sandte ein heftiges Schmerzsignal aus. Bei stärkeren Bewegungen oder Berührungen tat er immer noch höllisch weh.

„Ich glaube dir kein Wort, du kleine Schlampe!", knurrte Robbie. Sie saßen sich an einem Klapptisch in Jessicas Gefängnis gegenüber. Sie hatte aufgehört zu zählen, wie oft sie schon danach gefragt worden war, wo Dimitrij das unterschlagenes Geld versteckt hatte. Robbie hatte sich den Schnauzbart abrasiert, so dass sein Gesicht ganz nackt aussah.

„Also, wo ist es?"

„Ich weiß es wirklich nicht. Wenn ich es wüsste, würde ich es Ihnen sogar sagen."

„Ach nee!" Robbie grinste verächtlich.

„Mich interessiert euer dreckiges Geld nicht. Ihr könnt es euch sonst wo hinstecken."

„So, dich interessiert das Geld nicht!? Aber mich interessiert es!", brüllte der Gorilla. Seine Stimme kippte. Langsam zeigte er auch Nerven. Er brachte sein riesiges, nacktes Gesicht ganz nahe an das ihre heran.

„Zum letzten Mal", fuhr er sie an, „wo ist die Kohle?"

„Ich habe keine Ahnung, euer Scheißgeld ist mir egal." sagte Jessica mit Verachtung in der Stimme. Sie war im Laufe der Verhöre dem Killer gegenüber immer mutiger geworden. Sie wusste, dass Robbie es sich nicht leisten konnte, sie noch einmal anzugreifen. Er dagegen schien bei den letzten Verhören zusehends unkonzentrierter und lustloser zu werden. Er war zwar schlau, aber es fiel ihm nichts anderes mehr ein, als immer die gleichen Fragen zu stellen.

„Ich hab's satt mit dir", sagte er. „Wenn's nach mir ginge, wärst du schon längst eine Schweinehälfte." Jessica zuckte zusammen. Robbie stierte sie an. In seinen Augen stand der blanke Hass. „Sollen sich doch die hohen Herren selber drum kümmern", knurrte er, stand auf und schleuderte den Stuhl in die Ecke.

„Ferdi!"

In Sekundenschnelle erschien der junge Mann.

„Wir setzen die da", er zeigte auf Jessica, „auf halbe Ration. Mal sehen, ob sie dann singt."

„Der Doktor hat aber gesagt …"

„Halt's Maul, hier bestimme ich!"

„Jawohl, Herr Lauterbach."

Robbie holte blitzschnell aus und gab Ferdi eine schallende Ohrfeige. Der junge Mann taumelte in den Raum.

„Du bist ein Idiot!"

„Ent ... Entschuldigung, ich …"

Robbie verschwand und knallte die Tür hinter sich zu. Ferdi hielt sich die Wange.

„Warum hat er …?", fragte Jessica.

„Das geht Sie nichts an!"

„Kennen Sie Robbie?"

„Ja, von früher. Aus Hanau." Ferdi verzog das Gesicht, als ob er eine Zitrone verschluckt hätte.

„Dann heißen Sie auch nicht Ferdinand?", bohrte Jessica weiter.

„Das geht Sie nichts an", antwortete Ferdi hastig, „ich habe schon viel zu viel gesagt." Er stellte ein Tablett mit belegten Broten auf den Tisch und ging.

Jessica legte sich auf ihre Matratze. Dass sie stank, dass ihre Kleider total versifft waren, machte ihr nichts mehr aus. Sie hätte nie geglaubt, dass sie sich an so etwas jemals gewöhnen könnte. Aber es war so: Ihr Äußeres war ihr ziemlich gleichgültig geworden. Worauf es wirklich ankam, war das innere Überleben. Sie hatte es geschafft, nicht verrückt zu werden und sie glaubte, bemerkt zu haben, dass ihre Widerstandsfähigkeit sogar dem Gorilla Respekt abnötigte.

Nur wenn sie aus der Gegenwart in die Erinnerung driftete, wurde es gefährlich. Wenn sie an ihr früheres Leben dachte, die Wohnung in der Fasanenstraße, ihre Kleider, ihr Schmuck, ihr Auto, dann kamen Zorn und Trauer auf. Aber es wurde von Mal zu Mal schwächer. Was sie früher gewesen war, rückte immer weiter weg und wurde immer unwichtiger. Solange sie sie nicht verhungern ließen, würde sie überleben. Sie war nicht schwach! Sie wusste, sie würde auch die halben Rationen überstehen.

Wenn nur Jonas sie so sehen könnte! Ach, Jonas! Jessica wünschte sich nichts so sehr, als ihn wiederzusehen. Er war doch der Mann, der sie am besten kannte.

Jenisch fühlte wieder dieses Kribbeln in der Magengegend, als sie vor Hartmanns Büro standen. Es war alles glatt gelaufen. Keine Alarmanlage, keine Kameras. Sie waren ohne Schwierigkeiten in die Villa gelangt und hatten eine knappe Stunde Zeit.

„Gehen wir rein“, sagte Bohleder und schloss auf. Seine Stimme hallte in dem leeren Flur.

„Nicht so laut,“ flüsterte Jenisch. Aber seine Sorge war unbegründet. Wenn hier eine Abhöranlage existierte, dann war sie ebenfalls abgeschaltet.

Ohne Licht wirkte der Raum noch größer, als er ohnehin schon war. Jenisch ließ den Lichtkegel der Taschenlampe auf dem Boden entlang wandern. Alte Einbrecherregel: Immer nur auf den Boden leuchten, dann sah man von außen fast nichts.

„Wenig Möbel hier“, sagte er leise, „Hartmann hat wohl eine asketische Ader.“

„Glaube ich nicht“, flüsterte Bohleder, „er braucht keine Möbel, er hat die Macht.“

Der Raum wurde von einem großen, sehr repräsentativen Schreibtisch beherrscht, hinter dem ein eleganter Ledersessel stand. Auf dem Schreibtisch ein großer Flachbildschirm und eine Tastatur. Außerdem eine hochmoderne Telefonanlage.

Im Büro war keiner der Wandschränke abgeschlossen. auch der Schreibtisch nicht. Das war auch nicht nötig, denn alles war leer. Sie schauten hinter die Bilder, moderne minimalistische Gemälde, die an den Wänden hingen. Nichts, kein Safe. Gar nichts. Das einzige, was sie fanden, war ein einzelnes Blatt in der rechten oberen Schreibtischschublade. DIN A4. Es sah aus wie der Grundriss eines Gebäudes.

„Ich glaub's nicht“, sagte Jenisch. „Hier müssen doch irgendwelche Akten oder Papiere sein.“ Bohleder dachte nach.

„Schon seltsam, diese Leere. Vielleicht hat seine Sekretärin alles im Vorzimmer.“

Sie gingen durch die Verbindungstür. Da standen die Aktenschränke. Vorsichtig nahm Bohleder einen Ordner heraus.

„Kaufverträge, alles Kaufverträge und Pläne. Und Korrespondenz. Wenn wir das alles durchsehen wollten, hätten wir bis übermorgen zu tun.“

„Schau mal, ob du irgendwelche Rechnungen findest.“

„Wie denn?“

„Können wir nicht ein paar Ordner …“, fing Jenisch an.

„Spinn nicht rum, Albert! Denk an unsere Abmachung. Wir hinterlassen hier keine Spuren.“

„Ist ja schon gut!“

Sie schauten in Ordner, drehten und wendeten die Papiere in der Ablage, durchsuchten den Schreibtisch. Nichts Verdächtiges.

„Was suchen wir hier eigentlich?“, fragte Bohleder.

„Gute Frage“, sagte Jenisch, „ich hatte gehofft, dass wir Unterlagen über Transaktionen finden würden, die mit unserem Fall zu tun haben. Einen Safe, wo er vertrauliche Dokumente verwahrt. Irgendetwas über Richard Schwarz. Verstehst du, irgendwas, was uns weiterbringt.“

„Dazu müssten wir den ganzen Kram mitnehmen. So hat das doch keinen Zweck. Lass uns abhauen. Wir kommen nächste Woche mit einem Durchsuchungsbefehl wieder.“

„Wie willst du den gegenüber dem Richter begründen?“

Bohleder schwieg.

„Ich habe einen Verdacht“, sagte Jenisch.

„Ich höre.“

„Hartmann hält hier alles sauber. Er wäre dumm, wenn es anders wäre. Wir würden auch nichts finden, wenn wir den ganzen Laden ausräumen würden.“

„Wieso bist du eigentlich so sicher, dass Hartmann mit der Sache etwas zu tun hat.“

„Ich rieche es. Wie hat unser Chef so schön gesagt: Der Schlüssel fehlt uns noch. Vielleicht ist Richard Schwarz dieser Schlüssel. Dass Herbert ihn erschossen hat, muss zu Irritationen geführt haben. Übrigens, er hatte was mit Alexandra, der Schwester von Jessica Langer.“

„Woher weißt du denn das schon wieder?“

„Sie hat es mir erzählt.“

„So“, sagte Bohleder einsilbig.

Sie gingen durch alle Räume, fanden jedoch nichts, was irgendeinen Verdacht hätte erregen können. Schließlich landeten sie wieder in Hartmanns Büro. Bohleder schaute auf die Uhr.

„Wir müssen wieder raus. Die Stunde ist bald um.“

Jenisch stand am Schreibtisch und zog die rechte obere Schublade auf. Er nahm das Blatt mit dem Grundriss heraus und legte es auf die Schreibtischplatte.

„Ja, du hast Recht. War wohl nichts. Gib mir mal die Kamera.“

„Was willst du damit?“ Bohleder war erstaunt.

„Diesen Plan abfotografieren. Das ist das einzige, was hier rumliegt.“

„Wenn du meinst ...“ Bohleder zog eine kleine Digitalkamera aus der Tasche und reichte sie Jenisch. Sie beugten sich von beiden Seiten über das Papier, um den Blitz zu dämpfen.

„Man wird es von draußen sehen“, sagte Bohleder.

„Müssen wir riskieren“, meinte Jenisch.

Er hob die Kamera und machte zwei Fotos aus verschiedenen Entfernungen. Dann legte er das Blatt wieder in die Schublade zurück.

„So, und jetzt nichts wie weg hier. Es wird höchste Zeit.“

Sie schlossen Hartmanns Büro wieder ab und gingen die große Treppe hinunter. Das Verlassen der Villa war genau so leicht wie das Betreten.

Sie hatten noch ein paar hundert Meter bis zu Jenischs altem Golf zu laufen.

„Und?“, fragte Bohleder.

„Was und?“

„Bist du zufrieden?“

„Natürlich nicht“ sagte Jenisch. „Es war ein Reinfall, ganz klar. Wenn wir hier etwas erreichen wollen, brauchen wir einen Durchsuchungsbefehl. Du kannst dir ja schon einmal eine Begründung ausdenken.“

„Den Teufel werde ich. Am Montag gehe ich zu Pretorius.“

„Willst du aufgeben?“

„Weißt du was Besseres?“

„Nein“, sagte Jenisch.

Sie stiegen ins Auto und fuhren über Ruppertshain zurück.

„Wunderbarer Wald hier“, sagte Jenisch, „warum bin ich eigentlich nicht Förster geworden?“

„Das frage ich mich auch“, brummte Bohleder, „Förster wäre goldrichtig für dich gewesen.“

Samstag, 11. Dezember

Es war völlig klar, dass das Wochenende total verregnet sein würde. Im Wetterbericht hatten sie es angekündigt und ein Blick aus dem Fenster bestätigte es. Dunkle Wolken und Wind aus westlichen Richtungen. Ergiebige Regenfälle in den nächsten Tagen. Temperaturen bei sechs Grad. Nachts um den Gefrierpunkt. Es war zum Davonlaufen. Der Dezember setzte das verkorkste Wetter vom November nahtlos fort. Vielleicht war es doch besser, nach Italien auszuwandern.

Jenisch saß im Bademantel an seinem Küchentisch vor einer Tasse Kaffee und war gerade mit seinen zwei Marmeladebroten fertig geworden. Auf dem Teller lagen aber noch braun, knusprig und frisch aufgebacken zwei Croissants. Zum Wochenende gönnte er sich immer Croissants mit Butter. Samstags zwei und sonntags zwei.

Er ließ den Besuch bei Hartmann noch einmal Revue passieren. Das Ergebnis war enttäuschend, das war nicht zu leugnen. Wahrscheinlich hatte Bohleder Recht. Wenn man Leuten wie Dr. Hartmann etwas nachweisen wollte, musste man mit einem hieb- und stichfesten Durchsuchungsbefehl ankommen. Dass Richard Schwarz bei dem Geschäft mit den Schweinehälften dabei gewesen war, reichte einfach nicht aus, um einen Verdacht zu begründen. Es konnte ebenso gut Zufall gewesen sein … wie so vieles in dieser merkwürdigen Angelegenheit.

Das Telefon klingelte. Jenisch ignorierte es. Er gehörte zu den Menschen, die es schaffen, dem Terror, den dieser Apparat ausübt, zu trotzen und nicht automatisch ans Telefon zu stürzen, wenn es klingelt. Er blieb also sitzen, nahm einen guten Schluck Kaffee, schnitt das Croissant auf und bestrich die Hälften mit Butter. Er war gerade dabei, mit

Genuss hineinzubeißen, als es erneut klingelte. Schon wieder das Telefon! Fluchend nahm er den Hörer ab.

„Jenisch."

„Herr Jenisch, ein Glück, dass Sie da sind. Entschuldigen Sie, dass ich Sie am Samstagmorgen störe. Ich muss Ihnen dringend etwas sagen."

Es war Alexandra Beltz.

„Ist was passiert?", fragte Jenisch.

„Wie man's nimmt", sagte die junge Frau. „Heute Morgen habe ich in der Post das Kündigungsschreiben von Hartmann Immobilien gefunden."

„Ach", sagte Jenisch.

„Ja, sie haben mich rausgeschmissen."

„Und die Begründung?"

„Das Vertrauensverhältnis zwischen der Geschäftsleitung und mir sei gestört. Sie haben irgendwie herausgekriegt, dass ich mich mit Ihnen in Münster in dieser Pizzeria getroffen habe."

„Steht das auch in dem Schreiben?"

„Natürlich nicht. Aber Gentschev hat es mir gestern kurz vor Feierabend gesteckt."

„Was hat er gesagt?"

„Wie ich dazu käme, mich in den Mittagspausen mit der Polizei zu treffen. Man wisse alles über mich. Ich sei für die Firma nicht mehr tragbar."

„Das heißt, Sie sind tatsächlich überwacht worden."

„Ja, sie haben mir nachspioniert."

„Hat er sonst noch etwas gesagt?"

„Er hat mir ein Angebot gemacht. Man könne doch Missverständnisse auch gütlich regeln. Er hat mir Geld angeboten, verstehen Sie?"

„Viel?"

„Ja, ziemlich viel."

„Und Sie?"

„Ich habe natürlich abgelehnt. Es gab eine ziemlich heftige Auseinandersetzung."

Jenisch schwieg.

„Hallo, Herr Jenisch, sind Sie noch dran?" Die Stimme Alexandras klang ängstlich und gehetzt.

„Ja, ich überlege nur, was wir jetzt tun können."

„Ich habe Angst", sagte die Stimme am Telefon. „Sie werden es nicht dabei belassen, dass sie mich rausgeworfen haben. Es geht nicht nur um mich. Ich ... ich bin schwanger."

„Oh", sagte Jenisch.

„Bitte helfen Sie mir!", flehte Alexandra. „Ich weiß nicht, was ich tun soll. Jessica ist weg und ..."

„Ich glaube nicht, dass Sie in unmittelbarer Gefahr sind, aber es ist besser, wenn Sie für ein paar Tage verreisen", sagte Jenisch, „überreden Sie Ihren Mann und fahren Sie weg. Vielleicht nach Italien."

Alexandra Beltz zögerte einen Moment. Dann sagte sie leise:

„Sie haben Recht, das ist wahrscheinlich das Beste."

„Glauben Sie mir, Italien ist gut ... sehr gut", sagte Jenisch und legte auf.

Er ging schnurstracks zu seinem Schokoladendepot im Wohnzimmerschrank und holte sich eine halbe Tafel Michel Cluizel. Wenn er selber schon nicht nach Italien konnte, sollte es ihm wenigstens gut gehen.

„Hier, ich habe Ihnen etwas mitgebracht." Ferdi deutete auf das Tablett, auf dem ein Teller mit Gemüsesuppe stand. Daneben lagen ein Löffel und eine Schachtel.

Jessica nahm die Schachtel in die Hand. Es war eine Wundsalbe.

„Danke", sagte sie. Sie konnte die Salbe gut gebrauchen. Der Unterkieferknochen schien zwar einigermaßen zu heilen, aber die linke Kinnseite war immer noch geschwollen und die Haut war rot und rissig.

Ferdi hatte von ganz alleine daran gedacht. Sie hatte ihn nicht darum gebeten. Der junge Mann war überhaupt etwas zugänglicher, seit Robbie nicht mehr zu den Verhören erschien. Sie hatte ihn dazu bringen können, ihr die Schüssel mit Wasser täglich zu bringen. Das löste zwar nicht ihr Waschproblem, war aber schon ein Fortschritt. Sie hatte es sogar geschafft, ihren Slip und das Unterhemd einmal auszuwaschen. Ohne Waschmittel, nur mit ein bisschen Seife. Das Trocknen hatte fast zwei Tage gedauert. In dieser Zeit hatte sie Hose und Bluse auf der nackten Haut getragen. Aber dann hatte sie sich besser gefühlt mit der halbwegs frischen Unterwäsche.

Jessica packte die Tube aus und strich sich die Salbe auf die wunden Hautpartien.

„Schön, dass Sie an mich gedacht haben, Ferdi", sagte sie. Das Sprechen ging wieder einigermaßen, wenn sie den Mund nicht zu heftig bewegte.

Er antwortete nicht, sondern stand bloß da und schaute ihr zu. In seinem Gesicht war nicht zu lesen, was in ihm vorging. Er war schon an der Tür, als Jessica ihn ansprach:

„Ferdi!"

Er wandte sich halb um.

„Ich brauche Tampons."

„Tampons?", wiederholte er.

„Ja, zwei Packungen. Normale Größe. Könnten Sie mir die besorgen?"

Ferdi schaute auf den Boden. Dann nickte er und ging.

Als Jenisch auf Zimmer 11 der chirurgischen Station auftauchte, war Bentler nicht da. Er fragte die Schwester, die mit dem Daumen zum Ende des Flurs deutete. Jenisch entdeckte seinen Kollegen durch die Glasscheibe im Aufenthaltsraum. Er saß mit einem jungen Mann am Fenstertisch und schien in ein intensives Gespräch vertieft zu sein. Als Jenisch eintrat, brach das Gespräch abrupt ab.

„Hallo, Albert. Schön, dass du kommst." Bentler stand auf und bugsierte seinen dick bandagierten Oberkörper hinter dem Tisch hervor. Der linke Arm lag auf einem Gestell vor der Brust.

Jenisch blickte sich um.

„Störe ich?"

„Quatsch", sagte Bentler. „Komm, wir gehen aufs Zimmer. Da können wir besser reden."

Bentler nickte dem jungen Mann zu. Jenisch schaute sich seinen Kollegen genauer an. Er sah ausgesprochen gut aus, bis auf seinen Verband.

„Dir geht's wieder ganz gut, wie?"

„Ich kann nicht klagen", sagte Bentler. „Es heilt gut zusammen. Sie wollen mich in den nächsten Tagen entlassen. Dann kommen noch ein paar Wochen Reha, und dann stehe ich meinem Dienstherrn wieder zur Verfügung."

„Mir fällt ein Stein vom Herzen", sagte Jenisch. Er schaute sich in dem Krankenzimmer um. „Sag mal, Michael, ist das nicht stinklangweilig hier? Was machst du eigentlich den ganzen Tag?“

Bentler grinste.

„Ich wandele Intelligenz in Weisheit um“, sagte er.

Jenisch schaute ihn groß an.

„Wegen dieser Sprüche mag ich dich.“

„Der ist nicht von mir.“

„Sondern?“

„Von dir. Du hast mir das mal gesagt, als ich dich gefragt habe, wie das so ist mit Anfang fünfzig.“

„Tatsächlich?“ Jenisch war ehrlich überrascht. „Von mir? Ausgesprochen guter Spruch!“

„Finde ich auch“, sagte Bentler, „und er stimmt sogar. So, und jetzt spann mich nicht länger auf die Folter und erzähl von unserem Fall!“

Sonntag, 12. Dezember

Sonntagnachmittage waren prinzipiell schwierig für Jenisch. Im November und Dezember waren sie ein Alptraum. Die Decke hing niedrig. Manchmal fiel sie ihm auch auf den Kopf. Er versuchte das zu verhindern, indem er Staub saugte, putzte, aufräumte, brunzdumme Spiele an seinem Computer spielte, sich durchs Fernsehprogramm zappte, sich die Nachrichten auf hr 1 und Sinfoniekonzerte auf hr 2 anhörte und einen Roman anfing.

Das Wetter war wider Erwarten plötzlich besser geworden. Der Wetterbericht hatte sich geirrt. Eine blasse Nachmittagssonne hing über Kelkheim und die Temperatur lag bei zwölf Grad. Da könnte er doch …

Jenisch ging zum Telefon. Er rief Jürgen an. Wenn jemand an einem Boule-Spielchen um diese Jahreszeit interessiert war, dann Jürgen Ballhaus.

„Na so was!“, sagte Jürgen, „gerade hat Anton angerufen und gefragt, ob ich nicht Lust auf eine Partie hätte. Dann sind wir schon drei. Vielleicht finden wir noch jemand.“

„Eine Frau wäre nicht schlecht“, sagte Jenisch. „Ich versuche es mal bei Inge.“

„Das kannst du dir sparen, Inge ist nicht da. Aber ich frage mal Angela. Bleib dran!“

„Gut“, sagte Jenisch. Angela war Jürgens Frau. Schön, stolz, voll emanzipiert, mit einer Zunge wie ein Dreizack. Jenisch hatte immer ein bisschen Angst vor ihr.

„Sie kommt mit“, sagte Jürgen. „Also dann um drei am Bouleplatz.“

Jenisch wanderte die Feldbergstraße hinauf. Er hatte eine Stofftasche mit den Kugeln und einer Flasche Apfelwein dabei. Außerdem noch einen ordentlichen Rest Pizza von ‚Antonio’.

Der Bouleplatz lag bei den Gagernsteinen gegenüber der Kirche St. Martin direkt am Liederbach. Hier spielte die Boule-Connection, fast alles alte Hornauer oder solche, die schon sehr lange hier wohnten. Jenisch wurde sozusagen als Gast geduldet.

Jürgen und Angela saßen auf einer der Bänke und hatten die Kugeln schon ausgepackt. Er wurde mit großem Hallo begrüßt.

„Da kommt ja unser Sherlock Holmes", sagte Angela, „schön, dass du uns auch mal wieder mit deiner Anwesenheit beehrst. Wie läuft's denn so bei unseren Sicherheitskräften?"

Jenisch kam nicht darum herum. erst einmal einen Lagebericht über den Fall 'Feldberg' abzugeben, aber das Interesse ließ schnell nach, als klar wurde, dass die Polizei genau wie die Presse offenbar nicht sehr viel Interessantes zu bieten hatte. Jenisch hütete sich, etwas Neues zu berichten. Er erzählte nur das, was alle schon wussten.

Dann kam Anton. Eigentlich war er Architekt, aber Jenisch hatte das Gefühl, dass in ihm ein verhinderter Schauspieler schlummerte. Er war in einen langen, schwarzen Ledermantel gekleidet, den er theatralisch auf eine der Bänke gleiten ließ. Er hatte einen großen Korb mit allerlei Speisen und Getränken dabei.

„Willst du hier übernachten?", fragte Angela.

„Man muss gerade in den kleinen Dingen optimal vorbereitet sein. Die Randbedingungen, wenn du verstehst, was ich meine", antwortete Anton kryptisch.

Dann begann das Spiel. Jenisch wurde Anton zugelost, den er als Spieler mit stark schwankender Form kannte. Normalerweise war das eine klare Sache für Angela und

Jürgen. Beide waren Asse und gut aufeinander eingespielt. Angela legte und Jürgen schoss.

Das Schweinchen wurde geworfen. Anton machte sich zum Legen bereit. Das dauerte wegen verschiedener Rituale bei ihm immer besonders lange. Unter anderem pflegte er seine Kugeln vor jedem Wurf zärtlich mit einem kleinen blauen Tüchlein abzureiben.

Jenisch starrte ihn fasziniert an. Mit seinem graumelierten Dreitagebart sah er richtig edel aus. Er trug einen extraweiten schwarzen Existenzialistenpullover am dürren Leib und eine Baskenmütze auf dem gelichteten Haupthaar. Jenischs Blick war ihm nicht entgangen. Also wartete er dessen Frage gar nicht erst ab, sondern begann sofort zu erklären. Sein Outfit habe etwas damit zu tun, dass er seine frankophile Seite entdeckt habe. Er habe diese teutonische Hektik, die Jagd nach dem Geld, den ständigen Zeitdruck bis oben hin satt. Er sei voll auf dem Muße-Trip, entdecke das Savoir-vivre, wenn Jenisch verstehe, was er meine. Die mediterrane Gelassenheit der Seele, nicht wahr, täglich ein Gläschen Rotwein, ab und zu eine Partie Boule, das sei das wahre Leben. Er ärgere sich schwarz, dass er erst jetzt drauf gekommen sei. Mit fünfzig!

„Wieso schwätzt du eigentlich ständig rum? Leg endlich mal was Anständiges vor! Komm, mach hin!“, sagte Angela. Sie war eine von diesen straffen Frauen, die schon aus Prinzip kein Blatt vor den Mund nehmen.

Anton legte die Kugel ziemlich mäßig vor. Die Distanz zum Schweinchen betrug fast einen Meter. Während Angela Maß nahm, kam Jenisch wieder in den Genuss eines Antonschen Kurzvortrags. Neulich habe es bei Aldi ein Boule-Set gegeben. Er zeigte seinem Partner sein Etui: sechs Kugeln, zwei Schweinchen und ein Maßband für sensationelle siebenachtundneunzig. Er sei equipmentmäßig optimal ausgestattet. Den Rotwein gebe es auch bei Aldi. Einen zünftigen Vin de pays für schlappe zweiachtundneunzig die Flasche.

Angela war durch das Geschwätz von Anton total abgelenkt. Sie verwarf zwei Kugeln. Erst mit ihrer dritten kam sie näher heran als Anton. Daraufhin schritt Anton zur Exekution. Mit einem graziösen Schwung setzte er eine Kugel direkt auf das Schwein. Weiß der Teufel, wie er das hingekriegt hatte. Jürgen musste schießen. Während er sich konzentrierte, sagte Anton leise, aber so, dass Jürgen ihn hören konnte:

„Schau dir die Handhaltung an. Ohne Eleganz bist du bei diesem Spiel verloren." Jürgen ermordete Anton mit Blicken, aber es half nichts, er musste neu ansetzen. Anton tat derweil ganz unschuldig und unterhielt sich lautstark mit Jenisch über die Vorteile von Bausparverträgen gegenüber Investmentfonds. Jürgen wurde zittrig und setzte prompt zwei Kugeln daneben. Mit der dritten versuchte er einen Leger, warf aber viel zu weit.

„Sowas passiert, wenn ein durchschnittlicher Schießer mal legen will", sagte Anton genüsslich. Jürgen ärgerte sich schwarz. Anton legte noch eine Kugel ziemlich nahe an das Schwein. Dann war Jenisch dran. Wunderbarerweise gelangen ihm drei gute Würfe. Jenisch und Anton gewannen das erste Spiel mit fünf Punkten. Sie hatten Angela und Jürgen sozusagen in den Boden gestampft. Anton feixte, nahm einen großen Schluck von seinem Vin de Pays und klärte Jenisch über die charakterbildende Kraft des Müßiggangs auf.

Angela war sichtlich genervt.

„Kannst du nicht mal fünf Minuten deinen Mund halten, damit man sich konzentrieren kann!?“

„Boule ist ein Spiel, bei dem die zwischenmenschliche Kommunikation eine zentrale Rolle spielt“, dozierte Anton. Angela verdrehte die Augen. Jenisch klaubte seine Kugeln auf und blinzelte in die trübe Sonne.

In den nächsten Spielen setzte sich der Trend fort. Anton schwätzte fast ununterbrochen und spielte gleichzeitig sensationell gut. Agierte ganz locker, ganz entspannt, dieser Mensch, während Jürgen mit wachsendem Frust immer verkrampfter spielte. Angela war sowieso total von der Rolle. Sie haderte mit sich selbst und schimpfte wie ein Rohrspatz. Jenisch brauchte nur seine Normalform zu zeigen, um an der Seite des wie entfesselt aufspielenden Anton einen triumphalen Sieg zu feiern: dreizehn zu drei!

„So hoch habe ich noch nie verloren!“ stöhnte Jürgen. Angela hatte es die Sprache verschlagen, was nur ganz selten vorkam.

„Du darfst nicht vergessen, lieber Jürgen, dass Boule im Grunde ein Psycho-Spiel ist“, sagte Anton im Oberlehrertonfall. „Da brauchst du mentale Stärke und taktisches Geschick. Sowas kann man nicht lernen, entweder man hat's oder man hat's nicht.“ Sprach's, setzte sich auf die Bank und zündete sich eine Gauloise an. Jenisch setzte sich neben ihn.

„Willst du auch einen vin rouge“? fragte Anton gut gelaunt.

„Nein, danke“, sagte Jenisch, „ich bleibe bei Apfelwein.“

„Na dann Prost!“

Sie tranken.

„Wie kommt es, dass du heute so gut drauf warst?“, fragte Jenisch.

„Ich habe die ganze Woche Mao, Clausewitz und Macchiavelli gelesen“, sagte Anton, brach ein Stück Baguette ab und schob es sich mit Camembert garniert in den Mund.

Montag, 13. Dezember

Kommissar Scherer hatte den Plan auf DIN A3 vergrößert und mitten auf eine große Papierbahn geklebt. So konnte er jederzeit eine mind map mit bunten Pfeilen und Symbolen daraus machen. Kahl, Scherer, Jenisch und Bohleder standen im Halbkreis darum herum.

„Woher haben wir eigentlich diesen seltsamen Plan?“, fragte Kahl.

Bohleder warf Jenisch einen schnellen Blick zu.

„Ist uns heute Morgen anonym zugegangen“, sagte er und reichte Kahl einen DIN A4-Umschlag hinüber.

„Nur der Plan?“

„Ja. Kein Kommentar dazu, nichts“, sagte Bohleder.

„Hm“, sagte Kahl, „der Umschlag ist in Frankfurt abgestempelt. ‚An die Kriminalpolizei in Kelkheim, Herrn Heinz Bohleder’. Sieht aus wie eine Frauenschrift. Ein bisschen zittrig.“ Er drehte den Umschlag in den Händen. „Kein Absender.“

„Das haben anonyme Anzeigen so an sich“, sagte Scherer mit unbewegtem Gesicht. Bohleder warf ihm einen warnenden Blick zu. Kahl reagierte aber gar nicht auf Scherers Bemerkung , sondern trat einen Schritt näher an den Plan heran.

„Es ist ein Foto, nicht der Originalplan. Keine Beschriftung, keine weiteren Zeichen. Seltsam!“

„Ja, seltsam“, sagte Jenisch hastig.

„Es könnte sich um ein Gebäude in Frankfurt handeln“, meinte Scherer.

„Von der Größe her sieht es nach einer Kaserne aus … oder einem Krankenhaus“, warf Kahl ein.

„Dazu ist der Zuschnitt der einzelnen Räume zu verwinkelt“, sagte Bohleder bedächtig. „Es könnte sich auch um Wohnungen handeln.“

„Glaube ich nicht“, entgegnete Kahl, „Hier vorne ist ein zentrales Treppenhaus und da links noch eins. Wahrscheinlich ist es der Grundriss eines Zweckbaus. Und zwar eine Etage davon.“

Keiner sagte etwas. Alle starrten den Plan an.

„Ich frage mich, wieso uns jemand aus Frankfurt eine anonyme Botschaft schickt“, sagte Scherer in die Stille. Kahl schaute ihn anerkennend an.

„Du hast mir die Frage aus dem Mund genommen“, sagte er. Kommissar Scherer verzog das Gesicht.

„Keine Ahnung“, sagte Bohleder, „der Umschlag war heute Morgen in der Post.“ Jenisch räusperte sich lautstark.

„Darf ich mal das Original sehen?“, fragte Scherer. Bohleder ging zu seinem Schreibtisch und kam mit einem DIN A4-Blatt zurück. Scherer sah sich das Papier genau an.

„Das ist ein Computerausdruck“, rief er, „Laserdrucker. So wie unserer hier. Und das Papier ...“

„Jetzt lass doch mal die technischen Details“, ging Bohleder dazwischen. Er nahm Scherer das Blatt aus der Hand. „Wir müssen uns Gedanken darüber machen, was für ein Gebäude das ist. Vielleicht ist es ja eine Spur für unseren Fall.“

„Aber auch nur vielleicht!“, sagte Kahl. Jenisch beobachtete Bohleder aus den Augenwinkeln. Er sah aus wie immer. Ein ganz gerissener Bursche, dieser Heinz! Man durfte ihn nicht unterschätzen.

Wieder standen die Männer schweigend um den Plan herum. Er zeigte den Grundriss eines lang gestreckten Gebäudes, das einen stumpfen Winkel bildete. Eingeteilt war es in viele Räumlichkeiten, die aber nach keinem erkennbaren Muster geordnet waren. Jenisch ging in Gedanken alle langen, stumpfwinkligen Gebäude durch, die er in Frankfurt kannte. Es waren vielleicht vier oder fünf, aber sicher gab es sehr viel mehr davon. Das war doch Blödsinn, sich hier irgendwelche Gedanken zu machen! Ohne längere Ermittlungsarbeit war es unmöglich, das Gebäude zu identifizieren. Er sah zu Bohleder hinüber. Der zeigte keine Reaktion.

„Was soll ich aufschreiben?“, fragte Scherer und zückte seinen Edding.

„Schreib ‚Unbekanntes Objekt verweigert jede Auskunft‘.“ Kahl grinste. Scherer ging mit ernstem Gesicht an die Wand und schrieb es hin, dahinter ‚Kahl‘ in Klammern.

„Du bist vielleicht ein Witzbold!“, sagte Kahl. Scherer übersah ihn einfach. Wieder schwiegen alle.

„Wenn wir bis Ende der Woche nicht weitergekommen sind, löst Pretorius die SoKo auf. Das ist euch doch klar“, brach Bohleder das Schweigen.

„Einen Mörder haben wir ja schon: Herbert Kleinschmidt“, sagte Kahl.

Bohleder hatte immer noch das Original des Planes in der Hand. Er legte es bedächtig auf den Schreibtisch. Dann trat er auf Kahl zu und stellte sich dicht vor ihn hin.

„Lieber Kollege Kahl. Du bist intelligent und ein guter Ermittler. Aber manchmal hast du das Feingefühl einer Dampfwalze. Ich hätte manchmal Lust, dir das Maul mit Beton zuzugießen!“ Bohleder schien ernsthaft sauer zu sein. Kahl kratzte sich am Kinn und starrte die Dielen an.

Da ging die Tür auf und Kriminalanwärterin Müller balancierte mehrere flache Kartons herein. An ihrem Arm baumelte eine Plastiktüte mit Schüsseln und Flaschen.

„Mittagessen!“, rief sie. „Wer hatte die Pizza mit Tunfisch und Zwiebeln?“

„Ich“, sagte Jenisch.

Endlich etwas zu essen! Der Magen hing ihm schon bis auf die Füße. Er dachte mit Wehmut an die gutbürgerlichen Mahlzeiten im ‘Feldberg’.

Die junge Polizistin verteilte die Pizzen, Salate und Getränke. Jenisch hatte sie noch gar nicht richtig wahrgenommen. Sie war ziemlich klein und sah aus wie ein Mädchen vom Lande. Er schätzte sie auf Anfang zwanzig. In Jeans und Sweatshirt wirkte sie so unauffällig wie tausend andere Mädchen ihres Alters. Das einzige, was an ihr auffiel, waren ihre himmelblauen Augen. Aber die waren zu hervorstehend und zu blau, um wirklich schön zu sein. Ach, die Schönheit! Jenisch seufzte leise und vertiefte sich in seine Pizza. Der Duft von Tunfisch, Tomaten und Käse erfüllte den Raum.

„Was habt ihr denn da an der Wand?“, fragte Sonja Müller mit vollem Mund. Niemand antwortete. Sie stand auf und stellte sich vor den Plan.

„Die Hustenburg … das ist doch die Hustenburg“, sagte sie.

„Sag das noch mal!“ Jenisch war aufgesprungen. Kriminalanwärterin Müller drehte sich um.

„Na, der Plan da an der Wand. Das ist die Hustenburg.“

Bohleder war ebenfalls aufgestanden.

„Und woher weißt du das?“

„Ich komme aus Eppenhain. Wir haben als Kinder da drin gespielt“, sagte die junge Frau.

Bohleder, Jenisch, Kahl und Scherer starrten sie an. Jenisch brach das Schweigen.

„Des Mädsche is aus Ebbehaa!", sagte er in seinem allerbesten Sonntagshessisch. „Hallelujah!"

Er ging auf die verdutzte Kriminalanwärterin zu und drückte ihr einen fetten Schmatz auf die Wange. Sie lief rot an und riss ihre blauen Augen so weit auf, dass man rundum das Weiße sehen konnte. Bohleder stand mit offenem Mund neben seinem Schreibtisch.

„Klärt mich mal jemand auf?", fragte Kahl.

„Die Hustenburg", sagte Jenisch, „ist das große Gebäude am oberen Ende von Ruppertshain. Seit ein paar Jahren heißt es ‚Zauberberg'. Ganz früher war es mal eine Lungenheilanstalt. Die Kelkheimer sagten deshalb Hustenburg dazu. Dann stand es eine ganze Zeitlang leer und gammelte vor sich hin, bevor es ein Wohnheim für Asylbewerber wurde. Danach hat es ein findiger Investor für eine Mark gekauft und richtig aufgemöbelt. Heute sind Wohnungen, Galerien, Arztpraxen und Ateliers drin. Und das ‚Capriccio', ein italienisches Restaurant. Der Blick von der Terrasse ist sensationell. Ich gehe ab und zu mal zum Essen hin oder auf eine Vernissage …"

In Hauptkommissar Bohleder kam Bewegung.

„Lass gut sein, Albert. Ich glaube, wir haben unsere Spur. Ich rufe Pretorius an, dass er uns noch ein paar Tage gibt. Bis dahin will ich alles über diesen ‚Zauberberg' wissen. Kahl, du fährst gleich mit Frau Müller rauf nach Ruppertshain und schaust dich mal ein bisschen um. Macht euch eine Kopie von dem Plan! Und du, Scherer, gehst aufs Rathaus und besorgst dir Infos über die Geschichte und die Nutzung, Besitzverhältnisse und so weiter!"

„‚Zauberberg'", brummelte Kahl vor sich hin, „ganz schön anspruchsvoller Name. Kennt jemand den Roman?"

Niemand meldete sich.

„Thomas Mann? Nie gehört?“ Kahl sah sich mit gespielter Verwunderung um.

„Angeber!“, sagte Scherer mit Nachdruck.

Die Mannschaft brach auf. Jenisch blieb mit Bohleder im Büro zurück. Die beiden Alten sahen sich an.

„Das war verdammt knapp“, sagte der Hauptkommissar.

Jenisch grinste.

„Kompliment, Heinz! Du bist ein perfekter Schauspieler. Du hast das Foto hier auf unserem Drucker und mit unserem Papier ausgedruckt. Scherer war schon ziemlich nahe dran.“

„Er ist halt ein guter Polizist mit Blick für die Einzelheiten.“ Bohleder schwenkte fröhlich das Blatt.

„Wie hast du denn diesen Umschlag aus dem Ärmel gezaubert?“, fragte Jenisch.

„Glücklicher Zufall! Der kommt von meiner Schwiegermutter. Er war heute Morgen tatsächlich in der Post. Sie hat mir ein paar vergrößerte Fotos von ihrem Urlaub auf Mallorca geschickt. Eine rüstige alte Dame! Sie wohnt in Frankfurt in der Baustraße. Ich habe ihr meine Kelkheimer Adresse gegeben. Manchmal schickt sie mir spontan was ins Büro. Sie mag mich nämlich.“

„Und den Absender vergisst sie?“

„Den vergisst sie fast immer. Sie ist immerhin schon über achtzig.“

Das Telefon klingelte. Jenisch ging dran.

„Kriminalpolizei Kelkheim. Oberkommissar Jenisch am Apparat.“

Es war Alexandra Beltz. Sie klang wesentlich entspannter als am Morgen.

„Ich wollte mich noch einmal bei Ihnen bedanken, Herr Jenisch. Sie haben mir sehr geholfen. Mein Mann und ich fliegen morgen nach Sizilien."

„Gratuliere", sagte Jenisch. „Ja, dann gut Reise. Melden Sie sich, wenn Sie wieder da sind. Und grüßen Sie Italien von mir!"

„Mach ich."

„Ach, Frau Beltz, eine Frage noch. Sagt Ihnen der Name ‚Hustenburg' etwas?"

„Hustenburg? Das ist doch dieses ehemalige Sanatorium da oben in Ruppertshain. Warum fragen Sie?"

„Wissen Sie, ob Hartmann irgendwelche Verbindungen zu diesem Gebäude hat?"

„Ja, sicher, es gehört ihm."

Jenisch klingelten die Ohren.

„Ich dachte, es gehört dem Investor, diesem Herrn …"

„… Nickel. Ja, dem hat es gehört. Seit über zwei Jahren ist es im Besitz von Hartmann. Der Transfer ging damals ohne großes Geschrei über die Bühne. Hartmann hat viel Geld dafür bezahlt."

Jenisch machte Zeichen zu Bohleder hin.

„Sie sind ein Schatz, Frau Beltz. Viel Vergnügen in Sizilien.", sagte er und legte auf.

„Warum ruderst du denn so mit den Armen?", fragte Bohleder.

„Wir sind dran."

„Wie?"

Wir sind an Hartmann dran. Rate mal, wem der ‚Zauberberg' gehört."

„Doch nicht etwa Hartmann?"

„Doch! Er hat ihn vor einem Jahr still und heimlich von Nickel gekauft."

„Nickel?“

„Der Investor. Der Mann, der den ‚Zauberberg‘ zu dem gemacht hat, was er heute ist.“

„Ist ja interessant“, sagte Bohleder. „Denkst du, was ich denke?“

„Was?“

„Dass wir jetzt eine heiße Spur haben.“

„Ja, denke ich auch.“

„Also ran an den Speck. Ich rufe gleich bei Pretorius an.“

Jenisch stand auf und wollte gerade das Büro verlassen, als Bohleder sage:

„Ach übrigens, hast du eine Ahnung, wo Jonas Kleinschmidt sich zurzeit aufhält? Er scheint verschwunden zu sein. In seiner Wohnung taucht er nicht auf und sein Auto haben wir in der Frankfurter Straße sichergestellt.“

„Nein, keine Ahnung“, brummelte Jenisch.

„Die Bande wird ihn doch nicht auch entführt haben?“ Bohleder schaute Jenisch scharf an.

„Nein, glaube ich nicht.“

„Es könnte aber sein. Vielleicht weiß er zu viel, genau wie Jessica Langer.“

„Der Junge kann auf sich selber aufpassen“, sagte Jenisch.

„Hoffen wir, dass du Recht hast.“

Mittwoch, 16. Dezember

Jonas hatte sich im ‚Feldberg' inzwischen häuslich eingerichtet. Es waren so viele Vorräte im Haus, dass er es nicht verlassen musste. Nur zweimal war er nachts durch die Hintertür auf den Hof gegangen und hatte ein bisschen frische Luft geschnappt. Niemand wusste, dass er hier war, außer Jenisch. Ihn hatte er gleich angerufen. Der Oberkommissar hielt dicht, da war sich Jonas sicher.

Wie lange musste er untergetaucht bleiben? Mindestens so lange, bis die Polizei Sergej auf der Spur war. Der stumme Gorilla war ein skrupelloser Killer. Er hatte wahrscheinlich den Toten im Kühlhaus und auch Dimitrij auf dem Gewissen. Im Nachhinein sah es so aus, als ob er nicht Dimitrijs Leibwächter, sondern sein Aufpasser gewesen war. Stankov musste irgendein krummes Ding gedreht haben. Gut möglich, dass es das Schweinehälften-Geschäft gewesen war. Sergej war bei diesen Gelegenheiten nie aufgetaucht. Außer an diesem verhängnisvollen Mittwoch. Mit dem tiefgefrorenen Dimitrij im Gepäck.

Jonas dachte an seinen Onkel. Er musste in der Psychiatrie anrufen, um zu erfahren, wie es ihm ging. Sie hatten es sicher schon in seiner Wohnung versucht. Er ging zum Telefon.

„Hier ist Jonas Kleinschmidt. Ich rufe wegen meines Onkels an."

„Ach, Herr Kleinschmidt. Gut, dass Sie es sind. Wir haben schon einige Male versucht, Sie zu erreichen." Er glaubte an der Stimme die Schwester zu erkennen, die er schon einmal gesprochen hatte.

„Ja, ähm … ich bin zurzeit nicht in meiner Wohnung."

„Es gibt erfreuliche Nachrichten, Herr Kleinschmidt. Die Medikamente haben sehr gut angeschlagen. Ihr Onkel ist aus dem Stupor aufgetaucht. Er spricht wieder, ist fast normal und kann sogar gelegentlich an den Spaziergängen teilnehmen.“

Jonas fiel ein Stein vom Herzen.

„Das freut mich sehr. Leider kann ich ihn im Augenblick nicht besuchen.“

„Schade. Er würde sich sicher freuen.“

„Wann wird er wieder nach Hause kommen?“

„Das kann dauern. So weit ist er noch lange nicht. Wir behalten ihn sicher noch ein paar Wochen hier. Wissen Sie, es gibt eine instabile Phase, wenn Patienten sich wieder einigermaßen gut fühlen.“

„Eine instabile Phase?“, wiederholte Jonas.

„Ja, sie sind dann sozusagen wieder handlungsfähig. Die Suizidgefahr steigt, verstehen Sie?“

„Ich verstehe“, sagte Jonas.

„Haben Sie eine neue Telefonnummer, damit wir Sie erreichen können?“

Jonas gab der Schwester die Nummer des ‚Feldbergs‘.

Donnerstag, 16. Dezember

Jenisch warf einen Blick in seinen Kühlschrank. Gähnende Leere. Zeit für einen Einkauf im Liederbacher Aldi. Er machte sich einen Einkaufszettel, von dem er von vornherein wusste, dass er völlig überflüssig war. Von Aldi kam er regelmäßig mit der doppelten Menge an Sachen zurück, die er ursprünglich hatte kaufen wollen. Er stieg in seinen alten Golf und fuhr los.

Jenisch schnappte sich einen Einkaufswagen. Es waren um diese Zeit schon erstaunlich viele Leute da. Er kannte niemanden. Oder besser: fast niemanden! Denn wer stand dort zwischen Fruchtbonbons und Weinflaschen? Architekt und Boule-Stratege Anton im Existenzialistenlook! Sofort nahm er Jenisch in Beschlag. Er habe den Liederbacher Aldi als Einkaufsquelle entdeckt. Seit er das Boule-Set und seinen neuen Computer hier gekauft habe, komme für ihn nichts anderes mehr in Frage. Neuerdings kaufe er jetzt immer donnerstags ganz früh ein. Da lägen schon die neuen Super-Angebote in den Körben. Er sei von Aldi total begeistert. Die Ware stehe gewissermaßen nackt und ehrlich auf ihren Paletten, wie sie in der Fabrik gepackt worden sei. Überflüssiger Schnickschnack und der ganze Kauf-mich-Firlefanz fehle. Es sei eine richtige Wohltat.

Jenisch konnte nur zustimmen. Aber es wunderte ihn, diese Lobeshymne auf Aldi von Anton zu hören, der sonst immer darauf bedacht war, anderen Leuten zu demonstrieren, wie distinguiert und individuell er war. Er konnte es sich nur damit erklären, dass Anton dabei war, seinen Aldi-fauxpas mit einer klug klingenden Theorie zu garnieren.

Jäh wurde Jenisch aus seinen Überlegungen gerissen. Anton packte ihn aufgeregt am Arm und zerrte ihn zu den Sonderangeboten. Ob er diesen sensationellen Knüller schon gesehen habe. Eine Schlagbohrmaschine für vierunddreißigachtzig! Achthundert Watt und mit allen Schikanen! Für den Preis bekomme man im Baumarkt nicht einmal eine halbe.

Jenisch machte ihm klar, dass dieses Angebot für ihn nicht in Frage komme. Er habe schon zwei Schlagbohrer von Aldi. Anton schaute ihn mit glänzenden Augen an. Er habe auch schon zwei, aber so ein Angebot könne man doch unmöglich liegen lassen!

Sprach's und packte sich eine in den Einkaufswagen. Falls seine Bohrmaschine und seine Ersatzbohrmaschine den Geist aufgäben, fügte er erklärend hinzu.

Vor der Tiefkühltheke fing er wieder an, Jenisch von den Vorzügen des Discounters vorzuschwärmen. Seine Bemerkung, er, Jenisch, sei schon seit Jahren Aldi-Kunde, überhörte er einfach. Anton war nicht zu bremsen. Bei Aldi herrsche eine vollkommen sachliche Atmosphäre. Der Einkauf von Lebensmitteln und anderem notwendigem Kram werde auf das Wesentliche reduziert. Ware pur gegen Geld pur. Eine geniale Marketing-Idee!

Wieder konnte Jenisch nur zustimmen. Ja, Anton hatte Recht, wenn man von der Verführung durch Schlagbohrer und ähnliches absah. Dazu gehörten zum Beispiel auch die Weihnachtsangebote, die den ganzen vorderen Teil des Raumes füllten. Alles sensationell billig. Jenisch konnte nicht widerstehen und packte sich vier Schokoladennikoläuse und zwei große Kisten Lebkuchen in den Wagen. Für sein Depot. Schokolade und Lebkuchen waren gut gegen die drohende Winterdepression.

Jenisch spähte vorsichtig nach vorn zur Kasse eins. Es gab nämlich noch einen ganz anderen Grund, weshalb er schon seit längerer Zeit im Liederbacher Aldi einkaufte und nicht im Kelkheimer, der viel näher gelegen hätte. Aber den würde er Anton nie im Leben verraten. Der Grund war ungefähr Anfang vierzig und hieß Frau Breuer. Sie saß donnerstags, freitags und samstags meist an der ersten Kasse vorne links. Wenn bei ihr eine längere Schlange war als bei den anderen, stellte er sich trotzdem an. Äußerlich war Frau Breuer eher unscheinbar. Aber sie hatte eine Eigenschaft, die ihn beeindruckte. Sie saß an ihrer Kasse und schien dem Alltag vollkommen entrückt zu sein. Auch im größten Trubel eines Freitagnachmittags nach Büroschluss, wenn alles zum Einkaufen strömte, strahlte sie eine überirdische Ruhe und Gelassenheit aus.

Dass sie Frau Breuer hieß, konnte Jenisch einem Schild entnehmen, das an ihrem Aldi-Kittel befestigt war. Er fand es faszinierend, ihr bei der Arbeit zuzusehen. Das Faszinierendste aber waren ihre Hände. Ohne Übertreibung: Sie hatte die Hände einer gotischen Madonna. Das war ihm schon aufgefallen, als es bei Aldi noch keine Scannerkassen gab. Ohne dass sie hinschauen musste, addierten diese Frau Breuerschen Hände die anfallenden Beträge in einer Geschwindigkeit, dass ihm schon vom Zusehen schwindelig wurde. Anschließend hatte sie das zu erwartende Wechselgeld parat, noch ehe er überhaupt daran gedacht hatte, sein Portmonee zu zücken.

Seit einiger Zeit hatte Aldi leider auf Scannerkassen umgestellt, so dass Frau Breuers Hände nicht mehr so zur Geltung kamen. Aber sie machte auch da eine gute Figur. Sie merkte übrigens, dass Jenisch ihr bewundernd zusah und war sichtlich angetan. Aber sie sprachen nicht darüber.

Es gab jedoch ein kleines Ritual, auf das sich Jenisch jedes Mal freute. Sobald er seine Sachen auf das Laufband gelegt hatte, stellten sie Blickkontakt her. Wenn er dann seinen Einkaufswagen in die Einpackposition schob, sagten sie beide fast gleichzeitig ‚Hallo', aber sehr dezent. Jenisch packte die Sachen in den Wagen und zahlte. Dabei kam es manchmal zu Blickwechseln und kleinen Berührungen. Ganz am Schluss sagte sie: ‚Einen schönen Tag wünsche ich Ihnen noch!' Das sagte sie übrigens nur bei Jenisch. Er hatte es überprüft. Dann sagte er mit sorgfältiger Artikulation: ‚Das wünsche ich Ihnen auch', und ging.

Dieses Ritual hatte etwas Intimes. Es machte ihn immer ganz aufgeregt. Jenisch musste jedes Mal, wenn er bei Aldi gewesen war und Frau Breuer gesehen hatte, an seinen Schokoladevorrat gehen. Das war natürlich nicht so gut. Frau Breuer war seiner Figur abträglich, aber sie war Balsam für seine Seele.

An diesem Tag war sie anscheinend krank. Die linke Kasse lag verwaist. Im Stillen pries Jenisch diesen Umstand, denn er hätte unmöglich vor Anton seine Schwäche für Frau Breuer zugeben können.

So standen sie in der Schlange an der rechten Kasse und Anton schwätzte ihm ein Ohr ab. In Frankfurt bahne sich ein Immobilienskandal an. Er habe Insider-Informationen von einem befreundeten Architekten. Über fünfzig namhafte Personen seien darin verwickelt. Es gehe um passive Bestechung und Schiebereien bei der Auftragsvergabe. Bald werde die Bombe hochgehen und die Presse …

Jenisch hörte nur mit halbem Ohr zu. Seine Gedanken waren bei Frau Breuer und ihren gotischen Händen.

Montag, 20. Dezember

Jonas schlief noch, als neben dem Bett das Telefon klingelte. Er schreckte hoch und sah auf die Uhr. Viertel nach acht! Wer rief so früh an? Er nahm den Hörer ab.

„Ja?"

„Hier Schwester Roswitha von St. Valentinus in Kiedrich. Spreche ich mit Herrn Jonas Kleinschmidt?"

„Ja." Jonas hielt unwillkürlich den Atem an.

„Herr Kleinschmidt, es … es ist etwas Schlimmes passiert. Ihr Onkel ist seit gestern Abend verschwunden. Wir haben ihn überall gesucht, aber er scheint nicht im Haus zu sein."

„Wo kann er denn sein?", fragte Jonas nach einer Schrecksekunde.

„Möglicherweise hat er das Gelände verlassen. Wir hatten ihn aus der Geschlossenen verlegt. Er konnte sich frei bewegen. Dass Patienten wegbleiben, kommt übrigens häufiger vor. Die meisten tauchen wohlbehalten wieder auf."

„Was sollen wir tun?" Jonas spürte, wie ihm die Hände zitterten.

„Wir warten bis heute Nachmittag", sagte die Schwester. „Wenn wir ihn bis dahin nicht gefunden haben, melden wir es der Polizei."

„Gut", sagte Jonas. „Rufen Sie mich wieder an, wenn es etwas Neues gibt."

Er legte auf. Sein Herz klopfte bis zum Hals. Das hörte sich nicht gut an. Onkel Herbert war in einem Zustand, der Schlimmes ahnen ließ.

Entschlossen griff Jonas zum Telefon und wählte Jenischs Privatnummer. Der Oberkommissar musste um diese Zeit noch zu Hause sein.

„Hallo, hier Jonas Kleinschmidt. Entschuldigen Sie, dass ich Sie so früh störe. Mein Onkel …“

„Was ist mit deinem Onkel?“ Jenisch duzte ihn automatisch.

„Onkel Herbert ist verschwunden! Ich habe gerade einen Anruf aus Kiedrich bekommen.“

„Nein“, sagte Jenisch, „nicht noch ein Verschwundener!“

„Ich mache mir Sorgen um ihn“, sagte Jonas.

„Bleib ruhig, ich kümmere mich drum. Und eines noch …“

„Was?“

„Bleib, wo du bist. Wir sind noch nicht so weit, dass wir Entwarnung geben können. Aber wir haben eine Spur.“

„Eine Spur?“

„Ja, sie führt nach Ruppertshain in den ‚Zauberberg‘.“

„Die Hustenburg? Was hat die denn mit dem Fall zu tun?“

„Zu kompliziert. Erklär ich dir später. Wir wissen auch noch zu wenig.“

„Aber …“

Jenisch hatte aufgelegt.

Jonas ließ den Hörer sinken. Am liebsten wäre er nach Kiedrich gefahren und hätte geholfen, seinen Onkel zu suchen. Aber der Oberkommissar hatte Recht. Er durfte sein selbst gewähltes Gefängnis nicht verlassen. Noch war es zu riskant.

Dass eine Spur zum ‚Zauberberg‘ führte, war interessant. Jonas hätte zu gerne gewusst, was es damit auf sich hatte. Aber es ging nicht. Er musste hier in dieser Bude verrotten!

Jonas warf sich aufs Bett und schlug mit der Faust auf die Kissen ein. Diese Schweinebande! Hier ein Schlag! Und noch einer! Für Dimitrij, für Sergej, für alle, die Tante Erika und Onkel Herbert auf dem Gewissen hatten! Da, da … und da!

Und Jessica? Jonas ließ sich zurücksinken. Jessica blieb spurlos verschwunden. Es war zum Verzweifeln. Draußen wurde er gebraucht und er musste hier drin tatenlos schmoren!

„Was hältst du denn von dem komischen Plan, den Bohleder da angebracht hat?" Kommissar Kahl warf einen Blick nach rechts zum Beifahrersitz, wo Jenisch in Gedanken versunken saß. Der Oberkommissar brauchte einige Sekunden, um aufzutauchen.

„Ich weiß nicht. Bisher haben wir noch nichts finden können, nicht einmal das Stockwerk, auf das der Grundriss zutrifft. Aber trotzdem …"

„Also ich halte das Ganze für einen Flop", unterbrach ihn Kahl. „Die Spur ist meiner Meinung nach einfach zu schwach „Ich habe Stunden damit zugebracht, das Gebäude zu observieren und nichts beobachtet als das normale Leben der Bewohner. Und dann noch ein paar Besucher. Scherer sagt das übrigens auch."

„Vielleicht suchen wir am falschen Ort", sagte Jenisch.

„Wo sollen wir denn deiner Meinung nach suchen?"

„Mir ist da so ein Gedanke gekommen. Ich habe auch schon mit Bohleder darüber gesprochen. Der Plan könnte der Grundriss eines Kellergeschosses sein, das man von oben gar nicht erreichen kann."

„Du meinst …"

„Ja, es könnte sein, dass der Zugang zu diesen Räumen irgendwo anders liegt, als wir bisher vermuten. Sonja Müller hält das auch für denkbar."

„Hm", brummte Kahl, „du könntest Recht haben. Wir sollten mal die Umgebung des ‚Zauberbergs' ein wenig genauer unter die Lupe nehmen."

„Sollten wir", sagte Jenisch. „Wir brauchen mehr Zeit. Bohleder will heute mit Pretorius verhandeln."

„Au weia", sagte Kahl.

„Genau", meinte Jenisch, „ich möchte nicht in seiner Haut stecken."

Die beiden saßen eine ganze Weile schweigend nebeneinander. Jeder hing seinen Gedanken nach. Sie passierten den Ortseingang von Kiedrich.

„Hast du eine Ahnung, wo wir Herbert Kleinschmidt suchen sollen?", wandte sich Kahl an Jenisch.

„Nein … das heißt, ja … vielleicht. Ich habe da so eine Idee. Ich bin in Eltville aufgewachsen und kenne die Gegend sehr gut. Ich kenne auch das St. Valentinus. Ich weiß, wo die Patienten ihre betreuten Spaziergänge machen."

„Hat Herbert Kleinschmidt an diesen Spaziergängen teilgenommen?"

„Ja. Ich habe vorhin noch einmal mit Schwester Roswitha gesprochen. Nach deren Auskunft hatte er sich relativ schnell erholt und schien auf dem Weg der Besserung zu sein."

„Das ist ja eigentlich erfreulich."

„Ist es auch. Aber wenn es den Patienten besser geht und die Medikamente reduziert werden, steigt die Selbstmordrate."

„Ich verstehe", sagte Kahl. „Sie fangen wieder an klar zu denken und dann ..."

„So ähnlich", entgegnete Jenisch.

Ein Weile herrschte Schweigen im Wagen. Die A 66 war zu dieser Zeit vor der Schiersteiner Brücke stark befahren. Kahl musste sich konzentrieren.

„Glaubst du, er hat sich umgebracht?“, fragte er, als sie unter der Brücke durch waren.

„Gut möglich nach allem, was passiert ist“, sagte Jenisch. „Vor allem der Tod seiner Frau hat ihn schwer getroffen. Ich habe mit dem Pfarrer telefoniert, der ihm die Nachricht überbracht hat. Es muss fürchterlich gewesen sein.“

„Weiß er, wie seine Frau gestorben ist?“

„Der Pfarrer meint, er könnte mitbekommen haben, dass sie sich ertränkt hat. Aber es ist nicht sicher.“

„Wir sollten es in Betracht ziehen“, sagte Kahl. „Weißt du, ob es in der Nähe von St. Valentinus Teiche gibt oder etwas Ähnliches?“

„Du meinst … ?“

„Wenn Kleinschmidt realisiert hat, dass seine Frau ins Wasser gegangen ist, dann hat er es vielleicht auch getan.“

„Es gibt unterhalb von St. Valentinus ein Naturschutzgebiet mit Sümpfen. Da könnten auch Tümpel und Teiche sein.“

„Da haben wir's doch schon.“

„Na, mal langsam! Wir schauen uns die Gegend erst einmal an.“

Jenisch musste zugeben, dass Kahls Überlegungen eine gewisse Plausibilität besaßen. Aber er war nicht bei der Sache. Je näher sie dem Rheingau und ihrem Ziel Kiedrich kamen, desto öfter schweiften seine Gedanken zurück in seine Kindheit und Jugend. Er liebte die Landschaft, die sanften Rebhänge. Er kannte hier jeden Weg und Steg. Der Rheingau war seine Heimat.

Sie stellten den Dienstwagen auf dem Gelände von St. Valentinus ab und machten sich auf den Weg. Die Schwester hatte Jenisch die normalen Routen der betreuten Spaziergänge beschrieben. Einer führte am Naturschutzgebiet vorbei und dann am Hang entlang durch die Weinberge. Jenisch kannte das alles. Es war schön hier, auch im Spätherbst und Winter. Sie entschlossen sich, diese Route als erste abzugehen.

Es war kalt. Der Wind blies ihnen ins Gesicht. Jenisch klappte den Mantelkragen hoch und vergrub seine Hände in den Taschen. Kahl hatte seine obligatorische Schiebermütze auf und einen dicken Schal um den Hals.

„Bald wird es schneien", sagte Jenisch mit einem Blick auf die grauen Wolken.

„Ja", sagte Kahl. „Heute Morgen waren es nur drei Grad."

Sie gingen an Büschen und braunem Brombeergestrüpp vorbei. Das war das Naturschutzgebiet. Es war mit einem niedrigen Zaun umgeben.

Sie gingen vorbei und spähten von Zeit zu Zeit in das Dickicht aus Büschen Brombeerranken und Schilf. Zweifellos ein Feuchtbiotop, aber anscheinend ohne größere Wasserflächen. Nach ein paar hundert Metern hörte der Zaun auf und eine Wiese begann. Hier war der kleine Bach von einzeln stehenden Schwarzerlen gesäumt.

„Wir sind schon zu weit", sagte Jenisch. „Hier kann es nicht sein. Lass uns am Zaun zurückgehen und genauer nachsehen."

Sie hielten sich dicht an dem Zaun und spähten hinüber in das Dickicht aus Brombeerranken und Büschen.

„Siehst du hier irgendwo einen Teich?", fragte Kahl.

„Nein. Aber es sieht nach einem Sumpfgebiet aus."

Hinter der nächsten Buschgruppe wurden sie fündig. Entfernt spiegelte sich das Gegenlicht auf einer Wasserfläche, die hinter Gestrüpp versteckt lag. Der Bach, der im flachen Talgrund floss, staute sich hier zu kleinen Tümpeln.

„Lass uns hier nachschauen!", meinte Jenisch. Sie waren schon dabei, den Zaun zu überqueren, als Kahl innehielt.

„Schau mal, da drüben!"

Ein paar Meter weiter stand einer der Zaunpfosten leicht schief. Die Drähte hingen weiter durch als an den anderen Stellen. Auf dem matschigen Untergrund waren schwache Fußspuren zu sehen. Jenisch fühlte, wie sich sein Magen zusammenzog und zu einem harten Klumpen wurde.

Sie gingen den Spuren nach, die im Zickzack in das Sumpfgebiet führten. Es sah so aus, als ob jemand etwas gesucht hätte. Sie kamen an kleinen Tümpeln vorbei, deren Wasser den grauen Himmel spiegelte. Kahl ging voraus.

„Hier, ein Schuh", rief er. Es war ein brauner Männer-Halbschuh, der zur Hälfte im Morast steckte. Kahl nahm ein Papiertaschentuch und zog ihn heraus. Die Spuren führten weiter ins Dickicht. Immer ein beschuhter und ein unbeschuhter Fußabdruck.

Und dann sahen sie es fast gleichzeitig. Aus dem verschilften Uferstreifen des Tümpels vor ihnen fiel etwas auf, was dort nicht hingehörte. Beim Nähertreten erkannten sie die Umrisse eines Menschen. Und dieser Mensch war Herbert Kleinschmidt. Er lag auf dem Rücken, mit den Füßen zum Ufer hin, zu drei Vierteln im brackigen Wasser. Es sah aus, als schliefe er und habe sich zugedeckt. Das Gesicht war ein fahles Oval, die Augen standen halb offen. Die braune Strickjacke spannte über dem aufgedunsenen Bauch, er hatte ein helles Hemd darunter an und beigefarbene Hosen. Er trug nur einen Schuh. Den anderen hatte Kahl in der

Hand. Jenisch wandte sich ab. Nein, das war nicht Herbert Kleinschmidt, der ehemalige Wirt des ‚Feldberg', den er kannte. Das war nur sein Schatten.

Kahl legte den Schuh auf den Boden und kramte sein Handy heraus.

„Ja, hier Kahl, Kriminalpolizei. Spreche ich mit Schwester Roswitha? ... Ja. ... Wir haben Herrn Kleinschmidt gefunden. ... Im Naturschutzgebiet, in einem Tümpel ... unterhalb des Krankenhauses. ... Es sieht ziemlich eindeutig nach Suizid aus. ... Ja, Sie können ihn abholen lassen. Wir bleiben so lange hier." Zu Jenisch gewandt sagte er:

„Schau dir mal meine Schuhe an, wie die wieder aussehen. Nie habe ich die richtigen Schuhe dabei."

Jenisch stand mit maskenhaftem Gesicht da und bewegte sich nicht. Seine Augen waren irgendwo am Horizont. Kahl schaute ihn besorgt an.

„Alles in Ordnung?", fragte er.

„Nein, nichts ist in Ordnung", sagte Jenisch leise wie zu sich selbst. „Es ist eine himmelschreiende Ungerechtigkeit, dass dieser Mann und seine Frau sterben mussten ... und auch der kleine Junge. Ich schwöre dir, ich bringe die Verbrecher, die das zu verantworten haben, hinter Gitter. Und wenn es das Letzte ist, was ich tue."

Dienstag, 21. Dezember

„Das gibt es doch gar nicht!"

Kriminaloberrat Pretorius war aufgesprungen und kam hinter seinem Schreibtisch hervor.

„Doch, leider!", sagte Bohleder. „Wir haben den ‚Zauberberg' über eine Woche lang mit zwei oder drei Leuten überwacht und absolut nichts Verdächtiges gefunden. Keine der gesuchten Personen ist aufgetaucht! Auch nicht die Autos, die wir mit der bulgarischen Mafia in Verbindung bringen, ein schwarzer Ford Mondeo und ein schwarzer Lexus, der bei der Schießerei auf Kleinschmidts Hof war. Ganz zu schweigen von Jessica Langers Auto."

„Was ist denn dann Ihre heiße Spur wert, von der Sie mir erzählt haben? Bohleder, ich warne Sie, wenn das eine Finte war, um die Arbeit Ihrer Kelkheimer SoKo zu verlängern, dann …"

„Aber nein!" Jetzt stand auch Bohleder auf. „Ich glaube an diese Spur. Der Plan wird uns weiterbringen. Wir haben ihn nur bisher nicht entschlüsseln können. Es handelt sich zweifelsfrei um einen Grundriss des ‚Zauberbergs'. Das haben Vermessungen bestätigt. Nur die Aufteilung der Räume stimmt nicht überein. Keines der Stockwerke weist die Einteilung auf, die unser Plan zeigt."

„Das wird ja immer toller!" Pretorius schüttelte den Kopf und wandte sich ab. „Was ist denn bei Licht betrachtet Ihre Ermittlungsgrundlage? Ein anonymer Hinweis mit einem dubiosen Plan! Die einzige Verbindung zu dem Fall ist die, dass der ‚Zauberberg' inzwischen Hartmann gehört. Daraus können Sie doch keinen Verdacht konstruieren."

„Richard Schwarz war Hartmanns Stellvertreter. Und Schwarz war bei dem Schweinhälften-Deal dabei."

„Na und? Wie wollen Sie eine Verbindung zwischen den Schweinehälften und Hartmann Immobilien herstellen? Das ist doch absurd. Wir machen uns lächerlich."

Bohleder stand einen Augenblick schweigend da. Dann setzte er sich wieder auf den Stuhl vor Pretorius' Schreibtisch. Der Kriminaloberrat nahm ebenfalls wieder Platz.

„Ich will offen zu Ihnen sein", sagte Bohleder langsam. „Ich habe den Plan aus Hartmanns Schreibtisch."

„Aus Hartmanns Schreibtisch?" Pretorius schaute den Hauptkommissar entgeistert an. Der wand sich:

„Ja, ich … ähm, ich habe einige unkonventionelle Methoden angewandt und …"

„Bohleder, Sind Sie von allen guten Geistern verlassen? Jetzt fangen Sie ja auch schon an wie Jenisch …"

„Nein, ich hatte die Gelegenheit und habe sie genutzt. Das ist alles."

Pretorius atmete tief durch.

„Die Einzelheiten will ich Ihnen ersparen", fuhr Bohleder fort. „Ich habe den Plan nur fotografiert. Niemand wird von dem Besuch erfahren."

„Waren Sie allein?", fragte Pretorius.

„Ja", sagte Bohleder ohne mit der Wimper zu zucken.

„Ihr macht mich noch verrückt!", schimpfte Pretorius. „Ihr bringt mich dazu, Sachen zu decken, die mich meinen Job kosten können. Wenn das jemand erfährt …"

„Wenn es jemand erfährt", sagte Bohleder und schaute seinem Vorgesetzten direkt in die grauen Augen. Der hielt dem Blick nicht lange stand. Er stützte das Kinn in die Hand und schaute aus dem Fenster.

„Was gedenken Sie jetzt zu tun, Herr Hauptkommissar?", fragte er schließlich.

Bohleder rückte auf seinem Stuhl nach vorne.

„Wir brauchen noch etwas Zeit. Oberkommissar Jenisch hat die Theorie, dass unter dem Souterrain des ‚Zaubergs' noch Räume sein könnten. Eine ganze Kelleretage, die aber von oben nicht zugänglich ist. Das ist möglicherweise der Grundriss auf unserem Plan. Kriminalanwärterin Müller, die das Gebäude gut kennt, sagt übrigens, dass das durchaus sein könnte. Sie hat so etwas in Erinnerung."

„Wieso das denn?"

„Sie ist aus Eppenhain und hat als Kind dort gespielt."

Es war deutlich zu sehen, wie es in Pretorius' Gesicht arbeitete.

„Na gut, Bohleder. Am Wochenende haben wir Weihnachten. Ich gebe Ihnen noch die Woche bis Sylvester. Wenn Sie bis dahin nicht weitergekommen sind, ist Feierabend. Das ist mein letztes Wort."

Freitag, 24. Dezember

Ferdi stand in der Ecke und grinste verlegen.

„Danke“, sagte Jessica, „das freut mich aber.“

Er hatte eine Konservendose mit Wasser gefüllt und ein paar Tannenzweige hineingestellt.

„Weil doch morgen Weihnachten ist“, sagte er.

„Ferdi …“, setzte Jessica an. Der junge Mann machte eine abwehrende Handbewegung. Jessica verstummte.

„Ferdi“, begann sie erneut, ohne ihn dabei anzuschauen. „Bitte sagen Sie mir, wo wir hier sind.“

„Darf ich nicht“, sagte der junge Mann kurz angebunden.

„Bitte sagen Sie es mir. Ich …“

„Nein, wenn Robbie erfährt, dass ich es Ihnen gesagt habe, macht er mich zu Hackfleisch.“

„Es bleibt unter uns.“

„Nein, ich kann nicht.“

Ferdi drehte sich um und ging zur Tür. Jessica biss sich auf die Lippen. Nein, sie durfte jetzt nicht weinen. Sie durfte keine Schwäche zeigen.

Ferdi verließ den Raum und schloss hinter sich zu. Jessica starrte die Tannenzweige an. Weihnachten! Es war nicht zu fassen, dass sie schon über vier Wochen in diesem Loch gefangen war. Sie setzte sich auf einen der Stühle. Irgendwann musste die Polizei sie doch finden! Und Jonas. Vielleicht hatte er ihren Hinweis mit dem Affen bemerkt und richtig verstanden. Wenn sie Robbie fanden, dann hatte sie auch eine Chance. Für die Mafia war sie wahrscheinlich nicht mehr interessant, weil sie nichts von Dimitrijs Geld wusste. Was machten sie mit solchen nutzlosen Leuten? Jessica schauderte. Sie mochte nicht daran denken.

Jonas lag auf dem Bett und hatte ein Kissen unter dem Nacken zusammengerollt. Er hatte den Fernseher ins Schlafzimmer gestellt und schaute sich die Heiligabendsendungen an. Wir warten auf das Christkind! Kinderchöre, süßliche Musik und das übliche sentimentale Gesülze. Auf den anderen Kanälen ziemlich brutale Zeichentrickfilme und massenweise alte Spielfilme. Er blieb beim ‚Dschungelbuch' hängen. Schön, dass sie das wiederholten! Das war wenigstens einigermaßen unterhaltsam. Später wollte er sich noch einen Spielfilm anschauen. ‚Harry and Sally', einer der besten Filme aus den Achtzigern. Fernsehen war das einzige, was ihn davon abhielt, verrückt zu werden in diesem Loch. Und der Alkohol. Beides gab es reichlich.

Er schaute hinüber zum Nachttisch. Er hatte sich ein paar Tannenzweige in eine der geleerten Konservendosen gestellt. Na ja, es war halt Weihnachten! Ein Fest, wo man leicht einen moralischen Durchhänger bekommen konnte.

Jenisch hatte angerufen und ihm mitgeteilt, dass Herbert sich auf ähnliche Weise umgebracht hatte wie Erika. Jonas war nicht sehr überrascht, er hatte so etwas schon fast erwartet. Man hatte den beiden den Boden unter den Füßen weggezogen. Was hätten sie für eine Alternative gehabt? Das einzige, was ihm einfiel, war Abhauen. Wegziehen, wie seine Eltern. Aber von Kelkheim weggehen hätte nicht zu Herbert und Erika gepasst. Sein Vater war der Bruder von Herbert. Äußerlich waren sie sich ähnlich, aber im Charakter waren sie krasse Gegensätze. Sein Vater war ein unruhiger Geist, eigentlich eine Künstlernatur. Er hatte es in Kelkheim nicht ausgehalten und war nach Hamburg gezogen. Er war ein Stadtmensch. Seine Mutter hatte anfangs nicht mitgewollt, aber sie hatte sich sehr bald an die Großstadt gewöhnt. Die beiden fühlten sich wohl im Norden.

Jonas war schon achtzehn gewesen und wegen Jessica in Kelkheim geblieben. Ob er seine Eltern anrufen sollte? Nein, lieber nicht. Er hätte zu viel erklären müssen. Außerdem hatten sie schon längere Zeit nichts mehr von sich hören lassen. Sie lebten ihr Leben und er lebte seines. Das war am besten so.

Und der ‚Feldberg'? Jonas musste sich erst an den Gedanken gewöhnen, dass er der Erbe der Gastwirtschaft war. Sein Vater hatte dankend abgelehnt, als Herbert ihn in seinem Testament als Erbe einsetzen wollte. Sie hatten sich furchtbar gestritten und waren im Zorn auseinander gegangen. Und so war die Wahl seines Onkels notgedrungen auf ihn gefallen. Herbert war gar nicht glücklich damit gewesen, weil er seinen Neffen für genau so einen Hallodri hielt wie seinen Bruder. Aber da Herbert und Erika kinderlos blieben, war Jonas nun mal der letzte Kleinschmidt in Kelkheim.

Was sollte er mit der Gastwirtschaft machen? Verkaufen? Vermieten? Er wusste es nicht. Auf jeden Fall wollte er nicht in die Fußstapfen seines Onkels treten und ‚Feldberg'-Wirt werden.

Jessica! Immer öfter fiel ihm Jessica ein. Sie fehlte ihm. Er bekam die Krise, wenn er daran dachte, was ihr alles zugestoßen sein konnte. Nein, lieber nicht daran denken!

Er sprang auf und ging die Treppe hinunter in den Schankraum. Die Flaschen auf dem Glasregal hinter der Theke hatten schon gewaltig abgenommen. Er entschied sich für einen Tequila. Die Flasche war zwar schon angebrochen, aber immerhin noch dreiviertel voll.

Es gab Tage, an denen sich Jenisch schwerer fühlte als die siebenundneunzig Kilo, die seine Waage im Bad anzeigte. Fast hundert Kilo Lebendgewicht bei einszweiundsiebzig Größe. Das war schon eine ganze Menge. Aber an manchen Tagen hätte er sich nicht gewundert, wenn der Zeiger auf der hundertfünfzig stehen geblieben wäre. So schwer fühlte er sich. Andererseits gab es auch Tage, wo er sich leicht fühlte. Dann hätte er schweben können, und es wunderte ihn, dass die Waage nicht fünfundsiebzig Kilo anzeigte, sein Idealgewicht. Aber diese Tage waren in der Minderheit.

An diesem 24. Dezember fühlte er sich schwer. Sehr schwer. Wenigstens hundertdreißig Kilo gefühltes Gewicht. Er lag auf seinem Sofa und hatte die Hände über dem Bauch gefaltet. Weihnachten war nicht sein Fest. Er hielt von dem ganzen Weihnachtsrummel nichts. Es nervte ihn, dass jedes Jahr ab Anfang November in den Kaufhäusern die Rabatt- und Umsatzschlachten tobten. Vor allem der 24. Dezember war eine knifflige Sache. Er konnte nicht verhindern, dass ihn an Heiligabend jedes Mal eine akute Melancholie befiel, die leicht ins heulende Elend abkippen konnte. Er hatte eine sentimentale Ader, das wusste er und ärgerte sich darüber. Seine Kollegen hatten alle Familie und feierten Weihnachten mit Kindern oder Verwandten.

Ich hätte wegfahren sollen, dachte er, ich hätte mich in den Flieger setzen und nach Milano düsen sollen. Oder nach Mallorca zu den Rentnern. Dazu war es jetzt zu spät. Als er noch mit Lisa verheiratet gewesen war, fuhren sie über Weihnachten immer zum Skifahren in die Dolomiten.

Jenisch stand auf und ging in die Küche an den Kühlschrank. Dort hatte er ein paar Flaschen guten Rheingauer Riesling gebunkert. Er beschloss, sich gepflegt zu besaufen.

Das war das Beste, was man an einem solchen Tag machen konnte. Außerdem nahm er einen von den Schokoladen-Nikoläusen aus dem Gemüsefach mit.

Er schaltete den CD-Spieler ein und legte eine Scheibe auf. Die B-Dur-Sonate von Schubert. Die passte zum Wein und zu seiner Stimmung. Die ersten Akkorde fielen in den Raum wie Hammerschläge. Ja, Franz, mach mich traurig, dachte Jenisch, richtig schön schwer und traurig! Er goss sich ein Glas Wein ein und leerte es in einem Zug. Dann füllte er das Glas noch einmal und ließ sich aufs Sofa sinken. Erstaunlich, dass es nicht unter seinem Gewicht zusammenbrach! Er packte den Nikolaus aus und stellte ihn neben das Weinglas. Ohne den roten Mantel sah er aus wie ein brauner Osterhase. Eigentlich war das ein Frevel, Wein plus Schokolade. Kulinarisch und stilistisch nicht einwandfrei. Aber es war ihm egal. Rheingauer und Schokolade waren jetzt die schärfsten Waffen gegen den drohenden Seelenkater. Vielleicht würde es ihm gelingen, noch vor Mitternacht wegzudämmern und nach dem zweiten Feiertag wieder aufzuwachen.

Es klingelte an der Wohnungstür. Jenisch registrierte es zunächst gar nicht. Erst beim zweiten Klingeln wurde ihm klar, dass jemand zu ihm wollte. Er schlurfte zur Tür und öffnete. Michael Bentler! Der Junge grinste bis über beide Ohren und hatte einen Blumenstrauß in der Hand. Lachsfarbene Rosen. Außerdem klemmte noch ein kleines Päckchen unter seinem rechten Arm. Jenisch bemerkte, dass der linke schlaff herunterhing.

„Kleine Überraschung", sagte Bentler. „Zu Hause feiert die Verwandtschaft, und da dachte ich, ich lade mich einfach bei dir ein. Sag's, wenn ich wieder gehen soll."

„Nein, bleib hier", sagte Jenisch, der noch etwas verwirrt war. „Ich habe ... Wir können uns was zu essen machen und zu trinken habe ich auch genug da."

Bentler trat in den Flur.

„Ja, aber jetzt stell erst mal die Blumen in die Vase und mach dein Geschenk auf!" Jenisch verschwand in der Küche. Als er wiederkam, hatte es sich Bentler schon im Sessel bequem gemacht. Jenisch versorgte die Blumen und wickelte das Päckchen aus. Fünf Tafeln Michel Cluizel!

„Ich dachte, du brauchst etwas gegen die Winterdepression", sagte Bentler. Jenisch war gerührt und verblüfft.

„Woher weißt du, dass Michel Cluizel meine Lieblingsmarke ist?"

„Glaubst du im Ernst, dass einem guten Kriminalisten irgend etwas verborgen bleibt?" Bentler setzte ein besonders freches Grinsen auf. Jenisch beschloss, die Kröte zu schlucken und sich zu freuen.

„Schön, dass du an mich gedacht hast", sagte er. „Eigentlich habe ich schon einen großen Vorrat

„Macht nichts. Schokolade wird nicht so leicht schlecht."

Im Hintergrund lief immer noch Schubert. Jenisch hatte die CD auf Wiederholung gestellt. Er zündete eine Kerze an und stellte sie auf den Wohnzimmertisch.

„Ganz gemütlich bei dir, Albert", sagte Bentler.

„Na ja, wie man's nimmt", brummte Jenisch, „Weihnachten macht mich immer ganz fertig. Wie geht es dir eigentlich?"

„Das siehst du ja. Ich bin wieder einigermaßen in Ordnung. Nur der linke Arm will noch nicht so richtig. Die Ärzte sagen, dass es Bewegungseinschränkungen geben wird." Er hob den Arm in Brusthöhe. „Viel höher wird es nicht gehen. Aber ich arbeite dran. Im neuen Jahr fange ich bei euch in der SoKo an."

Wenn es die dann noch gibt, dachte Jenisch. Aber er sagte nichts. Sein junger Kollege war so optimistisch, er wollte ihm die Stimmung nicht verderben.

„Willst du den heute noch aufessen?" Bentler deutete auf den Nikolaus.

„Ja, habe ich vor. Wenn's mir schlecht geht, brauche ich Schokolade."

„Dann geht's dir wohl häufiger schlecht, was?", grinste Bentler mit einem Seitenblick auf Jenischs Bauch.

„Du wirst schon wieder kess. Nein, im Ernst, Schokolade hilft wirklich. Das ist wissenschaftlich erwiesen."

„Besser ist Bewegung! Du könntest ab und zu aufs Rad steigen und mit mir auf den Feldberg fahren."

„Bist du des Wahnsinns? Was soll ich mit dem Fahrrad auf dem Feldberg? Komm du lieber mal zum Boule-Spielen mit."

„Boule? Das ist doch dieses Spiel für provençalische Rentner."

„Ich sehe schon, wir kommen sportlich nicht zusammen", seufzte Jenisch. „Kann ich dir etwas zu essen anbieten?"

„Was hast du denn da?"

„Eier und Schinken zum Beispiel. Wir könnten uns ein Spiegelei machen. Mit Brot. Honig ist auch noch da."

„Wunderbar", sagte Bentler, „Spiegelei mit Schinken und Honigbrot. Das ist edel."

Sie gingen zusammen in die Küche.

„Kochst du?", fragte Jenisch.

„Nein, das macht meine Mutter."

„Sehr praktisch." Jenisch schnitt den Schinken in schmale Streifen.

„Ich habe dich noch nie mit einer Frau gesehen. Hast du eigentlich eine Freundin?

„Nein.“

„Aber die Frauen müssen dir doch massenweise nachlaufen, wie du aussiehst.“ Jenisch schlug mit gekonntem Schwung ein Ei in die Pfanne und verrührte es dort mit einem Pfannenwender. Bentler schwieg ein paar Sekunden.

„Frauen interessieren mich nicht so ...“, sagte er.

Jenisch schaute von seinen Rührarbeiten auf.

„Sag bloß, du bist schwul.“

„Ja“, sagte Michael Bentler einfach. Jenisch hantierte längere Zeit mit der Pfanne. Es roch intensiv nach gebratenem Speck.

„Michael Bentler ist schwul“, sagte er schließlich, „da entgeht den Frauen aber was.“

„Dafür bekommen es die Männer“, antwortete Bentler lächelnd.

„Auch wieder wahr. Außerdem hast du nicht die ganzen Schwierigkeiten, die ich mit Frauen habe.“

„Ich habe gerade welche mit einem Mann hinter mir. Erzähl mal einem, der in dich verliebt ist, dass du ihn nicht liebst.“

„Oh je!“, entfuhr es Jenisch.

„Genau“, sagte Bentler, „ob Männer oder Frauen, die Schwierigkeiten mit der Liebe sind immer dieselben.“

„Als ich mich von meiner Frau getrennt habe, wollte ich eine Zeitlang schwul sein. Ich hab’s sogar ausprobiert, aber es hat nicht funktioniert. Ich bin chronisch hetero.“

„Macht nix“, sagte Bentler. Jenisch zupfte sich grinsend am Ohr. Er nahm die Pfanne vom Herd.

„Die Spiegeleier sind fertig. Hier sind Brot und Butter. Hol mal den Honig aus dem Küchenregal da oben!“

Sie setzten sich an den Küchentisch und aßen. Seltsamerweise passte alles irgendwie zusammen. Jenisch steuerte eine vorzügliche Rheingauer Spätlese aus dem Kühlschrank bei. Zur Feier des Tages wurde der dreiarmige Leuchter, der sonst unbenutzt auf dem Wohnzimmerschrank verstaubte, in Betrieb genommen.

„Ein richtiges Fest!", sagte Bentler kauend.

„Schön, dass du da bist", sagte Jenisch. „zum Nachtisch gibt's Nikolaus."

Dann schwiegen sie wieder gemeinsam. Es wurde noch ein wunderbarer Heiliger Abend und ein grundsolides Männerbesäufnis.

Sonntag, 26. Dezember

Der Nachmittag des zweiten Weihnachtsfeiertages war klar und kalt. Kommissar Scherer hatte lange gebraucht, um seinen Beobachtungsplatz auszuwählen. Die Theorie von Jenisch hatte ihm keine Ruhe gelassen. Wenn es ein geheimes Kellergeschoss im ‚Zauberberg' gab, dann musste es auch einen geheimen Zugang geben. Er hatte schon den halben Weihnachtstag geopfert, um die Gegend um das riesige Gebäude unauffällig zu erkunden. Er war zu dem Schluss gekommen, dass der Eingang, wenn es denn einen gab, in der Nähe der Villa sein musste, die etwa hundert Meter unterhalb lag. Es war das Wohnhaus des ehemaligen Besitzers gewesen. Er hatte nicht herausbekommen können, wer jetzt darin wohnte. ‚Mach mal', hatte Bohleder gesagt, als er ihm von seinen Observationsplänen erzählte, ‚mach mal, aber mach keinen Blödsinn. Und keine Extratouren!'

Nein, Blödsinn würde er nicht machen. Extratouren schon gar nicht. Dazu war er zu vorsichtig und zu gewissenhaft. Scherer streckte sich in seinem Versteck. Es war unbequem und anstrengend, bei der Kälte so lange still zu sitzen und zu beobachten. Er hatte sich strategisch günstig postiert. Aus dem etwas erhöht liegenden Gebüsch auf der anderen Seite des Zufahrtsweges hatte er den idealen Blick. Er saß auf einem dicken Ast. Im Sucher seiner Kamera lag der gesamte Innenhof des Anwesens. Er konnte jedes Detail heranzoomen. Wenn irgendetwas Verdächtiges passierte, würde er es bemerken.

Das Haus war groß, fast herrschaftlich. Schieferdach, riesige Südterrasse mit herrlichem Blick, zwei große Doppelgaragen, basaltgepflasterte Wege ... Das einzige, was die Idylle störte, war ein massiver Elektrozaun, der das gesamte

Anwesen umgab. Scherer wäre nicht erstaunt gewesen, wenn vor Selbstschüssen gewarnt worden wäre.

Der zweite Weihnachtstag war ein idealer Beobachtungstag. Es waren genügend Spaziergänger unterwegs, so dass er überhaupt nicht auffiel. Und die Mafia rechnete wahrscheinlich nicht damit, dass ein diensteifriger Kriminalkommissar im Gebüsch saß.

Er griff zur Thermoskanne und nahm einen kräftigen Schluck Kaffee. Dann packte er ein Leberwurstbrot aus und biss hinein. Beobachten machte hungrig und durstig. Jetzt saß er schon fast zwei Stunden in seinem Versteck, und es war noch nichts geschehen, was seine Aufmerksamkeit gefesselt hätte. Nur einmal war eine dick vermummte Gestalt aus der vorderen Tür gekommen und hinter dem Haus verschwunden.

Doch jetzt war Motorengeräusch zu hören! Kommissar Scherer legte seine Stulle zur Seite und konzentrierte sich auf den Sucher der Kamera. Zwei Autos kamen den Weg herauf. Sie kamen nicht über Ruppertshain und die obere Einfahrt, sondern von unten, vom Rettershof her. Aha, das war des Rätsels Lösung! Deshalb hatten sie oben nichts bemerken können. Scherer rutschte aufgeregt auf seinem hölzernen Sitz hin und her. Eines der Autos war ein schwarzer Ford Mondeo. Scherer drückte auf den Auslöser. Das andere Auto kannte er nicht: ein Renault Lieferwagen. Noch bevor sie das breite Tor an der Einfahrt erreichten, glitt es schon zur Seite und gab den Weg frei. Gleichzeitig fuhr eines der Garagentore hoch. Es war das rechte. Die drei Wagen fuhren mit hoher Geschwindigkeit durch die Einfahrt und in das Garagentor hinein, das sich sofort hinter ihnen schloss.

Scherer schoss ein Foto nach dem anderen. Das war der Durchbruch! Er war sicher, dass er den Zugang zu dem mysteriösen Untergeschoss des ‚Zauberbergs' gefunden hatte. So schnell wie diese zwei Autos konnte man nicht in eine normale Garage fahren. Jetzt erst fiel ihm auf, dass das rechte Garagentor höher war als das andere. Er schätzte es auf zwei Meter siebzig bis zwei Meter achtzig Höhe. Genau passend für einen kleinen Lieferwagen. Es war zunächst kaum zu bemerken gewesen, weil der obere Abschluss der beiden Tore gleich hoch war. Aber bei dem rechten Tor gab es eine nach unten geneigte Rampe. Scherer vermutete, dass es die Einfahrt zu einer Art Tunnel sein musste, der hinüber in das Hauptgebäude führte.

Scherer hob den Blick und ließ ihn hinüber zum ‚Zauberberg' gleiten, der sich am Hang groß und dunkel abzeichnete.

Montag, 27. Dezember

Kahl konnte natürlich wieder seine Zunge nicht im Zaum halten.

„Es gibt Kollegen“, sagte er, „die sogar an Weihnachten arbeiten und sich ein Fleißbildchen abholen.“ Bohleder schritt kommentarlos an ihm vorbei und schüttelte Scherer die Hand.

„Gut gemacht, Rudi!“

Auf der weißen Wand in Bohleders Büro war die Projektion eines Fotos zu sehen, das die Einfahrt der zwei Autos in die Garage zeigte. Eines davon, der schwarze Ford Mondeo, war offenbar der Wagen, mit dem Jonas Kleinschmidt verfolgt worden war.

„Ich denke, damit ist die Sache klar“, sagte Jenisch. Man sah ihm die Genugtuung an. Seine Theorie hatte sich bestätigt.

„Ja“, sagte Bohleder, „die Bande sitzt in diesem Keller. Ich werde bei Pretorius eine Großrazzia beantragen. Wir brauchen ein Einsatzkommando. Mindestens zwanzig Mann.“

„Besser dreißig“, sagte Kahl. „Es könnte gefährlich werden. Wer weiß, was uns in den Katakomben erwartet.“

„Du hast Recht, ich fordere dreißig an. Vielleicht kriegen wir dann zwanzig.“

Bohleder grinste und Kahl verzog missbilligend den Mund.

„Wann lassen wir sie hochgehen?“, fragte Jenisch.

„Am Mittwochabend“, sagte Bohleder, „das ist realistisch. Bis dahin haben wir alles organisiert.“

„Ich will mit“, sagte Sonja Müller, die sich die ganze Zeit im Hintergrund gehalten hatte.

„Kommt nicht in Frage. Du bist noch zu grün für so etwas.“ Bohleders Stimme klang entschieden.

„Aber sie kennt sich in diesem Keller aus, Heinz“, sagte Jenisch.

Dienstag, 28. Dezember

„Wir müssen uns gegenüber dem Haus im Wald verteilen und warten, bis ein Auto kommt. Die Tore werden automatisch geöffnet und geschlossen. Wenn das äußere Tor offen ist, können wir es mit einem Keil blockieren. Für das Garagentor brauchen wie zwei Stangen, ungefähr zweiachtzig lang. Für jede Seite eine. Das könnten drei schnelle Leute übernehmen."

„Und du glaubst, dass das funktioniert?"

Natürlich Kahl.

Kommissar Scherer schaute ihn nicht an, sondern ließ seinen Blick über die etwa dreißig Gesichter wandern, die im Schulungsraum in der Kriminalstation Hofheim saßen. Es waren in der Mehrheit junge Männer, aber auch einige Frauen waren darunter. Sie waren speziell ausgebildete, durchtrainierte Einsatzkräfte. Scherer wirkte sehr konzentriert, sehr entschlossen und nicht so harmlos wie sonst. Er stand vor einer Karte von Ruppertshain, auf der der ‚Zauberberg' und die Umgebung zu sehen waren. Rechts daneben hing eine Lageskizze der Villa.

„Wer macht's?", fragte er.

Fünf Arme gingen hoch. Pretorius stand auf.

„Böhringer, Sendler und Kogel. Wenden Sie sich an Kommissar Scherer und besorgen Sie sich das erforderliche Material!"

Der Kriminaloberrat übernahm jetzt die Leitung der Lagebesprechung.

„Werfen Sie bitte einen Blick auf die Karte", sagte er. „Kommissar Scherer hat beobachtet, dass die Autos von drei verschiedenen Richtungen kommen. Da ist einmal der normale Weg über Ruppertshain, dann der über den Rettershof und schließlich ein Seitenweg von der Straße nach

Königstein aus. Das ist schlau gemacht. Dadurch verteilt sich der Verkehr und die Autos fallen wesentlich weniger auf."

„Ich möchte einen Vorschlag zum Vorgehen machen." sagte Hauptkommissar Bohleder.

„Bitte!" Pretorius trat zur Seite.

Bohleder und erhob sich und ging nach vorn an die Karte.

„Wir stellen die Einsatzwagen am besten oberhalb des ‚Zauberbergs' ab und sickern einzeln oder in kleinen Gruppen in den Einsatzraum ein", sagte er und deutete mit einer Handbewegung die Richtung an. „Als Zeitpunkt schlage ich den späten Nachmittag vor, wenn die Dämmerung einsetzt. Kollege Scherer nimmt an, dass die meisten Bewegungen im Schutz der Dunkelheit erfolgen. Wenn ein Wagen kommt und die Tore offen sind, blockieren drei Mann die Eingänge. Dann stürmen zwölf Mann des Einsatzkommandos die Garage. Vom Waldrand bis zum Tor sind es ungefähr dreißig Meter. Das muss blitzschnell gehen. Acht weitere Leute folgen und sichern. Wir, das heißt Jenisch, Kahl, Scherer und ich folgen euch unmittelbar auf dem Fuß." Jenisch sah, wie Sonja Müller den Mund öffnete, ihn aber gleich darauf wieder schloss. Bohleder sprach weiter. „Kriminaloberrat Pretorius bleibt mit drei Mann in der Deckung und leitet den Vorgang. Wir sind in ständiger Verbindung. Wenn wir drin sind, geben wir Bescheid. Falls etwas schief geht und wir Verstärkung brauchen, ebenfalls."

„Sie sind bewaffnet und werden sich wehren!", sagte Kahl. Bohleder nickte.

„Ja, aber wir haben den Überraschungseffekt auf unserer Seite. Wenn wir schnell genug sind, können wir im ‚Zauberberg' sein, bevor sie überhaupt mitbekommen haben, was läuft." Er machte eine Pause. „Es wäre gut, wenn ein

Rettungswagen in der Nähe wäre." Jenisch sah, wie Sonja Müller zusammenzuckte.

„Danke, Herr Hauptkommissar", sagte Pretorius. „So könnte es gehen." Er wandte sich an die Polizisten im Saal. „Alle weiteren Instruktionen bekommen Sie vor Ort. Auf dem Tisch hat jeder von Ihnen eine Kopie des Lageplans der Kellerräume. Prägen Sie sich den Plan ein. Es könnte von Nutzen sein. Niemand von uns kennt die Räumlichkeiten."

„Doch, ich." Alle Köpfe fuhren herum. Sonja Müller hatte gesprochen.

„Sie kennen den Keller?", fragte Pretorius überrascht.

„Ja, wir haben früher als Kinder darin gespielt Da stand das Gebäude noch leer."

„Ach ja, richtig, das hatte ich ganz vergessen! Hauptkommissar Bohleder, haben Sie daran gedacht, Frau Müller mitzunehmen?"

„Nein, eigentlich nicht. Sie ist meiner Meinung nach noch zu unerfahren."

„Wir sollten bei diesem Einsatz auf ihre Ortskenntnis nicht verzichten", sagte Pretorius. Es klang wie ein Befehl. Sonja Müller ließ ihre blauen Augen strahlen. Bohleder machte ein Pokerface.

Pretorius nahm mit seiner imposanten Statur Aufstellung vor der Gruppe. Jenisch saß an der Seite und beobachtete ihn. Im Profil sah er aus wie ein leibhaftiger römischer Feldherr, fast schon wie Caesar selber.

„Hauptkommissar Bohleder ist der Einsatzleiter," sagte er. „Zur Ausrüstung: Dienstwaffe und MP, Helm, Kampfanzug, kugelsichere Westen und Handschellen, außerdem brauchen wir Sprechfunk, denn die Handys werden nicht funktionieren, wenn der Keller tief ist. Zusätzlich ist ein

Messer und eine Taschenlampe am Mann. Außerdem brauchen wir Seile, Handschellen ... und Blendgranaten, falls wir einen Raum stürmen müssen."

Die Polizisten nickten. Sie kannten sich aus.

„Ich weise Sie noch einmal darauf hin", fügte Pretorius hinzu, „dass Sie über diesen Einsatzplan und seine Einzelheiten absolutes Stillschweigen bewahren müssen. Noch Fragen?" Er machte eine Pause und sah in die Runde. „Ich danke Ihnen. Die Lagebesprechung ist beendet."

„Ave Caesar", murmelte Kahl, „morituri te salutant."

„Alte Unke!", sagte Scherer. Aber Kahl grinste ihn nur freundlich an.

„Auf in den Kampf", sagte Jenisch zu Bohleder. Der nickte abwesend und schaute besorgt zu Sonja Müller hinüber.

„Hoffentlich haben wir keinen Regen", sagte er.

„Ist der Einsatz am ‚Zauberberg?' Die Stimme von Jonas klang aufgeregt.

„Hör auf , mich zu löchern! Ich darf es dir nicht sagen!" Jenisch wurde ärgerlich.

„Am liebsten wäre ich dabei", sagte Jonas.

Jenisch deckte den Telefonhörer kurz mit der Hand ab. Er bereute schon, Jonas von dem bevorstehenden Einsatz erzählt zu haben. Aber er fühlte, dass der junge Mann dabei war, zu verzweifeln. Immerhin war es eine positive Nachricht, die ihm Hoffnung geben konnte. Wenigstens geschah etwas.

„Untersteh dich, den ‚Feldberg' zu verlassen", schrie er in den Hörer. „Niemand kann für deine Sicherheit garantieren. Ich lasse dich festnehmen, wenn du es tust."

Jonas antwortete einige Sekunden lang nicht. Dann drang seine Stimme an Jenischs Ohr:

„Ich wollte Ihnen noch etwas anderes sagen. Das von Onkel Herbert zerlegte Schwein liegt irgendwo oben am Staufen."

„Woher weißt du das?"

„Jessica hat es dort vergraben."

„Jessica Langer? Wie kommt die denn dazu?"

„Es gab Kohle. Onkel Herbert hat sie gut dafür bezahlt."

„Aber warum ausgerechnet Jessica?", fragte Jenisch.

Jonas legte eine kleine Pause ein.

„Sie hat den Job von mir übernommen. Ich wollte nicht."

„Aha, und wieso erfahre ich das erst jetzt?"

„Ich dachte, es sei nicht so wichtig."

„Nicht so wichtig!? Es ist eine Spur, vielleicht sogar eine heiße!" Jenisch wurde laut. „Wenn du weißt, wo das Schwein liegt, dann spuck's aus!"

„Ich weiß es nicht. Ich schwöre es, glauben Sie mir! Ähm … Da ist noch etwas", fuhr Jonas kleinlaut fort. „Mir ist eingefallen, dass Onkel Herbert eine Einzelheit erwähnt hat, die interessant für Sie sein könnte. Als er das Schwein zerlegte, waren die Innereien dabei. Nur die Leber hat gefehlt."

„Die Leber! Was hat denn das wieder zu bedeuten?"

„Keine Ahnung", entgegnete Jonas, „ich sage es nur, damit Sie mir hinterher nicht vorwerfen können, ich hätte etwas verschwiegen."

Jenisch legte auf. Wieder eines von diesen Puzzlestücken, die nirgends hineinpassen wollten. Andererseits: Der Tote im Kühlhaus war mit einer neuartigen Substanz vergiftet worden. War es denkbar, dass das Schwein auch vergiftet worden war? Um das festzustellen, musste man es finden.

Aber nur Jessica Langer wusste, wo es lag. Und was mit ihr geschehen war, stand in den Sternen.

Er hoffte, dass Jonas vernünftig genug war, den ‚Feldberg' nicht zu verlassen. Jonas konnte eins und eins zusammenzählen. Er konnte sich denken, dass der Einsatz dem ‚Zauberberg' galt. Jenisch erinnerte sich, dass er den Ort Jonas gegenüber schon einmal erwähnt hatte. Nicht auszudenken, wenn der Junge eigenmächtig bei der Aktion morgen auftauchen würde. Jenisch schauderte es bei dem Gedanken. Er hätte Bohleder und Pretorius gegenüber eine Menge Erklärungen abgeben müssen. Es wäre besser gewesen, wenn er den Mund gehalten hätte. Außerdem hatte er ganz klar gegen die Vorschriften verstoßen. Er hätte sich selber ans Schienbein treten können! Aber es war jetzt nicht mehr zu ändern.

Mittwoch, 29. Dezember

Das Wetter war nicht ideal, aber auch nicht schlecht für einen Großeinsatz. Es war dunstig. Nebel lag über den Wäldern und Feldern, ein zarter Schleier, der die Konturen verwischte und die Szenerie wie ein Aquarell aussehen ließ. Es war kühl, aber nicht so kalt, dass Jenisch und seine Kollegen beim Warten gefroren hätten.

Er bewunderte die jungen Männer und Frauen vom Einsatzkommando in ihren Kampfanzügen. Sie waren in Windeseile aus den Einsatzfahrzeugen ausgeschwärmt und hatten sich in dem Waldstück gegenüber der Villa unsichtbar gemacht. Ein Spaziergänger, der vorbeigekommen wäre, wäre niemals auf die Idee gekommen, dass dreißig bewaffnete Polizisten im Gebüsch saßen und auf ihren Einsatzbefehl warteten.

Jenisch sah nach rechts hinüber zu Bohleder. Der kauerte hinter einem Baum, Sonja Müller knapp dahinter. Bohleder hatte ihr eingeschärft, immer hinter ihm zu bleiben. Kommissar Scherer stand links vorn hinter einem Busch und beobachtete den Zufahrtsweg. Kahl war dicht hinter ihm. Pretorius hielt sich etwas rechts an der Seite. Er konnte alles überblicken und alle konnten ihn sehen. Er würde später nach vorn in die Mitte rücken, wenn die Aktion lief.

Jenisch hatte lange keinen Großeinsatz mehr erlebt. Aber das Prickeln kannte er noch. Irgendwie war es ein Gefühl wie vor einer Schlacht. Anspannung und Entschlossenheit, vermischt mit Furcht und der Frage, ob alles gut gehen würde. Er tastete nach seiner Waffe. Wenn man sie in die Enge trieb, würden diese Typen nicht zögern zu schießen. Jenisch war überzeugt, dass sie es mit ausgekochten Profis zu tun hatten.

Langsam wurde es dunkler. Die Bäume standen wie düstere Säulen, und die entlaubten Büsche wurden mit schwindendem Licht immer schwärzer und kompakter. Sie warteten jetzt schon über eine halbe Stunde. Nichts los in der Villa und auf den Zufahrtswegen. Kein Mensch zu sehen und auch kein Auto.

Da registrierte Jenisch eine Bewegung aus den Augenwinkeln. Scherer hob den Arm. Leises Motorengeräusch war zu hören, das schnell lauter wurde. Ein Auto kam mit Abblendlicht vom Parkplatz des ‚Zauberbergs' herunter. Es war der schwarze Ford Mondeo, der schon auf Scherers Foto zu sehen gewesen war. Jenisch spürte sein Herz klopfen.

Alle Augen richteten sich auf Pretorius. Der wartete, bis das Auto die Einfahrt erreicht hatte. Das Tor glitt langsam zur Seite. In dem Augenblick, als der Fahrer anfuhr, hob Pretorius die Hand.

Das war das Zeichen für Sendler. Er war klein und kompakt und bewegte sich wie eine Katze. Blitzschnell war er neben der Einfahrt. Die Hecke, die das Anwesen umgab, deckte ihn. Im roten Schein der Bremslichter sah er aus wie ein kleiner Teufel. Noch bevor das schwere Tor wieder zufahren konnte, hatte er einen stählernen Keil in die Führungsschiene getrieben.

Der Mondeo näherte sich der Garage. Auch dieses Tor öffnete sich geräuschlos. Böhringer und Kogel starteten mit ihren Stangen. Es waren etwa drei Meter lange, stabile Holzstempel. Die beiden Männer erreichten das Tor in dem Augenblick, als das Auto gerade anfuhr. Sie leisteten Maßarbeit. In Sekundenschnelle klemmte links und rechts eine hölzerne Stange und blockierte das hochgefahrene Tor. Scherer hatte die Höhe gut geschätzt.

Und dann ging alles sehr schnell. Mit einem Mal wurde der Wald lebendig. Zehn mit Maschinenpistolen bewaffnete Polizisten in Kampfanzügen schwärmten über den Weg und sprinteten auf die Einfahrt zu. Der Mondeo stoppte kurz ab, dann beschleunigte er und fuhr mit quietschenden Reifen in die Garage, deren offenes Tor aussah wie ein schwarzer Rachen. Auf ein Zeichen von Pretorius rannte die zweite Gruppe der Polizisten los, die die Sicherung der ersten Gruppe übernehmen sollte.

Jenisch sah Bohleder starten und setzte sich schwerfällig in Bewegung. Er passierte die Einfahrt und lief auf die Garage zu. Die Tore schlossen sich nicht. Scherers Trick hatte funktioniert.

Jenisch stolperte vorwärts. Verdammt, er fühlte sich wie ein Nilpferd. Alle anderen waren vor ihm. Scherer ganz vorne. Unmittelbar dahinter Kahl und Bohleder mit Sonja Müller im Schlepptau. Er spürte sein Gewicht, die verfluchten zwanzig Kilo zu viel, die ihn unbeweglich machten. Nach dreißig Metern Spurt kam er schon ins Schwitzen. Er erreichte das Garagentor und lief schnaufend weiter. Der Raum erweiterte sich zu einer Art unterirdischem Parkhaus. Es war von Halogenlampen hell erleuchtet. Rechts an der Seite standen Autos aufgereiht. Jenisch erkannte einen schwarzen Geländewagen. MTK-JL 666, das war Jessica Langers Jeep! Außerdem standen auch einige andere Autos und zwei Lieferwagen da.

Vor ihm stoppte der Ford Mondeo. Vier Männer des Einsatzkommandos umringten ihn sofort. Einer riss die Fahrertür auf und brüllte etwas Unverständliches. Seine Stimme hallte in dem Raum laut wider. Jenisch zuckte zusammen. Bisher war die Aktion völlig geräuschlos und ohne Worte abgelaufen. Ein Mann kam mit erhobenen Händen heraus.

Er trug eine Baseballkappe. Jenisch kannte ihn nicht. Einer der Polizisten tastete ihn ab und fand eine Waffe. Der Mann wurde von der Nachhut in Empfang genommen.

Jenisch hastete weiter. Hinter den Parkbuchten wurde der Gang dunkler und schmaler. Gerade zwei Personen konnten hier nebeneinander gehen. Das Einsatzkommando war schon im Laufschritt in dem dunklen Loch verschwunden. Jenisch blieb einen Augenblick schnaufend stehen und stützte sich an der Wand ab. Er leckte sich mit der Zunge über die Lippen. Schwarze Punkte tanzten vor seinen Augen. Der Kreislauf!

Sonja Müller erlebte den Beginn des Einsatzes wie in Trance. Sie kauerte hinter Hauptkommissar Bohleder und spürte, wie ihr die Knie zitterten und das Herz bis zum Hals schlug. Als Pretorius die Hand hob und die Kollegen losstürmten, rannte sie auch los. Sie hielt sich dicht hinter Bohleder, wie er es ihr eingeschärft hatte. Erst als sie durch das Garagentor hindurch waren, fing sie langsam an wahrzunehmen, was geschah.

Sie liefen an dem schwarzen Mondeo vorbei in die dunkle Öffnung. Das war der Tunnel zum ‚Zauberberg' hinüber. Sie hörte lautes Schreien, wendete sich aber nicht um, sondern rannte einfach weiter, immer dem breiten Rücken von Bohleder nach. Der war für sein Alter erstaunlich flink. Hinter ihr keuchte der dicke Jenisch.

Der Gang war in regelmäßigen Abständen von Lampen erleuchtet. Es konnte nicht mehr weit sein. Die Jungs vom EK mussten eigentlich schon die Kellerräume erreicht haben.

Da hörte sie einen Schuss. Sie duckte sich instinktiv. Bohleder stoppte abrupt. Sie lief in ihn hinein. Er zog sie zu Boden. Dann ein zweiter Schuss, ein dritter, ein vierter und darauf eine regelrechte Salve. Darauf Stille. Was war passiert?

„Kopf runter, Mädchen“, sagte Bohleder dicht an ihrem Ohr.

Vor ihnen lagen drei, vier Männer auf dem Boden und hielten ihre MPs schussbereit. Alles blieb still. Einer nach dem anderen erhoben sich die Polizisten und bewegten sich vorsichtig vorwärts. Bohleder nahm Sonja am Arm und zog sie hoch.

„Auf, weiter!“

Sonja hatte Angst. Es wurde geschossen! Sie konnte getroffen werden! Ihr wurde schwindelig, die Beine gehorchten ihr nicht mehr. Hätte Bohleder sie nicht gestützt, wäre sie umgekippt. Ihr Atem kam kurz und stoßweise. Aber sie durfte jetzt nicht schlappmachen. Sie biss die Zähne zusammen und hielt sich an Bohleder fest. Hinter ihnen kam Jenisch mit offenem Mund angerannt. Die Waffe schlenkerte grotesk in seiner rechten Hand auf und ab.

Jonas hatte wenig Hoffnung, dass sein roter Toyota noch in der Frankfurter Straße vor der Buchhandlung Pabst stehen würde. Als er dort nachschaute, sah er, dass er weg war. Natürlich längst abgeschleppt, er musste also zu Fuß los. Mir dem dicken Schal um den Hals und einer von Onkel Herberts Mützen auf dem Kopf erkannte ihn so leicht niemand.

Er fing an zu laufen. Die Frankfurter Straße hinauf Richtung Fischbach. Bis Ruppertshain und den ganzen Berg hinauf bis zum ‚Zauberberg' war es eine ziemlich lange und anstrengende Angelegenheit. Vielleicht hatte er Glück und es nahm ihn jemand mit dem Auto mit.

Jessica richtete sich auf. Das waren doch Schüsse! Weit entfernt zwar, aber sie kamen aus dem Gebäude und nicht von draußen. Schüsse und immer noch mehr Schüsse! Sie sprang von ihrer Matratze hoch und lief zur Tür. Endlich! Sie kamen, um sie zu befreien! Jessica hämmerte mit ihren Fäusten gegen das Holz.

„Hilfe", schrie sie, so laut sie konnte. „Hilfe, hier bin ich! Hilfe!" Ihre Stimme überschlug sich.

Plötzlich hörte sie, wie sich jemand an der Tür zu schaffen machte. Ein Schlüssel wurde ins Schloss gesteckt. Die Tür bewegte sich. Jemand drückte dagegen. Jessica wich zurück. Es war Ferdi. Seine Augen waren starr vor Schrecken. Er schloss die Tür sofort wieder hinter sich.

„Helfen Sie mir, bitte!", flüsterte er atemlos. „Sie kommen!"

„Wer kommt?", fragte Jessica.

„Die Polizei!"

„Polizei", sagte Jessica und schloss die Augen.

Sonja lief weiter, einfach hinter Bohleders breitem Rücken her. Der Hauptkommissar wurde langsamer. Dann blieb er stehen und trat zur Seite. Zwei Polizisten hatten einen ihrer Kameraden in der Mitte. Er hing schlaff in ihren Armen, seine Füße schleiften auf dem Boden. Die Hosenbeine waren dunkel von Blut. Sonja hielt den Atem an. Sie musste sich klar machen, dass das kein Film, sondern die Wirklichkeit war.

„Komm, weiter!" Bohleders beruhigender Bass. „Aber halte dich hinter mir dicht an der Wand!"

Jonas hatte sich entschlossen, kein Auto anzuhalten, sondern über Fischbach hinauf nach Ruppertshain zu laufen. Er war kein schlechter Läufer. Seine Kondition war zwar nicht mehr die allerbeste, aber für einen Lauf über sechs, sieben Kilometer reichte es noch. Außerdem fühlte er sich umso stärker, je mehr er sich dem „Zauberberg' näherte. Er lief über die Landstraße durch den Wald. Erst als sich nach rechts das Tal zum Rettershof hin öffnete, ließ er Ruppertshain links liegen und kürzte durch das Tal ab. Der ‚Zauberberg' war aus dieser Perspektive ein imposantes Gebäude. Jonas verschärfte das Tempo. Seine Lungen schmerzten schon vom ständigen Bergauflaufen. Aber er nahm es kaum wahr. Er musste da hinauf. Vielleicht ... vielleicht war Jessica irgendwo dort oben.

Ferdi hatte sich in die hintere Ecke des Zimmers zurückgezogen. Seine Augen flackerten. Er schaute alle paar Sekunden unruhig zu ihr herüber. Jessica sah, dass ihm der Schweiß auf der Stirn stand. Sie lehnte mit dem Rücken an der Wand direkt neben der Tür. Wenn jemand hereinkam, war sie durch die Tür verdeckt. Es schien ihr sicherer so.

Längere Zeit war nichts zu hören. Dann plötzlich Gepolter auf der Treppe. Jemand schlug von außen fluchend auf die Tür ein. Zwei Schüsse krachten und die Tür flog auf. Das Schloss war zerschossen. Jessica riss die Arme hoch und fing die aufspringende Tür ab. Ein Mann hastete herein. Es war Robbie! Im gleichen Augenblick spurtete Ferdi auf die offene Tür los. Aber Robbie brauchte nur einen Arm auszustrecken, um ihn festzuhalten. Jessica sah, wie der Gorilla Ferdi herum riss, nur kurz seine Waffe hob, sie an seinen Hinterkopf setzte und abdrückte. Ferdis Körper wurde nach vorn geschleudert. Er schlug mit dem Gesicht auf dem Boden auf. Robbie versetzte ihm im Fallen noch einen Tritt.

Jessica machte sich hinter der Tür ganz klein, aber Robbie hatte sie längst entdeckt. Grob packte er ihren Arm und riss sie an sich.

„Komm her, meine Süße“, fauchte er, „du bist meine Lebensversicherung.“

„Nein!“, schrie Jessica gellend. Aber er hatte schon die eine Hand auf ihrem Mund und mit der anderen drückte er ihr den Lauf der Waffe an die Schläfe.

„Noch ein Mucks und ich puste dir das Gehirn raus!“, zischte er. Jessica blieb fast der Atem stehen, so weh tat ihr die Hand auf dem Mund. Ihr Kiefer war längst noch nicht richtig verheilt. Sie versuchte, den Kopf möglichst still zu halten, aber Robbie zerrte sie hinter den Tisch. Dieser Schmerz! Sie spürte, wie ihre Knie nachgaben und sich ein schwarzer Schleier vor ihre Augen schob.

Jenisch hatte das Ende des Ganges erreicht. Einige Männer des Einsatzkommandos standen sichernd an einem Treppengeländer. Die Treppe führte abwärts ins Dunkel.

Kahl, Scherer, Bohleder und Müller standen eng zusammen. In einer Ecke des Treppenhauses lagen drei Männer mit ausgestreckten Armen und Beinen. Sie waren offenbar schon gestellt worden.

„Ich glaube, ich kenne diese Treppe“, sagte Sonja Müller. Bohleder sah sie überrascht an.

„Wo führt sie hin?“

„Ich bin nicht ganz sicher. Unten ist glaube ich noch ein Flur mit drei oder vier Kellerräumen.“ Sie warf einen Blick zur Decke. „Früher führte die Treppe auch nach oben. Jemand muss das Treppenhaus zugemauert haben.“

Bohleder sprach einige Worte in sein Funkgerät. Dann nickte er.

„Wir gehen runter!“

„Vorsicht!“, sagte einer der Männer. „Einer ist die Treppe hinunter geflüchtet. Das ist ein ganz gefährlicher Typ. Er hat einen von uns angeschossen.“

„Vier Leute vom EK kommen mit“, befahl Bohleder. „Albert, du bleibst mit Sonja etwas zurück. Klar?“

„Klar!“, sagte Jenisch und stellte sich neben die junge Frau. Vier Männer in Kampfanzügen stiegen mit der Heckler & Koch im Anschlag Stufe für Stufe die Treppe hinab, zwei auf jeder Seite.

„Mach bloß keine Zicken“, zischte Robbie Jessica ins Ohr.

Sie antwortete nicht. Egal, was passieren würde, jetzt war er dran, dieser Killer! Sie wunderte sich über sich selbst. Die Wochen der Gefangenschaft in dieser Unterwelt hatten sie nicht geschwächt, sondern eher stärker gemacht. Sie war eine Zeitlang dem Zusammenbruch nahe gewesen, ganz tief im Loch, aber nach dem Angriff von Robbie war sie wieder aufgetaucht. Wahrscheinlich sah sie schrecklich aus, aber innerlich fühlte sie sich gepanzert, fast unverwundbar.

Robbie war sehr nervös. Jessica spürte es an seinen fahrigen Bewegungen und an seinem unregelmäßigen Atem. Er hatte die Hand von ihrem Mund weggenommen. Sie hatte beschlossen, nicht zu schreien. Es war überflüssig. Wenn die Polizisten hier im Haus waren, dann würden sie ihr Gefängnis irgendwann finden.

Die Männer vom EK erreichten das erste Kellergeschoss ohne weitere Zwischenfälle. Bohleder stand gerade an der Schwelle zur nächsten Treppe, als aus einem der Gänge plötzlich ein heller Schemen auftauchte. Es war eine Gestalt im weißen Kittel, die mit erhobenen Händen auf sie zukam. Bohleder hob die Waffe.

„Schießen Sie bitte nicht!", sagte der Mann mit sehr ruhiger, tiefer Stimme.

„Wer sind Sie?", fragte der Hauptkommissar.

„Ich bin Dr. Weber, Dr. Sebastian Weber. Ich werde Ihnen keine Schwierigkeiten machen."

Bohleder stutzte. Der Mann schien überhaupt nicht aufgeregt zu sein. Seine Stimme klang so, als mache er Konversation bei einer Cocktail-Party. Er sah gut aus und war korrekt gescheitelt.

„Sind Sie Arzt?"

„Nein, Pharmazeut und Chemiker."

Bohleder zögerte einen Moment. Dann wandte er sich an Kahl:

„Legen Sie ihm Handschellen an und ketten Sie ihn ans Geländer!", sagte er. Und zu dem Mann gewandt: „Wer ist da unten?"

„Ich weiß es nicht", sagte Dr. Weber. „Ich war gerade im Labor und habe gearbeitet."

„Labor?“, fragte Bohleder. Ihm war klar, dass sie dieser Sache nachgehen mussten, aber jetzt waren andere Dinge wichtiger.

„Gibt es da unten noch einen Ausgang?“

„Nein“, sagte der Mann.

„Ich warne Sie. Wenn sie uns angelogen haben, dann …“

„Warum sollte ich Sie anlügen? In dieser Situation?“ Er lächelte resigniert und hob die gefesselten Hände. Bohleder warf ihm einen misstrauischen Blick zu.

„Also weiter!“, sagte er.

Jessica hörte Schritte auf der Treppe. Viele Schritte von schweren Schuhen. Die Tür stand immer noch sperrangelweit offen. Sie spürte, wie Robbie sie fester von hinten umklammerte. Der Lauf der Waffe scheuerte an ihrer Schläfe. O Gott, lieber Gott, lass ihn nicht abdrücken! Jessica schloss die Augen.

Dann war plötzlich für einige Augenblicke absolute Stille.

„Keinen Schritt weiter!“, schrie Robbie, „Sonst knalle ich euch alle ab.“

Kein Laut von draußen. Eine quälende halbe Minute lang kein Laut. Robbies Atem ging stoßweise an ihrem Ohr.

Wieso tritt er nicht nach vorn? Er hat doch mich als Schutzschild, dachte Jessica. Aber sie konnte geradezu riechen, dass er Angst hatte. Der Killer hatte Schiss!

Da plötzlich eine Explosion und ein Blitz. Robbie taumelte zurück und Jessica mit ihm. Sie wendete instinktiv den Kopf ab, weg von dem Druck des Pistolenlaufs. Dann hörte sie einen betäubenden Knall dicht an ihrem Ohr und spürte einen heißen Schmerz an der Schläfe. Und noch einen

Knall. Bevor sie zu Boden sank, fühlte sie, wie Robbie hinter ihr aufzuckte und dann erschlaffte.

Als die vier Männer vom EK die zweite Treppe hinunter kamen, sahen sie sofort die offene Tür. Bohleder gab das Zeichen zum Halten.

„Keinen Schritt weiter", schrie eine heisere Stimme von drinnen, „sonst knalle ich euch alle ab."

Bohleder überlegte. Dann warf er ein Blick hinüber zu Kogel. Kogel war der Spezialist für Gebäudekampf. Er trug die Blendgranaten. Er griff an seinen Gürtel, zog eine Granate heraus und hielt sie Bohleder fragend hin. Bohleder nickte. Kogel entsicherte die Granate und rollte sie vorsichtig in die Türöffnung. Alle wandten sich ab oder hielten die Hände vor die Augen. Dann kamen die Explosion und der Blitz. Kurz danach waren sie im Raum. Kogel als erster, die Waffe im Anschlag. Er drehte sich blitzschnell nach links und schoss sofort. Fast gleichzeitig fiel ein zweiter Schuss.

Bohleder kam gleich hinterher, die Waffe mit beiden Händen vor sich haltend.

„Scheiße!", stieß er zwischen den Zähnen hervor.

Als Jenisch in den Raum kam, lag links von der Tür ein Mann am Boden. Neben ihm lag eine großkalibrige Waffe. Zwei der Männer vom EK hielten ihre MPs auf ihn gerichtet. Aber er rührte sich nicht mehr. Vor ihm lag eine Frau auf der Seite mit blutüberströmtem Gesicht. Aus ihrer Schläfe quoll es heraus wie ein pulsierender Strom. Es war Jessica Langer. Fast hätte er sie nicht wiedererkannt. Aber nicht wegen des Blutes, sondern weil sie gänzlich verändert wirkte. Ihr Gesicht war bleich und abgemagert, das blonde Haar strähnig und verfilzt. Wie eine struppige Katze sah sie aus. Bohleder reagierte als erster. Er kniete sich neben sie und hob ihren Kopf an. Jenisch sah, wie er erschrak und seinen Handballen an ihre Schläfe presste.

„Scheiße", sagte er noch einmal. „Sie verblutet uns."

„Wir brauchen einen Arzt, schnell!", schrie Jenisch. „Kahl, geh rauf und bring den Doktor her!"

„Welchen Doktor?", fragte Kahl verwirrt.

„Na den, den du oben ans Geländer gefesselt hast!"

Kahl verschwand im Treppenhaus. Kurz darauf kam er mit dem Mann im weißen Kittel wieder.

„Sind Sie Arzt?", fragte Jenisch.

„Nein, aber ich verstehe etwas von Medizin", sagte der Mann ruhig.

„Dann schauen Sie sich diese Frau an!", sagte Bohleder. Er kniete immer noch neben der bewusstlosen Jessica.

Der Doktor beugte sich hinunter und untersuchte sie.

„Lassen Sie den Handballen nicht los! Schnell ein Tuch! Oder ein Paket Papiertaschentücher!"

Sonja Müller zog eine Packung aus ihrer Hosentasche. Was für ein Glück, dachte Jenisch, dass Frauen immer Tempos dabei haben! Der Doktor presste die Packung an Jessicas Schläfe.

„Sie lebt", sagte er, „es ist nur ein Streifschuss, aber die Schläfenarterie ist verletzt. Lange wird sie nicht durchhalten. Sie hat schon viel Blut verloren und muss sofort in die Klinik".

Bohleder griff zum Funkgerät und orderte den Rettungsdienst.

„Das hätte verdammt schief gehen können", sagte er. „Dass sie lebt, ist reiner Zufall."

„Wer ist der da?", fragte Jenisch und deutete auf die reglose Gestalt am Boden.

„Das ist ... oder besser, das war Robert Lauterbach", sagte der Doktor ruhig, „unser Sicherheitschef."

Und der da drüben?" Er deutete auf den zusammengekrümmten Körper rechts von der Tür. Der Doktor brauchte ein paar Sekunden, bis er antwortete.

„Das ist Ferdinand." Jenisch fiel auf, dass seine Stimme zitterte.

„Jessica!"

Der Schrei kam von der Tür her. Die Männer vom EK fuhren herum und richteten ihre Waffen auf die Gestalt im Türrahmen. Da stand ein junger Mann mit schweißglänzendem Gesicht und wirren schwarzen Haaren. Sein Brustkorb hob und senkte sich, er atmete schwer.

Langsam ging er auf die am Boden liegende junge Frau zu. Der Doktor, der immer noch das Paket Taschentücher an Jessicas Schläfe presste, sah ihn unverwandt an. Der junge Mann beugte sich hinunter und strich sehr sanft über das blutverschmierte Haar. Einen Augenblick lang herrschte vollkommene Stille in dem Raum.

Bohleder, der mit blutigen Händen da stand, sah grimmig zu Jenisch hinüber. Der nickte.

„Jonas Kleinschmidt", sagte Jenisch scharf, „Sie sind vorläufig festgenommen."

Jonas strich der jungen Frau noch einmal übers Haar. Dann stand er auf und streckte seine Hände vor. Jenisch ließ die Handschellen zuschnappen.

Von der Treppe her war Gepolter zu hören. Der Notarzt und die Rettungssanitäter mit einer zusammengeklappten Trage. Es waren die Johanniter, allesamt fixe Jungs. Sie stürmten herein, verständigten sich mit Blicken und in wenigen Sekunden hatte Jessica Langer einen Tropf an der Vene und einen Notverband um den Kopf. Sie legten den Körper der jungen Frau auf die Trage und schlossen den Transportsack. Dann waren sie auch schon wieder weg.

„So, Abmarsch!", sagte Bohleder.

Die Männer vom EK machten den Anfang. Bohleder schickte sich an, den Doktor in den Polizeigriff zu nehmen.

„Bitte nicht!", sagte der. „Ich mache Ihnen keine Schwierigkeiten. Im Grunde bin ich froh, dass Sie da sind."

Jenisch bedeutete Jonas, voranzugehen. Den Schluss machten Sonja Müller, Scherer und Kahl.

Pretorius erwartete sie am Garageneingang. Er schüttelte allen die Hand.

„Gut gemacht, Jungs!", sagte er.

Als sein Blick auf den Mann im weißen Kittel fiel, erstarrte er.

„Sebastian! was machst du denn hier?"

„Ja, Thomas, so sieht man sich wieder."

„Aber …"

„Wir haben viel Zeit. Ich werde dir alles erklären. Ach übrigens, ihr hattet Glück. Ihr hättet keinen besseren Zeitpunkt für eure Aktion finden können. Der größte Teil der Besatzung dieser Festung hat nämlich heute Urlaub."

Der Doktor ging an Pretorius vorbei ins Freie.

Donnerstag, 30. Dezember

Kriminaloberrat Thomas Pretorius und Dr. Sebastian Weber saßen sich in einem Vernehmungszimmer des Polizeipräsidiums Frankfurt gegenüber. Auf der anderen Seite der Spiegelscheibe saß ein ganzer Trupp von Polizisten. Es waren Kollegen aus Frankfurt von der Mordkommission und vom Dezernat Wirtschaftskriminalität. Auch die Mitglieder der SoKo Kelkheim waren darunter.

Pretorius fixierte sein Gegenüber. Seine Stimme klang belegt.

„Ich fasse es immer noch nicht, dass du zu dieser Mafia gehört hast, Sebastian.. Da spielen wir Jahre lang zusammen Tennis ... und ich weiß nichts von dir. "

Dr. Weber schwieg eine Weile.

„Ja, Thomas, ich fasse es selber nicht so richtig. Aber du musst verstehen. Ich war in finanziellen Schwierigkeiten, hatte mich mit meiner Praxis im ‚Zauberberg' übernommen. Dazu kam die Scheidung von Anne ..."

„Du hast dich von Anne scheiden lassen?"

„Eher sie von mir."

„Aber warum? Ihr wart doch immer eine Musterpaar."

„Gerade deswegen. Ich hab's nicht mehr ausgehalten. Diese perfekte Fassade nach außen. Ich hatte eine Affäre. Vor anderthalb Jahren etwa."

„Wegen einer Affäre lässt man sich doch nicht gleich scheiden."

„Das sagst du, Anne sah das anders. Sie kochte vor Eifersucht. Sie hätte Claudia am liebsten ermordet."

„Hatte sie Grund dazu?"

„Ja. Ich lebe jetzt mit Claudia zusammen."

„Ach ... und von alledem wusste ich nichts. Wir treffen uns mindestens einmal in der Woche und du erzählst mir nur Banalitäten. Wenn du etwas gesagt hättest, wenn du mit mir geredet hättest ..."

„Wenn, wenn, wenn", unterbrach ihn Dr. Weber. „Du kannst dir vielleicht nicht vorstellen, wie schwierig es für mich war, überhaupt zuzugeben, dass meine Ehe gescheitert war. Ich konnte keine Zuschauer gebrauchen. Und falsches Mitleid schon gar nicht."

„Hör mal, ich bin kein Zuschauer. Ich bin dein Freund." Pretorius beugte sich nach vorn und sah seinem Gegenüber eindringlich ins Gesicht.

„Freunde gibt's nicht", sagte Dr. Weber und schaute an Pretorius vorbei. Es entstand eine ungemütliche Pause.

„Du hast also eine Praxis im ‚Zauberberg'?" , setzte Pretorius das Verhör fort.

„Ja, ich bin ja von Haus aus Pharmakologe und Chemiker, wie du weißt. Ich habe vor zwei Jahren da oben in Ruppertshain eine Naturheilpraxis für Privatpatienten aufgemacht. Du glaubst nicht, wie viel Steine mir die Standesorganisationen meiner geschätzten Kollegen dabei in den Weg gelegt haben. Es war schwer, die Praxis ins Laufen zu bringen."

„Ich kann's mir denken. Hast du Schulden?"

„Ich hatte welche."

„Wie viel?"

„Etwas über zweihunderttausend Euro."

„Und jetzt?"

„Ich habe sie bis auf einen kleinen Rest getilgt."

„Weil du bei Hartmann auf der Gehaltsliste standest."

Dr. Weber hob den Kopf. Zwischen seinen Augenbrauen bildete sich eine steile Falte.

„Hartmann?"

„Dr. Artur Hartmann von Hartmann Immobilien."

„Ach der! Der hat mit dem Ganzen nichts zu tun." Pretorius schaute überrascht auf.

„Aber dem gehört doch der Laden da oben."

„Ja, sicher, von ihm habe ich die Praxisräume gemietet. Aber mit dem Keller hat er nichts zu tun."

„Das kannst du mir nicht erzählen! Hartmann ist der Besitzer des ‚Zauberbergs' und weiß nicht, was im Keller vor sich geht?"

„Ich habe ihn jedenfalls nie dort gesehen. Und ich bin schon zwei Jahre dabei."

„Wer ist denn der Boss der Mafia?"

„Das ist … war Rick. Richard Schwarz. Der damals in Hornau erschossen worden ist."

„Schwarz hat bei Hartmann gearbeitet. Er war praktisch sein Stellvertreter. Und dann soll Hartmann nichts von euren Machenschaften gewusst haben? Es fällt mir sehr schwer, das zu glauben, mein Lieber."

„Ich wusste nicht, dass Schwarz bei Hartmann gearbeitet hat. Hartmann selber ist nie im Orkus aufgetaucht und Schwarz war auch nur selten da!" beteuerte Dr. Weber.

„Orkus?"

„Ja, wir haben unseren Keller so genannt."

„Passender Name für dieses Mafia-Nest. Übrigens, wer sollte denn der Nachfolger für Richard Schwarz werden?"

Dr. Weber schwieg für ein paar Sekunden.

„Bitte, Thomas, sag nicht immer Mafia. Das klingt so …"

Pretorius wurde ärgerlich. Man merkte es seiner Stimme an.

„Wie würdest du denn eine kriminelle Vereinigung nennen, die schmutzige Geschäfte macht, kleine Kinder vergiftet, Menschen entführt, andere in den Tod treibt oder liquidiert …?"

„Nein!“ Der Doktor fasst sich mit beiden Händen an den Kopf. „Nein! Das war Robert Lauterbach! Das habe ich nicht gewollt!“

Pretorius sprang auf. Jenisch konnte seine Erregung durch die Trennscheibe körperlich spüren.

„Das hast du nicht gewollt! Aber du hast mitgemacht!“ Pretorius hatte seine Messerstimme ausgepackt. Dr. Weber duckte sich unter seinen Worten.

„Du hast meine Frage noch nicht beantwortet“, fuhr Pretorius schneidend fort. „Wer sollte der Nachfolger sein?“

Der Doktor biss sich auf die Lippen.

„Ich“, sagte er leise. „Aber ich hätte es abgelehnt.“

„Aha“, sagte Pretorius, „du hättest es abgelehnt. Sehr edel! Hättest du auch die Stärke gehabt, nein zu sagen?“ Der Doktor vergrub das Gesicht in den Händen.

„Ich weiß es nicht.“

Pretorius fuhr unerbittlich fort.

„Hättest du dich selber zum Mafia-Abteilungsleiter gemacht oder wer hätte …“

„Die Weisungen und Entscheidungen kamen immer aus der Frankfurter Zentrale.“, unterbrach Dr. Weber hastig.

„Frankfurter Zentrale?“

„Ja, es gibt dort ein Büro, das alle unsere Aktivitäten geplant hat. Sie nannten es acting design“

„Acting design!“ Pretorius lachte. Er beugte sich vor.

„Wo in Frankfurt ist diese Zentrale?“

„Ich weiß es nicht. Niemand im Orkus wusste es. Sie haben …“ Weber konnte den Satz nicht zu Ende führen weil Pretorius ihm ins Wort fiel.

„Was glaubst du denn, wer in dieser Zentrale sitzt? Wer? Ich will deine persönliche Meinung hören.“

Der Doktor nagte an seiner Unterlippe.

„Das sind ganz hohe Tiere. Ich vermute, irgendwo in der Chefetage einer Bank oder einer Versicherung sitzt ein brain-trust, der die strategische Planung macht und das Ganze ausheckt. Aber von uns wusste keiner was."

„Das glaube ich nicht!", sagte Pretorius.

Der Doktor lehnte sich in seinem Stuhl zurück. Er sah plötzlich unendlich müde aus.

„Es gibt da wahrscheinlich ein Netzwerk …"

„Ein Netzwerk?"

„Ja. Du bist zu gutgläubig, mein Lieber. Ich war es am Anfang auch. Aber ich habe im Orkus viel über die Menschen und ihre Geschäfte gelernt. Architektenbüros, Projektentwickler, Bauunternehmer, Leute in den öffentlichen Verwaltungen, Investment-Banker, Makler, Investoren … alle wollen leben. Und zwar möglichst gut. Jeder will sein Stück vom Kuchen. Und da wird halt gerangelt und geschoben. Es ist ein großes Monopoly, ein Spiel mit hohem Einsatz und hohem Risiko. Aber mit enormen Gewinnchancen. Es geht um Objekte und Aufträge in zwei- und dreistelliger Millionenhöhe. Um die wird geschachert. Es gibt Leute, die tun so etwas aus sportlichem Ehrgeiz. So wie andere Fallschirm springen oder Achttausender besteigen. Unser Hauptgeschäft waren Immobilien, genauer gesagt: Gewerbe-Immobilien. Es ging nicht um Peanuts. Das waren richtig große Brocken."

Pretorius schüttelte den Kopf.

„Gewerbe-Immobilien?"

„Grundstücke für Großmärkte, Gewerberäume, Firmen, öffentliche Bauten. Richtig dicke Bauaufträge. Richard Schwarz haben nur die Filetstücke interessiert, die wirklich großen Sachen. In Frankfurt und am Taunusrand von Hofheim bis Friedrichsdorf. Wo es am teuersten ist."

Pretorius hörte gebannt zu.

„Die Weisungen wurden übrigens per Kurier übermittelt“, fuhr der Doktor fort. „Keine Post, kein Telefon, keine Mails. Das hinterlässt alles Spuren. Meistens war es Richard Schwarz selber, der in seinem grauen Vectra mit neuen Projekten von der Zentrale kam. Da gab es keine Unterlagen. Das waren alles mündliche Aufträge. Wir mussten uns dann um die Umsetzung kümmern.“

„Wer ist ‚wir’?“

„Ungefähr zwanzig Leute. Rechercheure, Finanzspezialisten, Experten für Immobilien, Computerspezialisten ... und die Sicherheitsabteilung, in der auch ich gearbeitet habe.“

Pretorius senkte den Kopf und starrte die Tischplatte an.

„Niemand konnte wissen, dass das so aus dem Ruder läuft“, fuhr Dr. Weber gequält fort. Pretorius fixierte ihn für einen Moment.

„So, niemand konnte es wissen!? Sag mal, wie naiv bist du eigentlich?“

„Ich hatte mit den Sachen, die Lauterbach gemacht hat, nichts zu tun.“

„Lauterbach?“ Pretorius blickte fragend zu Weber hinüber.

„Robert Lauterbach, genannt Robbie. Er war früher mal eine Größe im Frankfurter Bahnhofsviertel. Sitka nannte ihn Sergej. Das war unser Gorilla. Dieses ... dieses Scheusal hat Ferdi erschossen ... und Jessica Langer verletzt.“

„Er hat sie vielleicht getötet!“ fügte Pretorius hinzu. „Wir können nur beten, dass sie durchkommt.“

Der Doktor knetete seine Hände und schwieg. Pretorius atmete tief durch.

„Frau Langer ist über Wochen gefangen gehalten worden. Was hat dieser Robert Lauterbach mit ihr gemacht?“

„Er hat sie verhört ... Er hatte vor, sie weichzukochen. Wir wollten wissen, wo Sitka das Geld versteckt hat."

„Wer ist Sitka?"

„Dieter Sitka hat den Part mit den Schweinehälften organisiert."

„Das war unserer Kenntnis nach Dimitrij Stankov."

„Sitka und Stankov sind ein und dieselbe Person. Sitka nannte sich Dimitrij Stankov. Es war quasi sein Künstlername. Er hatte die Idee mit der bulgarischen Schiene."

„Bulgarische Schiene? Ich verstehe nicht ..." Pretorius schüttelte den Kopf.

„Sitka hat die Idee gehabt, dass wir den Schweinehälftendeal wie eine bulgarische Mafia-Geschichte aussehen lassen. Das sollte zur Tarnung und zur Verwirrung der Polizei dienen. Schwarz fand das gut. Aber es gibt keine bulgarische Mafia, es hat nie eine gegeben."

„Ihr wart also eine rein deutsche Mafia", sagte Pretorius laut und unbarmherzig. Der Doktor zuckte zusammen. Pretorius beugte sich nach vorn und brachte sein Gesicht nahe an das von Weber:

„Was hat Lauterbach sonst noch mit Jessica Langer gemacht?"

Der Doktor zögerte mit der Antwort.

„Nichts weiter... das heißt, doch. Ich wurde einmal zu ihr gerufen, weil Lauterbach ihr den Unterkiefer gebrochen hatte. Ich habe ihr geholfen."

„Geholfen!?", wiederholte Pretorius zweifelnd.

„Ja, ohne meine Hilfe wäre sie wahrscheinlich an einer Sepsis gestorben da unten in dem Keller. Ich habe ihr Antibiotika gegeben. Danach hat sich Lauterbach zurückgehalten. Sie wusste wahrscheinlich wirklich nichts von Sitkas Geld."

Pretorius schüttelte den Kopf und fuhr sich mit dem Handrücken über die Stirn.

„Ihr habt verdammt wenig Skrupel an den Tag gelegt.“

„Am Anfang gab es keine Probleme. Es lief lange Zeit wie geschmiert. Erst seit Sitka uns reingelegt hat, ging alles schief.“

„Wann habt ihr es gemerkt?“

„Robert Lauterbach hatte schon Anfang November den Verdacht, dass er in die eigene Tasche wirtschaftet.“

„Und darum musste er sterben?“

„Ja. Er hat uns hintergangen. Er sollte die Schweinehälften und die Risikopersonen in der Abdeckerei entsorgen. Statt dessen hat er sie irgendwo in Kelkheim zwischengelagert, ihnen falsche Papiere verschafft und an TINA geliefert.“

„Wer ist TINA?“

„Das ist eine nagelneue Fabrik für Tiernahrung in Kriftel. Sitka hat dort die entsprechenden Leute geschmiert. “

„Und die sogenannten Risikopersonen …?“

„Wurden auf diese Weise beseitigt. War übrigens ursprünglich eine Idee von Robert Lauterbach. Richard Schwarz war ganz begeistert davon. Keine Leichen im Keller, sondern gewinnbringend verkauft!“

„Sag mal, wie konnte Sitka es eigentlich schaffen, euch zu betrügen?“

„Er hat alle bestochen. Von Jessica Langer über die Fahrer und Geschäftsführer der Firmen und so weiter. Damit die Sache mit den Schweinehälften glatt lief. Das Geld hatte er von uns. Du glaubst nicht, was man mit Geld alles machen kann. Neunundneunzig Prozent aller Menschen sind bestechlich. Es ist nur eine Frage des Preises.“

„Und dann hat Sitka auf eigene Faust Geschäfte gemacht und Geld zur Seite geschafft."

„Ja. Aber wir haben nicht herausbekommen, wo er es versteckt hat. Der Bursche war gerissener, als wir gedacht haben."

„Hm. Kommen wir mal zu dir. Was hast du denn da unten in eurem Orkus gemacht?"

„Sie haben mir ein komplettes Labor eingerichtet. Eines der größten und am besten ausgestatteten in privater Hand. Der Traum eines Chemikers. Meine Leidenschaft ist die Toxikologie."

„Du hast mit Giften experimentiert?"

„Genau!"

„Sebastian, erzähl mir nicht, dass du …"

„Doch", sagte der Doktor leise. „Ich mache jetzt reinen Tisch. Ich habe das Gift hergestellt, mit dem wir das Schwein und Tommy vergiftet haben. Und später dann auch Sitka."

„Tommy war der Tote im Kühlhaus?"

„Ja, er hat hier gearbeitet. War Sicherheitsmann. Robert Lauterbach wollte ihn liquidieren, weil er eine CD mit vertraulichen Unterlagen kopiert hatte. Er wollte uns erpressen."

„Und da hast du …"

„Ja, ich hasse Waffen und diese dummen Schießereien. Ich wollte eine andere Methode etablieren. Ich habe das Gift zuerst an dem Schwein ausprobiert. Tommy hat bei einem Abendessen ein Stück von der Leber gegessen. Gut durchgebraten mit Zwiebelringen und Kartoffelpüree."

Pretorius war nahe daran, die Fassung zu verlieren. Er starrte Dr. Weber an wie ein Gespenst. Erst nach einer Weile fand er die Sprache wieder.

„Die Leber ... dort konzentriert sich das Gift."

„Genau", sagte der Doktor.

„Und ... warum haben wir bei Sitka nicht die geringste Spur von einem Gift gefunden?"

„Weil ich da erst die richtige Dosis raushatte. Normalerweise ist das Gift nach kurzer Zeit nicht mehr nachweisbar. Ich hatte bei den ersten Versuchen stark überdosiert. Trotzdem ist es ein Wunder, dass ihr überhaupt etwas gefunden habt. Ihr habt anscheinend ein gutes Labor."

Pretorius brauchte ein paar Sekunden, um das zu verarbeiten, was er gehört hatte.

„Wie kommt es, dass von den Leuten, die das Jägerschnitzel im ‚Feldberg' gegessen haben, nur der kleine Junge gestorben ist?"

„Das Gift baut sich im Organismus langsam ab. Nach spätestens drei Wochen ist auch bei relativ hoher Dosierung kaum noch etwas da."

„Aber für den Kleinen hat's noch gereicht!", donnerte Pretorius. Dr. Weber presste die Lippen zusammen und rührte sich nicht. Pretorius erhob sich von seinem Stuhl und ging um den Tisch herum. Er stellte sich neben den Doktor.

„Wenn ich dich richtig verstehe, hast du also ein Gift zusammengemischt, das nach nichts schmeckt und riecht und das man nach dem Tod des Opfers nicht mehr nachweisen kann, wenn es entsprechend dosiert ist," sagte er langsam und jedes Wort einzeln betonend.

„So kann man es ausdrücken, ja. Das Gift hat eine chemische Halbwertzeit von etwa vier Tagen. Bei Normaldosis ist die Menge nach drei Wochen unter die Nachweisgrenze gefallen", antwortete der Doktor.

„Der perfekte Mord", sagte Pretorius wie zu sich selber, „Damit ist der perfekte Mord möglich."

„Ich gebe euch die Formel. Macht damit, was ihr wollt", murmelte Weber.

Man sah Pretorius die Anstrengung an, die ihn das Verhör gekostet hatte. Sein markanter Römerkopf war zwischen die Schultern gezogen und seine Gesichtsfarbe schien bleicher als sonst. Dr. Weber sah ihn ganz ruhig an und wartete auf die nächste Frage. Wo nahm dieser Mann die Ruhe her?

„Woher hattet ihr die Schweinehälften?"

„Die kamen aus dem Schlachthof. War minderwertige Ware. Richard Schwarz bekam sie fast umsonst."

Bei Herbert Kleinschmidt ist nur eine vergiftete Schweinehälfte gefunden worden. Wo ist die andere hingekommen?"

„Die habe ich in meinem Kühlhaus behalten. Für weitere Untersuchungen."

Pretorius fuhr sich mit der Zuge über die Lippen. Er kam um den Tisch herum und setzte sich wieder auf seinen Platz.

„Wer war Ferdi?", fragte er.

„Ferdinand Brinkmann war neu bei uns. Er kam auch aus dem Frankfurter Kiez. Robert Lauterbach sollte ihn als Sicherheitsmann einarbeiten, er sollte der Nachfolger von Tommy werden. Aber die beiden haben sich nicht verstanden. Lauterbach hat Ferdinand nur schikaniert. Der Junge hatte es verdammt schwer. Er hat mir leid getan."

Pretorius stützte die Hände auf den Tisch.

„Wem gehört die Villa, von der aus der Tunnel in den Keller führt?"

„Die hat Richard Schwarz gehört. Ich weiß nicht, wie er dazu gekommen ist."

„Wir werden es herausfinden“, sagte Pretorius. „Wir stellen die Villa und den ganzen Keller noch einmal auf den Kopf. Noch dreimal, wenn nötig.“

„Das wird euch nichts nützen. Die wirklich wichtigen und geheimen Unterlagen sind alle in der Zentrale.“

„Wir werden sie finden.“

„Das glaube ich nicht“, sagte der Doktor.

„Und wieso nicht?“

„Es gibt kaum Papiere. Fast alle wichtigen Vorgänge sind mündlich gelaufen, alles andere liegt wahrscheinlich verschlüsselt auf einem Datenträger. Und selbst wenn ihr den findet: In der Zentrale habt ihr es mit Leuten zu tun, die sich ihre eigenen Gesetze machen. Die lachen nur über euch.“

„Das wollen wir erst einmal sehen. Aber zurück zum Keller. Gibt es außer den Räumen, die wir gefunden haben, noch weitere?“

„Nein. Es gab Büros, Lagerräume, Aufenthaltsräume und Toiletten, den Kühlraum und mein Labor.“

„In dem die Schweinehälften präpariert wurden.“

„Ja.“

„Hast du das alleine gemacht?“

„Ja.“

Der Kriminaloberrat fixierte seinen ehemaligen Freund Dr. Weber.

„Du hast also die ganze Zeit ein Doppelleben geführt.“ Pretorius’ Stimme klang wieder ruhiger.

„Ja“, stieß Weber hervor.

„Oben Dr. Jekyll und unten Mr. Hide!“

„Ja.“

„Wie hast du das bloß ausgehalten?“

Der Doktor schwieg eine Weile. Dann schüttelte er den Kopf.

„Ich weiß es nicht“, sagte er schließlich. „Ich bin froh, dass es endlich vorbei ist.“ Sein Blick ging ins Leere.

Pretorius lehnte sich zurück. Er sah aus, als habe er einen Marathonlauf hinter sich.

„Schluss für heute!“, sagte er. „Aber ich schwöre dir, wir machen weiter. Ich quetsche alles aus dir heraus, alles!“

„Du brauchst gar nicht zu quetschen, Thomas“, sagte Sebastian Weber leise. „Ich geb's dir auch so.“

Sonntag, 2. Januar

Michael Bentler winkte der Bedienung. Mit seiner linken Hand!

„Habt ihr das gesehen?“, fragte er. „Bald kann ich wieder mit dem Mountain-Bike auf den Feldberg…“

„Mal langsam“, sagte Jenisch, „übertreib’s nicht!“

Bohleder grinste und nahm einen Schluck von seinem Rotwein. Die Bedienung, eine junge Frau, kam und Bentler bestellte noch eine Apfelschorle, Jenisch noch einen Rheingauer. Bohleder, Jenisch und Bentler saßen in der Gaststube der ‚Roten Mühle’ um einen Tisch herum. Es war ein privates Treffen. Jenisch hatte seine Kollegen eingeladen. Er wollte mit ihnen noch einmal über den Fall sprechen. Draußen herrschte trockene Kälte. Es roch nach Schnee. Sie hatten die Autos an der Rotebergstraße stehen lassen und waren zu Fuß hergelaufen.

„Dass Pretorius den Dr. Weber kennt, ist ein Geschenk des Himmels“, sagte Bentler.

„Ja, dass sie sich kennen, vereinfacht die Sache“, sagte der Hauptkommissar. „Der Doktor packt vorbehaltlos aus, und Pretorius ist ein As bei Vernehmungen. Wir haben schon eine ganze Menge Informationen. Es ist jedenfalls ziemlich klar, wo wir weitermachen müssen.“

„Wir? Das ist für unsere SoKo doch mindestens zwei Nummern zu groß“, meinte Bentler. Jenisch beugte sich vor.

„Stimmt. Deshalb werden die Frankfurter Kollegen auch den Fall übernehmen. Zwölf Mann aus verschiedenen Dezernaten. Alles Spezialisten. Wir sollen sie demnächst in die Details einführen. Übermorgen ist der Termin.“

Bentler pfiff durch die Zähne.

„Da kann man ja hoffen, dass die Jungs den Sumpf trockenlegen."

Jenisch räusperte sich und nahm noch einen Schluck. Bohleder sah Bentler trübselig an.

„Ja, hoffen kann man. Aber die Verhältnisse, die sind nicht so, wie schon Brecht sagt ..."

„Was meinst du damit?"

„Wir haben mit diesem Dr. Weber nur die dritte Garnitur erwischt. Die zweite Garnitur vom Kaliber Hartmann scheint eine weiße Weste zu haben und von der ersten Garnitur ahnen wir noch nicht einmal etwas. Wir haben den ganzen Keller quadratzentimeterweise untersucht und nichts gefunden, was auf Hartmann oder irgendwelche Hintermänner hinweist. Es ist zum Verrücktwerden. Entweder die haben alle Spuren sorgfältig beseitigt oder Hartmann hat wirklich mit dem Ganzen nichts zu tun."

„Das glaube ich nicht", sagte Jenisch.

„Ich auch nicht", knurrte Bohleder. Bentler schaute vom einen zum anderen.

„Ja und? wie geht's jetzt weiter?"

„Wir nehmen Hartmann in den Schwitzkasten. Vielleicht macht er einen Fehler."

Die Bedienung kam mit den Gläsern.

„Na dann, Prost", sagte Jenisch und hob sein Glas Rheingauer Riesling. „Wir trinken auf Hartmanns Fehlerquote!"

Bohleder sagte nichts. Sie tranken schweigend.

„Hab ich euch schon gesagt, dass die Kriminalstation Kelkheim demnächst geschlossen wird?", fing Jenisch wieder an.

„Hast du, Albert", sagte Bohleder.

„Schaut mal, es fängt an zu schneien", sagte Bentler.

„Wenn Jessica Langer wieder aus dem Krankenhaus entlassen wird, machen wir einen Ortstermin", sagte Jenisch. „Ich will wissen, wo dieses verdammte Schwein liegt, das mir den Magen umgedreht hat."

„Apropos Jessica Langer. Wie geht es ihr denn?", fragte Bohleder. Jenisch wiegte den Kopf.

„Das Schlimmste hat sie überstanden. Aber sie braucht sicher noch eineinhalb oder zwei Wochen."

„Kann sie schon reden?", fragte Bohleder

„Wenn du damit meinst, ob sie vernehmungsfähig ist: Nein."

„Draußen schneit es", sagte Bentler.

„Ist mir egal!", sagte Jenisch grob und trank sein Glas in einem Zug aus. Die drei Männer schwiegen ein bisschen zusammen. Jenisch genoss diese Männerrunde. Man brauchte nicht so viel zu erklären und fühlte sich trotzdem verstanden.

„Übrigens, ich habe mich letzte Woche beim Fitness-Studio auf dem Klosterberg angemeldet", sagte er.

Bohleder und Bentler grinsten um die Wette.

„War wohl ein sportliches Schlüsselerlebnis da oben am ‚Zauberberg', was?", meinte der Hauptkommissar.

„Ich muss was für meinen Körper tun." Jenisch zog seinen Bauch ein und richtete sich kerzengerade auf. Bentler betrachtete ihn amüsiert.

„Ich habe übrigens einen neuen Freund", sagte er. „Im Krankenhaus kennen gelernt. Toller Typ! Wir lieben uns." Er lächelte in die Runde. Bohleder starrte ihn an wie eine Geistererscheinung.

„Heinz, guck nicht so! Gratulier ihm lieber!", sagte Jenisch.

„Und ich?“, fragte der Hauptkommissar mit gespielter Entrüstung. „Was hab ich?“

„Du hast Familie“, sagte Jenisch.

Montag, 4. Januar

„Aber meine Herren, so beruhigen Sie sich doch!"

Dr. Artur Hartmann war von seinem Sessel aufgestanden.

„Nein!", schrie Bohleder, „ich beruhige mich nicht!" Er hatte sich vor dem Schreibtisch von Hartmann aufgebaut und wirkte in seinem dicken Wintermantel wuchtiger als sonst. Jenisch stand daneben und machte ein Gesicht, als wolle er dem Makler jeden Augenblick an die Kehle gehen. Bohleder ging mit schnellen Schritten hinüber zum Fenster und starrte hinaus.

„Herr Doktor Hartmann", sagte er mit scharfer Akzentuierung, „Sie sind der Besitzer des ‚Zauberbergs'. Sie können mir doch nicht weismachen, dass Sie von diesem Keller nichts gewusst haben."

„Das habe ich in der Tat nicht. Ich kenne die Räumlichkeiten nicht." Jenisch traute seinen Ohren nicht. Der Mann sprach so, als stünde er neben einem Bekannten und mache Konversation.

„Dann wissen Sie auch sicher nichts von diesem Tunnel, der von der Villa in den Keller des ‚Zauberbergs' führt?"

„Sie sagen es."

„Wussten Sie, dass Richard Schwarz der Besitzer der Villa war?"

„Selbstverständlich. Hartmann Immobilien hat sie ihm vermittelt."

„Hartmann Immobilien? Nicht Sie persönlich."

„Nein, das machen meine Mitarbeiter. Ich unterzeichne nur die fertigen Vorlagen."

„Bei Dr. Weber war das genau so?"

„Dr. Weber?"

„Ja, die Naturheilpraxis im Zauberberg'."

„Ach ja, dieser Dr. Weber, ich erinnere mich dunkel …"

Bohleder drehte sich um. Seine Silhouette hob sich schwarz vor dem Fenster ab.

„Lieber Herr Hartmann“, sagte er langsam, „Oberkommissar Jenisch und ich habe einen Ermittlungsauftrag von der Sonderkommission Frankfurt. Ich warne Sie! Führen Sie uns nicht an der Nase herum! Wenn Sie jetzt nicht reden, werden die Frankfurter Kollegen Sie und ihr Büro nach allen Regeln der Kunst auseinander nehmen. Auch Ihre Privatwohnung wird durchsucht.“

„Ihre Kollegen sind jederzeit willkommen, Herr Hauptkommissar.“

Hartmann war kühl wie eine Hundeschnauze. Jenisch empfand widerwillige Bewunderung für diesen Mann. Er ließ sich durch nichts aus der Ruhe bringen.

Wo wohnen Sie eigentlich privat?“, fragte er.

„In Kronberg“, sagte Hartmann ruhig.

„Wo in Kronberg?“

„Schönberg, Schlossstraße 66.“

„Hübsche Gegend“, warf Bohleder ein. „Da wohnen keine armen Leute.“

„Allerdings nicht“, gab Hartmann zurück. Er wirkte so glatt und kalt wie ein Marmorblock. Bohleder beschloss, aufs Ganze zu gehen.

„Wir waren schon einmal hier“, sagte er.

„Ich weiß“, sagte Hartmann.

„Ich meine nicht unseren offiziellen Besuch. Wir waren in der Nacht vom 10. auf den 11. Dezember hier in Ihrem Büro.“

„Ich weiß“, sagte Hartmann ruhig.

Bohleder starrte ihn an. Jenisch, der gerade damit beschäftigt gewesen war, den Inhalt seiner linken Hosentasche zu inspizieren, hielt mitten in der Bewegung inne.

„Sie … Sie wissen ….?“, stammelte Bohleder.

„Aber ja, hier in diesem Haus bleibt nichts verborgen. Wir haben eine kleine Abhöranlage installiert, die vom Netz unabhängig ist und sich automatisch einschaltet, wenn der Strom ausfällt. Hier …“, Hartmann zeigte auf eine winzige Öffnung an der Telefonanlage, „ist das Mikrofon. Die Anlage kannte auch Ihr Schwiegersohn nicht. Tüchtiger Mann übrigens.“ Hartmann lächelte freundlich. Bohleder machte ein säuerliches Gesicht.

„Sie wissen genau, dass Ihre Aktion illegal war“, Hartmanns Stimme stand drohend in der Luft. Plötzlich war er in der Offensive. Bohleder schwieg. Dass Hartmann von dem nächtlichen Besuch wusste, machte ihn sprachlos. Es war Jenisch, der sich zu einer Reaktion aufraffte:

„Aber sie war durch Hofheim gedeckt“, log er.

„So? Das möchte ich doch bezweifeln. Ich werde Herrn Pretorius fragen.“

Verdammt, dachte Jenisch, das war ein Rohrkrepierer, wenn er Pretorius informiert, bin ich geliefert. Er entschloss sich zu weiterer Offensive. Wenn er noch eine Chance haben wollte, blieb ihm nichts anderes übrig.

„Wir haben den Plan der ersten Kelleretage unter dem ‚Zauberberg‘ bei Ihnen in der Schreibtischschublade gefunden, Herr Doktor Hartmann! Wie kam der dahin?“

„Ich kann es Ihnen nicht sagen. Richard Schwarz wohnte ja da in der Nähe. Er hatte hier immer einiges an Papieren liegen. Ich selber benutze den Schreibtisch fast nie.“ Hartmann beugte sich lächelnd nach vorn und strich mit der flachen Hand über die Schreibtischplatte. „Ich halte mich überhaupt nur selten hier auf.“

„Wo sind Sie denn normalerweise?“

„Ich bin fast immer unterwegs. Ich führe meine Geschäfte von meinem Wagen aus."

„Was für einem Wagen?", fragte Jenisch.

„Vielleicht haben Sie einen grauen Opel Vectra vor dem Haus stehen sehen. Das ist mein Wagen."

„Früher gehörte er Richard Schwarz!", warf Bohleder ein. Hartmann lächelte.

„Ja, Sie haben Recht. Der Wagen gehörte Richard. Aber ich habe ihn übernommen. Richard sagte immer: Mit so einem Wagen fällt man nicht auf. Für einen Makler ist das manchmal wichtig."

Jenisch spürte, dass dem Mann nicht beizukommen war. Nicht hier und nicht jetzt. Er gab Bohleder ein Zeichen. Der nickte.

„Gut, wir verabschieden uns für heute. Aber wir kommen wieder."

Hartmann setzte ein verbindliches Lächeln auf.

„Ich stehe Ihnen jederzeit zur Verfügung. Machen Sie telefonisch einen Termin mit meiner Sekretärin aus." Er deutete auf die Tür um Vorzimmer. Als sie schon halb im Gehen waren, drehte sich Jenisch noch einmal um:

„Sie haben Ihre Empfangsdame entlassen! Alexandra Beltz. Warum?"

„Frau Beltz ist entlassen? Das wusste ich noch gar nicht. Schade, sie war eine recht zuverlässige Mitarbeiterin! Ich kann Ihnen leider keine Auskunft darüber geben. Wenn Sie etwas über Personalangelegenheiten wissen möchten, wenden Sie sich am besten an Herrn Gentschev."

Nein, dachte Jenisch, es hat keinen Zweck. Der Bursche führt uns an der Nase herum. Und wir können es ihm nicht nachweisen.

„Auf Wiedersehen!“, sagte er mit Nachdruck. Bohleder sagte gar nichts.

„Auf Wiedersehen!“, gab Hartmann in höflichem Ton zurück.

Unten im Foyer rief ihnen die neue Empfangsdame, eine sehr junge und sehr hübsche Brünette, ein melodisches ‚Tschüüß‘ nach.

Schweigend gingen die beiden Männer zu Bohleders Volvo zurück.

„Was meinst du, Heinz?“, fragte Jenisch.

„Wir schießen mit Spatzen auf Kanonen“, sagte Bohleder düster. „Hartmann ist uns über. Der lässt uns glatt ins Leere laufen.“

„Wahrscheinlich hast du Recht. So einer macht sich die Finger nicht schmutzig. Dafür hat er seine Leute. Zum Beispiel Richard Schwarz und jetzt diesen Gentschev. Sollen wir uns mal um den kümmern?“, fragte Jenisch. Bohleder schüttelte den Kopf.

„Gentschev ist sicher einer von denen, die für viel Geld ihren Kopf hinhalten. Ich habe die Schnauze voll von diesen Typen. Das sollen die Kollegen von der Frankfurter SoKo machen.“

„Heinz, du wirst doch jetzt nicht die Segel streichen?“

„Doch“, sagte der Hauptkommissar. „Ich habe es lieber mit kleinen Gaunern zu tun. Die großen machen mich ganz krank.“

Sie erreichten Bohleders Wagen und stiegen ein.

„Wenn Hartmann Pretorius über unseren Besuch in seinem Büro informiert, bin ich weg vom Fenster“, sagte Jenisch.

„Abwarten! Vielleicht ist er doch nicht so abgebrüht, wie er tut“, meinte Bohleder.

Jonas näherte dem Krankenzimmer in der Hofheimer Klinik mit einigen Beklemmungen. Er hatte sich viele Gedanken darüber gemacht, wie er Jessica gegenübertreten könnte, aber in dem Augenblick als er Zimmer 207 betrat, war alles wie weggeblasen. Sein Mund war trocken und er fühlte einen Druck auf der Brust, als ob ein Ziegelstein darauf läge.

„Hallo, Jessica."

Jessica drehte langsam den Kopf. Sie trug immer noch einen dicken Verband. Sie wirkte kleiner und dünner als sonst. Ihr Gesicht war blass.

„Hallo, Jonas!", sagte sie. Ihre Stimme klang so zerbrechlich, dass es Jonas die Tränen in die Augen trieb. Er schluckte und trat an ihr Bett.

„Na, wie geht's denn so?"

„Ganz gut", sagte sie.

Es entstand eine Pause. Jonas wusste nicht so genau, was er reden sollte. Er schaute hinüber zum anderen Bett. Dort saß eine weißhaarige Frau auf dem Bettrand und schickte sich an, in ihre Hausschuhe zu schlüpfen.

„Ich gehe schon.", sagte sie.

Beim Hinausgehen lächelte sie Jonas aufmunternd zu. Jonas stand immer noch vor dem Bett und fühlte sich wie bestellt und nicht abgeholt.

„Schau mal, was ich dir mitgebracht habe."

Er holte aus einer Plastiktüte eine Packung mit Keksen. Es waren amerikanische Brownies mit Schokoladenstücken, die sie sehr mochte.

„Oh", sagte Jessica, „meine Lieblingskekse. Das ist aber lieb von dir."

Jonas lächelte und setzte sich auf die Bettkante.

„Willst du nicht einen essen?“

„Wenn du mir die Schachtel aufmachst.“

Jonas riss die Verpackung auf, holte einen Keks heraus und reichte ihn Jessica.

„Danke.“

Jessica biss ein kleines Stückchen ab.

„Schmeckt gut“, sagte sie.

„Extra für dich“, sagte Jonas.

Es entstand eine längere Pause. Jessica knabberte an ihrem Keks und Jonas schaute ihr dabei zu.

„Gibst du mir noch einen? Und nimm dir auch was!“

Jonas holte noch mehr Kekse aus der Schachtel und sie aßen gemeinsam.

„Wann kommst du denn wieder raus hier?“, fragte er kauend.

„Der Arzt sagt, Ende nächster Woche.“

„Ich hole dich ab, wenn du nichts dagegen hast.“

Jessica nickte stumm. Ihr Kinn zitterte. Jonas sah, dass sie mit den Tränen kämpfte. Er fasste nach ihrer Hand und hielt sie ganz fest.

„Ja“, sagte Jessica. Jonas musste schon ganz genau hinhören, um das Wörtchen zu verstehen.

Dienstag, 4. Januar

„Nicht schlecht!“, sagte Jenisch und zupfte sich am Ohrläppchen.

Er stand mit Bohleder zusammen vor dem Anwesen in der Schlossstraße 66.

„Ja“, meinte der Hauptkommissar, „unser Dr. Hartmann hat’s offenbar ziemlich dicke.“

Es war ein großes Haus im Stil einer Südstaaten-Villa. Ganz in Weiß. Natursteintreppe, große Säulen am Eingang, hohe Sprossenfenster, Schieferdach. Ein Traum von einer Residenz in einem weitläufigen, sehr gepflegten Park. Links war eine Doppelgarage, ebenfalls im Villenstil. Davor stand ein Porsche. Neuestes Modell.

„Aha“, sagte Jenisch, „den fährt er wohl in seiner Freizeit.“

In diesem Augenblick öffnete sich die Tür und Dr. Hartmann trat heraus. Er trug seinen hellen Mantel und einen Hut. Mit schnellen Schritten ging er auf den Porsche zu. Als er die beiden Polizisten bemerkte, blieb er kurz stehen und zog den Hut.

„Guten Tag, die Herren!“ Sein Lächeln war von der ausgesuchtesten Liebenswürdigkeit.

Jenisch und Bohleder standen stumm wie die Salzsäulen. Hartmann stieg in das Auto und fuhr auf die Parkstraße hinaus Richtung Kronberg Stadtmitte.

„Nicht zu fassen“, murmelte Jenisch. „Der Mann hat Nerven wie Drahtseile.“

„Er fühlt sich eben sehr sicher“, sagte Bohleder bitter.

„Genau das ist das Ärgerliche!“ sagte Jenisch. „Er nimmt uns nicht ernst. Würde mich interessieren, wo er hinfährt.“

„Das kann uns egal sein, Heinz“, meinte Bohleder. „Wir sind den Fall zum Glück los.“

„Trotzdem ärgert's mich“, brummte Jenisch.

„Bist du etwa neidisch auf Hartmann?“, grinste Bohleder. Jenisch ließ ein paar Sekunden verstreichen.

„Wenn's mir gut geht, nein, wenn's mir schlecht geht, ja.“

Bohleder sagte nichts, aber er legte Jenisch die Hand auf die Schulter. Sie standen eine Weile wie zwei Brüder.

Es war halb elf abends. Jenisch war schon im Schlafanzug, als das Telefon klingelte. Jonas war dran.

„Hallo, hier ist Jonas Kleinschmidt. Entschuldigen Sie, Herr Jenisch, dass ich Sie so spät noch störe ...“

„Kein Problem“, sagte Jenisch. „Was liegt denn an? Ach, übrigens, sag einfach du und Albert zu mir. Ich duze dich ja auch schon die ganze Zeit.“

„Gut, Herr Jenisch ... Albert. Danke! Ich war übrigens gestern bei Jessica.“

„Und?“

„Sie ist noch ziemlich mitgenommen, aber Ende nächster Woche kommt sie aus dem Krankenhaus.“

„Freut mich“, sagte Jenisch, „freut mich auch für dich, Jonas.“

„Mich freut's auch“, sagte Jonas. „Aber weshalb ich eigentlich anrufe: Ich habe eine Bitte an Sie ... an dich ... Entschuldigung, das Du ist noch so ungewohnt. Du weißt, dass Onkel Herbert mir die Gaststätte vermacht hat. Ich habe aber kein Interesse daran, Wirt zu werden. Ich möchte lieber in der Immobilienbranche bleiben. Also habe ich eine Annonce in die Zeitung gesetzt, dass der ‚Feldberg' zu pachten ist. Heute hat sich jemand gemeldet, eine Frau Marinari, Rosa Marinari. Und da dachte ich, dass Sie ... dass du ...“ Jonas stockte.

„Dass ich was?“, half Jenisch nach.

„Na ja, dass du dabei bist, wenn ich mich mit dieser Frau Marinari treffe und mit ihr verhandele.“

„Warum denn ich?“

„Weil ... weil ich glaube, dass du ... ach, ich habe einfach Zutrauen zu dir. Du hast Menschenkenntnis. Du kannst viel besser beurteilen als ich, ob die Frau als Pächterin für den ‚Feldberg‘ geeignet ist.“

„Hm“, sagte Jenisch, „da bin ich nicht so sicher. Bei Frauen habe ich schon öfter daneben gelegen.“

„Bitte!“, sagte Jonas.

„Na gut. Wann soll denn dieses Treffen sein?“

„Morgen Abend.“

„Morgen Abend schon! Na, da hast du Glück, dass ich Zeit habe.“

„Ich habe gewusst, dass du mir hilfst. Danke!“ Jonas’ Stimme klang so laut, dass Jenisch den Hörer ein Stück vom Ohr weg halten musste.

„Wann und wo?“, fragte Jenisch.

„Heute Abend um sieben im ‚Feldberg‘.“

„Im ‚Feldberg‘? Das ist gut. Ich wollte sowieso demnächst mal vorbeikommen und sehen, wie es dort jetzt aussieht.“

„Komm erst, wenn ich aufgeräumt habe.“

„Und wann ist das?“

„Kurz vor sieben.“

Jenisch lachte und legte auf.

Mittwoch, 5. Januar

Jonas hatte das Gastzimmer des ‚Feldbergs' einigermaßen hergerichtet. Die Stühle standen an den Tischen, der Fußboden war gefegt und auf den Glasregalen hinter der Theke standen die Flaschen ordentlich aufgereiht. Bei genauerem Hinschauen konnte man allerdings sehen, dass die meisten von ihnen leer waren.

Rosa Marinari erschien pünktlich. Jenisch hatte sich gerade zu Jonas an den Tisch gesetzt, als sie zur Tür herein trat. Sie begrüßten sich. Rosa nahm auf dem Stuhl Jenisch gegenüber Platz. Sie trug ein rostrotes Kostüm und eine helle Bluse. Sie war mittelgroß, etwas füllig und wirkte auf den ersten Blick unauffällig. Jenisch lehnte sich auf seinem Stuhl zurück. Sie hoben beide zur gleichen Zeit die Augen und sahen sich an. In diesen schätzungsweise zwei Sekunden hatte Jenisch das Gefühl, auf einen Magneten gestoßen zu sein. Er saß einen Augenblick wie abwesend da. Jonas legte ihm die Hand auf die Schulter.

„Albert, was möchtest du trinken?"

„Äh … eine Apfelschorle bitte." Jenisch vermied es, sein Gegenüber anzuschauen.

„Dann sind es drei Apfelschorle", sagte Jonas und ging hinüber zur Theke.

Obwohl er ihren Blick vermied, spürte Jenisch, dass Rosa Marinari ihn anschaute. Als sich ihre Augen kurz trafen, lächelte sie ihm zu. Jenisch lächelte flüchtig zurück. Was war los? Er wusste es nicht, er hatte nur das Gefühl, dass diese Frau ihn durch ihre bloße Gegenwart in Schwingungen versetzte.

Jonas kam mit den Getränken zurück. Er stellte die Gläser auf den Tisch und setzte sich. Sie prosteten sich zu und tranken.

„Sie wollen sicher erst einmal etwas über mich wissen“, begann Rosa. „Ich komme aus Kriftel, werde aber demnächst nach Kelkheim ziehen. Ich habe schon eine kleine Wohnung im Berliner Ring gefunden. Mein Vater ist Deutscher, meine Mutter Italienerin. Ich habe den Namen meiner Mutter angenommen. Ich habe früher schon öfter in der Gastronomie gearbeitet. Wir hatten bis vor kurzem ein italienisches Restaurant in Kriftel, das wir aber wegen der Stadtteilsanierung aufgeben mussten. Meine Eltern fühlen sich auch inzwischen zu alt, um ein Lokal zu führen. Als ich die Anzeige von Herrn Kleinschmidt in der ‚Kelkheimer Zeitung‘ las, war ich sofort interessiert. Ich kenne dieses Lokal. Ich war schon einige Male hier. Ich habe von den schlimmen Ereignissen gelesen, die sich hier abgespielt haben, Herr Kleinschmidt.“ Rosa machte eine Pause und schaute Jonas mitfühlend an. „Ich denke dass der ‚Feldberg‘ es verdient, weitergeführt zu werden. Ich möchte ein modernes Restaurant aufmachen, und ich denke, dass ich das hier realisieren kann.“

Jenisch war beeindruckt. Diese Frau machte nicht viele Umwege. Sie hatte Erfahrung und wusste, was sie wollte. Jonas stieß ihn unter dem Tisch an und blinzelte ihm zu. Jenisch blinzelte zurück. Rosa ließ derweil ihren Blick durch die Gaststube wandern.

„Es müsste einiges umgebaut und renoviert werden“, sagte sie.

„Ja“, entgegnete Jonas, „wenn Sie das übernehmen, komme ich Ihnen mit dem Pachtzins entgegen. Oben ist übrigens eine Wohnung, die Ihnen nach der Renovierung zur Verfügung steht.“

„Perfekt“, sagte Rosa.

„Bringen Sie Personal mit?“, fragte er.

„Nein", sagte Rosa, „leider nicht. Aber ich dachte, dass es hier vielleicht Mitarbeiter gegeben hat, die gerne wieder einsteigen möchten."

„Sandra und Silvio", sagte Jonas.

„Ja, genau", fügte Jenisch hinzu. „Sandra hilft in der Küche und Silvio serviert."

„Fehlt bloß noch jemand für den Ausschank, wenn ich in der Küche bin."

„Sie kochen?", fragte Jenisch interessiert.

„Leidenschaftlich gerne. Italienische und internationale Küche. Aber auch deutsch", sagte Rosa und schaute ihm voll ins Gesicht. Jenisch hatte das Gefühl, als stehe er im Lichtkegel eines Scheinwerfers. Jetzt erst fielen ihm Einzelheiten auf. Ihr schulterlanges schwarzes Haar, die Locken. Die braunen Augen. Sie war nicht geschminkt.

„Für den Ausschank treiben wir auch noch jemanden auf", sagte Jonas. Er war sichtlich froh, so schnell jemanden gefunden zu haben, der den ‚Feldberg' pachten wollte.

Der Rest war Formsache. Der Pachtzins war schnell ausgehandelt. Jonas hatte als gelernter Makler einen fertigen Vertrag mitgebracht. Rosa las ihn durch, stellte noch einige Fragen und unterschrieb. Sie würde Mitte Februar anfangen. Man sah Jonas an, dass ihm eine Zentnerlast vom Herzen fiel. Jenisch schaute Rosa auf den Mund. Mamma mia, ein Mund zum Niederknien!

Rosa dankte, verabschiedete sich und ging.

„Na?", fragte Jonas triumphierend.

„Du hast wirklich ein sagenhaftes Glück", antwortete Jenisch.

„Ich habe gesehen, wie du sie angeschaut hast", sagte Jonas grinsend. „Läuft da was?"

„Blödsinn!“ wehrte Jenisch ab. „Bring mir lieber einen Rheingauer. Das Ereignis muss begossen werden.“

„Das ist ein Wort!“ Jonas sprang auf. Er war richtig aufgekratzt.

„Wir hätten ihr eigentlich einen Sekt anbieten können“, sagte Jenisch.

„Wir hätten, wenn wir einen gehabt hätten“, sagte Jonas fröhlich.

„Das heißt, dass du alles ...“

„Ja“, sagte Jonas. Er sah nicht nach einem schlechten Gewissen aus. Jenisch schüttelte missbilligend den Kopf.

„Sag mal, hast du auch eine Tafel Schokolade da? Michel Cluizel vielleicht?“, fragte er.

„Was?“, fragte Jonas.

„Ach, vergiss es, Milka tut's auch.“

Donnerstag, 6. Januar

Donnerstag war Boule-Tag. Jenisch hatte diesen Termin so verinnerlicht, dass er auch mitten im Winter automatisch um achtzehn Uhr die Kugeln klackern hörte. Aber ein Blick aus dem Fenster belehrte ihn, dass es wohl gemütlicher war, sich ein prasselndes Kaminfeuer vorzustellen als einen verschneiten Bouleplatz. Draußen wirbelten die Flocken und es sah nicht so aus, als ob es bald aufhören würde.

Eigentlich interessierte ihn an diesem Tag weniger das Boulespiel als vielmehr Anton. Da war eine undeutliche Erinnerung in seinem Hinterkopf, dass beim Einkaufen von Immobilien und Skandal die Rede gewesen war. Es konnte durchaus sein, dass Anton von Vorgängen gesprochen hatte, die mit dem Fall zusammenhingen. An der Aldi-Kasse hatte er irgendetwas von einem Frankfurter Immobilien-Skandal erzählt, während er, Jenisch, damit beschäftigt gewesen war, sich Frau Breuers gotische Hände vorzustellen. Er ärgerte sich, dass er nicht besser zugehört hatte. Vielleicht wusste Anton mehr über die Sache. Es konnte sogar sein, dass sich eine neue Spur ergab, denn Anton war selbst Architekt und kannte in Frankfurt eine Menge Leute aus der Branche.

Jenisch griff zum Telefon und rief Anton an. Der freute sich und war sofort bereit, sich mit Jenisch zu treffen. Sie vereinbarten als Treffpunkt den Gimbacher Hof. Anton wohnte nämlich in Ruppertshain und der Gimbi lag etwa auf halbem Weg zwischen Kelkheim und Ruppsch. Beim Stichwort Gimbacher Hof musste Jenisch immer noch an Erika Kleinschmidt denken, die sich dort in dem kleinen Teich das Leben genommen hatte.

Als Jenisch eintraf, saß Anton schon in seinem traditionellen Existenzialistenaufzug an dem Tisch rechts vom Eingang und hatte einen Roten vor sich stehen.

„Ciao, commissario!“, schallte es ihm entgegen.

„Buon giorno, Antonio.“

Manchmal hielten sie ihre Begrüßung in Italienisch. Jenisch bestellte einen Rheingauer Riesling.

„Ich kann mir schon denken, weshalb du mit mir reden willst“, kam Anton direkt zur Sache. „Der Schweine-Skandal ist zu einem Immobilien-Skandal geworden. Finde ich sehr originell!“

„Originell ist hier das falsche Wort. Es hat zu viele Tote gegeben.“ Jenisch war nicht nach Flachsen zumute.

„Ist ja schon gut“, lenkte Anton ein. „Du hast Recht. Es ist eine große Sauerei.“

„Was weißt du über die ganze Sache mit den Immobilien?“, fragte Jenisch.

„Ich weiß so viel, wie mir mein Freund Krämer erzählt“, sagte Anton. „Der ist nämlich Architekt wie ich, nur ein paar Nummern größer. Den haben sie gerade verhaftet und beschuldigen ihn der Bestechung.“

„Und? Ist was dran?“

„Natürlich ist was dran. Aber wenn sie Krämer verhaften, müssen sie noch fünfzig andere einbuchten, die viel mehr Dreck am Stecken haben.“

„Fünfzig?“

„Ja, wenn nicht noch mehr.“

„Wer ist das?“

„Makler, Architekten, Baubetreuer, Projektentwickler, Investment-Banker, Manager ... Leute, die mit großen Bauvorhaben zu tun haben.“

„Kannst du mir mal erklären, wie das läuft mit der passiven Bestechung?“ Jenisch nahm einen großen Schluck von dem vorzüglichen Riesling. Anton lehnte sich zurück.

„Kein Problem. Nehmen wir den Fall, der tatsächlich passiert ist. Stell dir vor, die Deutsche Bank plant ein zentrales Broker-Zentrum in Frankfurt an der Theodor-Heuss-Allee. Das ist, man höre und staune, ein 450-Millionen-Euro-Projekt. Sie schreibt einen anonymen Wettbewerb aus. Den Zuschlag erhält mein Freund Krämer, der vorher beim Bau eines Hochhauses hinter dem Amerikaner Helmut Jahn zurücktreten musste. Zufall? Du merkst schon, da regiert eine unsichtbare Hand. Als Krämer dann mit den Bauherren den Planungsvertrag schließen will, kommen plötzlich die Herren Manager und erklären bei einem gemütlichen Abendessen im ‚Frankfurter Hof‘, er habe diesen tollen Auftrag nur durch ihre Unterstützung bekommen. Es sei doch angemessen, diesen Einsatz ein wenig zu honorieren. Krämer versteht den Wink mit dem Zaunpfahl und löhnt 150.000 Euro, verteilt über drei Jahre, über einen Dritten. Schön unauffällig! Natürlich wird das Geld nicht schwarz gezahlt, sondern jeweils den Bauherren in Rechnung gestellt. Wenn sie das nicht nur mit Krämer, sondern auch mit anderen Auftragsnehmern machen, kommt unter dem Strich ein hübsches Sümmchen zusammen.“

„Das ist ja ein Ding!“, unterbrach Jenisch. „Dann ist also das Schmiergeld in Form von Scheinrechnungen in der Bausumme drin?“

„Du bist ein schlaues Kerlchen. Genau so ist es.“

„Und wer profitiert nun davon?“

„Alle, die mit der Vergabe des Auftrages zu tun haben. Das sind in diesem Fall die leitenden Herren der Bank. Die sammeln solche Zahlungen und teilen sie brüderlich unter sich auf. Alles selbstverständlich unversteuert. Der Staatsanwalt nennt sowas passive Bestechung."

Jenisch lachte auf.

„Das gibt's nicht! Die Leute, die sowieso am meisten absahnen, packen sich selbst noch einen drauf. Das ist doch eine schreiende Ungerechtigkeit gegenüber denen, die jeden Tag brav zur Arbeit gehen und im Monat vielleicht zweifünf oder drei nach Hause bringen!"

„Und auch noch brav Steuern zahlen", ergänzte Anton.

„Und auch noch brav Steuern zahlen, wie ich zum Beispiel. Das ist doch nicht gerecht!"

„Wo steht geschrieben, dass es im Kapitalismus gerecht zugeht?", fragte Anton kühl zurück. „Wer hat, dem wird gegeben."

Jenisch musste sich geschlagen geben. Dieser Logik war nichts entgegenzusetzen.

„Und wer sind in diesem Fall die Geschädigten?", fragte er.

„Das ist der Bauherr, die Deutsche Bank. Und die Investoren."

„Dann schädigen die sauberen Brüder doch ihre eigenen Arbeitgeber."

„Ja. Aber es fällt bei diesen großen Summen kaum ins Gewicht. Was sind fünf Millionen gegenüber 450 Millionen? Peanuts. Es ist eine kleine Umverteilung zugunsten privater Taschen, eine bequeme Methode zur persönlichen Bereicherung. Übrigens machen sie das ja auch bei ihren Gehältern, Optionen und Boni und erst recht bei Abfindungen. Denk an Mannesmann und Vodafone, VW und Siemens ..."

„Wie lange läuft das eigentlich schon so?", fragte Jenisch.

„Du meinst die Korruption, das System der passiven Bestechung?"

„Ja."

„Das geht mehr oder weniger schon seit Jahren so. In letzter Zeit boomt es allerdings, weil wir große Überkapazitäten in der Bauwirtschaft haben."

Jenisch schüttelte den Kopf.

„Ich verstehe nicht, warum sich Baufirmen auf so etwas einlassen. Die könnten das doch boykottieren."

„Du hast keine Ahnung, wie es heute in der Branche zugeht", sagte Anton. „Ich habe doch schon gesagt, es gibt Überkapazitäten. Es herrscht ein fürchterlicher Druck. Jeder giert nach Aufträgen, um zu überleben. Es ist schon fast üblich geworden, zum Selbstkostenpreis oder sogar darunter zu arbeiten, um den Laden irgendwie am Laufen zu halten. Wenn eine Baufirma ein Angebot abgibt, wird das von den Bauherren von vorneherein um ein Viertel gedrückt."

„Unter Hinweis auf die Konkurrenz", ergänzte Jenisch.

„Ganz genau. Aus Angst, der Konkurrent könnte den Auftrag bekommen, geht man an die Grenzen und darüber hinaus. Das zieht übrigens einen ganzen Rattenschwanz an Folgen nach sich: Druck auf die Zulieferer, Lohndumping, illegale Arbeitskräfte, Pfusch am Bau ... alles aus purer Existenzangst."

„Und die Hyänen in Nadelstreifen nutzen diese Angst aus."

„Hyänen in Nadelstreifen ... Das hast du wunderbar ausgedrückt. Ist das von dir? Aber im Ernst: Diese miese Praxis ist schon so üblich geworden, dass sich niemand mehr darüber aufregt. Mein Freund Krämer sagt zum Beispiel, er habe gezahlt, aber nicht bestochen. Er habe sich nicht im Unrecht gesehen. Es sei ja kein heimliches Geld gewesen."

„Das heißt, es war schon so normal, dass es ihm als Bestechung überhaupt nicht aufgefallen ist."

„Das behauptet er jedenfalls. Er muss es auch behaupten, sonst würde er sich ja selbst belasten. Ich kenne meinen Freund Bernd Krämer. Er ist ein Fuchs. Natürlich hat er gewusst, dass es unsauber ist. Aber wenn er nicht mitgespielt hätte, wäre er aus dem Spiel ausgeschieden."

„Er wäre rausgeworfen worden wie ein Mensch-ärgeredich-Männchen!", sagte Jenisch. Anton grinste breit.

„Albert, du bist heute Abend verbal wirklich kreativ."

„Und ... wie geht das jetzt weiter?", fragte Jenisch.

„Das kommt drauf an. Viele haben Fracksausen bekommen und spielen mit dem Gedanken, sich selber anzuzeigen, um dem Staatsanwalt zuvorzukommen. Die Rechtsanwälte haben derzeit Hochkonjunktur. Andere hoffen, dass ihre Machenschaften nicht auffliegen. Was wir im Augenblick sehen, ist nur die Spitze des Eisbergs."

„Und die Drahtzieher?"

„Die tragen das kleinste Risiko. Wenn das Geld bei ihnen ankommt, ist es quasi schon gewaschen. Scheinrechnungen sind im Nachhinein schwer zu erkennen."

„Das heißt, den Kopf halten wieder mal die Kleinen hin."

Anton lachte. Es war ein bitteres Lachen.

„Na ja, klein ist relativ. Ein Architekt wie Krämer ist vom Umsatz her schon fast ein Großunternehmer. Leute wie Schwarz, Gentschev und Dr. Weber sind gut bezahlte Agenten und Strohmänner. Die verdienen kein Mitleid. Und die Lauterbachs und Stankovs sind einfach nur Kriminelle, die die Dreckarbeit machen. Die wollen einfach nur Kohle sehen. Aber du hast Recht, die wirklich großen Profiteure bleiben im Dunkeln. Es ist extrem schwer, denen etwas nachzuweisen."

Jenisch saß da und überlegte.

„Es ist unglaublich. Weil Herbert Kleinschmidt in Kelkheim eine vergiftete Schweinehälfte zerlegt hat, ist eine Lawine ins Rollen gekommen, die bis in die Chefetagen der Finanz- und Immobilienbranche führt."

„Alles ist vernetzt heutzutage", sagte Anton lakonisch. „Da machen die Gauner keine Ausnahme. Bei denen funktioniert's sogar besonders gut."

Jenisch kratzte sich am Kopf.

„Im Verhör hat Dr. Weber von einer Zentrale gesprochen, die es in Frankfurt geben soll und die alle Aktivitäten dirigiert. Hältst du das für möglich?"

Anton runzelte die Stirn.

„Möglich ist das schon. Es kann sein, dass es eine Art geheimes Syndikat für Gewerbe-Immobilien gibt, das sich die größten Brocken in Frankfurt, im ganzen Rhein-Main-Gebiet und im Vordertaunus sichert."

„Wer könnte das sein?"

„Keine Ahnung."

„Kannst du dir vorstellen, dass Dr. Artur Hartmann von Hartmann Immobilien dazu gehört?"

„Hartmann? Durchaus denkbar. Aber mit großer Wahrscheinlichkeit auch andere Immobilienfirmen."

„Glaubst du, die Staatsanwaltschaft und die Polizei haben gegen solche Leute eine Chance?"

„Wenn ich ehrlich sein soll: Nein. Das sind alles juristische Profis. Sie haben sich perfekt abgesichert. Außerdem werden sie ihre Lehren aus dem Skandal ziehen und es beim nächsten Mal noch geschickter machen."

„Das heißt, sie kommen ungeschoren davon."

„Ja."

„Tolle Aussichten!", sagte Jenisch und hob sein Glas. „Prost!"

„Auf die gute alte Polizei!", sagte Anton und prostete ihm zu.

Freitag, 7. Januar

Jenisch stand im Grundbuchamt Kelkheim vor dem Monitor und schaute einer jungen Sachbearbeiterin über die Schulter. Auf dem Bildschirm waren Listen und Zahlenkolonnen zu sehen.

„Das ist mir auch schon aufgefallen, Herr Oberkommissar", sagte die junge Frau. „Immer wieder tauchen die gleichen Namen auf."

„Schauen Sie mal Feldbergstraße 254 nach." Das war die Adresse von der Wohnung, die er von Jessica Langer vermittelt bekommen sollte.

Mit zwei Mausklicks hatte die Sachbearbeiterin die Seite parat.

„Eigentümer: Dieter Sitka. Schon wieder Sitka!" Jenischs Erregung stieg. Dieter Sitka alias Dimitrij Stankov! Jessica Langer würde einige Fragen zu beantworten haben.

„Sagen Sie, können Sie auch einen Suchlauf starten, so dass alle Grundstücke, die auf einen Namen eingetragen sind, aufgelistet werden?"

„Kein Problem."

„Dann geben Sie mal den Namen Richard Schwarz ein."

Die Frau tippte den Namen ein. Augenblicklich öffnete sich eine lange Liste von Einträgen.

„Mich laust der Affe!" Jenisch starrte auf den Monitor.

„Alles beste Lagen. Musikerviertel, Stadtmitte, Industriegebiet Münster, Adolfshöhe, Klosterberg, Fischbach, Ruppertshain, ‚Zauberberg' … Der Mann muss eine Menge Geld haben", staunte die Sachbearbeiterin.

„Er selber nicht, aber seine Auftraggeber", antwortete Jenisch. „Sitka, Schwarz, Dr. Weber, Reitmeyer, Dr. Sander, das sind die Namen, die am häufigsten auftauchen."

„Was ist denn mit denen?"

„Wir haben einen Verdacht“, sagte Jenisch. „Wir glauben, dass da Schiebungen im großen Stil stattfinden. Grundstücke und Immobilien in Frankfurt und im Vordertaunus.“

„Schiebungen im großen Stil? Das kann ich mir gar nicht vorstellen.“ Die junge Frau schaute ihn zweifelnd an.

Jenisch stand auf und nahm seinen Mantel.

„In Kelkheim passieren so einige Sachen, die Sie sich nicht vorstellen können“, sagte er. „Sie haben mir sehr geholfen. Guten Tag!“

„Auf Wiedersehen, Herr Oberkommissar.“

Die Sachbearbeiterin schaute Jenisch mit großen Augen nach.

Kurz nachdem Bentler Jenischs Wohnung betreten hatte, hielt er den Oberkommissar auf eine Armeslänge von sich weg und musterte ihn interessiert.

„Sag mal, bist du verliebt?“

Jenisch war perplex.

„Ich? ... Woher weißt du das?“

„Ich sehe es dir an“, sagte Bentler. „Von Männern verstehe ich etwas. Du siehst irgendwie glänzender aus als sonst. Und du hast ein bisschen abgenommen. Außerdem hast du mir schon lange nichts mehr von deinen Krankheiten erzählt.“

„Hab ich ganz vergessen.“

„Siehst du! So geht's einem, wenn man verliebt ist. Es kann mental ziemlich fürchterlich sein, aber für die Gesundheit ist es wie eine Vitalspritze. Hab ich Recht?“

„Ich leugne es nicht, Herr Kommissar“, sagte Jenisch grinsend.

„Es ist erwiesen, dass Verliebte nicht so schnell krank werden … wegen der hormonellen Wallungen. Nebenbei: Wer ist denn die Glückliche?"

„Sie heißt Rosa … Rosa Marinari."

„Hm … Italienerin?"

„Halb und halb. Mutter Italienerin, Vater Deutscher."

„Alter?"

„Keine Ahnung. Sag mal, soll das ein Verhör sein?"

„Ich muss doch wissen, wem ich meinen Kollegen anvertraue", sagte Bentler. Jenisch schmunzelte.

„Sie ist ein magnetisches Prachtweib", sagte er.

„Das klingt gut. So wie Jessica Langer?"

„Nein, anders. Sie schafft es ohne Schminke. Und einen Mund hat sie …"

„Wow!", machte Bentler, „Dich hat's aber frontal erwischt. Was hast du jetzt vor?"

„Ich … ähm … Sie weiß es noch nicht."

„Ach, du lieber Gott", sagte Bentler. „Du hast ihr also noch nicht verraten, dass du in sie verliebt bist."

„Ich bin ja noch nicht einmal sicher, ob sie mich überhaupt mag. Schau mich doch an! Würdest du so einen als Frau mögen?"

Bentler schürzte die Lippen.

„Kommt drauf an. Du hast immer noch fünfzehn Kilo zu viel. Aber wenn eine Frau auf schöne Augen steht, bist du der Richtige."

„Ich habe schöne Augen?", fragte Jenisch fassungslos.

„Ja, hast du. Definitiv!", sagte Bentler. „Dieses dezente Grüngrau ist umwerfend, und deine Lachfältchen sind bezaubernd. Also lass dir was einfallen!"

Jenisch brauchte einen Augenblick um sich von den Bentlerschen Komplimenten zu erholen.

„Na ja, ich könnte sie mal zum Essen einladen."

„Mindestens", sagte Bentler. „Kann sie kochen?"

„Sie ist Köchin."

„Das ist ja wunderbar!", rief Bentler. „Meine Mutter sagt immer: Wer kocht, kann kein ganz schlechter Mensch sein."

„Meinst du wirklich?"

„Aber ja! Meine Mutter hat Erfahrung."

Bentler lächelte wie ein Honigkuchenpferd. Jenisch schaute immer noch skeptisch.

„Jetzt haben wir die ganze Zeit von mir gesprochen. Was ist eigentlich mit dir?"

„Ich ziehe Ende Februar zu Hause aus", sagte Bentler. „Mein Freund und ich … wir haben beschlossen, zusammen zu leben."

„Schau an!" Jenisch zog die Augenbrauen hoch. „Wo denn?"

„Wir haben eine schöne Dreizimmerwohnung im ‚Zauberberg' gefunden. Ein Traum von einer Wohnung mit einer komplett eingerichteten Küche. Ich lerne übrigens in der Volkshochschule italienisch kochen."

„Perfetto!", sagte Jenisch. Bentler grinste.

„Jetzt könntest du mir eigentlich ein Glas Sekt anbieten."

„Wir trinken gleich einen zusammen. Aber zuerst gibt es noch eine schlechte Nachricht. Ich fliege demnächst aus dem Polizeidienst raus."

„Wie bitte?" Bentler starrte ihn ungläubig an.

„Du hast richtig gehört. Pretorius hatte mir in der SoKo noch eine Chance gegeben. Aber ich habe …"

„Ist es das mit der Schießerei auf Kleinschmidts Hof?", unterbrach ihn Bentler.

„Ja, das auch. Aber es gibt noch etwas Schlimmeres. Bohleder und ich sind heimlich in Hartmanns Büro eingedrungen. Dort haben wir den Plan von diesem Keller gefunden, der uns schließlich auf die heiße Spur gebracht hat."

Bentler war perplex.

„Heißt das, dass du dafür bestraft wirst, dass du die Ermittlungen entscheidend weitergebracht hast?"

„Was wir gemacht haben, war illegal. Bohleder wird verwarnt, ich werde geschasst. Bei mir ist es nämlich nicht das erste Mal. Ich neige zu eigenmächtigem Handeln, das weißt du ja."

„Du wirst mir fehlen", sagte Bentler.

„Schön, dass du das sagst", meinte Jenisch. „Dir glaube ich es sogar. Ich werde allerdings nicht darauf warten dass sie mich rausschmeißen. Ich gehe freiwillig."

„Du kündigst?" Bentler riss die Augen auf.

„Ja", sagte Jenisch.

Samstag, 9. Januar

Erste Überraschung: Rosa Marinari saß neben Jenisch und schwieg bereits zwanzig Minuten lang. Zweite Überraschung: Es war überhaupt nicht peinlich.

Jenisch hatte Rosa zu einem kleinen Spaziergang eingeladen. Sie waren gemächlich über die Hornauer Straße zum Klosterberg gewandert. Und nun saßen sie schon seit einiger Zeit zusammen auf Jenischs Lieblingsbank. Das Wetter war außergewöhnlich gut. Der Schnee war geschmolzen und der Boden abgetrocknet. Zwar schien keine Sonne, aber die Luft war mild.

Jenisch kannte die Situation sehr gut. Normalerweise hätte er aus Höflichkeit oder Verlegenheit nach höchstens fünf Minuten irgendeinen blödsinnigen Satz gesagt, um die Konversation anzukurbeln. Meistens kam es aber noch ganz anders. Achtzig Prozent aller Frauen, die Jenisch kannte, hätten spätestens nach dreißig Sekunden die kostbare Stille mit einem dieser unsäglichen Sätze kaputt gemacht: ‚Ist das nicht schön hier?' Oder: ‚Sehen Sie die wunderbaren Farben da drüben?'

Ganz schlimm war es mit Lisa gewesen. Ihre Standardfrage in solchen Situationen war: ‚Was denkst du jetzt?' Das war überhaupt das Allerschlimmste, der kommunikative GAU sozusagen. ‚Was denkst du jetzt!?' Diese Frage machte Jenisch total hilflos. Alles, was er von diesem Augenblick an tat, war falsch. Antwortete er: ‚Ach, nichts!', antwortete Lisa: ‚Nichts kann man nicht denken, Schatz! Komm, sag's mir!', worauf er wieder auf ‚Los' stand. Antwortete er zum Beispiel wahrheitsgemäß: ‚Ich denke gerade an deinen schönen Hintern', konterte sie: ‚Du Lüstling! Immer denkst du nur an das Eine'. Erfand er irgendetwas, dann wollte sie so viele Details wissen, dass er sich in den

Widersprüchen seiner Story verhedderte und Lisa ihm haarklein nachwies, was für ein notorischer Lügner er war.

Und hier? Nichts von alledem. Rosa saß ganz entspannt neben ihm und schaute ins Tal hinunter. Gelegentlich schloss sie für ein paar Sekunden die Augen oder warf einen kurzen, freundlichen Blick zu ihm herüber. Es fiel kein Wort, es war auch gar keins nötig. War Rosa etwa eine Frau, die das tiefe Bedürfnis der Männer verstand, mit anderen gemeinsam zu schweigen?

Jenisch genoss die Stille. Aber dann fiel ihm ein, dass er noch mit Bohleder zu einer Besprechung verabredet war. Er schaute auf die Uhr.

„Leider muss ich jetzt gehen, Frau Marinari“, sagte er. Seine Stimme kratzte. Er musste sich räuspern.

„Schade“, sagte sie und erhob sich. „Ich hätte gern noch ein bisschen mit Ihnen hier gesessen.“

Jenisch schaute sie an wie ein Wunder. Er fühlte sich in diesem Augenblick wie ein neugeborenes Kälbchen. Vorsichtig lugte er zu ihr hinauf und lächelte. Los, Albert, schoss es ihm durch den Kopf, jetzt oder nie! Er stand ebenfalls auf, räusperte sich und sagte:

„Darf ich Sie für morgen Abend zum Essen einladen? Oben auf dem ‚Zauberberg‘ gibt es ein gutes italienisches Restaurant.“ Seine Stimme kam ihm vor wie ein verstimmtes Klavier.

Rosa schien irritiert. Sie streifte ihn mit einem kurzen Blick.

„Aber ja, Herr Jenisch!“

War da etwa eine leichte Röte auf ihren Wangen? Egal. Er spürte, wie ihm eine ganze Wagenladung Steine vom Herzen fiel. Er wagte nicht, sich vorzustellen, was passiert wäre, wenn sie ihm einen Korb gegeben hätte.

„Das freut mich ... äh, wirklich“, sagte Jenisch und kam sich vor wie ein Anfänger. Immer noch hatte er einen Frosch im Hals. „Ähm ... Man hat von dort eine sehr schöne Aussicht.“

„Ach, Sie meinen das ‚Capriccio'? Finden Sie wirklich, dass wir meine Konkurrenz unterstützen sollten?“ Rosa schien sich wieder gefangen zu haben.

„Nicht unterstützen“, sagte Jenisch, „testen!“ Sie schaute ihn mit ihren braunen Augen an und hatte wieder dieses Lächeln um die Mundwinkel, das ihn ganz schwindlig machte.

Er brachte sie nach Hause. Sie wohnte in einer Wohnung in einem der Hochhäuser am Berliner Ring. Sie stiegen aus Jenischs Golf aus und er begleitete sie bis zum Eingang. Sie verabschiedeten sich ungeschickt und hastig, wie es Leute tun, die befangen sind.

Als Jenisch wieder hinter dem Lenkrad saß und in Richtung Breslauer Straße fuhr, sang er laut vor sich hin:

Sul mare luccica l'astro d'argento ...

Santaaa Lucia.

Das hatte er schon seit Jahren nicht mehr getan.

Sonntag, 10. Januar

Wie bleich ihre Beine unter dem Rocksaum hervorstachen! Woher kamen plötzlich die Polster auf den Knien!? Und dieser Bauch, der sich so peinlich nach vorn wölbte! Rosa drehte sich ins Profil. Sie fand, dass sie in dem hellgrauen Rock unmöglich aussah. Nein, es war nicht gut, wenn man sich nach zu langer Zeit einmal wieder kritisch im Spiegel betrachtete.

Missmutig zog sie den Reißverschluss, den sie gerade mühsam hochgekriegt hatte, wieder hinunter und zerrte sich den Rock von den Hüften. Es war zum Heulen! Der Rock war auch schon wieder zu eng. Dabei hatte sie ihn erst vor zwei Wochen gekauft. Ein teures Stück aus einer Boutique. Teuer. Zu teuer. Und jetzt schon wieder zu eng. Was für ein Elend! Na ja, er hatte beim Anprobieren schon etwas knapp gesessen.

Rosa seufzte. Sie trat vor den Kleiderschrank und griff nach der schwarzen Stretchhose. Die passte immer. Ließ sie schlanker aussehen, war aber natürlich nicht so elegant wie der Rock. Sie zog die Hose an und trat wieder vor den Spiegel. Betrachtete sich von vorn, im Profil, schräg von hinten, drehte sich ... Es ging gerade noch, wenn sie den Bauch ein bisschen einzog. Diese Speckröllchen überall, die verschwindende Taille! Furchtbar! Rosa trat ganz nahe an den Spiegel heran, machte eine Fratze und streckte sich die Zunge heraus.

Ausgerechnet jetzt, wo sie sich überhaupt nicht in Form fühlte, musste Albert Jenisch sie einladen. Sie hatten sich in letzter Zeit ein paar Mal gesehen, um noch einige Dinge wegen des ‚Feldbergs' zu regeln. Die Renovierungsarbeiten standen an. Rosa hatte beschlossen, so viel wie möglich selber zu machen. Bisher hatten sie nur geschäftlich miteinander zu tun gehabt. Der Oberkommissar spielte eine Art Vaterersatz für den jungen Kleinschmidt, von dem sie den ‚Feldberg' gepachtet hatte.

Eigentlich war Alfred Jenisch kein besonders aufregender Typ. Aber sie fühlte sich wohl in seiner Gegenwart. Und da waren diese Blicke! Sie hatten Blicke gewechselt, die nicht von schlechten Eltern waren. Seine graugrünen Augen gefielen ihr. Er hatte gute Augen. Kind, achte bei Männern immer auf die Augen! Eine Lebensweisheit aus dem Schatzkästlein ihrer italienischen Mamma.

Wie auch immer, er hatte sie eingeladen. Auf ein Abendessen ins ‚Capriccio' oben im ‚Zauberberg', den feinen Italiener, den sie sich eigentlich nicht leisten konnte. Als er sie angesprochen hatte, war sie überrascht gewesen, hatte gar nichts Vernünftiges sagen können außer einem dämlichen „Aber ja, Herr Jenisch." Und dann war sie auch noch rot geworden! Sie hätte sich ohrfeigen können. Immer diese blöde Verlegenheit, wenn Männer etwas von ihr wollten!

Wo war bloß die verdammte Bluse, die schulterfreie, ochsenblutfarbene, die so gut zu dem Rock gepasst hätte? Ein Jahr hatte sie sie nicht mehr angehabt aus Mangel an Gelegenheit. Da, ganz hinten hing sie, verdrückt und traurig. Rosa streifte sie über. Immerhin, die war ihr nicht zu eng. Ja, eigentlich nicht schlecht. Die Schultern waren schon immer ihr Stolz gewesen. Sie hatte zarte runde Schultern, wie geschaffen zum Anschauen und Berühren. Sie nahm die Schultern zurück und hob ihre Brüste mit den Händen leicht an.

Eine Vierteldrehung nach links, eine Vierteldrehung nach rechts. Ganz ansehnlich!

Aber sie war schon achtundvierzig! Die ersten Falten zeigten sich. Das war nicht zu leugnen. Ob sie Albert

Jenisch gefiel? Ob er wirkliches Interesse an ihr hatte? Sie wünschte es, aber sie wagte nicht, allzu fest daran zu glauben. Sie musste wieder an seine Blicke denken. Unsinn, es war besser, sich keine Hoffnungen zu machen. Er hatte nicht erkennen lassen, was er wollte. Vielleicht war es nur etwas mit dem Pachtvertrag oder mit irgendwelchen Renovierungsarbeiten am Haus. Aber er hatte sie angelächelt. Warm und irgendwie geheimnisvoll. Das hatte schon gereicht, um sie schwindlig zu machen.

Also gut, schwarze Hose und rote Bluse, dazu der schwarze Blazer und der Silberschmuck. Nicht optimal, aber es ging.

Rosa brachte ihr Gesicht ganz nahe vor den Spiegel. Dieses Gesicht, mein Gott! Blass und fad. Keine Spur von ihren inneren Werten zu sehen. Ein Make-up musste her. Sie hasste es, sich zu bemalen, war meistens ohne. Aber heute musste es sein. Für Albert Jenisch.

Rosa musterte ihren Teint. Neigung zu Stirnfalten, Krähenfüße, scharfe Einschnitte von den Nasenflügeln zu den Mundwinkeln. Und dieser blöde Pickel am Kinn! Was kann man mit einem solchen Gesicht anfangen? Wenigstens der Mund ging. Sie hatte schön geschwungene, volle Lippen. Aus denen ließ sich was machen. Und die braunen Augen, die waren auch nicht schlecht.

Sie schaute auf die Uhr. Kurz vor halb acht. Er hatte gesagt, er wolle sie zwischen halb und Viertel vor abholen. Seufzend machte sie sich an die Arbeit. Grundieren, pudern, den Hals nicht vergessen, etwas Rouge auf die Wangen, Wimperntusche und ein fast unsichtbarer Lidschatten. Rosa lächelte ihrem Spiegelbild verschwörerisch zu. Erstaunlich, was so ein bisschen Bemalung ausmachte. Und jetzt die Krönung, der Lippenstift! Er musste zur Bluse passen. Rosa wählte ein kräftiges Braunrot. Mit einem dunkleren Stift zog sie die Konturen nach.

Rosa war nicht sicher, ob sie sich so gefiel. Aber sie entschloss sich, es gut zu finden. Ein bisschen überschminkt vielleicht, aber gar nicht schlecht. Mal was anderes.

Ach, Albert, dachte Rosa ... und erschrak gleichzeitig, weil sie ihn einfach beim Vornamen gedacht hatte. Er würde sich wundern, wenn er sie so sah. Eine andere Rosa als bei den Verhandlungen im ‚Feldberg'. Sogar ihre Haare gefielen ihr heute besser als sonst, weich fallende schwarze Locken bis auf die Schultern.

Ich bin in ihn verliebt, verdammt noch mal, dachte sie, schon seit längerer Zeit, eigentlich schon, seit ich ihn zum ersten Mal gesehen habe. Sie kannte die Symptome nur allzu gut. Diese Welle, die sie überflutete, wenn sie seine Stimme hörte oder wenn er vor ihr stand. Ja, sie wollte, dass er aufmerksam auf sie wurde.

Es klingelte. War das schon Albert? Sie warf einen schnellen Blick auf die Uhr. Ja, er musste es sein. Sie stürzte zur Wohnungstür, riss sie auf.

„Albert ... oh, Entschuldigung, Herr Jenisch ..."

„Guten Abend, Rosa."

Rosa spürte, wie ihr die Knie weich wurden. Er trat in den Flur. Und dann? Sie kam auf ihn zu. Irgendwie fing er sie auf, irgendwie hing sie an ihm und irgendwie landeten seine Lippen auf den ihren. Dort blieben sie für ungefähr fünf Minuten. Fünf wahnsinnige Minuten! Woher wusste dieser Albert, wie sie geküsst werden wollte? Egal, er wusste es jedenfalls. Seine Hände auf ihrem Rücken und ihrer Taille! Als sie wieder denken konnte, fiel ihr sofort das Make-up ein. Es war hinüber. Sie fuhr sich mit der Zunge über die

Lippen und spürte, dass er ihren Lippenstift einfach weggeküsst hatte. Abgeleckt und weg.

Er trat einen Schritt zurück und betrachtete sie lächelnd.

„Du schmeckst nach Mann", sagte sie und staunte über ihren Mut.

„Und du nach Lippenstift", sagte Jenisch.

„Aber ich wollte doch nur …", fing Rosa an. Weiter kam sie nicht, denn da schlug schon der nächste Kuss ein.

Als sie sich wieder voneinander lösten, sagte er:

„Jetzt schmeckst du nach Rosa pur. Ich mag deinen Mund. Hab ich gleich gemocht, als ich dich zum ersten Mal gesehen habe."

Gegen zehn nahm der Oberkellner des Ristorante „Capriccio" auf dem ‚Zauberberg' das Schild ‚Reserviert' vom besten Zweiertisch ganz hinten am Panoramafenster. Herr Jenisch und Begleitung waren nicht gekommen.

Irgendwann in dieser wunderbaren Nacht wurde ein Kind geboren. Mutter: Rosa Marinari, Vater: Albert Jenisch. Und dieses Kind war eine Idee: Der demnächst arbeitslose Oberkommissar Albert Jenisch machte sich unter tätiger Mithilfe seiner zukünftigen Lebensgefährtin Rosa Marinari mit dem Gedanken vertraut, im neu eröffneten Gasthof ‚Zum Feldberg' die Dauerstellung eines Gastwirts zu übernehmen. Davor musste allerdings noch renoviert werden. Die Arbeiten würden voraussichtlich bis Mitte Februar dauern. Am 1. März würde es dann losgehen.

Jenisch war aus tiefster Seele einverstanden. Die Vorstellung, im ‚Feldberg' den Ausschank zu machen und Herbert

Kleinschmidts Nachfolger zu werden, erschien ihm umso logischer, je länger er darüber nachdachte.

Montag, 17. Januar

Jessica hatte ihren Jeep verkauft und fuhr jetzt einen gebrauchten schwarzen Renault Twingo. Jenisch saß neben ihr auf dem Beifahrersitz, Jonas hinten. Dahinter folgte ein Polizeiwagen, ein VW-Bus mit zwei Männern. Sie fuhren die Gundelhardtstraße hinauf und bogen vor dem Waldgasthof rechts auf einen Waldweg in Richtung Staufen ab. Der kleine Wagen schwankte stark auf dem unebenen Untergrund. Es ging durch den Wald stetig bergauf.

Jessica spähte nach vorn und nach rechts den Hang hinunter.

„Hier halten wir an", sagte sie. „Der Weg wird jetzt zu schlecht für mein Auto. Wir müssen noch ein Stückchen laufen."

Sie stiegen aus. Die zwei Polizisten hatten Hacke und Schaufel dabei sowie eine Tasche mit Utensilien.

Jessica ging voran. Zielstrebig folgte sie einem schmalen Waldweg bis zu einer Stelle, von der aus man einen guten Blick ins Tal hatte. Links im Vordergrund lag Fischbach, Kelkheim kam gleich rechts dahinter. In der Ferne konnte man Frankfurt erkennen, dessen Skyline sich zwischen dem Geäst der Buchen wie ein zarter Scherenschnitt abzeichnete. Bleigrau hing der Himmel darüber.

Jessica schaute sich einen Augenblick um und deutete dann auf eine Stelle hinter einem Busch, etwa drei, vier Meter von einem dicken Buchenstamm entfernt.

„Hier ist es."

Jenisch winkte den beiden Männern. Die hatten sich bereits Arbeitskittel und Handschuhe angezogen. Jetzt legten sie sich noch Atemschutzmasken an und verteilten auch welche an die anderen. Jessica schaute an dem Buchenstamm hoch und zeigte noch einmal auf den Boden:

„Hier!“

Die Männer räumten das schwarzbraune Laub zur Seiten und fingen an zu graben. Es waren kräftige Kerle, die im Nu ein Loch in der Erde hatten. Einer hackte, der andere schaufelte. Ein süßlicher Geruch breitete sich aus. Plötzlich hielt der mit der Hacke inne und zeigte hinunter in die Grube. Jenisch trat näher und konnte ein Stück schmutzige Plastikfolie erkennen. Jessica nickte.

„Das ist die Folie, mit der Herbert Kleinschmidt das Schwein verpackt hat“, sagte sie leise.

Jenisch fiel ein, dass diese Aktion wohl die letzte war, die er als Kriminalpolizist durchführte. Pretorius hatte ihn für morgen zum Dienstgespräch gebeten. Auch Bohleder und Liebeneiner sollten anwesend sein. Das konnte nur bedeuten, dass Hartmann Pretorius über seine und Bohleders illegale Aktion informiert hatte. Sie würden ihn suspendieren. Das war sonnenklar. Aber er würde ihnen zuvorkommen, er würde selbst um seine Entlassung nachsuchen. Es war besser für sein Ego als ein Rauswurf.

Er musste einen Augenblick an Herbert denken. Herbert und Erika Kleinschmidt … Er fühlte sich auf einmal müde. Sehr müde. Er schaute hinüber zu Jonas, der ihm stumm gegenüber stand und dem ähnliche Gedanken durch den Kopf zu gehen schienen.

„Jetzt wird’s gleich fürchterlich“, sagte einer der Männer und zog die Atemschutzmaske vor Mund und Nase, „treten Sie bitte zur Seite!“

Er holte aus der Tasche ein Gerät, das aussah wie ein langer Bohrer mit einem Handgriff. Vorne war ein Loch wie bei einem Rohr. Es war ein Spezialgerät zur Entnahme von Proben. Der andere hatte inzwischen ein größeres Stück der Plastikfolie freigelegt. Jetzt standen sich die beiden an der

Grube gegenüber. Auf ein Zeichen durchschlug der eine mit ein paar kräftigen Schlägen mit der Hacke die Folie. Fast augenblicklich hing ein fast unerträglicher Verwesungsgestank in der Luft. Der andere beugte sich über die Grube und führte den Bohrstab mit einer Drehbewegung tief ein. Sekunden, nachdem er den Bohrer wieder herausgezogen hatte, war das Loch schon wieder zugeschüttet. Der Geruch war trotzdem penetrant. Ein Pesthauch. Jenisch spürte, wie ihm unter der Atemschutzmaske übel wurde.

„Ja“, sagte der mit der Schaufel, „so stinken wir alle mal, wenn wir uns eines Tages die Radieschen von unten ansehen.“

Jenisch trat einige Schritte zur Seite, riss sich die Maske vom Gesicht und würgte. Er erbrach das Frühstück: Zermanschtes Marmeladenbrot in brauner Kaffeebrühe.

„Entschuldigung, Herr Oberkommissar!“, meinte der Mann verlegen. Jenisch sah ihn nur an und sagte nichts. Jonas reichte ihm ein Papiertaschentuch. Jenisch wischte sich den Mund ab.

„Wir müssen leider noch mal …“, sagte der mit der Schaufel. „Zwei Proben von verschiedenen Stellen brauchen wir mindestens. Sie können ja schon zu den Autos zurück gehen. Wir machen das alleine.“

Jenisch setzte sich als erster in Bewegung, ein Taschentuch vorm Gesicht. Jessica und Jonas folgten schweigend. Sie hielten sich an den Händen.

Dienstag, 18. Januar

„Herr Oberkommissar, Sie sind wegen wiederholten Dienstvergehens mit sofortiger Wirkung vom Dienst suspendiert."

Kriminaloberrat Pretorius sprach aus, was Jenisch erwartet hatte. Sie hatten nicht lange verhandeln müssen. Die Sache war ziemlich klar. Bohleder war wegen des Hausfriedensbruchs bei Dr. Artur Hartmann verwarnt worden. Bei ihm war es das erste Mal. Jenisch dagegen hatte schon mehrere Verwarnungen auf dem Buckel. Er war als Kriminalbeamter nicht mehr tragbar. Es war aus mit seiner Karriere. Wie das zu erwartende Disziplinarverfahren ausgehen würde, war absehbar.

Bohleder stand neben ihm und starrte Löcher in den Boden. Der Kriminaloberrat hatte ihm fürchterlich den Kopf gewaschen, weil er ihn belogen hatte, als er behauptete, er sei allein bei Hartmann gewesen. Kriminalrat Liebeneiner, Pretorius' Stellvertreter, sah nicht sehr glücklich aus.

Pretorius ging mit ernstem Gesicht auf Jenisch zu und reichte ihm die Hand.

„Sie wissen, dass ich keine Wahl habe", sagte er, „aber Sie können sicher sein, dass ich es nicht gerne tue. Sie haben gute Arbeit geleistet, Herr Jenisch."

„Ich gehe freiwillig!", sagte Jenisch.

Einen Augenblick lang herrschte Stille im Raum.

„Sag das noch mal." Bohleder starrte ihn ungläubig an.

„Ich werde morgen schriftlich um meine Entlassung ersuchen. Dann sind wir alle das Problem los. Ich mache mich mit Frau Marinari selbstständig. Wir werden in Zukunft das Gasthaus ‚Zum Feldberg' betreiben. Auf die volle Pension kann ich verzichten."

„Aber …", sagte Bohleder.

„Glaub mir, Heinz, es ist besser so. Ich habe mir das gut überlegt."

Bohleder stand da wie vom Donner gerührt. Der einzige, der lächelte, war Pretorius.

„Kennen Sie den Prinzen von Homburg?", fragte er an Jenisch gewandt.

„Nein ... oder doch, ja ... Irgendwann haben wir das mal in der Schule gehabt. Ein Stück von Kleist?"

„Richtig", antwortete Pretorius. „Der Prinz von Homburg gewinnt für den preußischen König eine Schlacht, weil er den Gehorsam aufkündigt und eigenmächtig handelt. Daraufhin lässt ihn der König zum Tode verurteilen."

„Obwohl er die Schlacht gewonnen hat?", fragte Bohleder.

„Es ging ums Prinzip. Gehorsam ging damals über Erfolg." Das war die Stimme von Liebeneiner.

„Ja", sagte Pretorius, „wichtiger als das Leben des Prinzen waren die Autorität des Königs und die Vorschriften ... die preußische Disziplin."

„Aber der König hat ihn schließlich begnadigt", sagte Liebeneiner.

Pretorius zog die Augenbrauen hoch.

„Aber erst, nachdem er das Todesurteil akzeptiert hatte."

„Ja", sagte Liebeneiner, „darin bestand seine Charaktergröße."

„Gehorsam geht über Erfolg", murmelte Jenisch. „Prinzipien gehen über Mitgefühl."

„Und manchmal auch über Vernunft." Pretorius' Stimme.

„Ich verstehe", sagte Jenisch.

„Ich wünsche Ihnen alles Gute, Herr Jenisch!" So warm hatte er Pretorius' Stimme selten gehört.

Freitag, 21. Januar

Es war kurz nach neun. Jenisch saß gerade am Frühstückstisch und las die Rundschau. Nicht schlecht, dachte Jenisch, als Frührentner hat man eine Menge Zeit. Zeit für Rosa. Als er an sie dachte, schloss er genüsslich die Augen. Inzwischen war ihm vollkommen klar, dass er nicht nur in sie verliebt war, sondern dass es etwas Ernsteres war. Es war anders als bei Lisa damals, stärker und stetiger. Musste man wirklich so alt werden, um richtig lieben zu können? Bei Gelegenheit würde es ihr sagen. Aber das war nicht so einfach. Wie sagt ein Mann glaubwürdig „Ich liebe dich"? Schwierig!

Das Telefon klingelte.

„Hallo, Albert!" Es war Bentler.

„Ach du bist's, Michael. Schön, dass du anrufst."

„Wie geht's dir?"

„Gut, danke!"

„Keine Probleme mit deinem... deinem ...?" Bentler druckste herum.

„Wenn du meinen Rausschmiss meinst", sagte Jenisch, „nein, keine Probleme."

„Das wundert mich." Bentler war ehrlich erstaunt. „Ich dachte, du fällst in ein Loch, wenn du deine geliebte Dienststelle nicht mehr siehst."

„Meine Dienststelle fehlt mir nicht so. Dann schon eher du."

Bentler schwieg.

„Aber ich kann's verschmerzen", fuhr Jenisch fort. „Ich habe nämlich eine Alternative. Ich mache ab März mit Rosa ein Restaurant auf."

Bentler brauchte ein paar Sekunden.

„Das ... das ist ja großartig! Wo denn?"

„Du wirst lachen: Wir haben … das heißt, Rosa hat von Jonas Kleinschmidt den ‚Feldberg' gepachtet. Sie macht die Küche, ich den Ausschank, und dann haben wir noch Sandra und Silvio, die vorher auch schon dort gearbeitet haben."

„Ich bin platt", sagte Bentler. „Aber ich kann mir dich als Wirt gut vorstellen. Das Volumen hast du ja schon."

„Jetzt wirst du schon wieder frech! Aber du wirst dich wundern. Ich habe sieben Kilo abgenommen."

„Es geschehen noch Zeichen und Wunder!", meinte Bentler. „Da sieht man mal wieder, was für eine Zauberkraft die Frauen haben."

„Tja, mein Lieber", sagte Jenisch, „in diesen Genuss wirst du nie kommen."

„Es gibt auch Genüsse, die nicht mit Frauen zusammenhängen."

„Na gut, gebe ich zu."

Bentler lachte.

„Eigentlich habe ich dich weg etwas anderem angerufen. Wir haben die Untersuchungsergebnisse für das Schwein, das du hast ausbuddeln lassen."

„Und?", fragte Jenisch gespannt.

„Nichts", sagte Bentler, „absolut nichts. Kein Gift."

„Das ist ja unglaublich! Dann hat dieser Dr. Weber tatsächlich die ultimative Mordwaffe entdeckt. Wer hat die Formel?"

„Weber hat sie Pretorius geben, soviel ich weiß."

„Dann wollen wir hoffen, dass sie ein für allemal in der Versenkung verschwindet. Wenn die in die falschen Hände gerät, dann …"

„Im Panzerschrank des Polizeipräsidiums ist sie sicher", sagte Bentler.

„Amen!" sagte Jenisch.

Jonas stellte den Nichts-sagen-Affen wieder so hin, dass er nach vorne schaute wie seine beiden Brüder.

„Nein“, sagte Jessica, „lass ihn bitte so stehen! Er soll mich an etwas erinnern.“

„An was?“

„Dass nicht alles perfekt sein muss.“ Jessica schaute sich in ihrer Wohnung um.

„Nein, es muss nicht alles perfekt sein“, sagte sie leise zu sich selber, „weder in meiner Wohnung noch in mir.“

Jonas drehte den Affen wieder mit dem Gesicht zur Tür

„Du hast dich verändert“, sagte er.

„Ja“, sagte Jessica, „ich hatte viel Zeit da unten in dem Keller. Zeit zum Nachdenken ... Jonas, ich habe dich schlecht behandelt. Ich war arrogant und fies. Ich war eine richtige Zicke. Das tut mir leid.“

„Ich habe mich auch verändert“, sagte Jonas. Jessica schwieg eine Weile und schaute ihn ernst an.

„Bist du mir noch böse wegen ... wegen Dimitrij?“

„Jetzt nicht mehr. Er ist tot. Aber vor einem Vierteljahr wäre ich fast verzweifelt“, sagte Jonas. „Ich hätte den Typen ermorden können.“

„Sprechen wir nicht mehr von ihm!“, sagte Jessica. „Der Name erinnert mich an eine große Dummheit.“

Jonas lächelte.

„Bist du klüger geworden?“

„Ich hoffe es. Auf jeden Fall erfahrener.“

Sie gingen vom Flur hinüber ins Wohnzimmer und setzen sich nebeneinander auf das Sofa.

„Wenn ich daran denke, was in den letzten Monaten alles passiert ist ... Ich glaub's einfach nicht!“, sagte Jonas.

„Ja", sagte Jessica, „die Ereignisse haben uns überrollt. Und ich Schaf habe gedacht, ich hätte alles im Griff!"

Jonas lehnte sich auf dem Sofa zurück.

„Ich brauche jetzt erst einmal eine Auszeit." Jessica nickte.

„Ich auch. Ich schlafe schlecht. Manchmal kommt alles wieder hoch. Der Keller ..." Jonas sah sie voller Mitleid an.

„Es muss schrecklich für dich gewesen sein."

„Ja. Ich wollte, ich könnte es vergessen."

Jessica erhob sich.

„Möchtest du etwas trinken?"

„Ja, danke. Vielleicht ein Wasser."

Sie stand auf und ging in die Küche, um Mineralwasser und zwei Gläser zu holen. Jonas schaute ihr nach. Sie war schmaler geworden und trug ihr blondes Haar jetzt kürzer. Das war eine neue Jessica, die er da sah: nicht die Jessica von früher, aber auch nicht die, die er in der letzten Zeit erlebt hatte. Sie war unverstellter, echter ... irgendwie auch stärker. Auf jeden Fall gefiel sie ihm besser denn je. Sie kam wieder ins Wohnzimmer, stellte die Gläser auf den Tisch und goss ein.

„Hast du die Zeitung gelesen?", fragte Jonas.

„Ja, der Frankfurter Immobilienskandal zieht immer weitere Kreise." Jessica nahm ihr Glas und trank einen Schluck. Jonas sah ihr dabei zu. „Es wird höchste Zeit, dass der Staatsanwalt da mal aufräumt."

„Wenn er kann."

Jessica setzte das Glas ab.

„Wieso? Glaubst du, er kann nicht?"

„Ich habe mit Albert ... mit Oberkommissar Jenisch gesprochen. Er meint, dass die Justiz in diesem Fall höchstens an die unteren Chargen rankommt."

„Leute wie Dimitrij?"

„Dimitrij war nur eine kleine Nummer in diesem Spiel. Ich meine eher Leute wie diesen Schwarz oder diesen Dr. Weber, den sie im Zauberberg verhaftet haben. Aber das sind auch nur Marionetten. Die eigentlichen Drahtzieher sind so geschickt, dass sie immer wieder durch die Maschen schlüpfen. Dieser Dr. Hartmann zum Beispiel."

Jessica schüttelte den Kopf.

„Das kann ich mir nicht vorstellen, dass Hartmann etwas mit dem Fall zu tun haben könnte."

„Mich würde es nicht wundern."

„Aber Hartmann ist die Seriosität selber."

„Das ist es ja gerade."

Jonas setzte sich neben sie und nahm ihre Hand.

„Unsere seriöse Elite macht uns gerade vor, wie das Absahnen funktioniert. Wenn die ohne Skrupel sind, warum soll dann ein kleiner Angestellter ehrlich sein? Oder wir?"

„Das ist zynisch."

„Ja, ist es! Wenn du sowas siehst, kannst du leicht zum Zyniker werden."

Jonas ließ Jessicas Hand los und starrte vor sich auf den Boden.

„Wir haben da mitgemischt", sagte Jessica leise. Jonas hob die Brauen.

„Wir waren nur winzige Randfiguren."

„Aber dafür haben wir ziemlich viel Mist gebaut."

„Du hast dafür bezahlt. Ich nicht. Ich bin irgendwie durchgerutscht. Immerhin war ich es, der die ganze Sache mit den Schweinehälften angezettelt hat. Tante Erika und Onkel Herbert wären noch am Leben, wenn ich nicht ..."

„Es hat keinen Zweck, wenn du dir Vorwürfe machst", unterbrach ihn Jessica. „Was geschehen ist, kannst du nicht rückgängig machen."

„Nein, aber es tut verdammt weh!"

„Ja, mir auch", sagte Jessica leise. „Es wird uns noch eine Zeitlang verfolgen."

Jonas biss sich auf die Lippen und nickte.

„Dabei haben wir beide noch Glück gehabt."

„Das kannst du laut sagen. Die wirklichen Opfer waren deine Tante und dein Onkel", sagte Jessica.

„Und der kleine Junge."

„Ja, der kleine Junge … Ich darf gar nicht daran denken!"

Jessica fuhr sich mit der Hand über die Augen. Jonas schüttelte den Kopf.

„Warum machen die das, Schwarz, Hartmann und die anderen Leute, die ganz oben sind? Die haben doch schon alles."

„Gier", sagte Jessica, „es ist die nackte Gier. Auch wenn einer schon alles hat, will er immer noch mehr. Es ist wie eine Seuche. Ich weiß, wovon ich spreche, ich war auch davon infiziert."

„Da können wir ja froh sein, dass wir nicht alles haben", sagte Jonas. Jessica lachte und drückte ihm einen Kuss auf die Wange.

„Was hast du vor in nächster Zeit?", fragte sie.

„Ich will mit dem Immobilienbüro weitermachen", sagte Jonas. „Ich hoffe, dass du mir in der ersten Zeit mit ein paar geschäftlichen Tipps unter die Arme greifst. Finanziell hält mich die Pacht für den ‚Feldberg' über Wasser."

„‚Kleinschmidt Immobilien' … klingt gar nicht schlecht. Klar helfe ich dir, Jonas. Aber ich muss erst einmal abwarten, wie meine Verfahren laufen."

„Sie werden dich schon nicht einlochen."

„Ich hoffe es. Aber eine saftige Bewährungsstrafe wird's wohl werden."

Die beiden schwiegen eine Weile.

„Was willst du jetzt machen?", fragte er.

„Ich glaube, ich brauche erst einmal Abstand. Fürs erste habe ich genug vom Immobiliengeschäft. Ich werde eine Zeitlang weggehen aus Kelkheim."

„Wohin?"

Jessica war für ein paar Sekunden weit weg mit ihren Gedanken.

„Vielleicht zu einer Freundin nach München. Vielleicht auch zu meinen Eltern nach Fulda. Ich habe lange nichts mehr von ihnen gehört."

Jonas ergriff ihre Hand.

„Wirst du wiederkommen, Jessi?"

„Gäbe es denn einen Grund?"

„Mich", sagte Jonas.

Es war schon spät. Rosa Marinari und Albert Jenisch saßen in Arbeitskleidern an einem der Tische im Schankraum des ‚Feldbergs'. Die Fensterrahmen waren mit Klebeband abgeklebt, auf dem Boden Malerfolie. Farbeimer und Farbrollen standen neben der Theke. Die Stühle waren alle auf einem Haufen zusammengestellt und mit Folie zugedeckt, die Tische ebenfalls. Es roch nach Lack und frischer Dispersionsfarbe. Vor ihnen standen zwei Weingläser und eine Flasche. Neben der Theke lag eine große Matratze mit Bettzeug.

„Du bist weiß gesprenkelt", sagte Jenisch, „das würde ich so lassen. Steht dir!"

Rosa lachte.

„Dann passen wir hervorragend zusammen. Du siehst nämlich genau so aus.“

Jenisch stand auf, um sich im Spiegel hinter der Theke zu betrachten. Er deutete auf die Matratze.

„Willst du wirklich hier übernachten?“

„Warum nicht? Dann kann ich morgen früh gleich weitermachen. Du bist übrigens herzlich eingeladen.“

„Zum Übernachten oder zum Renovieren?“

Rosa lächelte wie Mona Lisa.

„Zu beidem. Wir sind übrigens heute ziemlich weit gekommen.“

„Ja“, gab Jenisch zurück, „es gibt schlechtere Teams.“

„Jetzt untertreib nicht! Wir haben erstaunlich gut zusammengearbeitet. Normalerweise werden beim Renovieren Ehen geschieden.“

Jenisch setzte sich wieder an den Tisch.

„Das kann uns allerdings nicht passieren.“

„Was nicht ist, kann noch werden“, sagte Rosa und feixte.

Jenisch schaute vor sich auf die Tischplatte.

„Rosa, mal im Ernst. Ich bin zu dick, ich sehe nicht besonders gut aus ... Ich bin bei der Polizei rausgeworfen worden ... Ich bin nicht reich, ich bin überhaupt nichts Besonderes. Warum magst du mich eigentlich?“

Er stützte das Gesicht in beide Hände und blinzelte Rosa mit halb gespielter Verzweiflung an.

„Ich mag dich halt“, sagte Rosa einfach.

„Das ist keine Antwort auf meine Frage.“

„Auf so eine Frage kann man nicht antworten, ich jedenfalls nicht. Warum liebt man jemanden? Weil er so ist, wie er ist. Eine bessere Antwort gibt es nicht.“

„Aber ich fühle mich so …“, fing Jenisch an. Rosa unterbrach ihn.

„Ich könnte genau so gut fragen, warum du mich liebst? Wo ich doch ziemlich unscheinbar und pummelig bin … Ich bin nur eine Köchin ohne Abitur, ich bin auch nicht reich … ich …“

Jenisch legte Rosa die Hand auf den Arm.

„Aber du hast einen Mund … Wenn ich den nur anschaue, werde ich schon kribbelig.“

„Siehst du! Bei mir ist es der Mund, bei dir sind es die Augen. Ich mag das Graugrün und die Lachfältchen.“

Jenisch fiel die Bemerkung von Bentler ein, er habe schöne Augen. Aber er wollte es wissen, er ließ nicht locker.

„Ich bin ein alter Junggeselle … Ich bin launisch … Ich bin ein Hypochonder. Ich muss immer an Krankheiten denken.“

„Davon habe ich aber wenig gemerkt. Hast du in letzter Zeit an Krankheiten gedacht?“

„Nein, eigentlich nicht.“

„Eben! Du hattest gar keine Zeit dazu.“

„Bentler sagt, wenn man verliebt ist, wird man nicht krank.“

„Kluger Junge, dein Kollege!“ Rosa lächelte so, dass es Jenisch ganz warm wurde. Aber noch gab er sich nicht zufrieden.

„Ich mache manchmal Sachen, die ich selbst nicht verstehe. Und ich bin schokoladensüchtig, ich liebe Michel Cluizel …“

Rosa riss ihre braunen Augen weit auf.

„Sag das noch mal, was du da zuletzt gesagt hast.“

„Ich liebe Michel Cluizel.“

„Das gibt's doch nicht", flüsterte Rosa, „dann haben wir ein gemeinsames Laster!"

Jetzt war es an Jenisch, die Augen weit aufzureißen.

„Du ... du liebst auch Michel Cluizel?!

„Und wie! Ich könnte mich reinsetzen."

„Kaufst du sie auch bei ‚Zart und bitter' in Frankfurt?", fragte Jenisch.

„Bei ‚Zart und bitter', genau!"

Man hätte eine Stecknadel fallen hören können, während die beiden sich in die Augen sahen.

„Es gibt nichts, was Menschen so sehr verbindet wie ein gemeinsames Laster", sagte Rosa schließlich.

Jenisch schaute sie selig an und Rosa schaute ebenso zurück. Aber dann wechselte ihr Gesichtsausdruck.

„Du hast vorhin noch etwas gesagt, Albert."

Jenisch musste sich erst einmal wieder besinnen.

„Es fällt mir schwer, darüber zu reden. Ich ... ich riskiere manchmal zu viel und hinterher kann ich es mir nicht erklären. Mir sind da einige Dinge passiert ..." Rosa beugte sich vor.

„Was denn zum Beispiel?"

Jenischs Mund wurde zu einem schmalen Strich.

„Na ja, ich habe als Polizist schon mehrere Abmahnungen kassiert, weil ich immer riskante Sachen auf eigene Faust gemacht habe. Eigenmächtiges Handeln, verstehst du? Vor fünf Jahren ist dabei ein Kollege gestorben. Und diesmal war es fast wieder soweit. Michael Bentler hat ein unglaubliches Glück gehabt, dass es ihn nicht erwischt hat." Jenisch legte eine Pause ein und atmete tief durch. „Wenn er draufgegangen wäre, hätte ich die Schuld gehabt. Ich habe ihn dazu überredet, mit mir zusammen die Sache auf Kleinschmidts Hof durchzuziehen. Er wollte Verstärkung anfordern, er war viel vernünftiger als ich." Jenisch stützte den Kopf in die Hand. „Ich habe immer eine Szene vor Augen. Als Bentler damals angeschossen wurde, bin ich einfach zu ihm hingegangen. Herbert Kleinschmidt saß oben am Fenster mit dem Jagdgewehr. Ich wollte, dass er schießt! Ich wollte auch eine Kugel! Verstehst du, ich habe riskiert, dass ich erschossen werde! Es war wie ein innerer Zwang. Wenn Jonas seinen Onkel nicht gerade in diesem Augenblick außer Gefecht gesetzt hätte, wäre ich wahrscheinlich jetzt tot."

Rosa schwieg einen Augenblick lang. Dann nahm sie seine Hand.

„Hast du Angst vor dem Tod?"

„Ich weiß nicht ... Doch, ja!"

Jenisch fühlte sich von Rosas braunen Augen durchleuchtet wie von einem Röntgengerät.

„Das ist wahrscheinlich der Grund, warum du solche Sachen machst. Aus Angst vor dem Tod begibst du dich in Lebensgefahr. Das tun viele Männer. Uns Frauen kann das nicht passieren."

„Was macht ihr?"

„Wir reden."

„Das habe ich befürchtet", sagte Jenisch.

„Reden ist besser als sich in Todesgefahr begeben."

„Aber es hilft nicht wirklich gegen den Tod."

„Nein, da hast du Recht."

Rosa schaute einen Augenblick lang auf die Tischplatte. Dann erschien ein verschmitztes Lächeln auf ihrem Gesicht.

„Weißt du, was am besten gegen den Tod hilft?"

Jenisch sah sie fragend an.

Da stand sie wortlos auf, nahm ihn bei der Hand und zog ihn hinüber zur Matratze.